LENA HERZBERG

MEET *Me* UNDER THE *Stars*

Roman

FISCHER Taschenbuch

Originalausgabe
Erschienen bei FISCHER Taschenbuch
Frankfurt am Main, August 2024

Dieses Werk wurde vermittelt durch die
Literarische Agentur Thomas Schlück GmbH, 30161 Hannover.

Redaktion: Natalie Röllig
Vignetten: Freepik
Satz: Dörlemann Satz, Lemförde
Druck und Bindung: GGP Media GmbH, Pößneck
ISBN 978-3-596-70884-0

Sie war wie ein Stern.
Um für andere Licht zu spenden,
nahm sie in Kauf, zu verbrennen.

- Weston Jones -

1

Krebs

Krebse sind gute Zuhörer,
aber noch bessere Beobachter.

Nova

Vier Jahre zuvor

»Suchen wir Menschen uns nicht immer Dinge, an die wir glauben können, um unser Leben einfacher zu gestalten? Warum ist es also das Schicksal der Astrologie, teilweise belächelt zu werden? Oder ist die Astrologie so gefürchtet, weil sie ein unabänderliches Schicksal prophezeit?«

»Wenn Thompson noch einmal das Wort Schicksal sagt, schreie ich.« Ich versuchte, das dumpfe Gemurmel des Mannes neben mir zu ignorieren, der wie ein billiges Double von Rowan Atkinson aussah, einschließlich der buschigen Augenbrauen. Es war nicht das erste Mal, dass sich jemand über die Astrologie lustig machte, und auch bestimmt nicht das letzte Mal. Als eine der größten Astronomie-Messen weltweit fuhren die Organisatoren der *AstroFair* groß auf. Es gab kostenlose Thunfischhäppchen – um die ich einen riesigen Bogen gemacht hatte, mein Sitznachbar aber, seinem Atem nach zu urteilen, augenscheinlich ganz und gar nicht. Hübsche Hostessen verteilten Flyer, die ohnehin im Mülleimer landeten, und dann war da natürlich noch ein monströser Haufen von sich und ihren Theorien überzeugter Forschender. Der pompöse Konferenzraum war bis zu seinen stuckverzierten hohen Decken gefüllt mit einer Wolke aus billigem Aftershave und Überheblichkeit.

Dabei würde ich nicht behaupten, dass alle Wissenschaftler so waren. Ich kannte durchaus Astronomen, Astrophysiker und andere Studierte, die klug und nichtsdestotrotz empathisch genug waren, mit anderen Menschen umgehen zu können. Nicht alle waren ein unempathischer Sheldon-Cooper-Verschnitt.

Dennoch wirkte es so, als hätte sich die gesamte Wissenschaftsarroganz Englands hier versammelt. Es fühlte sich an wie ein Laborexperiment eifriger Psychologiestudenten. Man nehme einen Raum und fülle diesen randvoll mit superschlauen Wissenschaftlern. Die Möglichkeiten dessen, was passierte, waren unendlich und liefen trotzdem immer auf das gleiche Ergebnis hinaus: Jeder wollte recht behalten, und das gipfelte in einem riesigen Tumult aus hinausgeschrienen Thesen und wilden Theorien.

»Wir sollten ein Trinkspiel draus machen«, erwiderte plötzlich der Mann zu meiner Linken und lehnte sich ein wenig zu mir, so dass ich seinen Atem riechen konnte. Definitiv noch jemand, der sich an den kostenlosen Thunfischhäppchen satt gegessen hatte. Er warf mir einen grinsenden Blick zu. Wollten sie, dass ich mich an ihrer Unterhaltung beteiligte? Ich fand, dass Marcus Thompson, der nun auf der Bühne auf und ab ging, einer der klügsten Astrologen des Landes war. Die beiden Gründe, weshalb ich zwischen den Männern hier festsaß, waren meine Chefin Geraldine, die von mir einen spannungsgeladenen Artikel über dieses Spektakel erwartete, und dass ich Mr. Thompsons Vortrag unbedingt hören wollte.

Vielleicht war ich heute ganz mutig und besorgte mir später sogar ein Autogramm. Was würde das Komikerduo Rowan Atkinson und sein untersetzter Freund mit Halbglatze Benny

Hill dann tun? Ich wandte den Blick ab, versuchte, mich weiter auf den Vortrag auf der Bühne zu konzentrieren, und verfolgte Thompsons Theorien. Astrologie gegen Astronomie. Persönliche Sterndeutung gegen trockene Wissenschaft. Ein Kampf, der bereits jahrzehntelang ausgefochten wurde und bei dem es niemals einen Gewinner geben konnte, denn beides hatte völlig unterschiedliche Ansätze.

Verhaltenes Klatschen durchdrang die Stille, die nur hin und wieder von einem Räuspern oder respektlosen Flüstern unterbrochen worden war. Thompson nickte den Menschen vor sich freundlich lächelnd zu, und ich gab alles als größter Fan des Abends.

Der Moderator bedankte sich bei ihm, und auf einmal war es so, als hätte jemand ein Fenster aufgemacht, und die kühle Oktoberluft weckte die Menschen aus ihrem tiefen Schlaf. Köpfe schossen hoch, aufgeregtes, nervöses Kichern erklang. »Prof. Dr. Weston Jones, Astrophysiker und unser Starredner des Abends.« Es folgte eine lange Lobrede auf einen Mann, den alle seit kurzem als den *Rockstar der Astronomie* bezeichneten. Und das sicherlich nur, weil er optisch voll in die göttliche Süßigkeitentüte gegriffen hatte und seit einem halben Jahr der Star der Sendung *The Universe and the Stars* eines bekannten Streaminganbieters war. Die wenigen Frauen im Saal reckten die Hälse, und die Männer flüsterten ehrfürchtig voller Respekt etwas über seine herausragende Arbeit. Ja, okay, unter den Nerds aller Nerds war er wohl der Oberboss. Er hatte es drauf, aber warum feierten die Merkmale *attraktiv* und *klug* so oft gemeinsam eine Party mit *arrogant?*

Weston betrat die Bühne in einem schicken Zweiteiler aus hellgrauem Stoff, der sich über seinen breiten Schultern spannte. Er hatte auf eine Krawatte verzichtet und trug weiße

Turnschuhe, die wohl seine absolute Lässigkeit unterstreichen sollten. Er wirkte genauso groß und eindrucksvoll wie in seiner Sendung. Die Menge huldigte ihm mit Standing Ovations. Weston war für sie so etwas wie die gigantische Sahnetorte mit kandierten Kirschen, und allen hier lief das Wasser im Mund zusammen. Als Journalistin war es äußerst interessant, den Stimmungsumschwung hautnah mitzuerleben.

Er nickte mit einem geheimnisvollen, sexy Lächeln in die Menge und stellte sich hinter das Podium. Die Menschen setzten sich und klebten an seinen Lippen, als er seinen Vortrag über die Kartierung der Metallizitätenentwicklung im Universum mit einem Gag einleitete. Ich musste zugeben, das war nicht gerade eines der Themen, in denen ich mich besonders auskannte, weshalb ich nur mit halbem Ohr zuhörte. Dafür gab sein gesamtes Äußeres mit den zerzausten dunkelbraunen Haaren, durch die er sich hin und wieder fuhr, und dem verwegenen Dreitagebart ein wirklich beeindruckendes Bild ab. Er sah aus, als würde er mit seinem schicken Anzug direkt auf eine Harley-Davidson steigen. Hinten drauf selbstverständlich eine gertenschlanke Blondine, deren langes Haar selbst durch einen engen Helm nicht durcheinandergebracht werden konnte, während beide in den Sonnenuntergang fuhren.

Es war merkwürdig faszinierend, mit welchem Herzblut Weston über dieses trockene Thema dozierte, und für einen Moment verstand ich seine Leidenschaft. Als er allerdings einen Witz über Sternzeichen riss, wusste ich, er war wie alle anderen hier. Er hielt Astrologie für Humbug, was uns definitiv unterschied. Denn dem, was die Leute hier als Esoterik bezeichneten, war ich komplett verfallen. Durch meine Mum und Grandma liebte ich die Deutung der Sternzeichen und konnte mich glücklich schätzen, seit beinahe einem halben Jahr für das

Frauenmagazin *The Stunning* schreiben zu dürfen. Dort war ich alleinige Herrscherin über den Horoskop- und Astrologiebereich. Ja, gut, ich schrieb oft Artikel darüber, wann der Mond perfekt für eine neue Liebe oder zum Abnehmen einiger Kilos stand, doch hin und wieder durfte ich spannende Recherchereisen unternehmen wie heute.

Und da kam mir die Idee, wie ich meine Chefin ziemlich beeindrucken könnte. Vielleicht verkürzte sie sogar die Probezeit, wenn ich ihr einen Artikel über Weston Jones lieferte. Normalerweise zählte es zu meinen Talenten, jemanden zu interviewen, aber Jones war dafür bekannt, Journalisten zu hassen. Und das, als einer der angesagtesten Fernsehstars, auf den gerade jeder zu stehen schien, doch vielleicht machte gerade seine Geheimnistuerei seine Faszination aus.

Wie dem auch sei, Rowan und Benny klebten genauso an seinen Lippen wie alle anderen, denn sie hatten geschlagene zehn Minuten weder gesprochen noch laut geatmet. Jeder Hustenreiz im Saal wurde augenblicklich unterdrückt, um Weston bei seinem Vortrag nicht zu stören. Ich versuchte, hinter seine Fassade zu schauen. Er war kühl und trotzdem charmant. Das musste man erst mal hinbekommen.

Plötzlich war es, als würde jeder der dreihundert Anwesenden die Luft anhalten.

Weston unterbrach seinen Redefluss, und sein Blick flog suchend durch die Menge, während ich begann, hektisch in meiner unordentlichen Beuteltasche zu kramen, um nicht zum negativen Mittelpunkt seiner Aufmerksamkeit zu werden. Ich musste nicht erst aufsehen, um zu spüren, dass er den Störenfried lokalisiert hatte. Mich. Trotzdem tat ich es. Sein kalter Laserblick bohrte sich durch meine Augen direkt in mein Hirn und verbrutzelte meine Zellen. Ich fühlte, wie ich knallrot anlief, während ich weiter in meiner Tasche wühlte. *Wake Me Up Before You Go-Go* – alias mein Klingelton – schien Westons Fanclub im Raum fast in Tränen der Panik ausbrechen zu lassen. Ich wartete auf schrille Schreie, die verkündeten, mich als die Hexe auf ihrem Scheiterhaufen aus Sternenstaub verbrennen zu wollen.

Meine Finger griffen immer wieder ins Leere, und ich befürchtete, dass Weston gleich wie ein übermenschlicher Vampir in einem Satz von der Bühne springen und mich mit seinen Krallen zerfetzen würde. Die Luft im Raum kühlte merklich um mehrere Grad ab.

»Ähm, ich … hab's gleich!«, rief ich und zog endlich mein Smartphone aus der Tasche. Mein schneller Atem und peinliches Glucksen hallten von den vertäfelten Wänden wider. »Da ist es ja!« Erleichterung durchflutete mich, als ich auf den roten Knopf drückte. »Sorry, Sie können weitermachen«, sagte ich kleinlaut.

Weston bebte vor Zorn, seine Lippen waren zu einem perfekten Strich zusammengepresst, und aus seinen Ohren trat weißer Rauch aus. Okay, das bildete ich mir vielleicht nur ein, aber es würde nicht mehr lange dauern, da war ich mir sicher.

»Ausgesprochen großzügig«, sagte er mit kühler, distanzierter Stimme und steckte lässig die Hände in die Taschen seiner Anzughose. Seine gesamte Aufmerksamkeit richtete sich unangenehmerweise auf mich. »Ich habe mich schon länger gefragt, ob *Wham!* wohl wieder in Mode kommen wird. Scheint, als hätte ich meine Antwort.« Ein schadenfrohes Grinsen erschien auf seinen Lippen.

Im Raum brach Gelächter aus, und ich wünschte, ein schwarzes Loch würde mich in diesem Augenblick verschlucken. Meine Wangen brannten heiß vor Scham, doch ich besann mich schnell. Ich war nicht hier, um als Amüsement eines arroganten Astronomen herzuhalten. Zwar war der Plan gewesen, in Weston Jones' Gunst zu steigen, dennoch konnte ich das nicht auf mir sitzenlassen.

»Nun, ich habe gerade Ihren Vortrag gehört und mir gedacht, dass eine kleine Aufmunterung nicht schaden könnte«, erwiderte ich provozierend. Anscheinend funktionierte es, denn das Lächeln verschwand aus seinem Gesicht. Einige Anwesende räusperten sich betreten, aber ganz dezent hörte ich sogar einige hustende Lacher.

»Sie finden meinen Vortrag also uninteressant, Miss …?«

»Staron.«

»Miss Staron«, vervollständigte er, und plötzlich fühlte es sich so an, als wären nur wir beide im Raum. Sein Blick hielt mich so fest gefangen, dass ich für einen Moment den Eindruck hatte, der komplette Sauerstoff entwiche meiner Lunge. Niemals zuvor hatte der bloße Klang meines Nachnamens aus dem Mund eines Fremden so intensiv und durchdringend auf mich gewirkt. »Da Sie offensichtlich eine Expertin auf dem Gebiet der Kosmologie sind und meine Ausführungen Sie langweilen – möchten Sie nicht nach vorne kommen und uns Ihre Sicht zum Besten geben?«

Das Triumphgefühl fiel von mir ab wie ein welkes Blatt im Herbst von einem kahlen Ast. Verdammt. Ich hatte geblufft und verloren. »Ich … ähm … muss das leider ablehnen, es war ein sehr wichtiger Anruf. Vielleicht später«, stotterte ich und wandte den Blick von ihm ab. Als wäre ich nicht mehr als eine lästige Unterbrechung gewesen, widmete er sich erneut seinem Vortrag, und ich atmete erleichtert, aber auch etwas angeschlagen aus. Ich schaute die Leute um mich herum entschuldigend an, klemmte mir meine Tasche unter den Arm und schob mich mit vielen »Sorrys« und »Entschuldigungs« durch die Sitzreihe, bahnte mir den Weg an herangezogenen Beinen vorbei und versuchte, mich so leise wie möglich zu bewegen. Was nicht gerade einfach war, denn der Weg nach draußen ähnelte einem Spießrutenlauf. Ich wartete immer noch jeden Moment auf die Fackeln und Heugabeln, weil ich den großartigen Dr. Weston Jones verunglimpft hatte.

Draußen angekommen schloss ich behutsam die Tür und holte tief Luft. Geschafft. Gipfel der Peinlichkeit heute erfolgreich erklommen! Auch wenn mein Herz immer noch in der Brust raste.

»Thunfischhäppchen?«, fragte ein Kellner in einem modischen blauen Shirt, auf dem das Logo der Veranstaltung stand.

Ich schüttelte den Kopf. »Nein danke.«

Langsam sickerte in meinen Verstand die Erkenntnis, dass ich zwar die Aufmerksamkeit von Weston Jones auf mich gezogen hatte, er mir aber sicherlich jetzt erst recht kein Interview geben würde. Verdammter Mist.

Doch zuerst kümmerte ich mich um den Anrufer.

Das Klingeln in der Leitung dauerte deutlich zu lange, und ich tippte ein wenig nervös mit der Schuhspitze auf den roten Teppichboden, während ich mir das Handy gegen das Ohr drückte. »Nova!«, stieß meine Grandma aus, als wäre sie überrascht, dass ich zurückrief.

»Alles in Ordnung, Sol?« Solveigh Staron war die exzentrischste Person, die mir je in meinem Leben begegnet war, und sie legte großen Wert darauf, nicht als Grandma angesprochen zu werden, denn sie fühlte sich mit ihren achtzig immer noch wie Mitte zwanzig. Sie ließ sich nicht in irgendwelche Schubladen stecken und verbrannte immer noch regelmäßig ihre BHs auf Demos für die Frauenrechte. Schon immer war sie mein Vorbild gewesen, dennoch konnte ich sie nur in kleinen Dosen ertragen. Als ich nach der Highschool aus meinem Heimatort, einem Dörfchen namens Avebury, in die große Stadt Manchester zog, um eine private Ausbildung bei einer anerkannten Astrologin zu absolvieren und gleichzeitig Journalismus zu studieren, fühlte es sich an wie Durchatmen.

»India Pale oder Porter?«

»Bitte?«, fragte ich, weil ich mir nicht sicher war, ob ich mich verhört hatte.

Im Hintergrund ertönte eine zweite Stimme. »Ja, genau«, sagte meine Grandma zu der anderen Person. »Sharon meinte, du nimmst auf jeden Fall das Porter.«

»Du rufst mich an, weil du wissen willst, welche Biersorte ich lieber mag?« Und dafür hatte ich den Wissenschaftsgott höchstpersönlich verärgert? Ich würde definitiv in seiner Hölle der Verdammnis schmoren.

Ich sah es vor mir. Grandma saß mit ihrer Lebensgefährtin an ihrem abgewetzten Holztisch in ihrer Küche, in der Mitte einen Stapel Geldscheine. So sehr Grandma für die Rechte aller kämpfte, so sehr war sie gleichzeitig dem teuflischen Glücksspiel verfallen.

»Passt es dir gerade nicht?«

Hm, mal sehen … vielleicht könnte ich das Thema bei Weston als Einstiegsfrage für das Interview nehmen. »Porter«, antwortete ich. »Aber am liebsten trinke ich Stout.«

»Thunfischhäppchen?« Verdammt, was hatten die Leute hier nur mit diesem Katzenfutter? Ich schüttelte den Kopf und deutete auf mein Handy, damit der Kellner verstand, dass ich wirklich gerade nichts wollte. Er zuckte mit den Schultern und zog wie Frodo von dannen.

»Wer war das?«

»Nur jemand, der mir etwas zu essen andrehen wollte. Ich bin auf einer Konferenz in London.«

»Wissen die da, wie Thunfische gefischt werden?«, kreischte Sharon im Hintergrund. Anscheinend hatte Grandma mich auf laut gestellt.

»Ich muss Schluss machen, melde mich später! Bye, bye!« Seufzend steckte ich das Smartphone wieder in meine Handtasche. Es war nicht so, dass ich nicht wichtig fand, wofür meine Grandma und ihre Freunde einstanden. Ich fand es sogar sehr wichtig, für seine Prinzipien einzustehen und zu versuchen, das Lenkrad der Erde im letzten Moment vor dieser riesigen Wand, die uns alle zerschmettern würde, herumzureißen. Aber hin und wieder konnte man auch einmal durchatmen und akzeptieren, dass es Menschen gab, die anders dachten.

Wenn ich am Wochenende nach Hause kam, erwartete mich dieses Mal sicherlich eine riesige Diskussion darüber, was ich die Woche gegessen hatte.

Hinter der Tür zum Konferenzraum erklang Gelächter, wahrscheinlich hatte Weston erneut einen nerdigen Physikerwitz gerissen, den nur die Menschen hier kapierten. Ich konnte jetzt nicht wieder da reingehen, er würde mich bestimmt mit seinem Laserblick brutzeln.

Also drückte ich mich vor den Seitentüren herum, ging zu einigen Ständen, die im Vorraum aufgebaut waren, um mir technische Dinge über das beste Heimteleskop von allen erklären zu lassen und einen kostenlosen Sekt zu viel zu trinken. Mist, mir wurde ein wenig schwummerig, vielleicht hätte ich doch eines dieser Häppchen essen sollen.

Irgendwann machten meine Füße in den deutlich zu hohen Hacken schlapp, und ich setzte mich in der Ecke in einen gemütlichen Sessel, der mit grünem Samt bezogen war. Gelangweilt scrollte ich durch mein Handy, schaute sinnlose, aber wirklich süße Katzenvideos und wartete auf meine Chance,

Weston Jones zu schnappen und mich bei ihm zu entschuldigen – und ihm im besten Fall ein kurzes Interview abzuringen.

Endlich öffneten sich die Türen, und die Menschen drängten in den Vorraum, um sich zu stärken oder einfach nur auf die Toilette zu gehen.

Doch von Weston keine Spur. Hatten Leute wie er durch ihren Promistatus einen Hintereingang, den sie benutzen konnten? Ich stand auf und inspizierte die Gesichter der Leute, schlängelte mich durch die Masse in Richtung Eingang des Konferenzraumes, doch dieser war bis auf einige Leute, die den Müll zwischen den Stuhlreihen aufhoben, leer. Ich entdeckte den Moderator, der über eine kleine Treppe nach unten stieg, den Blick fest auf ein Tablet gerichtet. Laut seinem Namensschild hieß er Davie Wolfhard.

»Ähm, Entschuldigung, Mr. Wolfhard?« Ich stellte mich ihm in den Weg. »Können Sie mir sagen, wo ich Weston Jones finde?« Sein Blick wanderte über mein pflaumenfarbenes A-Linien-Kleid mit ausgestelltem Rock und halblangen Ärmeln, das ich mir extra für dieses Event besorgt hatte. Anhand seines skeptischen Stirnrunzelns erkannte ich den Moment, in dem er meinen Presseausweis auf Höhe meiner linken Brust entdeckte. Vielleicht konnte ich froh sein, dass Weston diesen aufgrund der Entfernung nicht direkt gesehen hatte. Dann hätte er mich ganz bestimmt vor allen Anwesenden richtig auseinandergenommen.

Mr. Wolfhard setzte ein professionelles, abweisendes Lächeln auf und schaute mir wieder in die Augen. Seine Gegenwehr war unübersehbar. »Tut mir leid, Prof. Dr. Jones ist bereits fort. Ich wünsche Ihnen noch einen schönen Nachmittag, genießen Sie die Häppchen, besonders die mit Thunfisch sind zu empfehlen.«

Würg. Hatte er sich das Rezept einfallen lassen? Er wollte an mir vorbeigehen, doch so einfach ließ ich mich nicht abwimmeln. Ich schnitt ihm erneut den Weg ab, und er sah überrascht auf. Er trug einen modischen Anzug mit Weste, einem roten Einstecktuch, und seine grau-schwarzen Haare waren perfekt gestylt. Wo waren die Zeiten, in denen Nerds einfach nur schlecht gekleidete, aber süße Jungs waren, die rot wurden, wenn sie einer Frau begegneten? »Tut mir leid, ich muss ihm unbedingt etwas sagen.«

»Ach ja?« Er bedachte mich schon wieder mit diesem Blick, der besagte, dass er genau wusste, was ich im Sinn hatte. »Was denn?«

»Das ist sehr privat, ich würde es ihm gerne selbst mitteilen.«

Seine linke Augenbraue wanderte immer höher. Er glaubte mir nicht. Natürlich nicht, mein Bluff war auch nicht gerade einfallsreich. Verdammt, wieso funktionierte mein Hirn immer in den Momenten nicht, in denen ich es besonders brauchte? »Wenn Sie sich für diese peinliche Aktion während seines Vortrags entschuldigen möchten, schreiben Sie seiner Assistentin eine Mail. Schönen Tag.«

Damit ließ er mich stehen und lief aus dem Raum. Für einen Atemzug sackten meine Schultern nach unten, und ich hatte die Befürchtung, mich geschlagen geben zu müssen. Doch plötzlich eröffnete sich eine neue Möglichkeit. Unbeliebt hatte ich mich heute ohnehin gemacht, wieso nicht noch ein wenig mehr riskieren?

Ich schaute mich kurz um, damit mich niemand sah, stieg die schmale Treppe nach oben und schlüpfte durch den Vorhang hinter die Bühne. Geraldine würde stolz auf mich sein. Ich war eine gute Journalistin, ich würde dieses Interview bekommen, komme, was wolle!

2

Jungfrau

Die typische Jungfrau liebt alles,
was klar und symmetrisch ist.

Weston

Ich dachte an die letzte Nachricht meines Agenten, dass sich der Drehplan für nächste Woche verschieben würde, und rieb mir über die müden Augen. Seit ich vor einem Jahr den Vertrag für mehrere Staffeln dieser neuen Show unterzeichnet hatte, hatte ich nicht mehr richtig geschlafen. Seit Drehbeginn vor einem halben Jahr war ich dauermüde und zweifelte jeden Tag daran, ob es die richtige Entscheidung gewesen war, dieser Sache zuzusagen. Ich war Wissenschaftler, Forscher und wollte in anderen die Leidenschaft für die Astronomie wecken, wie es damals mein Mentor Richard bei mir getan hatte.

Mit der ganzen Aufmerksamkeit um meine Person, die das alles mit sich brachte, hatte ich allerdings nicht gerechnet. Doch ich sah auch, wie viele sich plötzlich für das Thema Astronomie interessierten, und war stolz, diesen Menschen etwas vermitteln zu können. Vielleicht musste ich dafür einfach die negativen Seiten in Kauf nehmen. Es war ja nicht so, dass es nur schlecht war, wenn man einen Prominentenstatus hatte, und ich sollte dankbar für diese Chance sein.

Ich legte den Kopf in den Nacken, um mir den Himmel über mir anzuschauen. Es war früher Abend, und wie so oft verdeckten in London graue Wolken den Himmel und erschwerten die Sicht auf die Sterne. Das Universum hatte mich schon immer fasziniert. Schon als Kind wollte ich mehr darüber herausfinden, und nach den Sommern, die ich in dem Feriencamp *Sunside* in der Nähe von Whitstable verbracht hatte, war der Drang, mehr über die Zusammenhänge herauszufinden, nur umso größer geworden.

Ich atmete tief die frische Herbstluft ein und ging zur Tür, die von dem kleinen efeubewachsenen Hinterhof zurück in das Haupthaus führte. Davie hatte mich überredet, den letzten Vortrag des Abends zu halten, und ich konnte ihm schlecht etwas abschlagen. Wir hatten gemeinsam ein Jahr in Stockholm in einem technischen Institut in der Forschung gearbeitet, ehe wir zurück in unsere Heimatstadt London gezogen waren.

Davie hatte begonnen, Events wie dieses hier auszurichten, während ich meinen Doktor in Astrophysik machte. Jeder bekam das, was er wollte.

Heute hatte er noch etwas zu erledigen, und wir planten, uns in einer Stunde auf ein Feierabendbier in einem Pub in der Nähe zu treffen. Um die Zeit bis dahin zu überbrücken, hatte ich vor, noch etwas Arbeit an meinem Laptop zu erledigen, jedoch eine kurze Pause eingelegt und diesen Hinterhof entdeckt. Es war eine Möglichkeit gewesen, um den Leuten vor dieser Tür aus dem Weg zu gehen, die mir haufenweise Fragen zu haufenweise Themen stellen würden, sobald sie mich sahen. Nicht zu vergessen die aasfressenden Journalisten, die bestimmt nicht nur wegen meiner fachlichen Fähigkeiten hierhergefahren waren, sondern auf den ersten Skandal des neuen Fernsehstars lauerten. Ich war noch nicht lange im Geschäft, aber hatte bereits zur Genüge die üblen Seiten dieses Business erfahren. Falsche Schlagzeilen, reißerische Artikel. Überall lauerten Fehler, die ich machen konnte.

Ich atmete ein weiteres Mal tief durch. Zurück an die Arbeit. Mein Handy, das in einem Raum hinter der Bühne gemeinsam mit meinem Jackett und meinem Laptop lag, war sicherlich schon wieder heißgelaufen. Ich zog an dem Knauf, doch die schwere Metalltür bewegte sich keinen Zentimeter. Mit all meiner Kraft ruckte und zerrte ich, ohne Erfolg.

Ich schaute mich in dem Hof um, der von einer hohen Backsteinmauer umgeben war. Es gab weder einen Müllcontainer noch etwas anderes, worauf man klettern konnte. Fuck. »Hallo?«, rief ich, aber ich hörte nur die Geräusche der Stadt, Autos hupten, Leute grölten an diesem Samstagabend.

Mit aller Kraft hämmerte ich gegen die Tür, rief und versuchte erneut, sie zu öffnen. Keine Chance. Das kleine Stück Pappe, das ich sogar zur Sicherheit in den Türspalt gesteckt hatte, war ein winziges bisschen verrutscht und brachte rein gar nichts. Großartig. Die Unruhe in mir wuchs stetig.

Wie ein Tier in einem Käfig lief ich hin und her, tastete die Mauer ab und fluchte leise vor mich hin, als ich hörte, wie quietschend die Tür hinter mir geöffnet wurde. Schnell drehte ich mich um – ein brünetter Haarschopf erschien. Ich eilte nach vorn, aber das Pappstück segelte auf den Boden, und die Tür fiel mit einem lauten Rumms wieder zu. Ungläubig starrte ich die Frau vor mir an, die mir kaum bis zur Schulter reichte. Sie sah zu mir hoch, und für einen Moment wusste ich nicht, was ich sagen sollte. Der neugierige Blick aus ihren hellbraunen Augen hielt mich gefangen, und ich erinnerte mich an ihre schlagfertige Antwort, die sie mir vor allen Anwesenden gegeben hatte, nachdem ihr alberner Klingelton meinen Vortrag unterbrochen hatte. Fast hätte es mich beeindruckt. Fast. Wenn es nicht so nervtötend gewesen wäre.

»Ist Ärger eigentlich Ihr ständiger Begleiter, oder machen Sie heute eine Ausnahme?«, fragte ich knurrend. Ich raufte mir die Haare und trat einen Schritt zurück.

Sie schaute mich schuldbewusst an, und für einen flüchtigen Augenblick tat es mir leid, dass ich mich nicht unter Kontrolle hatte, aber wenn es schlechtlief, waren bald fast alle in diesem Gebäude fort, und Davie würde erst in mehr als einer Stunde auffallen, dass ich nicht da war.

»Meine Güte, kriegen Sie sich wieder ein! Es war nur eine zweisekündige Unterbrechung Ihres göttlichen Vortrages, Prof. Dr. Jones. Sie werden es verkraften. Eigentlich wollte ich mich bei Ihnen entschuldigen, aber so …« Sie drehte sich herum und versuchte, wie ich zuvor, am Knauf zu ziehen.

»Die Tür«, erwiderte ich genervt. »Sie geht anscheinend nur von einer Seite auf.«

Panisch zerrte sie weiter daran herum. »Das ist nicht Ihr Ernst!«

Seufzend setzte ich mich auf den Treppenvorsprung davor. »Was denken Sie, wieso ich so aufgebracht war?«

»Weil Sie sich immer noch wegen Ihres Vortrages aufregen?« Sie hockte sich neben mich, bedacht, so viel Abstand wie möglich zwischen uns zu lassen.

»Keine Sorge, ich habe keine Sekunde mehr an Sie und diesen impertinenten Fauxpas gedacht.« Dass dies eine Lüge war, musste sie ja nicht wissen. Noch danach hatte ich mich über mich selbst geärgert, dass es mir schwergefallen war, wieder in meinen Text zu kommen. Selbst ein Witz als Überbrückung hatte mich meine Konzentration nicht sofort wiederfinden lassen. Ich hasste es, zu versagen. Tief durchatmend fand mein Blick den Himmel. Auch jetzt noch hatte ich tausend Dinge vorzubereiten und zu arbeiten, doch was tat ich? Ich saß hier fest. Mit einer dreisten Fremden ohne Anstand.

»Haben Sie Ihr Handy dabei?«, fragte ich hoffnungsvoll.

»Sorry, mein Akku hat beim Schauen von Katzenvideos schlappgemacht«, gab sie schuldbewusst zurück.

»Großer Gott, wie sinnlos verschwenden Sie Ihre Zeit eigentlich?«

»Dürfte ich Ihnen sagen, dass Sie in Wirklichkeit deutlich überheblicher rüberkommen als in Ihrer Show?« Sie holte tief Luft, und ich wappnete mich für weitere Beleidigungen aus ihrem vorlauten Mund. Zugegeben, ihrem vorlauten und ausgesprochen hübschen Mund. Aber daran würde ich in dieser Situation garantiert keinen Gedanken verschwenden. »Ich dachte, Sie wären nur ein wenig abgehoben, weil Sie gerade jeder vergöttert, aber Sie sind schlicht der arroganteste aller Wissenschaftler, die ich je kennengelernt habe!«

Ich richtete meinen Blick fassungslos auf sie. Im Augenwinkel fiel mir ein Presseausweis an ihrem Kleid auf. Nova Staron, *The Stunning*. Großartig. Natürlich eine Journalistin und dann auch noch eines Klatschmagazins! Es fühlte sich an, als wollte mich irgendjemand testen. Ich glaubte nicht an Gott, aber doch an herausfordernde Prüfungen, die auf jeden Menschen im Leben warteten. Und Miss Staron war definitiv eine ziemlich große.

»Ist das ein Problem? Hätten Sie mich sonst um ein Autogramm gebeten?«, gab ich brummend auf ihre Beleidigungen zurück.

Kopfschüttelnd stand sie auf und suchte genauso wie ich die Wände nach einem Ausweg ab. Dabei murmelte sie etwas, das sich wie »Was für ein Arsch« anhörte.

»Wie bitte?«, fragte ich und stützte die Unterarme auf die Oberschenkel.

Sie wirbelte zu mir herum, in ihren Augen erkannte ich Verachtung und das Lodern von Wut. Seltsamerweise gefiel es mir. Anders als die stumpfe Begeisterung der meisten Leute, nur weil sie hörten, dass ich im Showbusiness arbeitete. Ich war kurz davor, sie noch mehr zu reizen, und hatte keine Ahnung, wieso ich das wollte.

»Ich habe gesagt, dass Sie sich wie ein Arsch benehmen«, platzte sie ehrlich heraus und reckte das Kinn. Es amüsierte mich, trotzdem lächelte ich sie nicht an. Ich hielt meine Maske aufrecht.

»Ich bin froh, dass Sie mir das mitteilen.«

»Wirklich?« Sie klang überrascht, und ihr kampflustiger Ausdruck milderte sich etwas.

»Ja, endlich kann ich mein Leben umkrempeln und ein besserer Mensch werden.«

»Sie verkohlen mich, oder?« Als Antwort zog ich vielsagend eine Augenbraue hoch, und sie schnaubte kopfschüttelnd. »Herzlichen Glückwunsch, jetzt haben Sie das Bild, das ich von Ihnen habe, nur untermauert.«

»Wie schön, ich freue mich, wenn ich Ihnen die Augen öffnen konnte.«

»Ihr kalter Sarkasmus steht Ihnen nicht, bleiben Sie lieber bei dem gespielt charmanten Lächeln, das Sie dem Rest der Welt zeigen.« Sie wandte mir den Rücken zu, und diesmal musste ich tatsächlich ein wenig grinsen.

Ich knetete meine Finger und spürte, wie die Nervosität Besitz von mir ergriff. Hilflosigkeit war das schlimmste Gefühl, das ich mir vorstellen konnte. Nichts tun zu können, mein Schicksal nicht selbst in der Hand zu haben, in einem Stillstand verharren zu müssen. Alles Dinge, die ich in meinem Leben vermied. Ich schlief und aß nur, weil ich es unbedingt musste.

Seufzend drehte sie sich zu mir um und nahm erneut neben

mir auf dem Treppenabsatz Platz. Sie zog ihre hohen Pumps aus und massierte sich die Füße. Weshalb Frauen sich diesen Schmerz antaten, nur um einige Zentimeter größer zu sein, hatte ich noch nie verstanden.

»Was denken Sie, wie lange es dauert, bis jemand bemerkt, dass wir hier sind?«, fragte sie leise, diesmal mit eindeutiger Besorgnis in der Stimme.

Ich zuckte mit den Schultern. »Eine Stunde, vielleicht länger.«

»O großer Gott«, stieß sie jammernd aus. »Hätte ich nur den vielen Sekt nicht getrunken.«

»Das erklärt einiges.«

Ich fühlte ihren funkelnden Blick auf mir und erwiderte ihn. »Haben Sie so etwas wie einen angeborenen Tick, der Ihnen vorschreibt, zu allem einen bissigen Kommentar abzugeben, oder ist Ihr Charakter einfach nur wirklich so mies? Sie sollten sich einen Filter für Ihre Anmerkungen zulegen.«

»Sie schmieren mir erstaunlich wenig Honig um den Mund dafür, dass Sie Journalistin sind.«

»Warum sollte ich? Weil Sie denken, das Ziel eines jeden Journalisten sei es, ein Interview mit Mr. Charmebolzen zu führen?«

»Weil die Erfahrung mich gelehrt hat, dass es so ist.«

Sie hatte eine wirklich scharfe Zunge. Ihr braunes Haar fiel ihr ins Gesicht, als sie sich weiter ihren lädierten Füßen widmete. Sie strich es sich langsam zurück und legte ihren schlanken Hals frei. Meine Sinne fühlten sich um das Hundertfache geschärft an. Unter ihrer Haut pochte es leicht, der Ausschnitt ihres Kleides zeigte mir aus dieser Perspektive eindeutig mehr, als angebracht wäre. Und ich sollte den Blick abwenden. Unbedingt.

»Ich bin hauptsächlich privat hier«, riss sie mich mit ihrer Erwiderung aus meinen Beobachtungen, und ich versuchte herauszufinden, ob sie log.

»Sie sind ein Astronomie-Fan?«, wollte ich wissen.

»Astrologie. Genau genommen eine Bewunderin von Marcus Thompson.«

Diesmal entwich mir doch ein schnaubendes Lachen. »Ich hätte Sie für vernünftiger gehalten. Sie glauben diesen esoterischen Quatsch?«

Sie schenkte mir ein zuckersüßes Lächeln. »Es war mir klar, dass ein Mensch wie Sie trotz Ihrer Intelligenz seinen Geist nicht so leicht für andere Dinge öffnen kann.«

»Sie meinen also wirklich, dass vorherbestimmt ist, wie jemand ist, nur weil er ein bestimmtes Sternzeichen hat? Das ist lächerlich«, gab ich zurück. Sie schaute mich immer noch mit diesem überlegenen Grinsen an. Ich richtete mich auf. »Also bitte! Die Astronomie beschäftigt sich mit exakten naturwissenschaftlichen Daten! Exakt! Sie wissen schon, was das bedeutet? Reale Vorgänge, kein Hokuspokus!«

»Was für ein Sternzeichen sind Sie, Prof. Dr. Jones?«

Ich zögerte. »Das tut nichts zur Sache.«

»Sie haben Angst vor der Astrologie, das ist es, oder? Angst davor, Ihr Schicksal in unbekannte Hände zu legen.« Mit der zweiten Aussage traf sie erstaunlich gut ins Schwarze. Was ich ihr jedoch niemals sagen würde.

Ich seufzte. »Völliger Schwachsinn«, murmelte ich. »Jungfrau, und was sagt das jetzt bitte aus?«

»Das erklärt einiges!«, erwiderte sie, als wüsste sie nun genau, wen sie vor sich sitzen hatte, was mich nur noch wütender machte.

»Seien Sie nicht albern.«

»Jungfrauen sind vernünftig, lieben Klarheit und Symmetrie. Sie sind pünktlich, gut organisiert und analysieren sich und die gesamte Umwelt ständig. Sie sind fast schon perfektionistisch veranlagt. Ist das korrekt?«

»Das trifft sicherlich auf viele Menschen, vorzugsweise Wissenschaftler, zu.«

»Sie sind ein Typ, der Dinge eher mit Taten beweist anstatt mit Worten. Außer ihrem Sarkasmus, den haben Sie perfektioniert, das muss ich zugeben. Sie lieben es, sich in etwas zu vertiefen und genau herauszufinden, wie es funktioniert.« Sie bedachte mich mit einem eindringlichen Blick. »Jungfrauen sind unnahbar und kritisch, kompromisslos und kleinlich. Sie neigen dazu, sich aus diesen Gründen gerne zu überarbeiten.«

»Ich bitte Sie, Sie müssen nur meinen Wikipediaeintrag durchlesen und haben exakt diese Informationen.«

»Ach ja? Was ist dann damit: In Wirklichkeit sehnen Sie sich nach einem Partner, der Sie mit seinem Verstand überzeugt und nicht mit seinem Aussehen. Sie suchen die Frau fürs Leben und geben sich mit nichts anderem zufrieden. Bedeutungslose Flirts sind für Sie Zeitverschwendung. Ist das korrekt?«

»Es ist faszinierend, wie Sie diesen Quatsch wirklich glauben können«, murmelte ich und stand auf. Erneut zerrte ich an der Tür und hämmerte einige Male rufend dagegen. Nichts.

Als ich die Treppe wieder nach unten stieg, schaute ich Nova an. Sie hatte sich selbstsicher zurückgelehnt, das Gewicht auf die Ellenbogen gestützt, ihre roten Lippen waren zu einem selbstsicheren Lächeln hochgezogen. Sie war hübsch, das stand fest, und sie hatte trotz ihres sinnlosen Faibles für Astrologie etwas an sich, das mich reizte. »Was sind Sie für ein Sternzeichen?«, fragte ich.

»Krebs.«

»Und was sagt Ihr Horoskop heute über Sie?«

»Das heute nichts so ist, wie es scheint.«

»Aha, und was soll diese hohle Phrase bedeuten?«

»Das habe ich bereits herausgefunden, lassen Sie das ruhig meine Sorge sein. Aber die Jungfrauen erleben heute einen Tag voller Möglichkeiten.«

Ich presste Zeigefinger und Daumen an meine Nasenwurzel. Langsam, aber sicher bekam ich Kopfschmerzen von diesem furchtbaren Geplapper. Oder lag es an etwas anderem? »Hören Sie einfach auf zu sprechen«, erwiderte ich kraftlos. Der Schwindel setzte ein, das Piepen in meinen Ohren, das Gefühl der Übelkeit, das sich meinen Magen nach oben kämpfte. Bitte nicht jetzt!

»Geht es Ihnen gut?«, wollte sie mit plötzlich besorgter Stimme wissen.

Als ich die Augenlider zusammenpresste, spürte ich auf einmal eine schlanke Hand an meinem Oberarm, die mich zurück zur Treppe dirigierte. Ich setzte mich und rieb mir den Nacken.

»Sie sehen blass aus«, stellte sie fest. »Haben Sie genug gegessen?«

Ich blinzelte einige Male und versuchte, ihr Gesicht zu fixieren, doch es verschwamm vor meinen Augen. Lichtpunkte setzten ein, machten es mir unmöglich, etwas zu erkennen. »Nur eine kurze Migräne«, antwortete ich stöhnend, als der Schmerz in meinem Schädel einsetzte und sich pulsierend wie ein Presslufthammer durch mein Gehirn arbeitete.

»Sie arbeiten zu viel«, sagte sie tadelnd. Zu sanft. Wie lange war es her, dass sich jemand um mich gekümmert hatte? Dass ich es überhaupt zugelassen hätte? Ich konnte mich nicht daran erinnern.

»Sie sind nicht die Erste, die das sagt.« Mir entwich ein kurzes Auflachen, das erneute Schmerzwellen durch meinen Schädel schickte und mich keuchen ließ.

»Rutschen Sie ein Stück vor.«

»Wie bitte?«

»Los.« Sie schob mich nach vorn und nahm auf der Stufe hinter mir Platz. Ich spürte ihre Wärme in meinem Rücken. »Das mache ich nicht, weil ich Sie besonders mag«, stellte sie klar. »Sondern nur, weil ich andere Menschen nicht leiden sehen kann.«

»Ich Glückspilz«, wisperte ich mit halber Kraft. Was blieb mir auch anderes übrig, als mich zu ergeben?

»Selbst in dieser Situation können Sie Ihren Sarkasmus nicht ablegen? Versuchen Sie wenigstens, sich einen Moment zu entspannen.« Sie legte die Hände an meinen Nacken. Die Kühle tat mir gut, doch sie musste frieren, wenn ihre Haut so kalt war. Hätte ich mein Jackett hier, hätte ich es ihr trotz allem gegeben.

Als sie begann, zwei Punkte am Übergang vom Nacken zu meinem Schädel zu massieren, entwich mir ein kleines Brummen. Der Schmerz ließ ein wenig nach, die Übelkeit wurde deutlich besser.

»Was tun Sie da?«, raunte ich und hielt die Augen geschlossen.

»Hexerei, Hokuspokus«, zog sie mich leise auf. Ich hörte das Lächeln aus ihrer Stimme. »Meine Mum hat hin und wieder ebenfalls Migräne, bei ihr kommt es von Verspannungen in ihrem Nacken. Es gibt ein paar Triggerpunkte, die es besser machen können. Anscheinend ist das bei Ihnen ähnlich, Sie sind furchtbar verspannt, haben Sie das öfter?«

Ich wollte es nicht zugeben, denn das hätte Schwäche bedeutet. »Selten.«

»Mein Instinkt sagt mir, dass es öfter als selten ist, aber ich nehme das einmal hin. Entspannen.« Sie schlug mir leicht gegen die Schultern, und ich musste trotz des Schmerzes grinsen. Ihre schlanken Finger waren kräftiger, als ich angenommen hatte, als sie sich über meine verspannten Muskeln bewegten, sie lockerten und ich sofort spürte, dass der Druck in meinem Schädel nachließ. Er war nicht weg, aber erstaunlicherweise deutlich besser.

Als sie die Fingerknöchel einsetzte und sie von oben nach unten über meine angespannte Nackenmuskulatur zog, stöhnte ich vor Erleichterung, und ihre Fürsorge öffnete etwas in mir, das ich unter Verschluss gehalten hatte. »Nach fast jedem öffentlichen Auftritt«, wisperte ich kraftlos.

»Wie bitte?« Ihre Berührungen hielten inne, ehe sie glücklicherweise weitermassierte.

»Die Migräne …«, erklärte ich.

»Eine Ansammlung von schlechter Energie, Stress und Druck, die sich so äußert«, stellte sie fest, und ich nickte leicht. Zeigte mich so verletzlich wie selten in der Vergangenheit.

»Lassen Sie mich raten, Krebse opfern sich gerne für andere auf?«, fragte ich, um das Thema zu wechseln, und hörte ihr leises Lachen. Meine Stimmung änderte sich, ich fühlte mich besser, und ihre Anwesenheit war gar nicht mehr so nervig wie noch vor zehn Minuten. Ihre Nähe war … angenehm, genauso wie das, was sie mit meinem Nacken machte.

»Gut erraten.«

»Sie sind empathisch, hin und wieder zu gefühlsduselig.«

»Wow, Prof. Dr. Jones, Sie könnten sich um eine Stelle bei unserem Magazin bewerben. Aber Moment, nein, dann wäre ich arbeitslos.«

Erneut entlockte sie mir ein Lächeln, und ich musste überrascht feststellen, dass ich mich amüsierte. Wie lange hatte ich das schon nicht mehr? Wie lange hatte ich diesen Gefühlen keinen Raum mehr gegeben?

Ich lehnte mich noch ein wenig mehr in ihre Berührungen, genoss das Gefühl ihrer Finger auf meiner überhitzten Haut. Sie hatte recht, ich suchte keine oberflächlichen Beziehungen, dafür fehlte mir die Zeit. Trotzdem ging ich hin und wieder meinen körperlichen Bedürfnissen in einem One-Night-Stand nach, doch es wurde nie ernster, weil mich schon lange keine Frau mehr herausgefordert und tatsächlich gereizt hatte.

»Weston, bitte. Immerhin sind wir uns schon ein bisschen nähergekommen«, machte ich einen miesen Scherz. Ich hätte gern ihr Gesicht gesehen. Lächelte sie? Fand sie den professionellen Abstand besser?

»Nova«, gab sie zurück und bearbeitete weiter meine Schulterpartie. Es wurde immer besser. Ich atmete erleichtert durch und schaffte es wieder, die Augen zu öffnen. Ihr Name hallte in meinem Schädel mit dem Pochen um die Wette. Sie war tatsächlich wie eine Supernova. Eine explosive Mischung. »Du solltest wirklich etwas für dich tun, hin und wieder durchschnaufen, mal zu einer Massage gehen. Dann wird es besser.« Plötzlich hörte sie auf, und sofort vermisste ich das Gefühl ihrer Haut auf meiner. Gern hätte ich sie gebeten, weiterzumachen, aber ich war ein Typ, der weder bedürftig noch hilflos rüberkommen wollte. Ich ließ den Kopf kreisen, wobei mein Nacken knackte, und drehte mich zu ihr um.

»Ist es besser?«, fragte sie leise, und ihr Blick hatte von einer Sekunde auf die nächste etwas unglaublich Verführerisches. Sie hatte dichtes Haar in der Farbe satter Zartbitterschokolade mit helleren, sonnengeküssten Spitzen, dazu whiskeyfarbene Augen, eine volle, geschwungene Oberlippe. Was behauptete sie? Dass ich Symmetrie liebte? Ihr Gesicht hatte die perfekte

Symmetrie. Nur ein kleines Muttermal auf ihrem Kinn unterbrach diese und unterstrich ihre Attraktivität damit seltsamerweise umso mehr. Unperfekt perfekt. Auch sie schien den Stimmungsumschwung zu merken, denn ihr Blick fiel für einen winzigen Augenblick auf meine Lippen. Meine Hand befand sich nur wenige Zentimeter von ihrem Oberschenkel entfernt, der nur halb von dem pflaumenfarbenen Rock verdeckt war.

»Ja, vielen Dank«, antwortete ich und fragte mich, wieso meine Stimme auf einmal so rau war. Mein Herz schlug heftig gegen meinen Brustkorb, und ohne Vorwarnung schoss Lust durch mich hindurch. Verlangen und Hass lagen nah beieinander, wobei ich nicht so weit gehen würde, zu behaupten, dass ich sie hasste. Sie war nervtötend und gleichzeitig faszinierend.

Ihr Blick wanderte zurück zu meinen Augen, und die Frage plagte mich, ob sie das Gleiche dachte wie ich. Wir saßen hier noch für wer weiß wie lange fest, wieso die Zeit mit Streiten verschwenden, wenn man andere Dinge tun konnte? Legte sie das gleiche Feuer in einen Kuss wie in eine Diskussion?

Plötzlich war es mir egal, dass sie Journalistin oder der Astrologie verfallen war. Plötzlich konnte ich nur daran denken, dieser Spannung zwischen uns nachzugehen. Ich drehte mich noch ein Stück weiter, meine Fingerspitzen berührten leicht ihr nacktes Knie, und sie atmete aus. Das Geräusch war so leise, dass ich es kaum gehört hätte, und dennoch veranstaltete es etwas in mir. Es war seltsam, so eine heftige Anziehung hatte ich schon lange nicht mehr gefühlt, und das, obwohl alles gegen unsere Verbindung sprach. Die Anziehung war schlicht unlogisch.

Sie strich sich mit der Zunge über die Lippen, lehnte sich ein winziges bisschen in meine Richtung. Die Sprache ihres Körpers schrie ja, während sich in meinem die Flammen ausbreiteten.

Doch ehe ich ihr entgegenkommen konnte, wurde abrupt dieser Moment zwischen uns unterbrochen.

Die Tür glitt mit einem lauten Knarren auf. »Weston?« Davie erschien dahinter. Sofort sprang ich nach oben und wollte die Tür aufhalten. »Bloß nicht zumachen!«

»Ich hab dich überall gesucht, ein Glück hab ich dich gefunden!«, stieß er seufzend hervor.

Ich schaute zurück zu Nova, die immer noch auf den Stufen saß. Ihr Blick hatte sich geklärt, doch es wirkte so, als hinge sie weiterhin in unserem letzten, gemeinsamen Moment. Oder bildete ich mir das nur ein? Weil ich mir wünschte, dass sie genauso auf mich reagierte wie ich auf sie?

»Sie schon wieder!«, sagte auf einmal Davie und zeigte auf sie.

Nova stand auf und richtete ihr Kleid, sammelte ihre Pumps vom Boden auf. »Guten Abend, Mr. Wolfhard«, erwiderte sie freundlich und verbeugte sich provokativ.

Davies Kopf wurde knallrot, interessant, dass die beiden sich kannten. »Sie hat nach dir gesucht und dich offensichtlich gefunden«, sagte er verächtlich.

»Ich habe das nicht geplant, wenn Sie darauf anspielen«, antwortete sie ein wenig trotzig.

»Ist schon gut«, meinte ich zu Davie und legte eine Hand auf seine Schulter. »Das war nur ein unglücklicher Zufall. Und an der Tür solltet ihr unbedingt ein Warnschild anbringen.«

Ich drehte mich erneut zu Nova um und hatte keine Ahnung, was ich sagen sollte oder was die letzten Sekunden zwischen uns überhaupt gewesen war. Also nickte ich ihr nur knapp zu und wandte mich erneut an meinen Freund. »Okay, lass uns gehen.« Davie schob einen Keil in die Tür, der innen gelegen hatte, und als wir weiter über den Flur liefen, drehte ich mich noch einmal um und sah Nova, die ebenfalls hereinkam. Ihr Blick war gesenkt, und sie schaute auf ihr Smartphone. Hatte sie nicht gesagt, der Akku sei leer? Hatte sie mich etwa doch absichtlich in eine Falle gelockt? Das konnte nicht sein, sie hatte die kurze Verbindung zwischen uns genauso gespürt wie ich. Oder?

Davie öffnete mir die Tür zu dem Raum, in dem meine Sachen lagen, und ich hakte dieses Erlebnis gedanklich ab, ehe ich endlich dieses Gebäude verlassen konnte. Auf dem Weg entdeckte ich Nova nicht noch ein weiteres Mal, doch ein Taxi fuhr gerade los, als wir die Treppe auf die Straße nach unten stiegen. Saß sie dort drin und verschwand genauso schnell aus meinem Leben, wie sie darin aufgetaucht war? Und wieso bedauerte ein Teil in mir das?

Einige Wochen später schickte mir mein Agent den Auszug eines Onlineartikels, in dem ich nicht gerade gut wegkam.

> **Weston Jones – der perfekte Halbgott der Wissenschaft, wie alle ihn sehen und wie er in Wirklichkeit ist**
>
> *Geschrieben von Nova Staron.*

Ich wusste ein für alle Mal, wieso ich anderen Menschen nicht vorschnell vertraute. Das würde mir garantiert nicht noch mal passieren.

3

Krebs

Für einen Krebs ist das Zuhause mehr als nur ein Ort,
es ist ein Gefühl, ein Ankerpunkt.

Nova

Heute

Es hieß, dass Teile des Steinkreises in Avebury irgendwann im siebzehnten Jahrhundert für den Ackerbau entfernt und stattdessen zum Hausbau verwendet worden waren. Meine Grandma hatte ein solches Haus in ihren Dreißigern gekauft und ihren Job als Psychologin hingeschmissen. Weil sie die Nase voll von dem Großstadtleben in London, von Regeln und Richtlinien und all den Dingen gehabt hatte, die sie als ungerecht ansah. Und das waren eine ganze Menge. Solveigh war eine Kämpferin durch und durch und glaubte neben ihren Prinzipien an die Kraft der Steine, aus denen unser Haus gebaut worden war. Verwunschen wirkte der Ort tatsächlich, und meine Grandma betonte heute noch, dass sie zum Neumond nicht nur einmal Besuch von Feen gehabt hatte.

Aber vielleicht war es auch nur ein Märchen, das sie mir als Gutenachtgeschichte erzählt hatte, als ich ein Kind gewesen war. Mittlerweile wusste ich nicht mehr recht, was ich von all diesen Geschichten halten sollte, dennoch ließ sich nicht abstreiten, dass mich jedes Mal eine Gänsehaut erfasste, wenn ich das quietschende Tor zum Grundstück unseres Hauses öffnete, in dem meine Mum, meine Grandma und ihre Lebensgefährtin Sharon wohnten. Saftig grüne Efeuranken schlängelten sich an der Backsteinwand des alten, zweistöckigen Cottages mit dem moosbewachsenen Reetdach entlang. Die Wiese vor dem Haus war wie immer frei und wild, aus dem kleinen Brunnen im Vorgarten schöpften meine Mum und Grandma auch heute noch frisches Wasser. Teilweise, um unabhängig zu bleiben, teilweise, weil sie Geld sparen wollten. Mum hatte einen Job in einer gemütlichen Bäckerei in der Innenstadt ergattert, als ich fünf war und wir nach einem Leben voller Umzüge und ohne wirkliches Zuhause gemeinsam zu meiner Grandma gezogen waren, während diese sich von dem viel zu frühen Tod ihres Mannes, meines Grandpas, erholte. Solveigh gab bereits seit vielen Jahren verschiedene esoterische und astrologische Kurse, bei denen sie auch ihre jetzige Lebensgefährtin Sharon kennengelernt hatte. Meine Grandma liebte Menschen schon immer aufgrund ihres Charakters und nicht ihres Geschlechts, und ich war froh, dass sie eine zweite tiefe Liebe gefunden hatte. Von ihr lernte ich auch den Lauf der Sterne und die Zusammenhänge zwischen astronomischen Ereignissen und unseren Taten.

Der Umzug hierher aus der Stadt war rückblickend eine gute Entscheidung meiner Mum gewesen. Auch wenn ich es nicht immer einfach gehabt hatte als Mädchen, das an die Kraft der Sterne glaubte und nach Meinung der anderen Kinder im Haus einer angeblichen Hexe wohnte, lernte ich hier meine beste Freundin Laurie kennen. Obwohl wir auch zur heutigen Zeit noch grundverschieden waren und Laurie eher analytisch als träumerisch veranlagt war, hatte die Astrologie nicht nur unsere Freundschaft vertieft, sondern uns auch durch eine schwere Zeit geholfen. Als wir etwa sechzehn Jahre alt waren, erlitt Laurie einen schweren Schicksalsschlag, der sie in eine tiefe Krise stürzte. Ihr geliebter Bruder, mit dem sie eine enge Bindung hatte, verunglückte tödlich bei einem Autounfall. Der Verlust war unfassbar schmerzhaft, und Laurie konnte nicht damit umgehen.

Sie begann sich von ihren Eltern und mir zu entfremden und zog sich zurück, verlor ihren Lebensmut. Verzweifelt suchte ich nach einer Möglichkeit, meiner besten Freundin zu helfen.

Eines Tages stieß ich in den Vorhersagen meiner Grandma auf ein Horoskop, das auf Lauries Geburtstag basierte. Es wirkte wie die Hoffnung in der Dunkelheit, die meine beste Freundin brauchte, und es sagte voraus, dass sie bald eine zutiefst transformative Erfahrung durchleben würde. Es prophezeite, dass sie sich ihren Ängsten und inneren Dämonen stellen müsse, um gestärkt daraus hervorzugehen.

Ich erzählte Laurie von diesem Horoskop, und in diesem Moment, als ihre Welt auseinanderzufallen drohte, schienen die Worte Licht in ihre Dunkelheit zu bringen. Sie sah es als Zeichen, das sie dringend gebraucht hatte, um den Kampf gegen ihren Schmerz aufzunehmen. Über die nächsten Jahre hinweg kämpfte sich Laurie mit Entschlossenheit zurück ins Leben.

Diese Erfahrung prägte uns beide zutiefst. Wir fingen an, uns intensiver mit Astrologie zu beschäftigen, und unsere Freundschaft vertiefte sich durch dieses gemeinsame Interesse. Unsere Leidenschaft für Astrologie wurde zu einem wichtigen Teil unseres Lebens, und unsere enge freundschaftliche Verbindung war einer der Gründe, warum wir gemeinsam zum Studieren nach Manchester zogen.

Ich trug mich der Vernunft wegen und gegen den Rat meiner Grandma für Journalismus ein, absolvierte nebenbei eine umfassende Online-Ausbildung in der Astrologie, und Laurie wurde Juristin. Jeden Mittwoch trafen wir uns im *Skinny Pig,* unserem Lieblingspub, zu einem Feierabendbier und den besten BBQ-Ribs mit hausgemachter Soße in ganz Manchester.

Ich stieg die zwei schiefen Stufen hoch und drückte die Haustür auf. Solveigh hielt Abschließen für sinnlos, wenn sie jedem Menschen ohnehin bereitwillig die Tür öffnen würde. Denn dieser Ort sollte nicht nur ein Zuhause für uns sein, sondern für alle rastlosen Seelen da draußen, die auf der Suche nach einem Sinn waren. Nicht selten war es früher so voll hier gewesen, dass ich mich fühlte wie in einer Pension.

»Ich bin da!«, rief ich in den Flur und schmiss meine Reisetasche in die Ecke unter der Garderobe. Als ich Getrommel aus dem Wohnzimmer hörte, atmete ich tief durch und wappnete mich für das anstehende Wochenende, das ich hier verbringen würde. In diesem Haus gab es weder Privatsphäre noch Regeln. Was ich als Kind anfänglich gemocht hatte, wurde mir als Teenagerin beim Besuch meines ersten Freundes Will zum Verhängnis. Nicht gerade der Traum einer pubertierenden Fünfzehnjährigen, von Grandmas eigensinnigen Freunden beim Knutschen im Wohnzimmer erwischt zu werden. Trotz der Aussage »Lasst euch nicht stören« fiel es mir irgendwie schwer, wieder in Stimmung zu kommen, und nachdem Solveigh ebenfalls hereingekommen war und uns etwas über die freie Liebe aller Menschen erzählt hatte, flüchtete Will und ging mir danach gekonnt auf den Schulfluren aus dem Weg.

Ich folgte den Klängen und entdeckte meine Grandma auf dem Boden mit einer gigantischen Trommel sitzend. Ihr schlanker Körper steckte in einem türkisfarbenen Seidenkimono, ihre grauen, langen Haare hatte sie in einzelnen, wilden Strähnen hochgesteckt, die Augen geschlossen. Ihre Lebensgefährtin Sharon tanzte im Takt der Schläge, ihre goldenen Armreife klimperten passend zur Melodie. Schon lange überraschte mich so ein Anblick nicht mehr. Ich zuckte mit den Schultern und verließ das Haus durch den Flur wieder in Richtung Garten, weil ich sie nicht stören wollte. Sicherlich war meine Mum dort, denn die schmale Laube, über deren Dach sich dichter Wein rankte, war im Sommer ihr Lieblingsort. Dort traf ich sie wie erhofft mit einem Buch in einem Liegestuhl an.

»Hey, Schatz, da bist du ja!«, sagte sie strahlend und streckte die Arme aus, damit ich sie mit einer Umarmung begrüßen konnte. Danach warf ich mich selbst in den anderen Liegestuhl und atmete kurz durch. »Wie war die Zugfahrt?«, fragte sie.

»Lang. Außerdem musste ich mir in dem überfüllten Zug das Abteil mit einem Typen teilen, der zwei Tüten Sour-Cream-Chips in sich reingestopft hat. Das Schmatzen hat mich für immer traumatisiert.«

Meine Mum lachte und strich mir leicht mit der Rückseite ihres Zeigefingers über die Wange. Ich wäre gern öfter hier und würde meine Energien aufladen, doch die Fahrt von mehr als vier Stunden war nichts, was ich jedes Wochenende auf mich nehmen wollte. Vor allem nicht, wenn ich an die heutige Fahrt dachte, da waren mir Leute, die laut telefonierten, sogar noch lieber.

»Und Sol bereitet sich wieder auf den Neumond vor?«, wollte ich wissen.

»Das tut sie«, antwortete Mum. »Du weißt also, was heute Nacht auf dich zukommt?«

Ja, ein Dutzend Menschen, die sich hier trafen, um mit Solveigh und Sharon zu den Steinkreisen zu wandern, damit sie dort die Energien in sich aufnahmen. »Vielleicht komme ich heute sogar einmal mit. Der Himmel ist wunderbar wolkenlos.« Die Lichtverschmutzung war in den Großstädten und der Umgebung so stark, dass man selbst bei den besten Lichtverhältnissen die Sterne kaum sehen konnte. Doch hier draußen hatte man oft einen uneingeschränkten Blick in den Himmel. Man sah zahlreiche Sternschnuppen, die Milchstraße mit ihren Ausläufern und sämtliche Sternzeichen mit bloßem Auge. Mittlerweile gab es sogar eine Organisation, die offizielle Dark-Sky-Plätze im ganzen Land auserkoren hatte, an denen man die Sterne besonders gut erkennen konnte. Avebury war nah dran, ebenfalls mit aufgenommen zu werden.

»Was gibt es Neues aus der Stadt?«, erkundigte sich meine Mum. »Geht es Laurie gut?«

»Ja, sehr. Sie hat jemand Neuen kennengelernt. Ich mag ihn, mal schauen, was sich so ergibt.«

»Und bei dir? Kein Mann in Sicht?«

»Mum, als ob es dir so wichtig wäre, dass ich einen Mann an meiner Seite habe, heirate und Kinder bekomme. Das wäre doch viel zu langweilig«, erwiderte ich.

Sie lächelte und zuckte mit den Schultern. »Hin und wieder ist es gar nicht so schlecht, nicht ständig allein mit sich und seinen Gedanken zu sein.«

»Alles in Ordnung bei dir, Mum?«, wollte ich wissen, weil ich sie sonst gar nicht so kannte. Sie war ein Mensch, der immer ein Lächeln auf den Lippen und aufbauende Worte für jeden übrig hatte. Jemand, den man einfach gernhatte. Sie sagte oft, ich sei genauso, doch ich zweifelte daran. Ich war Nova, witzig, empathisch, die sich nicht traute, auch einmal ihre schlechten Tage zu zeigen. Hin und wieder fühlte es sich so an, als müsste ich eine Rolle spielen, um gemocht zu werden, und hatte Angst, was passierte, wenn ich diese Maske absetzte. Deshalb behielt ich sie einfach auf.

»Ja, natürlich. Ich habe mich nur gefragt, ob ich wieder mit dem Malen anfangen sollte«, meinte meine Mum nachdenklich.

»Das wäre toll!«

»Ich vermisse es.« Sie legte ihr Buch auf den schmalen Holztisch neben sich und setzte sich auf. »Würdest du mir vielleicht helfen, den Dachboden ein wenig aufzuräumen, solange du hier bist? Ich habe schon lange überlegt, dort oben mal wieder Ordnung zu schaffen.«

»Klar! Du könntest daraus ein Atelier machen!«

»Genau.« Endlich strahlte sie wieder und strich sich eine graubraune Strähne hinter das Ohr. Vor einem Jahr hatte sie ihre langen Haare gegen einen modischen Kurzhaarschnitt ausgetauscht. Jetzt gerade fiel mir auf, dass sie irgendwie anders aussah. Ihre Wangen hatten eine frische Farbe, ihre Augen glänzten.

»Mal andersherum gefragt, gibt es da vielleicht etwas, das du mir erzählen willst?«, erkundigte ich mich schmunzelnd.

Kurz stockte sie, schüttelte aber dann schnell den Kopf. »Alles wie immer, Schätzchen.« Sie stand auf und streckte mir die Hand hin. »Komm, ich mache uns ein paar Sandwiches.«

»Und danach gehen wir gleich auf den Dachboden«, sagte ich und umschloss ihre Finger. Es freute mich, dass meine Mum ihre alte Leidenschaft neu entdeckte. Man sollte sich immer selbst herausfordern und niemals auf der Stelle treten. Das hatten mir die beiden stärksten Frauen in meinem Leben schließlich beigebracht.

Der Mittag verging wie im Flug. Nachdem Solveigh und Sharon ihre Heiltrommelsession beendet und mich ebenfalls begrüßt hatten, hatten meine Mum und ich begonnen, den Dachboden aufzuräumen. Es stand allerlei Gerümpel hier oben rum, das wir in Kisten packten, um die Dinge teilweise zu verschenken oder auch zu entsorgen. Solveigh hatte im Zuge ihrer Kurse viel geschenkt bekommen, denn sie nahm nicht nur Geld als Bezahlung. So wirkte es hier oben wie in einem Antiquitätenladen. Alte Schallplatten, Porzellan, Klamotten, bizarre Figuren aus Ton, Stofftiere … Sie hatte alles angenommen.

Frische Sommerluft drang in das staubige Innere, als ich die beiden Dachfenster aufriss und die Sonne hereinließ. Ich strich mir den Schweiß von der Stirn und atmete tief ein.

»Hier wäre ein toller Platz für eine Staffelei.« Ich deutete auf den Bereich, in dem die Sonnenstrahlen auf den ausgegrauten, abgewetzten Fußboden trafen.

»Der wäre wirklich perfekt«, sagte Mum, stand auf und klopfte sich den Staub von der Jeans. »Was hältst du davon, wenn ich uns was zum Abendessen mache? Wir haben viel geschafft«, meinte sie, und ich betrachtete den Kistenstapel mit ausrangierten Dingen auf der einen Seite des Dachbodens. Mein Magen gab ein Knurren von sich, vor lauter Arbeit hatte ich überhaupt nicht gemerkt, wie groß mein Hunger war.

»Ja, gerne«, erwiderte ich.

»Ich rufe, wenn ich fertig bin.« Mum schob sich durch die schmale Luke, die nach unten führte.

Ich kniete mich vor die nächste Kiste und blätterte durch ausgeblichene Fotos. Grandma und Mum waren deutlich jünger, die Bilder mussten noch vor meiner Geburt gemacht worden sein. Das Haus sah ein wenig anders aus, es gab keine Blumenbeete, und in der Einfahrt stand ein roter VW Käfer, den ich nicht kannte.

Ein Bild zeigte Mum mit einem hübschen Blumenkranz aus weißen Margeriten, die einen Kontrast zu ihrem dunklen Haar bildeten. Sie lächelte in die Kamera und wirkte völlig losgelöst, frei. Sie war wunderschön, die Welt lag ihr zu Füßen. Auf einem anderen unterhielt sie sich lächelnd mit einem Mann. Er war größer als sie, trug eine braune Schlaghose und ein helles Hemd. Als ich genauer hinschaute, sah ich, dass er die Hand ausstreckte, um sie zu berühren. Sie wirkten irgendwie vertraut. Ich blätterte weiter, Solveigh hatte die Arme in Richtung Himmel erhoben, fremde Menschen standen um sie herum, als wäre sie eine Heilige inmitten der Steinkreise. Gott, die Achtziger waren wirklich wild gewesen, es würde mich nicht wundern, wenn alle auf den nächsten Fotos nackt gewesen wären.

Ich entdeckte wieder den Mann, er stand mit Mum im Hintergrund und hatte den Arm um ihre Taille geschlungen. Sie wirkte so glücklich. Ich legte den Stapel beiseite und schnappte mir einen weiteren. Diese Fotos waren anscheinend an einem anderen Tag geschossen worden, denn meine Mum und der Mann trugen andere Klamotten, sie küssten sich, und irgendetwas an ihm kam mir bekannt vor. War es sein Schnurrbart, sein dichtes, hellbraunes Haar? Hatte er Mum später, als ich auf der Welt war, noch mal hier besucht, und ich erinnerte mich an ihn? Oder war er nur ein Sommerflirt gewesen? Ich drehte das Bild herum, auf der Rückseite stand etwas geschrieben.

Liebste Loelia,
ich werde mich immer an diesen Moment erinnern, in dem du der hellste Stern an meinem Himmel warst.

In Liebe, Richard

Wer war Richard? Es klang so, als hätte meine Mum ihm viel bedeutet, war es andersherum genauso? Mein Herz schlug heftig in der Brust, und es fühlte sich so an, als hielte ich eine wichtige Botschaft in Händen, die ich nicht schaffte, zu entziffern. Es gab nur eine Person, die es konnte, trotzdem zögerte ich. Würde ich mit meinen Fragen alte Wunden aufreißen? Mum hatte heute sowieso nachdenklicher als sonst gewirkt. Was war der Grund dafür?

Bisher dachte ich, dass wir schon immer eine ehrliche, offene Mutter-Tochter-Beziehung zueinander gehabt hatten und uns alles erzählen konnten. Ich hatte es ihr sogar unter Tränen gebeichtet, als ich mit Laurie mit siebzehn einen Zug von einem Joint genommen und es danach bitter bereut hatte.

Kurzerhand schnappte ich mir das Bild und stieg die schmalen Stufen nach unten in den zweiten Stock. Von hier hörte ich dumpf, wie meine Mum und Grandma sich in der Küche unterhielten. Der Handlauf des Geländers ins Erdgeschoss fühlte sich rau unter meinen Fingern an, und ich war ein wenig angespannt, als wäre ich auf einer unbestimmten Mission.

In der Küche herrschte eine feuchte Hitze, und es roch nach Stew. Mum stand vor dem Herd und rührte in dem Eintopf, während sie sich mit Grandma unterhielt, die am Küchentisch saß und in einem Magazin blätterte. »Hey, Schätzchen, ich wollte gleich nach dir rufen!«, sagte meine Mutter und lächelte mich an. Ich fixierte das Bild in meinen Händen. Sie sah so anders aus und doch gleich. Welche Mum war die, die ich kannte?

»Ich habe etwas auf dem Dachboden gefunden«, gestand ich.

Grandma stand auf. »Lass mal sehen.«

Ich hielt ihr das Foto hin. »Ich habe mich gefragt, wer der Mann da drauf ist.« Bemerkte nur ich, dass meine Stimme leicht zitterte? Meine Mum hielt in der Bewegung inne, legte den Kochlöffel zur Seite und drehte sich langsam um. Sofort erkannte ich Besorgnis in ihrem Blick, die sie nicht verstecken konnte, und das dumpfe Pochen meines Herzens fühlte sich an, als schallte es durch den gesamten Raum. Hatte mein Bauchgefühl mich nicht getrogen?

»Das ist leicht, das ist dein Erzeuger«, erwiderte meine Grandma, als wäre nichts dabei.

»Mum!«, schimpfte meine Mutter mit Sol.

»Nenn mich nicht Mum, das macht mich so alt.«

»Was meint Grandma damit? Er ist mein Vater?«, wollte ich ungläubig wissen. »Ist das wahr?«

Solveigh seufzte und lief Richtung Tür. »Ich lass euch dann mal alleine.«

Ich schaute in das Gesicht meiner Mutter. In das gleiche helle Braun ihrer Augen, das auch meine hatten. Oder war es gar nicht ihre Augenfarbe, die ich geerbt hatte? Naiverweise nimmt man immer an, dass Eltern einen niemals anlügen. Zumindest nicht bei so einer wichtigen Frage wie: Wer ist mein Dad?

Ein One-Night-Stand. Sie wisse es nicht genau. Es seien wilde Zeiten gewesen.

Das waren ihre Antworten gewesen, und das hatte ich ihr geglaubt, denn wieso auch nicht? Sie hatte mich in achtundzwanzig Jahren schließlich nie angelogen. Oder? Ich sah erneut auf das Foto in meiner Hand. Mum sah so verdammt glücklich aus, was war passiert?

4

Jungfrau

Jungfrauen haben klar definierte Ziele,
um kein Risiko einzugehen.

Weston

Als ich die Kofferraumklappe öffnete, drang aus dem Inneren der Box ein dumpfes Pochen. Ich schloss die Gittertür auf, und sofort streckte mein Hund den Kopf heraus. Sein Schwanz schlug weiterhin freudig gegen die Innenwände.

Ich legte meine Hand zwischen seine aufgerichteten Ohren und strich durch das weiche, graue Fell. »Alles gut, Junge«, murmelte ich und trat einen Schritt zurück.

Hawking sprang mit einem eleganten Satz aus dem Kofferraum und hielt schnuppernd die dunkle Nase in die frische Küstenluft. Er war im Moment der einzige Verbündete, den ich hatte. Vor einem halben Jahr, als ich von London nach Canterbury gezogen war und mich in meinem Anwesen verbarrikadiert hatte, weil sich die Paparazzi auf jeden winzigen Fetzen Information geschmissen hatten wie hungernde Zombies, tauchte auf einmal ein gigantischer Wolf am Ende meines Gartens auf. Er war durch ein Loch in meinem Zaun geschlüpft. Sein Fell war schmutzig und struppig gewesen, und seine dunklen Augen suchten nach Hilfe. Ich fütterte ihn mit viel Abstand mit einem Stück Steak, das ich noch im Kühlschrank gehabt hatte, und wartete, bis er wieder verschwand. Doch stattdessen wich er mir ab diesem Tag nicht mehr von der Seite, und ich fand durch die nächste Tierärztin heraus, dass es sich bei ihm um einen Tschechoslowakischen Wolfhund handelte. Sozusagen eine Laune der Menschen, die dachten, es wäre toll, einen wilden Wolf mit einem Haushund zu kreuzen. Und erneut bekräftigte sich mein Vorsatz, mich von den meisten Menschen fernzuhalten, die weder der Natur noch mir wirklich guttaten.

Meine besten Freunde Cameron und Ambrose besuchten mich und hatten zuerst genauso wie ich Respekt vor diesem riesigen Tier. Aber wie wir feststellten, verhielt er sich ganz ruhig. Er liebte es, stundenlang in der Sonne auf meiner Terrasse zu liegen und sich bei jedem, der ihm über den Weg lief, Streicheleinheiten abzuholen, vor allem bei den Kindern aus dem Sommercamp, in dem ich aktuell als Betreuer arbeitete.

Während ich ihn einfach nur Hund oder Junge genannt hatte, hatte Cam es witzig gefunden, ihm den Namen Hawking zu verpassen. Seitdem zogen wir gemeinsam durchs Leben und genossen die Zeit miteinander.

Ich pfiff leise durch die Zähne, und Hawking trottete sofort an meine Seite, während ich den Parkplatz verließ und das Gelände des Camp *Sunside* betrat. Sofort durchfluteten mein Hirn Erinnerungen wie jedes Mal, wenn ich mich hier befand. Da ich ohne Vater aufgewachsen war, hatte meine Mutter ständig gearbeitet, um uns beide über die Runden zu bringen. Deshalb hatte ich meine Sommerferien meistens bei meiner Grandma verbracht, die jedoch meinem damaligen Temperament nicht mehr Herr wurde. Mit sechzehn durfte ich zum ersten Mal in das Camp fahren, und mir eröffnete sich eine ganz neue Welt. Die Kinder konnten sich ihren Interessen entsprechend in verschiedenen Kursen und Aktivitäten eintragen, veranstalteten mit den Betreuern nicht nur Wettbewerbe und Exkursionen zu allen möglichen Orten der Umgebung, genossen den angrenzenden Strand oder die Sportangebote, sondern konnten auch viel lernen. Ganz nach dem Motto des Camps *Gemeinsam wachsen, Erinnerungen schaffen, Freundschaften stärken* hatte ich hier wundervolle Sommer verbracht und meine Leidenschaft für die Astronomie entdeckt.

Meine beiden besten Freunde Cameron und Ambrose lernte ich bei einem Gruppenkurs zum Thema Astronomie kennen. Nachts schlichen wir uns aus unserem Bungalow und betrachteten stundenlang auf dem Rücken auf dem Kies liegend die Sterne, während die Wellen sanft an den Strand brandeten. Dabei hatten wir von unserer Zukunft geträumt und von den Dingen, die wir irgendwann einmal erreichen wollten. Eine Freundin haben. Den ersten Kuss bekommen. Oder ich eben davon, das Universum erkunden zu können.

Nun war ich dreiunddreißig, hatte mein Ziel erreicht, und trotzdem fühlte ich mich leer. Vielleicht hatte ich nur deshalb den Job vor zwei Wochen als Betreuer hier angetreten, damit ich das alte Gefühl von damals wiederfand. Mich wiederfand.

Oder ich brauchte etwas, das mir half, die Zeit herumzukriegen. Wer wusste das schon? Ich hatte aufgegeben, es analysieren zu wollen, damit ich mich nicht mehr mit meinen Gedanken beschäftigen musste. Und mit dem Schmerz, der unweigerlich kam, wenn ich daran dachte, was nach der Zeit hier mit mir sein würde.

Das Camp war umringt von dichten Bäumen, endlosen grünen Wiesen auf der einen Seite und einer Küste mit Strandanschluss auf der anderen. Es bestand aus einem Haupthaus in der Mitte, in dem sich der Essenssaal, diverse Gemeinschaftsräume und das Büro der Campleiterin Kristy befanden. Daneben eine Sporthalle, ein Schwimmbecken und Bungalows für die Kinder, die im Alter von acht bis achtzehn Jahren ihre Sommerferien hier verbrachten. Der nächste Ort war mehrere Meilen entfernt, hier draußen herrschte nur die Idylle des Camps, was sich auch auf dem Logo widerspiegelte, denn in der Mitte des runden Abzeichens stand das Haupthaus als Herz des Ganzen, umringt von einem Himmel, der Natur und dem angrenzenden Strand.

»Hallo, Weston!« Eine Gruppe Jugendlicher stand vor einem der Bungalows, an denen ich vorbeiging, und winkte mir zu. An der Arbeit hier gefiel mir vor allem, dass ich nicht Prof. Dr. Weston Jones war wie in London. Ich war einfach nur Weston, einer von ihnen. Ich hatte die Nase voll davon, irgendjemandem etwas beweisen zu wollen, mich sofort erklären zu müssen, wenn jemand erfuhr, wie meine Arbeit in der Sendung *The Universe and the Stars* ausgesehen hatte. Die Kinder hatten Respekt und waren mit Eifer beim Unterricht dabei, den ich hielt, aber hier zählte weder Rang noch Namen. Es ging um das Wissen, das ich vermittelte. So war es bei der Show nie gewesen. Dort war das Wichtigste mein Aussehen, welchen Anzug ich heute trug, wie meine Haare saßen, mein Beziehungsstatus, in welchem feinen Restaurant ich zu Abend aß, wie viel Sport ich trieb – eben all die Nichtigkeiten, die rein gar nichts mit meinem Beruf zu tun hatten.

»Hey!«, erwiderte ich und hob kurz die Hand. Hawking rannte sofort mit gesenktem Kopf und wedelndem Schwanz auf die vier zu und holte sich seine Streicheleinheiten, ehe er wieder zu mir aufschloss und wir weiterzogen.

Von dem asphaltierten Weg, der sich über das Gelände zog, erkannte ich an den schmalen Bungalows vorbei einen Teil der Klippen, unter denen das Meer heute tobte. Die Strahlen der Nachmittagssonne waren mittlerweile nicht mehr so kräftig, und der Wind zischte durch die Gassen zwischen den Gebäuden und vertrieb die letzten Wolken. Der heutige Abend würde perfekt für das werden, was ich den Kids zeigen wollte. Je näher ich dem freien Platz auf der Klippe kam, umso salziger roch die Luft. Meinen Kurs besuchten sechs Kinder zwischen elf und fünfzehn, die sich schon versammelt hatten und auf mich warteten. »Hallo, alle zusammen«, begrüßte ich sie und die Betreuerin, die dafür zuständig war, vor allem die jüngeren Kinder zu den jeweiligen Veranstaltungen zu bringen. »Hi, Charlotte.«

»Hey, Weston«, gab sie schüchtern lächelnd zurück. Ich wusste nicht viel über die anderen Betreuer, die zum Großteil selbst in den Sommerferien im Camp wohnten. Da sich mein Haus nur zwanzig Minuten entfernt befand und ich trotz der Atmosphäre, die ich hier genoss, dem Schlafen in einem unbequemen Campbett nichts mehr abgewinnen konnte, fuhr ich jeden Tag hin und her.

Hawking rannte auf die Gruppe zu und ließ sich kraulen, ehe er sich auf dem Gras zusammenrollte, während ich meine Unterlagen auspackte.

Die Kinder suchten sich ebenfalls einen Platz auf der Wiese. Charlotte kam auf mich zu, strich sich ihr blondes Haar zurück und lächelte mich breiter an als sonst. Normalerweise verschwand sie, wenn ich anwesend war, doch irgendetwas war heute anders. »Heute Abend gehen einige Betreuer und ich noch in einen Pub in der Nähe. Ich wollte fragen, ob du vielleicht Lust hast, uns zu begleiten.«

Ich überlegte kurz, ob es einmal eine Zeit gegeben hätte, in der ich sofort zu so etwas ja gesagt hätte. Aber ich war schon immer ein eher ernstes Kind gewesen, das kaum Freunde hatte. Ich begann im Teenageralter mit Rugby, wollte endlich einmal dazugehören, und war recht erfolgreich, wurde plötzlich auf Partys eingeladen, und Mädchen interessierten sich für mich, doch es fühlte sich immer irgendwie seltsam an, als würde ich nur die Rolle eines anderen spielen. Bis ich Cameron und Ambrose kennenlernte und herausfand, wofür mein Herz wirklich schlug. Ab da war es mir wichtiger, mein Ziel zu erreichen, als beliebt an der Schule zu sein.

»Danke, aber ich bin heute Abend schon verabredet«, erwiderte ich wahrheitsgetreu.

»Ah, okay.« Sie lächelte, hatte anscheinend jedoch auf eine andere Antwort gehofft. Aber ich war nicht hier, um Bekanntschaften zu schließen. Das lag hinter mir. »Viel Spaß!« Sie verabschiedete sich bei den Kindern, die vor mir im Kreis auf der Wiese saßen und mich erwartungsvoll anschauten. Früher hatten Cameron, Ambrose und ich genauso vor unserem Lehrer Richard gesessen und gebannt an seinen Lippen gehangen. Wenn auch ich mehr als meine beiden Freunde. Ambrose hatte den Sommer hier verbracht, weil seine Eltern beide Wissenschaftler waren und wollten, dass er etwas dazulernte, Cameron als Strafe, weil er damals schon schwer zu bändigen gewesen war und seine Eltern sich nicht anders zu helfen gewusst hatten und außerdem einmal im Jahr sechs Wochen durchatmen wollten. Und auch wenn meine Gründe denen von Cameron ähnelten, war ich von Anfang an mit Begeisterung dabei gewesen.

»Heute ist Neumond, ein ganz besonderes Ereignis im Mondzyklus«, begann ich und deutete in die Richtung, in der man den Mond vermuten konnte, der aber noch nicht zu sehen war. »Ich habe euch ja schon erzählt, dass es verschiedene Mondphasen gibt, kann mir diese einer von euch sagen? Ja, Mike.«

»Vollmond, Dreiviertelmond, Halbmond, ähm …«, stammelte er.

»Zunehmender Sichelmond!«, rief Emily stolz und schob sich ihr Stirnband zurecht, das sie fast immer trug.

»Richtig. Außerdem der Neumond.«

»Meine Mum sagt, dass man während des Neumondes Verabredungen absagen sollte«, warf Olivia ein.

Innerlich seufzte ich. »Verwechsle die Astronomie nicht mit der Astrologie. Das eine ist Wissenschaft, das andere ist …« Unsinn. »Glaube.«

»Glaubst du nicht an Sternzeichen, Weston?«, fragte mich Emily.

»Nicht wirklich, nein.«

»Mein Dad liest jeden Morgen sein Horoskop«, erwiderte Mike, nahm seine Basecap ab und kratzte sich an der Schläfe.

»Meine Mum auch«, stellte Olivia fest.

»Also der Neumond«, begann ich erneut, »bedeutet, wenn …«

»Was für ein Sternzeichen bist du?«, wollte Benny wissen.

»Jungfrau«, antwortete ich, woraufhin pubertäres Gekicher erklang. »Können wir dann weitermachen?« Die Kinder nickten. »Bei einem Neumond ist dieser von der Erde aus nicht sichtbar, weil er in Richtung der Sonne steht. Das bedeutet, in diesen Nächten, in denen der Mond nicht das hellste Licht abstrahlt, können wir die Sterne besser erkennen.«

Ich öffnete eine App auf meinem Smartphone, mit der man virtuell die Sterne sehen konnte, je nachdem, wohin man es hielt, und reichte es den Kindern.

»Da sind die Sterne der Jungfrau«, sagte Sophie und hielt das Handy in die Richtung.

»Such mal das Sternenbild Schütze!«

»Nein, such mal den Wassermann!«, erklang es, und ich nahm mir vor, den Unterschied zwischen der Astronomie und dem Humbug der Astrologie in den nächsten Wochen definitiv deutlicher zu machen. Hin und wieder, in seltenen Momenten, in denen mir die Kontrolle über meine Gedanken entglitt, wanderten meine Erinnerungen zurück zu dem Tag des Kongresses. Zu diesem Hinterhof. Zur Astrologie. Zu Nova Staron, die mich mit ihrem naiven Charme für einen kurzen Augenblick um ihren Finger gewickelt hatte. Und dann hereingelegt hatte.

Weston Jones, der neue Stern am Himmel der Wissenschaft, ist für viele der Inbegriff eines Genies. Sein Name ein Synonym für Brillanz, seine Arbeiten brachten ihm Anerkennung und Bewunderung auch außerhalb der wissenschaftlichen Riege ein. Doch hinter der glänzenden, charmanten Fassade verbirgt sich ein anderes Gesicht, das nur wenige kennen.

Es scheint, als wäre Jones ein Mann, der sich hinter seiner strengen Fassade nur verstecken möchte und sich hinter komplizierten Formeln und Theorien verschanzt, um sich der Realität und vor allem seinen eigenen Gefühlen nicht stellen zu müssen. Seine Arroganz und sein Desinteresse an anderen Menschen waren abseits der Scheinwerfer, die auf ihn an diesem Abend gerichtet waren, offensichtlich. Doch was steckt wirklich hinter der Maske des strahlenden Sterns?

Die Insiderinformationen, die wir exklusiv erhalten haben, lassen einen anderen Blick auf den berühmten Astronomen zu. Weston Jones mag ein brillanter Wissenschaftler sein, der Perfektion anstrebt, doch gleichzeitig ist er ein zutiefst einsamer Mensch. Es wird berichtet, dass er seit Jahren an schweren Migräneanfällen leidet, die er vor der Öffentlichkeit und seinen Bewunderern verborgen hält. Diese quälenden Kopfschmerzen könnten das Ergebnis eines Lebens im Rampenlicht sein, das ständigen Druck und hohe Erwartungen mit sich bringt.

Im Gespräch mit unserer Quelle verriet Jones, dass die Migräneanfälle oft nach seinen öffentlichen Auftritten auftreten und dass er sich vor diesen Momenten fürchtet. Ein Einblick in die zu-

tiefst persönlichen Sorgen und Ängste des Wissenschaftlers, die bisher unter Verschluss gehalten wurden.

Es bleibt die Frage, ob Jones' Drang nach Perfektion und die Last des Ruhms seinen Tribut fordern. Ist er überarbeitet? Sogar ausgebrannt?

Wir können nur spekulieren, aber eines ist sicher: Hinter der Fassade des Genies verbirgt sich ein Mensch mit Schwäche und vielen Ängsten.

Ich räusperte mich. Diese Erinnerung zeigte mir nur, wie schwer es war, anderen zu vertrauen.

»Zurück zur Astronomie!«, sagte ich fest und war froh, als die Kinder sich wieder besannen.

5

Krebs

Krebse spüren intuitiv,
wenn sie jemand braucht.

Nova

Solveigh hatte früher einmal zu mir gesagt, dass Rückschläge dafür da waren, sich einen neuen Weg zu suchen. War die heutige Enthüllung ein Rückschlag oder ein neuer Weg?

Meine Mum kam zu mir und nahm mir vorsichtig das Bild ab. Sofort mischte sich zu der Besorgnis eine Traurigkeit, die ich noch nie bei ihr gesehen hatte. »Setz dich bitte.«

Ich nahm am Tisch Platz, und sie stellte den Herd auf die unterste Stufe, ehe sie zu mir kam und das Foto in unsere Mitte legte.

»Du hast immer gesagt, du wüsstest nicht, wer mein Vater ist.«

»Ja.« Sie seufzte. »Ich weiß selbst nicht, wieso ich das behauptet habe. Vielleicht war es einfach nur Selbstschutz. Ich wusste, wenn du Kontakt zu ihm aufnimmst und ich ihn wiedertreffe …« Sie verstummte, und ich hatte keine Ahnung, was ich darauf antworten sollte. »Es war egoistisch von mir«, sagte sie leise.

Ich wandte den Blick ab und fixierte erneut das Bild. Theoretisch war die Info in meinem Hirn angekommen, dass ich dort meinen leiblichen Vater vor mir hatte. Doch mein Herz wusste nicht, was es davon halten sollte.

Ich schaute erneut meine Mum an. Die Schuld in ihren Augen tat auch mir weh. »Hast du ihn geliebt?«, fragte ich, denn ich hatte immer angenommen, ich sei in einem Moment der Lust gezeugt worden. In einem Moment, der nichts bedeutet hatte. Wieso hatte sie mich in dem Glauben gelassen? In der Schule hatten die meisten Kinder Väter, die sie liebten. Anfänglich hatte ich mir Geschichten ausgedacht, wo mein Vater war. Er reiste in ferne Länder und rettete die Welt als Arzt, oder er war auf einer Geheimmission in Alaska wie James Bond. Irgendwann hatten mir meine Mitschüler das nicht mehr geglaubt, und ich konnte die Illusion für mich selbst auch nicht mehr aufrechterhalten. Ich hatte es akzeptiert, wie es war, dass ich eben keinen Vater hatte und trotzdem in Ordnung war.

»Ja, ich habe ihn sehr geliebt«, antwortete sie nachdenklich.

»Aber wieso? Wieso habt ihr euch getrennt, wenn das der Fall war?«

»Es war kompliziert.« Sie nahm erneut das Bild, und Wehmut lag in ihrem Blick. »Er wollte in London studieren und die Welt bereisen. Ich nicht. Und als ich herausgefunden hatte, dass ich schwanger war, und ihm sagen wollte, dass er Vater wird, hatte er schon eine andere Frau an seiner Seite. Er hat mich einfach ersetzt, deshalb habe ich mir eingeredet, dass es nichts bedeutet hatte.«

»Also weiß er nicht mal, dass ich existiere?«

Langsam schüttelte sie den Kopf. »Es tut mir leid«, flüsterte sie.

Was wäre gewesen, wenn er es gewusst hätte? Hätte ich mir die Geschichten dann nicht ausdenken müssen, hätte ich einen richtigen Dad gehabt? In meinem Kopf drehte sich alles, und ich hatte keine Ahnung, ob ich betrauern sollte, was mir nie vergönnt gewesen war, oder mich freuen sollte, dass ich nun wenigstens einen Namen hatte. Ich könnte ihn finden! Mich ihm vorstellen! Achtundzwanzig Jahre hatte ich davon geträumt, es war nie zu spät, eine Beziehung zu ihm aufzubauen. Wir könnten alles nachholen.

»Weißt du, wo er jetzt lebt?«

»Nein, leider nicht. Ich habe vermieden, nach ihm zu suchen.«

»Und sein voller Name?«

»Richard Malroy.«

»Okay«, hauchte ich und kramte in meinem Gedächtnis, wieso mir der Name vage bekannt vorkam, doch fand keinen Reim darauf.

Meine Mum streckte die Hände über dem Tisch nach mir aus und legte sie über meine. »Es tut mir so leid, dass ich es dir nie erzählt habe. Ich wusste nicht wie, und irgendwann waren alle richtigen Momente vorbei.«

»Ich kann nicht abstreiten, dass ich wütend bin«, sagte ich. »Aber ich verstehe es irgendwie. Wenn er wirklich eine neue Frau hatte, nur kurz nachdem ihr euch getrennt habt ... Das ist scheiße.« Jetzt fragte ich mich, ob ich ihn überhaupt kennenlernen wollte. Was war, wenn der Vater, den ich mir immer ausgemalt hatte, rein gar keine Gemeinsamkeit mit ihm hatte? Was, wenn er ein Arschloch war, der Sour-Cream-Chips in Zügen aß und alten Frauen den Sitz im Bus wegnahm?

Mum stand auf und verschwand einen Augenblick aus dem Raum, ehe sie mit einer Postkarte zurückkam. Sie gab sie mir und setzte sich wieder. Auf der Vorderseite war eine spitze Gebirgskette zu sehen, darüber der Nachthimmel mit einem gigantischen Mond, der sein Licht über die Silhouette der Gipfel schickte. Ich drehte sie herum und dort stand nur:

Bei diesem Bild musste ich sofort an dich denken.

Richard

»Als du zwei warst, kam die hier. Ich wusste nicht, wie ich damit umgehen sollte, und war kurz davor, Kontakt aufzunehmen. Deine Grandma war früher noch ein wenig extremer in ihren Meinungen. Sie und Richard hatten sich nie richtig verstanden, weil er der Astrologie und Sols Lebensstil nichts abgewinnen konnte. Vielleicht hat sie mir aus diesem Grund davon abgeraten und mir eingeredet, dass wir keinen Mann in unserem Leben brauchen und es zu dritt viel besser geht. Er würde nur Chaos mitbringen, hätte er seine Frau immer noch, vielleicht Kinder mit ihr … Das konnte ich ihm nicht antun.« Sie räusperte sich den Kloß aus dem Hals, es fiel ihr nicht leicht, darüber zu sprechen. »Ich wollte ihn so in Erinnerung behalten, wie ich ihn damals gekannt hatte, und mir das Bild nicht kaputtmachen. Es war unfassbar egoistisch von mir, aber ich hatte angenommen, dass du ein glückliches Kind bist, dem nichts fehlt.«

»Hat es auch nicht«, erwiderte ich. »Trotzdem hätte ich es gern gewusst. Nur um selbst entscheiden zu können, wie ich damit umgehe.«

»Was ich verstehen kann.« Sie zögerte. »Wenn du Kontakt zu ihm aufnehmen möchtest, dann tu das. Ich stehe dir nicht im Weg und unterstütze dich, wo ich kann.«

»Danke, Mum.« Ich sah ihr an, dass sie litt, und das ließ ein zweites Mal einen Riss in meinem Herzen entstehen. Deshalb stand ich auf und schlang die Arme um sie. »Es ist okay«, wisperte ich, und sie drückte mich noch ein wenig fester an sich. »Wer weiß, wozu es gut war.«

Als ich mich von ihr löste, erschien endlich wieder ein vorsichtiges Lächeln auf ihren Lippen. »Er hat die Sterne geliebt. Wie du.«

»Wirklich?«

Sie nickte. »Er wollte Astronomie studieren.«

Ich musste kurz lachen. »Ach so einer war er also.«

»Du ahnst nicht, wie oft Solveigh und er sich in den Haaren hatten«, erwiderte sie lächelnd, und ich sah es vor meinem inneren Auge. Jemand, der Solveigh Kontra bot, konnte nur stark sein. Mum öffnete eine Flasche Cider, und nachdem wir auch die anderen Bilder runter in die Küche geholt hatten, erzählte sie mir bei zwei Gläsern jedes Detail von damals, das sie noch wusste.

Wow. Als ich angekommen war, hätte ich niemals gedacht, herauszufinden, wer mein Vater war. Richard Malroy. Hatte ich sogar Geschwister? Ich hatte mir immer eine kleine Schwester gewünscht, vielleicht würde dieser Traum nun wahr werden?

Ich beschloss, Montagmorgen direkt Nachforschungen anzustellen. Wenn ich mir sicher war, dass ich wirklich bereit war, ihn zu treffen.

Irgendwann lief ich nach draußen. Solveigh saß auf einem Stuhl auf der Terrasse und paffte an einer E-Zigarette. Der dichte Apfelduft umwaberte mich, als ich zu ihr ging und mich neben sie setzte.

»Wieso hast du es mir nicht gesagt?«, fragte ich und fühlte den gleichen Verrat wie eben bei dem Gespräch mit meiner Mutter. Ich hatte angenommen, dass meine Mum und Grandma die einzigen beiden Menschen waren, denen ich uneingeschränkt vertrauen konnte.

»Es war nicht meine Aufgabe.«

»Aber du hättest Mum sagen können, dass sie es tun soll.«

»Und dann? Dann hättest du ihn kennengelernt, und wärst du glücklicher oder unglücklicher geworden?« Sie legte die E-Zigarette zur Seite und lehnte sich nach vorn. »Ich konnte dein Unglück genauso wenig riskieren wie das deiner Mum. Richard hat sie nicht glücklich gemacht, nicht zu uns gepasst.«

»Sagtest du nicht einmal, dass negative Erfahrungen zum Leben dazugehören und uns formen?«

»Ich sage viel, wenn der Tag lang ist«, erwiderte sie leichthin. »Ich sage auch, dass du dich in deinem Job zu sehr in Regeln pressen lässt, und trotzdem hast du ihn immer noch, oder?«

»Das reicht mir nicht.«

»Er war ein eingebildeter Analytiker, der seine Seele für seinen Beruf verkauft hat! Er hätte keinen einzigen Tag die Vaterrolle übernommen, die du ihm andichtest. Lass deine Entscheidungen nicht von Hoffnungen lenken.«

»Aber er hat Mum geliebt, richtig?«

Sie nickte. »Und er war loyal, zumindest dachte ich das, bis deine Mutter tränenüberströmt hierher zurückkam, weil sie ihn mit einer anderen Frau gesehen hatte. Sie hätte durch den Stress fast Wehen bekommen und dich zu früh auf die Welt gebracht. Diesen Schmerz verzeihe ich ihm nicht.«

Ich lehnte mich zurück und schaute durch das dichte Blätterdach der Eichen und Buchen im Garten nach oben in den Himmel. »Was würdest du sagen, wenn ich Kontakt zu ihm aufnehme?«

»Dass du erwachsen genug bist, das selbst zu entscheiden, ich ihn aber nicht hier sehen will.«

»Das sagst du, die jeden Menschen hier sonst ohne Wenn und Aber aufnimmt?«, erwiderte ich überrascht.

»Die haben auch nicht mein kleines Mädchen verletzt«, antwortete sie. »Schütz dein Herz, kleine Fee. Das ist der einzige Rat, den ich dir mitgeben kann.«

Sharon kam von der anderen Seite des Gartens auf uns zu. Behäbig stand Solveigh auf und strich sich den Kimono glatt. Sie wirkte erst ein wenig müde, dann straffte sie die Schultern, und neue Energie durchfloss ihren schlanken Körper, ehe sie mir die Hand hinhielt, die ich ergriff.

Sie zog mich in eine feste Umarmung. »Komm, deine Mum hat gekocht, lassen wir sie nicht warten, sonst nervt sie uns mit ihrem Gemecker den gesamten Abend«, sagte Grandma und hörte sich an wie immer.

Sharon hakte sich bei ihr unter, und gemeinsam gingen wir in die Küche. Ohne noch ein Wort über meinen Vater zu verschwenden, aßen wir zu Abend und warteten bei einer Flasche Rotwein auf den Neumond und die Menschen, die diesen gemeinsam mit Solveigh und Sharon verbringen wollten. Doch im Moment waren wir nur vier Frauen, die lachten, tranken und jede ihren eigenen Gedanken nachhing.

Hätte es irgendetwas an meinem Leben geändert, wenn ich meinen Vater früher getroffen hätte? Vielleicht hatte Sol recht, und ich presste mich durch meinen Job als Journalistin zu sehr in eine Schublade, aus der es irgendwann kein Entkommen mehr gab. Wie mein Vater? Hätte er zurückgewollt, wenn er es gekonnt hätte? Aber mein Beruf war das, was ich tun wollte, oder? Dafür hatte ich studiert und arbeitete jede Woche hart, um irgendwann nicht mehr nur Horoskope für Menschen zu schreiben, die ohnehin nicht wirklich daran glaubten, nein, ich wollte mehr. Mehr Berichte, mehr Interviews, und vor allem mehr Artikel schreiben, die das Denken der Leute wirklich erreichten und umkrempeln konnten.

Und mal wieder dachte ich an das Treffen mit Weston Jones

vor vier Jahren. Hatte ich meine Seele für den Erfolg verkauft und seine Verletzlichkeit ausgenutzt? Ich wusste es nicht, damals war ich neu und unerfahren gewesen und hatte etwas bewegen wollen, hatte mich zu sehr von dem Enthusiasmus meiner Chefin einnehmen lassen, die für den Klatsch lebte. Mein schlechtes Gewissen sollte nicht so groß sein. Er war großkotzig und abweisend gewesen. Wenn er ein Problem hatte, dass diese Fakten irgendwer herausfand, musste er sich selbst ändern.

Durfte ich es mir so einfach machen? Denn dieser kurze Moment, diese Verbindung zwischen uns, konnte ich auch jetzt noch nicht ignorieren.

6

Jungfrau

Jungfrauen verlassen sich immer auf ihren klaren Verstand.

Weston

Meine Finger krampften sich um das Lenkrad. Der weiße Transporter auf der anderen Straßenseite war unverkennbar, als ich den schmalen Weg in die Straße einbog, in der ich wohnte. Hier gab es weder Nachbarn noch andere Plätze, die von Gästen besucht werden würden, also eröffnete sich nur eine Option. Diese verdammten Paparazzi hatten immer noch nicht genug und geierten nach einem Skandal. Selbst sechs Monate hatten nicht ausgereicht, um Gras über meinen Abgang wachsen zu lassen, aber vielleicht tauchte immer irgendjemand auf, der in trüben, stillen Gewässern fischte, um doch noch Gold zu finden. Erbärmlich.

Ich hielt hinter dem Transporter. Kein Aufdruck, also war es vielleicht nur irgendein winziger Sender, den ohnehin niemand schaute. Ich sollte es auf sich beruhen lassen. Einfach weiterfahren. Ihn ignorieren. Doch ich konnte nicht. Die Wut bahnte sich mit spitzen Krallen einen Weg durch mein Innerstes und hinterließ einen brennenden Schmerz. Nur wegen dieser Aasgeier hatte sich mein Leben von einer Sekunde auf die nächste um hundertachtzig Grad gedreht. Mehr noch als das. Ich hatte einen der Menschen verloren, die mir am meisten von allen etwas bedeutet hatten. Zwischen einem Haufen von

Speichelleckern war es schwer, jemanden zu finden, der einem die Wahrheit sagte. Richard war so ein Mensch gewesen. Ehrlich, unendlich loyal, ein wirklicher Freund. Und der Stich der Schuld ätzte ein Loch in meine Brust.

Nein, ich konnte nicht einfach reingehen und es auf sich beruhen lassen. Also stieg ich aus, meine Hände ballten sich zu Fäusten, während ich auf den Wagen zulief. Mit aller Wucht hämmerte ich an die Fahrerscheibe, und ein schlaksiger Mann dahinter zuckte zusammen.

Vorsichtig ließ er die Scheibe nur einen Spalt hinunter, wahrscheinlich weil mein Anblick nicht gerade etwas Gutes verhieß.

»Ja?«, kam es piepsend aus dem Innern.

Meine Wut wuchs weiter. Er wollte eine Story abgrasen, doch eine direkte Konfrontation mit seinem Opfer vermeiden? Sorry, nicht mit mir.

»Verpiss dich«, spie ich aus. »Hier gibt es nichts zu sehen, investiere die knappe Zeit deines jämmerlichen Lebens lieber in andere Dinge, als fremde Menschen auszuspionieren und deren Existenzen zu zerstören.«

»Wie bitte?«

»Du hast mich verstanden. Wenn ich dich noch einmal hier sehe, nehme ich dein Auto auseinander, während du drin sitzt.«

Ich wartete nicht auf eine Antwort, als ich mich abwandte und zurück zu meinem Wagen ging. Der Motor des Transporters startete, und dieser Typ konnte gar nicht schnell genug wegkommen. Gute Entscheidung.

Zurück in meinem Auto atmete ich einen kurzen Moment durch und sammelte mich. Ich sollte mich nicht so sehr von solchen Dingen aus dem Konzept bringen lassen, mich endlich einkriegen, doch plötzlich und unaufhaltsam wuchs der Kloß in meinem Hals und schnürte mir die Luft ab. Das Brennen trieb mir Tränen in die Augen, die ich zornig wegwischte. Ich hatte es so satt, mich so zu fühlen. Hilflosigkeit war etwas für andere.

Hawking gab ein leises Hecheln und Gähnen von sich, als hätte er meine Stimmung gespürt. Das half mir, mich zusammenzureißen und in meine Einfahrt einzubiegen.

Mit immer noch zittrigen Fingern tippte ich den Zahlencode auf dem Zugangsterminal ein, und das hohe schmiedeeiserne Tor glitt auf. Der Anblick vor mir erdete mich jedes Mal und zeigte mir, dass ich die richtige Entscheidung getroffen hatte. Denn vor einem halben Jahr, als ich mein Leben in London abrupt abgebrochen hatte, war mir das alte Landhaus in Canterbury wie durch Zufall in die Hände gefallen.

Ich hatte genug angespart, um es mir leisten zu können, und nicht lange überlegt. Das mit Kletterpflanzen bedeckte Haus im palladianischen Stil aus dem siebzehnten Jahrhundert bestand aus grauen Backsteinen, kleinen Türmchen mit Wasserspeiern und schmalen Säulen, die den Eingangsbereich einsäumten. Ich mochte die Giebel und die Erkerfenster, außerdem die gigantische Bibliothek, die mich als größter Raum mit vertäfelten Wänden und hohen Bücherregalen sofort überzeugt hatte.

Doch der eigentliche Grund, weshalb ich sofort zugeschlagen hatte, war die Sternwarte, die sich am Rand der Klippen auf dem einhundert Hektar großen Grundstück befand. Sie war irgendwann um neunzehnhundert gebaut und vor einigen Jahren modernisiert worden. Es war, als wäre dieser Ort für mich gemacht. Als hätte er nur darauf gewartet, dass ich ihn entdecke.

Das Tor schloss sich hinter mir, als ich auf den Hof fuhr. Der Kies knirschte unter meinen Reifen, und ich parkte meinen Audi neben einer schwarzen Yamaha Vmax und einem schwarzglänzenden Bentley, der aussah wie das Auto von James Bond. Auch wenn ich es niemals offen zugegeben hätte, war ich froh, heute nicht allein sein zu müssen. Cameron und Ambrose waren die einzigen beiden Menschen, die den Zugangscode zu meinem Anwesen kannten, weil ich ihnen mein uneingeschränktes Vertrauen entgegenbrachte.

Ich stieg aus und ließ Hawking aus dem Kofferraum, der mit einem lauten Kläffen hinuntersprang und um das Haus herumrannte. Mittlerweile hatte die Dämmerung den Tag übernommen, doch bis zum endgültigen Sonnenuntergang dauerte es noch zwei Stunden.

Vom Beifahrerplatz schnappte ich mir die Ledermappe mit meinen Unterlagen und stieg die hohe Treppe hoch, die zur Eingangstür hinaufführte. Eigentlich war das Haus deutlich zu groß für nur eine Person, allerdings mochte ich das Gefühl von Freiheit, das mich umgab, wenn ich zu Hause war. Mein altes Apartment in London war mir schon immer zu eng vorgekommen, was jedoch kein Grund gewesen wäre, wegzuziehen. Den hatte ich dann allerdings vor einem Dreivierteljahr frei Haus geliefert bekommen.

Ich öffnete die Tür und hörte bereits Stimmen, die in den Flur hineinschallten, hin und wieder unterbrochen von Hawkings Gebell.

Als ich das Wohnzimmer vom Flur aus betrat, sah ich, dass die weite Terrassentür bereits geöffnet war und meine beiden Freunde mit einem Bier auf den gemütlichen Loungemöbeln saßen. Cam trug wie so oft seine blonden Haare in einem Man-Bun, seine Haut war gebräunt, und er zeigte seine Grübchen, als er mich angrinste.

»Konntet ihr es mal wieder nicht erwarten, mich zu sehen?«

»Du weißt doch, wie sehr wir dich vermissen, West«, erwiderte er.

Ambrose hob mir eine Bierflasche entgegen, ich bedankte

mich und ließ mich auf einen der freien Sessel fallen. In seinem zugeknöpften, strengen Hemd, mit der dunkel umrahmten Brille und seinen schwarzen, zurückgekämmten Haaren sah er aus wie immer – wie der Bibliothekar, der er gewesen war. Nach seiner Zeit in der *London Library* hatte er sich seinen Traum erfüllt. Nun betrieb er einen eigenen, kleinen Buchladen in Londons Innenstadt und hatte seine Berufung genauso gefunden wie Cam mit seinem Job als professioneller Extremkletterer, der durch die halbe Welt reiste. Nur ich hatte den Weg verloren, dem ich seit meiner Jugend gefolgt war.

Hawking schob seinen Kopf unter meine Hand, als wollte er mich aufmuntern, und ich strich ihm durch das Fell. »Und, was machen die Kids?«, fragte Cam, der es immer noch nicht verstehen konnte, wieso ich den Job bei der Sendung an den Nagel gehängt hatte. Wobei er schon verstand, weshalb ich eine Auszeit brauchte, aber nicht, dass ich deshalb mein gesamtes Leben umgekrempelt hatte. Er brauchte weder die Sicherheit eines festen Zuhauses noch einen Hafen, zu dem er immer wieder zurückkommen konnte, und ehrlicherweise hatte ich selbst nicht gedacht, dass ich ein Typ war, der das brauchte. Doch ich hatte genug von der Rumreiserei, dem Leben in kahlen, unpersönlichen Forschungsstationen und meiner Zeit zwischen Events und einem Apartment, das ich kaum nutzte.

»Denen geht's gut«, erwiderte ich. »Lernen fleißig.«

»Du kannst froh sein, dass du nicht solche Jungs wie uns damals dabeihast«, sagte Cam grinsend.

»Wir wären nur halb so oft ermahnt worden, wenn du uns nicht angestiftet hättest, nachts abzuhauen und zum Strand zu gehen.« Ambrose nippte an seiner Bierflasche.

»Entspann dich, Brosey, hätte ich euch nicht aus eurer Komfortzone gezogen, hätte es niemand gemacht.«

»Vielleicht ging es uns dort gut.«

Cam lachte. »Vergiss nicht, dass Maddy McAdams dich nur meinetwegen geküsst hat. Du hättest deinen ersten Kuss immer noch nicht hinter dir, wenn ich sie und ihre hübsche Freundin nicht eingeladen hätte, uns Gesellschaft zu leisten.«

Seufzend verdrehte Ambrose die Augen. Wobei er damit immer noch aussah wie ein italienisches Männermodel, auch wenn er das ganz bestimmt nicht hören wollte. Es lag also definitiv nicht an Cam, dass ihm die Frauen zu Füßen lagen, doch bisher hatte unser Freund noch keine gefunden, die seinen hohen Ansprüchen auf Dauer genügen würde. »Wenn es das ist, was du glaubst, nur zu. Ich bin dir auf ewig zum Dank für diese Tat verpflichtet.«

»Das wollte ich hören.« Cam hob die Bierflasche und trank einen Schluck.

»Ist es nicht seltsam, wieder dort zu sein?«, fragte Ambrose diesmal mich.

Ich überlegte einen Moment und knibbelte am Flaschenetikett herum. »Ich würde lügen, wenn ich nein sagen würde. Hin und wieder ist es tatsächlich seltsam, vor allem, weil ich am gleichen Ort stehe, wo Richard mit uns stand. Die gleichen Dinge sage, die er uns beigebracht hat.« Meine beiden Freunde nickten verständnisvoll, der Spaß war aus ihren Gesichtern gewichen. »Aber es fühlt sich auch so an, als wäre ich ihm dadurch näher, versteht ihr, was ich meine? Als müsste ich das tun, um sein Vermächtnis weiterzutragen.«

»Ja, klar«, sagte Ambrose. »Ihr hattet ein besonderes Verhältnis, du warst wie ein Sohn für ihn.« Er hob die Flasche. »Auf Richard.« Cam und ich taten es ihm gleich. Der dumpfe Schmerz, der als Stachel meines schlechten Gewissens tief in meiner Brust steckte, begann erneut zu glühen und jedes Nervenende in Brand zu setzen. Meine Freunde wussten viel. Aber sie wussten bis heute nicht alles.

»Auf Richard. Und die Astronomie!«, erwiderte Cam, und das unwohle Bauchgefühl flachte kaum ab, während wir anstießen.

Hawking stupste mich erneut an der Hand an. »Ich glaube, da hat jemand Hunger.« Ich stand auf.

»Danke, dass du daran denkst, ich hab wirklich einen Bärenhunger«, meinte Cam und rieb sich den Bauch.

»Ich meinte da eher den Hund.«

»Und wenn es mich nicht gäbe, würdest du den armen Kerl immer noch nur Hund nennen. Welcher Mensch tut so etwas?« Hawking trottete zu ihm, und Cam verwuschelte ihm das Fell, verstellte die Stimme, wie es viele Menschen taten, wenn sie mit Tieren oder Babys redeten, was ich unerträglich fand. »Oder, mein Junge, du guter, guter Hawking? Du hast doch einen Namen verdient, der dir gerecht wird!«

Seufzend verdrehte ich die Augen. »Gut, Steaks für den Hund und uns. Mach schon mal den Grill an, Cam, damit wir gleich rübergehen können.«

»Das lass ich mir nicht zweimal sagen!«

Eine Stunde später hatte ich die Kuppel der Sternwarte geöffnet, und Cam, Ambrose und ich schauten abwechselnd durch das Teleskop in den dunklen Nachthimmel, während Hawking in seinem Körbchen in der Ecke lag und selig schlummerte. Egal, wie oft ich hier war, jeder Blick fühlte sich immer noch einzigartig an. Als könnte ich niemals genug von dem bekommen, was sich vor uns auftat. Ob der menschliche Geist überhaupt in der Lage war, das Universum irgendwann einmal zu begreifen und wirklich zu verstehen? Alle Einzelheiten aufzudecken, die es aufzudecken gab? Ich glaubte es nicht und fand gerade darin den Reiz. Es war eine unerschöpfliche Quelle von Fragen, die es zu beantworten galt.

Während wir noch ein weiteres Bier tranken und uns mit dem Durchsehen abwechselten, bewunderten wir kosmische Nebel, die vier Galileischen Monde des Jupiter, Galaxien, die Millionen von Lichtjahren entfernt waren, oder den Saturn mit seinen Ringen. Neue Sterne, die geboren worden waren, oder alte, die im Feuer starben.

Es war wie ein Blick in die Unendlichkeit, der sich ständig veränderte. Es war das Gegenteil von Stillstand. Die absolute Perfektion.

7

Krebs

Krebse neigen nicht dazu,
risikofreudig zu sein.

Nova

»Wann hat diese Qual ein Ende?«, flüsterte mir mein Kollege William zu, während wir in der Redaktionsküche standen und auf das neue Mutterglück anstießen. Es wirkte so, als drängten sich alle Mitarbeiter des *The Stunning* in dem kleinen Raum zusammen wie sensationslustige Schafe einer Herde. »Warte ab, bald wird Melanie nur noch über Babyklamotten, Babybrei, Babykotze, Babynamen und Babyzubehör reden, den ganzen Tag.«

Ich stupste Will mit dem Ellenbogen in die Seite. »Hör auf damit und gönn ihr das neue Glück«, flüsterte ich scharf und hob mein Sektglas in Richtung unserer Kollegin, die gerade ihre Rede an alle beendet hatte und mit dem berühmten Baby-Glow in die Runde lächelte. Will drehte sich zur Küchenzeile um, an der wir lehnten, und schnappte sich eine der Minipizzen, die Melanie mitgebracht hatte.

»Sie tut mir jetzt schon leid. Ihre gesamte Zeit wird daraus bestehen, die Bedienstete eines sabbernden, kleinen Menschen zu sein«, nuschelte er mit vollem Mund und setzte ein falsches Lächeln auf, als er sich wieder umdrehte.

»Sei nicht verbittert«, erwiderte ich.

Will seufzte. »Lass mich verbittert sein. Wenn jemand ein Anrecht darauf hat, dann ich.« Er schenkte mir ein trauriges

Lächeln. Im Grunde war mein Kollege und Freund William kein schlechter Mensch, er hatte einfach nur eine ziemlich üble Trennung von seiner Sandkastenliebe Lily hinter sich. Die beiden waren sogar verlobt gewesen, bis sie vor zwei Monaten klischeehafterweise mit ihrem Masseur durchbrannte und Will wieder von vorne anfangen musste. Mit schlechten Dates, Bekanntschaften, die sich irgendwann einfach nicht mehr meldeten oder als viel zu anhänglich herausstellten. Ich verstand seine Verbitterung auf eine Art, auch wenn ich nicht so zwanghaft nach einer erfüllenden Beziehung suchte wie er. Denn meine Mum und Solveigh hatten mir ausreichend beigebracht, meinen Wert nicht an einem Mann zu messen.

Als die Gruppe sich langsam auflöste, kippten wir den Restinhalt unserer Sektgläser hinunter, gratulierten Melanie noch mal persönlich und liefen über den Flur zurück in unser gemeinsames Büro. »Und wie war dein Wochenende? Was hat deine Grandma jetzt wieder abgezogen? Ich brauche eine Story, die mich ablenkt.«

»Oh, da kann ich dir etwas ziemlich Gutes erzählen.« Ich nahm gegenüber von seinem Schreibtisch an meinem Platz.

Will streckte den Kopf an seinem Bildschirm vorbei und schaute mich neugierig an. »Das hört sich spannend an.«

Ich berichtete ihm von der Aufräumaktion auf dem Dachboden, meinem Fund und dem anschließenden Gespräch mit meiner Mum.

»Nicht dein Ernst!« Er riss die Augen ein wenig auf.

»Ich hab mir die Geschichte ganz bestimmt nicht ausgedacht«, gab ich zurück.

»Dein Vater? Wie unglaublich ist das denn?«, gab Will zurück, was ich mit einem überforderten Schulterzucken beantwortete. »Und wirst du ihn suchen?«

»Ehrlich gesagt, weiß ich es noch nicht. Ich meine, es sind nicht mal eben ein oder zwei Jahre vergangen. Er wusste achtundzwanzig Jahre nichts von mir. Wenn das ein Schock für mich war, wie muss es für ihn sein?«

»Du musst es tun! Nova, dein Vater ist irgendwo da draußen, und du kannst mit ihm sprechen!«

Die Angst vor dem, was mich erwarten würde, war größer als meine Neugier. Oder?

Unsere Chefin Geraldine lief an der offenen Tür unseres Büros vorbei, und wir widmeten uns schnell wieder unserer Arbeit. Doch auch wenn es äußerlich so aussah, als würde ich tief im Schreiben der Horoskope für die kommende Woche stecken, drehten sich meine Gedanken weiterhin im Kreis. Ja, es waren viele Jahre vergangen, aber war das ein Grund, weitere zu verschwenden, nur weil ich Angst hatte?

Sehnte ich mich insgeheim in meinem Job und meinem Leben nicht schon lange danach, auszubrechen, etwas Neues zu wagen? Wo war die abenteuerlustige, motivierte junge Frau hin, die mich am Anfang meiner Journalistenkarriere im Spiegel angesehen hatte? Wie fast jeder andere Mensch auf diesem Planeten war ich dem Trott verfallen. Ich zog es jeden Tag durch, Horoskope und kleinere Artikel für ein mittelmäßig erfolgreiches Frauenmagazin zu schreiben, traf mich mehrmals die Woche mit Freunden, datete hin und wieder einen Typen, nur um herauszufinden, dass es nicht funktionierte, und besuchte an einigen Wochenenden meine Familie. Das war mein Leben, und sehnte ich mich nicht nach einem Abenteuer?

Ich würde lügen, wenn ich diese Frage verneinte.

Mit klopfendem Herzen öffnete ich den Browser und zögerte einen Moment, ehe ich *Richard Malroy* eingab. Die zwei Sekunden, bis eine Reihe von Bildern und Text sich öffneten, fühlten sich an wie eine Ewigkeit. Doch da war er.

Mit angehaltenem Atem starrte ich einem Mann Mitte fünfzig entgegen. Er hatte dunkelbraunes Haar, das für sein Alter noch recht voll wirkte und dem Farbton meiner eigenen Haare ähnelte. Dazu graue Augen, die von Lachfältchen umgeben waren. Er sah nett aus, wie der freundliche Nachbar von nebenan. Allerdings taten das auch viele Serienkiller, das Aussehen allein sagte rein gar nichts über einen Menschen aus. Trotzdem wollte ich mehr herausfinden, die Journalistin in mir erwachte aus ihrem Dämmerschlaf.

Ich klickte auf die Bildersuche, und einige Fotos erschienen. Auf vielen war er bei Vorträgen zu sehen, stand vor einer Leinwand oder vor Reihen mit Studenten. Auf einigen unterhielt er sich mit wichtig aussehenden Menschen auf Konferenzen, kein Bild davon wirkte, als wäre es ein privater Schnappschuss. Ich fand keine Familienfotos, kein privates Social-Media-Profil. War die Frau, die meine Mum damals gesehen hatte, vielleicht gar keine neue Freundin gewesen?

Ich klickte auf einen Artikelauszug der UCL. Anscheinend war er dort Dozent für Astrophysik und Astronomie. Es zauberte mir ein Lächeln auf die Lippen, dass mein Vater die Sterne genauso sehr liebte wie ich und es eines der Dinge war, die meine Mum und ihn wohl verbunden hatten. Ich konnte mir förmlich vorstellen, wie er mit Solveigh über die unterschiedlichen Ansätze der Astronomie und der Astrologie diskutierte.

Ich las über einen Mann, der sich für seine Studenten aufopferte und viel Zeit in seinen Job investierte. Auf vielen Fotos war er mit jungen Menschen zu sehen, und etwas sagte mir, dass er gar nicht so verkehrt sein konnte, vielleicht sogar ein Vorbild für viele war. Doch je weiter ich las, umso melancholischer wurde der Ton des Artikels, bis ich zu einem Satz kam, der Gänsehaut auf meinem Körper verteilte.

> Deshalb betrauern wir den Unfalltod eines der beeindruckendsten Menschen, Astrophysikers und Freundes …

Geschockt klickte ich zurück zur Suchmaschine und gab erneut seinen Namen ein, scrollte die Seiten weiter nach unten, und tatsächlich – ein Bericht über Richards Beerdigung, bei dem fast der Londoner Friedhof geschlossen werden musste, weil so viele Menschen kamen. Richard war … Ich konnte es kaum denken, während eine heftige Traurigkeit mich erfasste. *Richard hinterlässt seine Arbeit an der UCL und seine Studenten.*

Keine Frau, keine anderen Kinder. Entgegen der Meinung meiner Mum, er hätte sie durch eine andere Frau ersetzt, hatte er sein Leben ganz seinem Job verschrieben. War das auch der Grund gewesen, weshalb meine Mum und er ihre Beziehung beendet hatten? Ich öffnete eine weitere Reihe von Bildern, auf denen traurige Menschen mit dunkler Kleidung zu sehen waren. Mein Blick fiel auf einen hochgewachsenen Mann im Hintergrund. Er trug einen schwarzen Anzug und eine dunkle Sonnenbrille, hatte die Hände in die Hosentaschen geschoben und schaute auf den Boden. Moment.

Ich vergrößerte das Foto, denn irgendetwas an diesem Mann kam mir bekannt vor. War das nicht … Gott, es waren Jahre vergangen, seitdem ich Weston Jones gegenübergestanden hatte, aber ihn würde ich niemals vergessen. Er hatte mir durch den Artikel, den ich über ihn geschrieben hatte, ein gutes Standing bei meiner Chefin eingebracht.

Ich sprang zurück zu den Bildern, klickte mich durch Artikel und die Webseite des Colleges, bis ich auf ein Foto stieß, das älter wirkte. Es zeigte Richard lachend neben Weston, der dort vielleicht gerade mal Anfang zwanzig war. Er sah deutlich freundlicher und besser gelaunt aus, als ich ihn kennengelernt hatte, war sogar ziemlich süß mit dem zerzausten dunkelbraunen Haar und dem Dreitagebart, den er schon damals gehabt hatte. Sicherlich hatte er vielen Frauen in seiner Studentenzeit das Herz gebrochen.

Ich gab beide Namen ein und stieß auf viele Seiten, die eine Verbindung herstellten. Konferenzen und Vorträge, die die beiden zusammen gehalten hatten, außerdem einige Interviews von Weston, die er als Fernsehstar gegeben hatte, in denen er Richard als seinen Mentor und Vertrauten erwähnte. Augenblicklich wurde mir klar, wieso mir sein Name durch meine ersten Recherchen leicht bekannt vorgekommen war. Je tiefer ich grub, umso mehr kam heraus, dass die beiden mehr waren als Dozent und Schüler. Westons Dad war früh gestorben, und vielleicht sah er in Richard mehr einen Vater? Irgendwie schmerzte die Erkenntnis, dass Richard für ihn das war, was ich mir immer gewünscht hatte.

Weston Jones gibt Karriere auf

Nach dem Autounfall seines Mentors Richard Malroy kündigte Weston Jones kurzerhand auf dem Höhepunkt seiner Karriere seinen Job bei dem Streaminganbieter und zog Recherchen zufolge nach Canterbury in ein altes Herrenhaus. Er kappte jede Verbindung in die Öffentlichkeit, verärgerte nicht nur seine Fans, sondern bezahlte aufgrund der vorzeitigen Vertragsbeendigung und des Bruches eine fünfstellige Summe an den Streamingdienst …

Ich atmete tief ein und sah aus dem Fenster, weil ich das eben Gelesene verarbeiten musste. Richard, mein Vater, den ich niemals kennengelernt hatte, war gestorben. Ich würde niemals die Chance bekommen, ihn zu treffen. Doch anscheinend war er ein guter Mensch gewesen, der viele inspiriert hatte. Allen voran Weston Jones. Der Weston Jones, der das Gegenteil von Richard war. Der dachte, die Welt drehe sich um ihn und seine zahlreichen Erfolge in der Wissenschaft. Der, der überhebliche Witze über die Astrologie riss und nichts so wichtig nahm wie sich selbst. Und der vielleicht mein einziger Anhaltspunkt war, um mehr über meinen Vater herauszufinden. Mein Gehirn zählte eins und eins zusammen, und kurzerhand stand ich ruckartig auf.

»Was ist los?«, fragte Will überrascht.

»Bin gleich wieder da!«

Ich stürmte zum Büro unserer Chefin und klopfte dreimal an. Als ein *Herein* erklang, drückte ich die Tür auf, und Geraldine schaute überrumpelt auf.

»Nova, wie kann ich dir helfen?«

»Du erinnerst dich an den Artikel, den ich in meiner Probezeit hier geschrieben habe?«, kam ich direkt zum Punkt.

»Natürlich«, erwiderte sie.

»Vielleicht habe ich die Möglichkeit, erneut an Weston Jones ranzukommen, und ich möchte einen weiteren schreiben«, sagte ich fest, weil eine Idee in meinem Kopf reifte. Ich würde mehr über meinen Vater erfahren und bekam gleichzeitig die Chance, aus dem Hamsterrad zu treten, in dem ich mich gerade befand. Irgendwie würde ich herausfinden, wo er sich aktuell aufhielt. Stand in dem einen Artikel nicht Canterbury, was zumindest ein Anhaltspunkt war, und etwas von einem Feriencamp in der Nähe? Verband diese Informationen irgendetwas miteinander?

Ich hatte kaum die Worte ausgesprochen, da erkannte ich das Glitzern in Geraldines Augen. Sie war nicht immer fair oder besonders großzügig zu ihren Angestellten, aber sie war eine hungrige Löwin in ihrem Job.

»Schließ die Tür und setz dich bitte. Was meinst du damit?«

Ich tat wie angewiesen und nahm Platz. »Ich habe herausgefunden, wo sich Weston Jones aufhält, und ich möchte eine zweite Chance. Mein erster Artikel hat uns Publicity und ein paar mehr Verkäufe eingebracht, oder?« Ich setzte alles auf eine Karte, weil ich wusste, dass ich recht hatte. Denn meine Chefin wollte vor allem eins: Erfolg und Ansehen.

»Ich bin mir sicher, dass ich mehr kann, tiefer in die Schlagzeilen von Weston Jones eintauchen, herausfinden, wieso er sich aus dem Rampenlicht zurückgezogen hat.« Obwohl ich den offiziellen Grund wusste, hatte ich das Gefühl, dass es da mehr zu entdecken gab. Viel mehr. Und dass dies der Funken sein könnte, der mich endlich voranbrachte, mir das Abenteuer lieferte, nach dem ich mich sehnte.

»Und du denkst, du kommst so einfach an ein Interview? Das haben viele vor dir probiert.«

»Ja, damals auch, und ich habe geliefert, richtig?«, gab ich selbstbewusst zurück.

Auf den Lippen meiner Chefin erschien ein kleines Grinsen, und sie faltete die Hände auf dem Tisch. Ich hatte definitiv ihr Interesse erregt. »Wenn du es schaffst, Mr. Astronomie zu einem Interview zu bringen und noch dazu irgendetwas aufzudecken, was er versucht zu verstecken, dann habe ich vielleicht einen Posten als neue Kolumnistin zu vergeben, jetzt wo Melanie in den Mutterschutz geht.«

»Wirklich?«, gab ich zurück, denn dieser Tag nahm eine ziemlich überraschende Wendung. Auch wenn ich mit dem

Gedanken gespielt hatte, das Magazin ganz zu verlassen und mich bedeutenderer journalistischer Arbeit zu widmen, wäre das vielleicht eine Möglichkeit, mein Können zu beweisen und Geraldine dazu zu bekommen, mir eine entsprechende Beurteilung zu schreiben.

»Ich mag es, wie du denkst, du machst gute Arbeit, und ich habe schon länger darüber nachgedacht, wer für die Stelle geeignet wäre. Es gibt natürlich noch Konkurrenz, aber dieser Artikel würde dich ein gutes Stückchen voranbringen.«

»Wann kann ich anfangen?«, fragte ich motiviert.

»Schließe deine Arbeit für heute ab und kümmere dich um eine Unterkunft. Dann kannst du von mir aus sofort losfahren und die kommende Zeit unterwegs arbeiten. Je früher, umso besser.«

»Einverstanden.«

8

Jungfrau

Jungfrauen haben einen starken Sinn für Pflicht und Verantwortung.

Weston

»Und das ist ein Weißer Zwerg«, schloss ich meine Erklärungen über den Lebenszyklus eines Sterns ab und deutete auf die Leinwand hinter mir. Heute war ein verregneter, stürmischer Tag, und es gab keine Chance, auch nur einen winzigen Teil des Himmels durch die dichten Wolken sehen zu können. Aus diesem Grund war ich mit den Kindern in einen der Lernräume ausgewichen. Wir hatten die Tische zur Seite geschoben und Decken auf dem Boden ausgebreitet. Während Hawking direkt zwischen den Kindern lag und sich kraulen ließ, hörten mir diese aufmerksam zu.

Ab meinen Aufenthalten hier im Camp hatte ich zur Teenagerzeit alles, was mich zum Thema Astronomie interessierte, aufgesaugt wie ein Schwamm, doch das typische Lernkonzept von Schulen und Universitäten nie verstanden. Während die Kinder an Tischen vor einem saßen, versuchte man ihnen stundenlang trockenen Stoff einzutrichtern, wobei weniger als die Hälfte davon wirklich hängenblieb.

Ich mochte projektbasiertes Lernen, Diskussionen, praktische Übungen und Gruppenaktivitäten. Genauso wie es Richard getan und damit meine Leidenschaft gefördert hatte.

Der Wind peitschte den Regen gegen die Fenster, und die

Kinder kuschelten sich tiefer in die Decken. »Also sind Weiße Zwerge sehr dicht. Die Masse eines Teelöffels Weißen Zwergs auf der Erde würde so viel wiegen wie ein Elefant.«

»Wow!« Allgemeines Erstaunen drang durch die Reihen.

»Können Weiße Zwerge auch sterben?«, fragte Emily und kraulte Hawking zwischen den Ohren, der mit einem zufriedenen Schnauben den Kopf auf ihrem Oberschenkel ablegte. Ihr blondes Haar fiel ihr über das Stirnband.

»Ja, das können sie wie jeder Stern. Sie kühlen aus. Anfangs geben sie ihre Energie mit starker Strahlung ab und sind unglaublich heiß, mit der Zeit aber ändern sie ihre Farbe von Orange zu Rot, bis sie schließlich Schwarze Zwerge genannt werden. Dieser Prozess dauert mehrere Milliarden Jahre.«

»Krass!«

»Aber es wird angenommen, dass es im Universum gar keine Schwarzen Zwerge gibt«, schloss ich, verschränkte die Arme vor der Brust und lehnte mich an einen der Tische am Rand.

»Also ist das Universum noch gar nicht so alt?«, wollte Benny interessiert wissen.

»Nach dem aktuellen Wissensstand wird es auf 13,8 Milliarden Jahre geschätzt.« Erneut erklang großes Erstaunen.

»Das ist eine heftige Zeit«, stellte George mit lockerem australischen Akzent fest und riss die Augen auf.

»Ja, unsere Menschenleben sind eigentlich nur ein Pups im Universum«, gab Mike zurück, woraufhin die anderen lachten, auch ich musste mir ein Grinsen verkneifen.

»Ein ziemlich lästiger Pups, wenn wir es schaffen, so viele Dinge auf der Erde in dieser Zeit auszulöschen«, erwiderte Emily und hatte damit nicht unrecht.

Plötzlich klopfte es an der Tür, und diese öffnete sich kurz darauf. Hawking schaute erwartungsvoll auf und wedelte leicht mit dem Schwanz, als er Charlotte sah. Er stand jedoch nicht auf, denn das Kraulen der Kinder war anscheinend zu gut. »Weston? Kristy möchte einen Augenblick mit dir sprechen. Ich passe so lange auf, ist das okay?«, bot sie an.

»Natürlich«, gab ich nickend zurück und fragte mich gleichzeitig, was die Campleiterin von mir während meines Unterrichts wollte. »Und ihr könnt eure Unterhaltung gerne fortsetzen. Hawking bleibt bei euch«, sagte ich, und im gleichen Moment legte er den großen Kopf erneut entspannt ab.

Ich verließ den Raum und lief durch die hellen Flure des Hauptgebäudes bis zu Kristys Büro, warf dabei einen Blick auf ein Plakat, das als Einladung für das Abschlussfest am Ende des Sommers hing. Doch an Abschied wollte ich als Letztes denken und zog meine Gedanken zurück zu Kristy und der Frage, weshalb sie mich zu sich rief. Normalerweise besprachen wir Dinge nach dem Unterricht und nicht währenddessen, doch es würde schon einen Grund geben.

Ich klopfte an ihre Bürotür und trat ein. Das Erste, was ich sah, war der brünette Hinterkopf einer Frau, die auf einem der beiden Stühle vor Kristys Schreibtisch saß. Hatten wir eine neue Betreuerin? Aber was hatte ich damit zu tun? Normalerweise wurden diese von den langjährigen Mitarbeitern eingearbeitet.

»Weston!«, begrüßte mich Kristy und deutete auf den freien Platz. »Setz dich bitte, ich habe etwas mit dir zu besprechen.« Sie lächelte freundlich in Richtung der Frau und wirkte völlig entzückt. »Oder eher gesagt mit euch beiden.«

Ich setzte mich und wagte einen Blick nach rechts. Dieses Profil … diese Augen, die sie immer noch stur nach vorne auf Kristy gerichtet hatte. Fuck. Sofort wurde mir bewusst, wer dort saß.

»Das ist …«, begann Kristy.

»Nova Staron«, vervollständigte ich ihren Satz und konnte meine Verbitterung nicht verbergen. Sie war sicherlich nicht die Erste, die einen reißerischen Artikel über mich geschrieben hatte, aber die Erste, deren Worte mich irgendwie getroffen hatten. Sie hatte mich nur zufälligerweise in einem seltenen verletzlichen Moment erwischt und es direkt für ihre Zwecke ausgenutzt. Sie war genauso ein Piranha wie jeder andere Mensch von der Presse und hatte meine Vorurteile über sie definitiv bestätigt.

Doch wieso war sie jetzt hier? Wahrscheinlich nur, weil sie herausbekommen hatte, wo ich mich aufhielt, und mich erneut für ihren verdammten Job nutzen wollte. Meine Hände schlossen sich fest um die Stuhllehnen.

»Egal, worum es geht, ich bin raus«, sagte ich bestimmt und wollte bereits wieder aufstehen, da drehte Nova den Kopf zu mir und sah mich fest an. Der Blick aus ihren hellbraunen Augen traf mich wie ein Blitz. Auf absolut negative Weise. Missbilligung, Abweisung und gleichzeitig eine wütende Anziehung, die ich nicht verstand, rauschten durch mich hindurch.

»Weston, setz dich«, wies Kristy mich in einem Ton an, dem selbst ich mich nicht widersetzen konnte. Sie war Mitte sechzig, ein Meter fünfzig groß und hatte große blaue Augen. Aber sie konnte nicht nur eine ganze Herde aufgeregter Kinder mit einem einzigen Wort zur Ruhe bringen, sondern auch jeden Erwachsenen, einschließlich mir. Ich respektierte und mochte sie. Seufzend ließ ich mich zurück in den Stuhl sinken. Was hatte ich auch für eine andere Wahl?

»Ich kann deine Reaktion verstehen, Nova hat mir jedes Detail von eurer ersten Begegnung mitgeteilt«, erklärte Kristy, und ich schaute die Reporterin erneut überrascht an.

In deren Blick stand so etwas wie Schuld geschrieben, und auch wenn sie noch kein Wort gesagt hatte, brach mein Schutzschild ein wenig auf. Verdammt.

»Sie ist nicht hier, um ihre Fehler von damals zu wiederholen.«

Ich lachte ungläubig auf. »Arbeitest du immer noch als Journalistin?«, fragte ich sie direkt, ohne auf Kristys Worte einzugehen.

Sie reckte das Kinn. »Ja, das tue ich, allerdings bin ich aus anderen Gründen hier. Du weißt, dass die Astrologie mein Herzensthema ist und …«

»Und da dachtest du was? Dass ausgerechnet dieses Camp hier der perfekte Ort ist, um was zu tun? Klingt ziemlich zufällig, oder?«

»Weston«, mahnte mich Kristy, doch ihre Worte kamen kaum bei mir an.

»Um meinem Leben einen Sinn zu geben«, redete Nova weiter, und die Lüge triefte aus jedem einzelnen ihrer scheinheiligen Worte.

»Wie lange hast du diesen Satz auswendig gelernt, bis er so geklungen hat, dass man ihn dir abnehmen könnte?«

Nova straffte die Schultern und nahm einen tiefen Atemzug. Sie musste sich sichtlich zusammenreißen. Wegen Kristy? Weil sie Angst hatte, ihren Plan nicht umsetzen zu können?

»Nova ist genauso wie du hier, um eine Auszeit zu nehmen und sich uns anzuschließen.«

»Anzuschließen?«, fragte ich ungläubig. »Um den Kindern was beizubringen? Wie man als Journalistin bestmöglich Leben zerstört und trotzdem noch gut schlafen kann?«

»Das ist ein wenig überdramatisch, oder nicht? Dafür, dass ich nur die Wahrheit geschrieben habe!« Da war er wieder. Dieser kampflustige Funken, der ihre whiskeybraunen Augen zum Glühen brachte.

»Und die wäre?«, wollte ich wissen.

»Dass du an Überheblichkeit kaum zu übertreffen bist, und wie ich sehe, hat sich das in den letzten Jahren immer noch nicht geändert.« Sie verschränkte die Arme vor der Brust wie ein bockiges Kind und schnaubte sich den schiefen Pony aus den Augen. Fast hätte ich laut aufgelacht.

Als ich zurück zu Kristy schaute, hatte die ein breites Grinsen auf den Lippen. Oh. Nein. Ich kannte diesen Blick, und der verhieß in dieser Situation rein gar nichts Gutes.

»Mir gefällt diese Dynamik zwischen euch, all diese Gefühle«, sagte sie und wedelte mit den Händen zwischen uns hin und her.

»Welche meinst du? Abscheu oder Hass?«, schoss ich zurück.

»Aber ich bin mir sicher, dass ihr euch ganz wunderbar vor den Kindern zusammenreißen könnt«, überging Kristy meinen Kommentar.

»Was soll das heißen?«, fragte ich brummend.

»Dass ich finde, dass dein Unterricht nur eine Seite der Medaille beleuchtet.«

»Nur eine Seite?« Ich konnte nicht fassen, was ich da hörte. »Willst du etwa sagen, dass du so einen Humbug wie die Astrologie mit einer tatsächlichen Wissenschaft vergleichen willst? Verstehe ich das richtig?«

»Ich möchte sagen, dass man hin und wieder seinen Horizont erweitern sollte. Gerade du solltest das wissen, Weston.«

»Ja, den Horizont mit Dingen erweitern, die existent sind!« Teufel, wie ich dieses Gespräch hier gerade verabscheute.

»Die Kinder sollen sich selbst ein Bild machen können. Ich möchte, dass ihr beide zusammenarbeitet.«

»Wie soll das funktionieren? Das ist, als ob ein Priester mit einem Atheisten ein Haus bauen muss!«

»Genau, und beiden wird es guttun, sich einmal in alle Seiten hineinversetzen zu können. Sieh es als Chance, Weston, du bist doch ein kluger Mann.« Noch immer grinste Kristy, während ich sprachlos war. Was sollte ich darauf erwidern? Sie wollte das wirklich durchziehen.

»Der komplette Unterrichtsplan für die nächsten Wochen steht bereits fest«, sagte ich tonlos.

»Dann werdet ihr euch wohl hinsetzen und diesen erneut austüfteln müssen. Am besten macht ihr das gleich heute Nachmittag. Nova ist ab sofort mit an Bord, denn ich finde die Idee ganz wunderbar, diese beiden Themen zu vereinen.«

Verdammt nochmal, nein! Als ich zu Nova herübersah, war ihr Ausdruck viel zu neutral. Weder freute sie sich, noch erkannte ich die Ablehnung, die sie mir gegenüber definitiv empfand. Für mich war das hier immer noch ein abgekartetes Spiel, das sie spielte. Sie wollte noch mal tief im Dreck wühlen und aufdecken, was niemand bisher geschafft hatte. Aber wieso jetzt?

Kristy stand auf und hielt Nova die Hand hin. »Na wie schön, dass wir das geklärt haben, willkommen im Team.« Nova erhob sich ebenfalls, und die beiden Frauen schüttelten sich die Hände, während ich diesem lächerlichen Schauspiel nur zusehen konnte wie ein geprügelter Hund. Ich war erst seit zwei Wochen hier, ich hatte keinerlei Druckmittel gegen Kristy. Sie würde jederzeit jemand anderen finden, der die Kinder etwas über die Astronomie lehrte. Nicht das Camp brauchte mich, ich brauchte das Camp.

Ich schluckte meine Verachtung hinunter und atmete tief durch. Nur weil ich mich in diesem Moment vor Kristy geschlagen gab, hieß es nicht, dass ich die Sache wirklich so durchziehen musste. Nova konnte nicht hierherkommen und all meine Pläne mit einem Fingerschnippen über den Haufen werfen. Anscheinend kam ich nur aus dieser Situation heraus, wenn ich so tat, als ob ich mitspielen würde.

»Da du ohnehin gerade die Kids hast, wäre es doch schön, wenn du ihnen Nova direkt vorstellen könntest«, meinte Kristy und wandte sich an mich. »Und danach zeigst du unserer neuen Kollegin das Camp, was sagst du?«

»Dass ich mich wahnsinnig darauf freue«, erwiderte ich sarkastisch und entlockte Kristy damit ein Auflachen.

»Dann auf eine tolle Zusammenarbeit.«

Ich stand auf und stürmte nach draußen, ohne auf Nova zu warten. Sie schloss mit schnellen Schritten auf, doch ich widmete ihr nicht meine Aufmerksamkeit. Zu wütend war ich über den Umstand, dass die Kinder ab sofort nicht nur Fakten lernten, sondern auch völligen Mist über Sternzeichen und was der Stand der Sterne mit den Gefühlen der Menschen machte. Aber nicht nur das bereitete mir Sorgen. Es war Nova an sich, deren Nähe ich nicht ertrug. Und dabei konnte ich nicht einmal benennen, ob es nur an der Missbilligung darüber lag, dass sie mich und andere für eine Story verkaufte, oder auch daran, dass ich damals in diesem Hinterhof irgendetwas gefühlt hatte, was definitiv nichts mit Hass oder Abneigung zu tun gehabt hatte. Etwas, was mich jetzt meinen aufwendig errichteten Schutzschild kosten könnte.

»Macht es dir was aus, vielleicht einmal kurz stehen zu bleiben?« Sie keuchte, als hätte sie einen Marathon hinter sich.

Abrupt tat ich ihr den Gefallen und schaute sie an. Sie zuckte ein wenig zurück, wahrscheinlich aufgrund meines harten Gesichtsausdruckes. »Das hast du dir wirklich schön ausgemalt«, stieß ich knurrend hervor und biss die Zähne zusammen. »Mich hier aufsuchen, Kristy um den Finger wickeln und so an eine neue Story kommen, ist es das?« Sie zögerte einen Moment, und das reichte mir als Antwort aus. Ich hatte gar nicht bemerkt, dass ich einen Schritt auf sie zugegangen und sie mir ausgewichen war, bis ihr Rücken gegen die Wand stieß. Ihre Augen hielten meinen Blick fest gefangen, doch darin lag keine Furcht vor meiner bedrohlichen Haltung. Sie war taffer, als ich angenommen hatte. Dort lag blanker Trotz. Der mich noch wütender machte. »Wie hast du Kristy überredet? Was für Lügen hast du ihr aufgetischt?«, wollte ich scharf wissen.

»Was ist dein Problem mit der Astrologie?«, wich sie mir leise aus.

»Sie ist nicht plausibel.«

»Das sind Gefühle auch nicht«, erwiderte sie, und ihr Blick wanderte für einen Atemzug zu meinen Lippen. Ich konnte nicht benennen, was dieser kurze Moment mit mir anstellte.

»Deshalb halte ich mich von ihnen fern«, gab ich hart zurück, und sie schaute mir erneut überrascht in die Augen. Ich sammelte mich, ehe ich einen Schritt zurücktrat, um ihr und mir etwas Luft zu lassen. Im gleichen Augenblick kam eine Gruppe von Kindern mit zwei Betreuern an uns vorbei. Wir ließen sie durch, und als sie am Ende des Flurs verschwunden waren, atmete ich seufzend aus.

»Willst du Geld? Was soll ich dir geben, damit du wieder verschwindest?«

Ungläubig lachte Nova auf. »Das kann nicht dein Ernst sein, oder?«

»Wieso nicht? Irgendetwas ist es doch, was dich so daran

fasziniert, die Leben anderer Menschen vor Sensationslüsternen auszubreiten. Ist es der Ruhm, die Aufmerksamkeit oder tatsächlich nur die Kohle?«

Sie verschränkte die Arme vor der Brust, ihre Brauen zogen sich wütend zusammen. »Steck dir dein Geld sonst wohin und deine Überheblichkeit gleich dazu.«

»Dir muss doch klar sein, dass das mit uns niemals funktionieren wird! So masochistisch kannst selbst du nicht sein.« Ich atmete tief ein und aus. »Wenn du hier wirklich persönliche Erfüllung finden willst, wieso ausgerechnet an einem Ort, an dem ich mich befinde?«

»Weil Kristy ein ausgesprochen offener Mensch ist, der andere nicht vorverurteilt und jedem eine Chance gibt.«

»Aber du kanntest Kristy nicht vor deinem Auftauchen hier!« Ich presste die Lippen aufeinander. Ihr musste doch selbst klar sein, dass ich sie durchschaute. »Morgen bist du wieder von hier verschwunden«, wies ich sie mit zusammengepressten Zähnen an und stürmte los. Sie folgte mir, und plötzlich fasste sie mich am Arm. Ich wollte ihn ihr entziehen, sie ignorieren, erneut aus meinem Leben streichen, denn sie war nichts mehr als ein winziger, dunkler Fleck darin, der kaum etwas bedeutete. Trotzdem blieb ich stehen.

Sie ließ von mir ab und stellte sich vor mich. »Du weißt genauso gut wie ich, dass ich nicht gehen werde«, sagte sie, und ich hasste es, dass mir tatsächlich klar war, wie richtig ihre Worte waren. »Also würdest du es uns beiden leichter machen, wenn du dich einfach ergibst.«

»Glaubst du …«, begann ich mit bedrohlich leiser Stimme und lehnte mich ein Stück zu ihr hinunter. Ihre Lippen waren einen Spaltbreit geöffnet, und kurz fiel mein Blick darauf. Mein Körper erinnerte sich sofort an den flüchtigen Moment in diesem Hinterhof, in dem ich mich gefragt hatte, wie es wäre, sie zu küssen. »Glaubst du, ich wäre so weit gekommen, wenn ich mich bestimmten Situationen einfach ergeben hätte?«

»Ich weiß nur, dass du diesmal keine andere Wahl hast«, flüsterte sie, und auch ihr Blick fiel erneut auf meine Lippen. Verdammt! »Ich. Werde. Nicht. Gehen«, betonte sie jedes Wort eindringlich und schneidend.

Ich schluckte hart, zog meinen Kopf aus der Wattewolke, in der er steckte, und trat einen Schritt zurück. »Wir teilen den Unterricht auf. Du bekommst die Hälfte der Stunden, und wir müssen uns nicht über den Weg laufen«, sagte ich heiser. Auch wenn es mir alles andere als gefiel, die Stunden aufgeben zu müssen. Freie Zeiten waren die Momente, in denen die Erinnerungen zurückkamen.

»Ich denke nicht, dass Kristy sich das so gedacht hat.«

»Wir sind dafür zuständig, die Kurse selbständig zu planen. Den Kindern ist nicht geholfen, wenn wir uns vor ihnen streiten.«

»Option Nummer zwei, wir könnten uns auch zusammenreißen, daran schon gedacht?«, fragte sie frech. »Wir sind erwachsen, und das alles ist Jahre her.« Es war ein Trugschluss, zu behaupten, Zeit reiche aus, um Wunden heilen zu lassen. Ich war mir sicher, ich würde den Gedanken an Richards Tod oder die unzähligen Verrate der Presse niemals vergessen können.

Aber Nova wusste, sie saß am längeren Hebel. Was blieb mir in dieser Situation anderes übrig? Es ging mir nicht um das Geld, denn ich gab wenig aus und hatte durch die Gage und meine früheren Jobs als wissenschaftlicher Berater und Dozent genug angespart. Ich könnte den Betreuerjob kündigen und hätte meine Ruhe, würde mich erneut in meinem Haus verbarrikadieren und die Welt ausschließen. Doch all das würde nichts besser machen. Die Kinder und der Unterricht hatten mir etwas geschenkt, und das würde ich nicht wegen irgendeiner trotzigen Journalistin eines mittelmäßigen Klatschmagazins aufgeben. Wieso hatte ich überhaupt so viel Angst davor, dass sie mir auch nur irgendetwas antun könnte? War dies nicht der perfekte Test, um mir selbst zu beweisen, dass es nicht so war, dass niemand Macht über mich hatte? Dass ich diesen Schmerz überwinden würde, mir die Kontrolle zurückholen konnte?

»Okay.« Ich straffte die Schultern. »Wir reißen uns zusammen.«

Sie wirkte viel zu selbstgefällig darüber, dass ich eingeknickt war, und erneut hätte ich sie am liebsten einfach stehengelassen.

»Ich würde jetzt gerne die Kinder kennenlernen.«

Ohne ein weiteres Wort zu verschwenden, liefen wir gemeinsam zurück zum Kursraum. Als ich die Tür öffnete, schauten alle auf, Hawking stand langsam auf und streckte sich gähnend, ehe er mit gesenktem Kopf zu mir trottete. Ich trat einen Schritt zur Seite und drehte mich Nova zu, die ein wenig zurückschreckte. Ihre Reaktion konnte ich nur zu gut verstehen. Wenn man dem riesigen Tier zum ersten Mal gegenüberstand, konnte es überwältigend sein.

Als er bei mir angekommen war, kraulte ich ihn zwischen den Ohren, und er drückte seine Seite gegen mein Bein, während er Nova neugierig musterte.

»Er tut nichts«, sagte ich leise, weil es unfair wäre, Nova nicht zu beruhigen. »Das ist Hawking.«

Nova lächelte ein wenig, und es nervte mich selbst, wie sehr mich ihr Gesichtsausdruck gefangen hielt. Ich räusperte mich und wandte den Blick ab. Hawking ging einen Schritt auf Nova zu, und sie streckte die Hand aus, damit er daran schnuppern konnte. Überschwänglich, wie er war, überwand er die Entfernung und drückte seinen großen Kopf in ihre Handfläche. Sie lachte sanft auf, als sie begann, ihn zu streicheln.

»Leute, das ist Nova. Sie arbeitet ab sofort ebenfalls als Betreuerin hier und lehrt das Thema …« Erneut musste ich den Kloß in meinem Hals wegräuspern. »Astrologie.«

»O cool!«

»Sternzeichen und so was?«

»Das ist ja aufregend!«, erklangen die Stimmen der Kinder.

»Ab sofort werden wir den Unterricht gemeinsam halten«, sagte ich mühsam und warf Charlotte einen Blick zu, die genauso überrascht aussah. Sie war im dritten Jahr hier Betreuerin. Sollte sie Kristy und ihre spontanen Entscheidungen nicht besser kennen?

Lächelnd kam sie auf uns zu und streckte Nova die Hand hin. »Hey, ich bin Charlie, herzlich willkommen im Team.«

Die beiden begrüßten sich, und ich ging zurück zum Tisch und lehnte mich mit verschränkten Armen an. Nachdem Charlotte den Raum verlassen und Hawking sich wieder auf seinen Platz zwischen den Kids gelegt hatte, trat Nova an meine Seite und wandte sich an die Kinder. Ich starrte stur geradeaus an die gegenüberliegende Wand.

»Hallo, mein Name ist Nova, wie ihr bereits wisst, und ich freue mich sehr, euch kennenzulernen. Ich arbeite als Journalistin in Manchester und habe neben meinem Studium eine Ausbildung in Astrologie gemacht. Ihr könnt mir alle Fragen stellen, die euch einfallen!«

Die Kinder überschlugen sich fast, als Erste dranzukommen, und während Nova ihre Fragen geduldig und freundlich lächelnd beantwortete, war ich nur ein stiller Beobachter des ganzen absurden Schauspiels. Ich hatte immer noch keine Ahnung, was ich von alldem halten sollte. Als Teenager hatte ich mir nach dem Tod meines Vaters die Kontrolle über mein Leben zurückgeholt, war zielgerichtet vorausgestürmt und konnte mir meinen Weg ab da selbst gestalten. Bis vor einem Dreivierteljahr alles in einem einzigen großen Chaos untergegangen war. Dass Nova nun hier war, passte perfekt in mein aktuelles Leben.

9

Krebs

Krebse fühlen sich oft von den Gefühlen anderer überwältigt.

Nova

Ich war kurz davor gewesen, meinen spontanen Plan abzubrechen, mit eingezogenem Schwanz und all meiner Scham zurück zu meiner Chefin zu fahren und ihr mitzuteilen, dass ich nicht die Richtige für diesen Job war.

Westons frostige Verachtung zu spüren hatte mir mehr ausgemacht, als ich angenommen hatte. Vor allem, weil erneut so etwas wie ein schlechtes Gewissen ihm gegenüber in mir heranreifte. Ich benutzte ihn, das stand fest, und sein Misstrauen mir gegenüber war absolut gerechtfertigt.

Entgegen meiner Annahme hatte ihm dieser Artikel von mir etwas ausgemacht, sonst hätte er ganz bestimmt nicht so reagiert. Aber wieso war seine Reaktion so extrem gewesen? Gut, ich hatte vielleicht ein wenig seine Verletzlichkeit ausgenutzt, doch als Fernsehstar hatte er sicherlich schon viele Artikel und Journalisten ertragen müssen. Oder steckte mehr dahinter?

Bevor ich hergefahren war, hatte ich nicht gewusst, ob ich ihm gleich gestehen sollte, dass ich Richards Tochter war. Jetzt, wo wir uns wiedergetroffen hatten, wusste ich, es würde rein gar nichts ändern. Er wäre nicht auf einmal nett zu mir und würde mir bei einem Tee und Scones lustige Anekdoten von meinem Vater erzählen. Vielleicht würde er mich erst recht dafür verachten, was aus seiner Sicht aus mir geworden war. Außerdem hatte es nicht gerade einen guten Augenblick dafür gegeben, aber ich war mir sicher, dass er kommen würde. Irgendwann.

Wenigstens waren die Kinder allesamt zauberhaft. Sie zeigten großes Interesse an allen Themen, von denen Weston sprach, denn nachdem ich mich vorgestellt und ihre Fragen beantwortet hatte, zog ich mich vorerst zurück. Nicht nur, weil ich noch keinen Lernstoff vorbereitet hatte, sondern weil es mich faszinierte, Weston bei seiner Arbeit hier zuzusehen. Er wirkte zumindest ein wenig lockerer, auch wenn er immer noch die gleiche angespannte Körperhaltung von damals hatte. Alles an ihm schrie nach Entspannung.

Ich saß neben den Kindern auf dem Boden. Hawking kam zu mir und legte sich mit einem tiefen Schnauben neben mich. Der Hund war riesig und sah eher aus wie ein Wolf, was mich im ersten Moment ziemlich irritiert hatte. Doch er war, anders als sein Besitzer, eine sanfte, zufriedene Seele. Sein Fell war unglaublich weich, und ich strich gleichmäßig über seinen Rücken, was fast eine hypnotische Wirkung auf mich hatte. Wenigstens hatte Weston ein Wesen in seinem Leben, das ihm Ruhe schenkte.

Ich spürte einen Blick auf mir und sah auf. Weston lehnte immer noch mit verschränkten Armen an dem Tisch gegenüber, während die Kinder eine Aufgabe mit Sternkarten, Zetteln und Stiften lösten.

Sein Gesicht war wie gemeißelt, die Kiefer- und Wangenpartie bestand aus kantigen Linien, und der harte Blick aus seinen Augen hätte kälter nicht sein können. Ich freute mich jetzt schon auf heute Nachmittag, wenn wir den Plan der nächsten Wochen besprechen sollten. Nicht. Es würde ein Desaster werden.

Weston war gleichzeitig abweisend, und irgendetwas an ihm zog mich an. Als würde die Journalistin in mir sich vorankämpfen, weil sie vermutete, dass es Geheimnisse um den sturen Mann zu entdecken gab, die ans Licht gebracht werden könnten.

Ein braunhaariges Mädchen mit auffälligen Sommersprossen, Olivia, fragte ihn etwas, und endlich wandte er sich von mir ab, so dass ich wieder aufatmen konnte. Er schüchterte mich ein, und ich konnte verstehen, wieso er damals und auch heute noch so viele Anhänger seiner Theorien und Vorträge gesammelt hatte, denn seine ganze Präsenz war beeindruckend.

Doch Aufgeben war keine Option, auch wenn ich das kurz in Erwägung gezogen hatte.

Als die Kinder fertig gebastelt hatten, begann Weston einen Vortrag über Asteroiden. Ich erinnerte mich an den Moment während der Konferenz. Seine gesamte Ausstrahlung war auch jetzt beeindruckend, aber ich fand immer noch, dass er wichtige Teile in seiner Rede vergaß.

»Das ist Vesta, der zweitgrößte Asteroid in unserem Sonnensystem.« Er deutete auf eine Darstellung, die durch einen Beamer an die weiße Wand hinter ihm gestrahlt wurde. Sie zeigte ein etwas langweiliges Graustufenbild.

»Wenn ich kurz was einwerfen dürfte«, schob ich dazwischen und erntete einen nicht sehr begeisterten Blick von Weston. »In der Astrologie steht Vesta für die Göttin der Heimat, ich dachte, das wäre erwähnenswert.« Westons hochgezogenen Augenbrauen nach zu urteilen wohl eher nicht.

»Oh, das klingt interessant!«, rief ein blondes Mädchen, das ich als Emily im Kopf hatte.

»Ja, das ist es!«

Westons Schultern spannten sich noch weiter an, seine gesamte Gesichtspartie tat das. »Lasst uns lieber bei den Fakten bleiben.« Er deutete erneut auf die Darstellung. »Vesta ist ein Protoplanet aus der Entstehungszeit des Sonnensystems.«

»Und was hat er nun mit dieser Göttin zu tun?«, hakte Olivia nach, und ich verkniff mir ein triumphierendes Lachen. Westons Blick ruckte erneut zu mir, diesmal mahnend. Doch ich wäre nicht hier, hätte ich nicht die Herausforderung gewählt.

Also stand ich auf und schlenderte nach vorn. »Wusstet ihr, dass jeder Asteroid auch eine Persönlichkeit hat?«, fragte ich, woraufhin Weston diesmal deutlich hörbar seufzte.

»Genau genommen sind Asteroiden felsige, luftlose Überreste, die sich vor Milliarden von Jahren im Sonnensystem gebildet haben. Bitte erzähl mir nicht, dass du auch mit Steinen sprichst?«, sagte er.

Ich musste lachen und trat neben ihn. »Natürlich tue ich das. Es gibt viele Steine, die Heilkräfte haben und bestimmte Energien symbolisieren.«

Weston rieb sich mit Daumen und Zeigefinger die Nasenwurzel. »Womit habe ich das verdient?«, murmelte er.

»Fakten sind langweilig«, zog ich ihn auf.

»Fakten sind korrekt und nachweisbar, anders als dein Gerede von Persönlichkeiten von Steinen. Nova, bitte, wie kannst du so etwas glauben?« Er schüttelte den Kopf.

Ich verschränkte die Arme vor der Brust. »Wie kannst du deinen klugen Geist vor so etwas Offensichtlichem verschließen?«, konterte ich. »Asteroiden bestehen nicht nur aus Fels, sondern ebenfalls aus organischen Verbindungen, das müsstest du besser wissen. Sie liefern wichtige Erkenntnisse über die Entstehung des Lebens! Natürlich müssen sie eine Seele haben!« Ich lehnte mich ein wenig näher zu ihm. »Außerdem sind Fakten langweilig«, flüsterte ich, und Weston presste die

Lippen zu einem festen Strich zusammen. Auch jetzt noch, mit diesem harten Ausdruck, sah er viel zu gut aus. Ich wandte mich an die Kinder, die unsere Unterhaltung neugierig verfolgt hatten. »Vesta repräsentiert unsere innere Flamme, unsere Leidenschaft, genauso wie die Hingabe und Selbstaufopferung für andere«, erklärte ich. »Sie ist mehr als ein bloßer, langweiliger Fels im Weltraum. Sie schützt uns, hält uns zusammen.«

»Wow«, erklangen begeisterte Laute der Kinder, und ich jubelte innerlich auf. Ich hatte sie direkt am ersten Tag für mich gewonnen. Was Weston davon hielt, war mir in diesem Moment reichlich egal. Vielleicht genoss ich sogar, dass ich diesen Punkt für mich verbuchen konnte.

»Ich kann nicht glauben, dass du Mythologie vor die Wissenschaft stellst«, startete er einen erneuten Versuch. Sein Blick drückte absolutes Unverständnis aus, und es war nicht logisch, aber irgendwie hatte er bei seiner sturen Haltung immer noch etwas Anziehendes an sich. Sein kantiger Kiefer mahlte, seine Augen hätten Blitze in meine Richtung geschickt, hätte er gekonnt. Das Feuer, das in ihnen loderte, war kaum zu übersehen. Ich besann mich auf unsere Unterhaltung.

»Aber Mythologie ist es doch, was das alles interessant macht. Sternbilder, die Astrologie, das alles erzählt Geschichten.«

»Genau, Geschichten, wie aus einem Märchenbuch«, gab Weston ungläubig schnaufend zurück.

»An jedem Märchen ist auch etwas Wahres dran, oder denkst du, die Menschen haben sich das alles ausgedacht?«

»Ja! Ja, natürlich denke ich das!«, antwortete er ein wenig ungehaltener.

Ich wandte mich zu den Kindern. »Was denkt ihr?«

Die Kinder überschlugen sich förmlich mit ihren Fragen. »Was gibt es noch für Göttinnen unter den Asteroiden?«, hörte ich heraus.

»Da wäre beispielsweise Pallas. Pallas ist nach Pallas Athene, der Göttin der Weisheit, des Kampfes und der Kunst, benannt.« Ich trat einen Schritt nach vorne, ignorierte, dass ich mir später ganz bestimmt noch mal etwas anhören konnte, und genoss meinen kurzen Triumph.

✦

»Hatten wir uns nicht darauf geeinigt, den Unterricht zu teilen? Dazu gehört nicht, mich am ersten Tag zu übergehen.« Westons Stimme war dunkel und tief vor Groll, doch ich spürte, dass er sich noch zurückhielt. Die Kinder hatten soeben den Raum verlassen und sich auf den Weg zu anderen Aktivitäten gemacht. Ich schulterte meine Tasche und blieb vor Weston stehen, der wieder am Tisch lehnte. Er war somit ein paar Zentimeter kleiner als normal, aber immer noch deutlich größer als ich. Es frustrierte mich, dass er sich den gesamten Tag über nicht ein einziges Mal für meine Themen geöffnet hatte. Aber was hatte ich anderes erwartet?

»Wenn jemand etwas Offensichtliches vergisst, wärst du dann nicht der Erste, der ihn daran erinnern würde?«, fragte ich. »Du betrachtest in deinem wissenschaftlichen Wahn viele Aspekte nicht, die die Sterne und das Universum eigentlich ausmachen.«

»Astrologie, Nova? Wirklich?« Sein Ton war voller Spott, seine grünen Augen brannten sich in meine. »Wir sind hier, um den Kindern Wissenschaft beizubringen, nicht Märchen.«

»Die Astrologie besteht nicht aus Märchen. Es geht darum,

das Leben durch die Linse des Universums zu betrachten. Und falls es dir entgangen sein sollte, die Kinder lieben es.« In meiner Stimme schwang eine klare Herausforderung an ihn mit.

Er verlagerte ein wenig das Gewicht. Sein Gesichtsausdruck war undurchdringlich, aber die Spannung in seinem Kiefer verriet seine gesamte Frustration.

»Hier ist kein Platz für Pseudowissenschaften.«

»Und dein Unterricht ist nicht der einzige Weg, um das Universum zu verstehen, Weston.« Ich trat einen Schritt näher, meine Haltung war weiterhin trotzig. Ich würde definitiv nicht klein beigeben. Das war er vielleicht von anderen gewohnt, die sich schnell von ihm einschüchtern ließen, aber nun konnte er sich warm anziehen. »Die Kinder müssen auch die Geschichten und die Bedeutungen dahinter kennen, um eine Verbindung zu den Sternen zu fühlen. Es geht nicht darum, wie schnell das Licht reist oder wie groß ein Asteroid ist. Es geht darum, wie uns das alles als Menschen beeinflusst.«

Westons Miene verdunkelte sich weiter, ein wütender Sturm tobte in seinen Augen. »Wir sind verantwortlich dafür, den Kindern echtes Wissen zu vermitteln, keine …«

»Poetischen Interpretationen?«, unterbrach ich ihn, ein Lächeln umspielte meine Lippen. »Vielleicht solltest du versuchen, deinen wissenschaftlichen Wahn für einen Moment zu unterbrechen und die Magie im Universum zu sehen. Vielleicht könntest diesmal du etwas lernen.«

»Die einzige Magie hier ist deine Fähigkeit, einen vollkommen faktenbasierten, vernünftigen Unterricht zu sabotieren«, stieß er schnaubend hervor und schüttelte den Kopf. Funken sprühten aus seinen Augen. Die Spannung zwischen uns nahm weiter zu. Die Nähe war elektrisierend, geladen wie kleine Teilchen, die gleich in die Luft gehen würden. Trotzdem konnte ich nicht anders, als noch ein wenig näher zu treten und die Stimme zu senken. Ihn noch ein wenig weiter zu reizen. Noch mehr von dieser elektrisierenden Spannung in mich aufzunehmen.

»Dann freu dich auf die kommenden Tage, Weston Jones. Sie werden magisch.« Ich schenkte ihm ein herausforderndes Lächeln und ließ ihn stehen. Weder folgte er mir, noch warf er mir eine weitere seiner Thesen hinterher. Punkt Nummer zwei ging ebenfalls an mich.

Das Camp würde ich mir morgen am besten von Charlotte zeigen lassen, denn Weston bat ich um keinen einzigen Gefallen mehr. Ich erreichte mein Auto und kämpfte immer noch mit dem Grinsen, als ich an seinen verblüfften Gesichtsausdruck dachte. Mein Herz schlug heftig in der Brust. Diese ganze Diskussion mit ihm war nicht nur nervenaufreibend, sondern vor allem belebend gewesen. Aufregend. Schon lange hatte ich nicht mehr so empfunden.

Ich versuchte den Gedanken daran zu verdrängen, stieg in mein Auto und fuhr die Küstenstraße nach Whitstable entlang. Der Regen hatte sich glücklicherweise wieder verzogen, und die Sonne zeigte sich leicht hinter immer noch dunklen Wolken. Das Wetter war typisch englisch, aber ich war nichts anderes gewohnt. Eine leichte Brise wehte die Windfahne am Ortseingang Richtung Meer.

Noch gestern, nach der Zustimmung meiner Chefin, hatten wir alle offenen Fragen bezüglich meiner Recherchereise geklärt, und ich hatte mir spontan ein Zimmer in einer kleinen Pension gebucht. Dort würde ich weiterhin die wöchentlichen Horoskope schreiben, meine übrigen Aufgaben in der Redaktion entfielen zugunsten meiner Recherchen.

Das *Seashell Hideway* lag direkt am Strand in der Nähe der

Innenstadt. Um mich auf den Ort einzustimmen und von dem Gespräch mit Weston abzulenken, fuhr ich an trendigen Cafés, Läden mit buntem Kunsthandwerk vorbei und besuchte den belebten Hafen im Zentrum der Stadt. Irgendwie mochte ich diesen Trubel auf dem Land, der so völlig anders war als in Manchester.

Nachdem ich von zu Hause ausgezogen war, wollte ich nichts mehr, als etwas in einer Großstadt zu erleben. Weg von dem Getratsche des Dorfs, in dem jeder meine Mum und Grandma kannte. Doch mittlerweile vermisste ich ein bisschen die ländliche Atmosphäre. Meine Sehnsucht reichte allerdings definitiv nicht aus, um mein Leben und das, was ich mir aufgebaut und für das ich gearbeitet hatte, aufzugeben.

Außerdem mochte ich die Ruhe meines kleinen Appartements. Erneut in Solveighs Haus einzuziehen und fast jeden Tag fremden Besuchern dort begegnen zu müssen war nichts mehr für mich. Die paar Wochenenden reichten mir dafür definitiv aus.

Ich parkte vor einem hübschen, zweistöckigen Haus mit einer weißen Holzfassade und hellblauen Fensterläden. Nachdem ich ausgestiegen war, inhalierte ich sofort den salzigen Duft des dahinterliegenden Meeres. Meine Haare wurden durch den Wind hin und her geweht, als ich meinen kleinen Koffer aus dem Gepäckraum meines Leihwagens hob und auf die Pension zulief.

Sie wirkte leicht schief, als hätte der Architekt beim Bau ein paar über den Durst getrunken, doch gerade das machte sie charmant. Ich konnte mit Perfektion noch nie etwas anfangen, sie langweilte mich.

In den Blumenbeeten im Vorgarten blühten Lavendel, bunte Lupinen und Hortensien. Hinter dem Haus erblickte ich eine

Promenade und den Strand. Meine große Hoffnung war es, ein Zimmer mit Meeresblick zu bekommen.

Ich betrat den Vorraum, und sofort sprang mir die maritime Einrichtung ins Auge. Überall an den weißen, vertäfelten Wänden hingen Dinge, die mit dem Meer zu tun hatten. Alte Fischernetze, Lampen aus Treibholz, Segelboote und nautische Gemälde, es wirkte urgemütlich und hatte definitiv Charme.

Eine Tür hinter dem Empfang öffnete sich, und kurz darauf trat eine Frau mittleren Alters heraus. Sie trug eine weiße, lockere Leinenbluse und Jeans, ihre Haare standen in wilden Wellen von ihrem Kopf ab, und als sie mich anlächelte, zeigten sich Lachfältchen auf ihrer gebräunten Haut.

»Du musst Nova sein!«, begrüßte sie mich sofort. »Herzlich willkommen in Whitstable!«

Ich trat an den Empfang. »Es freut mich, hier zu sein, Mrs. Potts.«

»Nenn mich bitte Judy, Mrs. Potts ist meine Großmutter«, erwiderte sie lachend und sammelte alle möglichen Unterlagen für meinen Check-in zusammen, die sie mir daraufhin übergab.

»Sehr gerne, Judy.«

Sie erklärte mir einiges zu meinem Aufenthalt und wann es Frühstück gab, daraufhin machten wir uns durch den Vorraum auf den Weg über eine Treppe in den ersten Stock. Dort fielen mir kleine Holzschilder neben den Türen auf. Namen wie *Mermaid's Lair, Captain's Quarters und Fisherman's Dream* standen darauf, was mich lächeln ließ. Die Pension war von innen genauso charmant wie von außen.

Wir hielten an, als wir am Ende des mit cremefarbenem Teppich belegten Flurs ankamen.

»Das ist es, mein bestes Zimmer, extra für dich reserviert«, verkündete Judy und schloss die Tür auf.

»Bist du sicher, dass du das nicht allen deinen Gästen sagst?«, erwiderte ich.

Judy lachte. »Psst, lass das die anderen nicht wissen.« Sie zwinkerte mir zu, und als sie die Tür geöffnet hatte und ich eintrat, war ich überzeugt, dass es tatsächlich das beste Zimmer war.

Vor mir erstreckte sich eine breite Fensterfront, und dahinter entdeckte ich ganz klar den Strand und das leicht brandende Meer. Der blaue Himmel kämpfte mit dunklen Wolken um die Vorherrschaft und tauchte die gesamte Szenerie in ein Licht, als hätte man über die Welt einen sepiafarbenen Vintagefilter gelegt.

»Wow, okay, das ist wirklich phantastisch!« Ich stellte meinen Koffer ab und schaute mich weiter um, bis ich stutzte. »Das ist ja …« Verwundert deutete ich auf das breite Doppelbett. Also zumindest dorthin, wo ein reguläres Bett stehen sollte, denn stattdessen befanden sich dort zwei breite Austernschalen mit Perlenkissen und weichen Decken. »Eine Auster?«

»Ja, ist sie nicht großartig? Glaub mir, in diesem Bett schläfst du wie auf Wolken. Oder eher wie unter dem Meer.« Sie gluckste.

»Wie bist du denn an dieses Schätzchen gekommen?«, fragte ich und trat näher, um mir das Möbelstück genauer anzusehen. Es war … irgendwie skurril.

»Meiner Grandma gehörte die Pension vor mir, und sie war eine begeisterte Sammlerin von Antiquitäten, die mit dem Meer zusammenhängen. Ich führe quasi eine alte Familientradition weiter und habe das Austernbett bei einer Auktion im letzten Jahr erstanden.« Ich war mir sicher, die Pension und ihre Einrichtung wären einen tollen Artikel in der Regionalzeitung wert.

Wir unterhielten uns noch einen Augenblick über ihre Familiengeschichte, ehe Judy nach unten ging und mich auspacken ließ. Während ich meinen Kulturbeutel in das angrenzende Badezimmer stellte, dachte ich darüber nach, gleich erneut auf Weston zu treffen. Wie könnte ich es schaffen, diesen Artikel zu schreiben und vor allem nicht nur Dinge zu erwähnen, die ohnehin jeder von ihm wusste? Dass er stur, verbohrt und unentspannt war. Nein, für bessere Informationen brauchte ich sein Vertrauen und musste gleichzeitig mein Gewissen abstellen und an mein Ziel denken. Nicht nur die beruflich nächste Stufe zu erreichen, sondern auch etwas über meinen Vater zu erfahren, mit der Hoffnung, mich ihm verbundener zu fühlen.

Na, wenn das mal nicht ein Plan war, der nur nach hinten losgehen konnte.

Um mich genug vorzubereiten und die Wartezeit zu nutzen, schaltete ich meinen Laptop an und scrollte mich durch zahlreiche Artikel über Weston und Richard.

Bis ich auf einen Bericht in einer Tageszeitung stieß, der beschrieb, dass beide am Abend von Richards Tod auf einer Spendengala zusammen gesehen worden waren. Nach einigen Klicks fand ich auch den Organisator heraus. Anthony Perotti, ein bekannter Eventmanager und Inhaber einer Stiftung für benachteiligte Kinder.

Kurzerhand schrieb ich ihm eine Mail, ob er für ein unverfängliches Telefongespräch bereit war, danach wappnete ich mich für die neue Begegnung mit Weston.

✦

Eine Stunde später lief ich über die Promenade zum *The Beachcomber's Brew*. Ein Restaurant in der Nähe der Pension, in dem ich Weston zu einer Übereinkunft wie von Kristy gewünscht treffen sollte, was wir vorhin noch vereinbart hatten. Hin und wieder gab es erneut kleine Regenschauer, und ich steckte meine kalten Hände in die Taschen meines Mantels. Zum Glück hatte ich mir diesen noch in meinem Zimmer über mein dünnes, langärmeliges Sommerkleid gezogen. Aber vielleicht war mir auch nur aus einem anderen Grund kalt.

Ich war aufgeregt. Natürlich war ich das, weil ich ehrlich gesagt keine Ahnung hatte, wie ich mit Weston umgehen sollte. Mein Plan war gewesen, ihn ein wenig auf meine Seite zu ziehen, damit er diese ernste Hülle ablegte, die er alle sehen lassen wollte, doch wenn ich an seine Worte und die blanke Abscheu dachte, die er mir heute entgegengebracht hatte, wurde mir bewusst, dass das gar nicht so einfach werden würde.

Ich hatte einige Male in der Vergangenheit und auch jetzt an die kurze Nähe in dem Hinterhof gedacht, als ich für einen winzigen Augenblick etwas anderes in ihm gesehen hatte. Doch das war genauso schnell wieder weg gewesen, wie es aufgetaucht war, und ich war mir immer noch nicht sicher, ob ich es mir nicht vielleicht doch eingebildet hatte.

Als ich die Glastür zum Restaurant aufdrückte, roch ich sofort den köstlichen Duft und erkannte auf den Tischen der Gäste knusprige Fish & Chips, Sunday Roast, Fisherman's Pie und andere Köstlichkeiten. In dem Moment spürte ich, was für einen Hunger ich tatsächlich hatte, denn seit meiner Abfahrt von Manchester heute Morgen hatte ich nichts Richtiges mehr gegessen, und nun war es später Nachmittag.

Ein Kellner eilte auf mich zu. »Einen wunderschönen guten Tag, haben Sie reserviert?«

Ich streckte den Kopf und entdeckte Weston aufrecht sitzend am Ende des Raumes direkt an der raumhohen Fensterfront mit

Blick auf den Strand. Hawking lag entspannt unter dem Tisch und hatte den Kopf auf dem dunklen Holzfußboden abgelegt. Weston hielt sein Handy in der Hand und tippte etwas darauf ein. Ich war mir sicher, dass Weston kein Typ für sinnlose Dinge wie lustige Videos war und seine Wartezeit mit Arbeiten überbrückte. Langweiler. Wenn wir nun miteinander auskommen mussten, würde ich ihn wohl nicht nur aufgrund meines Ziels aus seinem Schneckenhaus locken müssen. Denn ansonsten würde das auch für mich eine ziemlich trockene Angelegenheit werden, auch wenn ich davon ausging, dass die Arbeit mit den Kindern den Spaß eindeutig wieder wettmachte.

Ich erklärte dem Kellner, dass ich bereits erwartet wurde, und lief durch den Raum. In der Mitte gab es eine offene Feuerstelle mit einem backsteingemauerten Abzug, auf dem in Alufolie eingepackter Fisch grillte, und als ich daran vorbeilief, wärmte das Feuer sofort meinen durchgefrorenen Körper. Es war Sommer, und ich hoffte, das Wetter würde während meines Aufenthaltes bald wärmer werden.

»Hi«, sagte ich, sobald ich am Tisch ankam. Weston sah auf, und sofort versteinerte sich seine Miene, als er mich erkannte. Wirklich nett, er könnte seine Abweisung ruhig noch ein wenig offensichtlicher zeigen. Wenigstens stand Hawking kurz auf. Ich ging in die Knie und begrüßte ihn mit Kraulen und aufgeregten Quietschlauten. »Du guter Hund, ja, das bist du, oder?« Er wedelte aufgeregt mit dem Schwanz und warf mich fast um, als er sich an mich drückte. Ich musste lachen und sah im Augenwinkel, wie auch Weston trotz allem aufstand. Immerhin hatte Mr. Charmebolzen sein gutes Benehmen nicht komplett vergessen, doch wir wussten beide nicht, wie wir uns begrüßen sollten. Wir waren keine Freunde, kaum Bekannte, aus seiner Sicht zwangsweise Kollegen. Ich richtete mich wieder auf, und Hawking nahm erneut seinen Platz ein. Lieber hätte ich mich zu ihm unter den Tisch gekuschelt, als mit Weston daran Platz zu nehmen.

»Hallo, Nova«, sagte Weston förmlich, und ich musste unfreiwillig lachen, als wir uns gegenüber voneinander setzten.

»Was ist so lustig?«, fragte er ernst.

»Du«, erwiderte ich und verdrehte lächelnd die Augen.

»Aus welchen Gründen?« Er steckte das Handy in die Tasche seiner Jacke, die über der Rückenlehne seines Stuhls hing.

»Du bist so unglaublich angespannt. Tut deiner Migräne sicherlich nicht gut.«

»Wir sind nicht hier, um über meinen Gesundheitszustand zu sprechen«, gab er knapp zurück und verschränkte die Finger auf dem Tisch. Seine Hände waren groß, kräftig, seine Nägel kurz und gepflegt, an seinem Handgelenk erkannte ich eine chromfarbene Uhr unter dem Ärmel seines schwarzen Pullovers, der sich perfekt an seinen Oberkörper schmiegte. »Sondern um einen gemeinsamen Nenner zu finden.«

»Du meinst, du hast über meine Ausführungen heute Vormittag nachgedacht und bist nun bereit, mehr von der Astrologie in deinen Unterrichtsplan zu integrieren?«, zog ich ihn auf, was er mit einem eindeutigen, tiefen Räuspern quittierte, das mich erneut grinsen ließ.

»Was darf es sein?«, fragte eine Kellnerin, die an unserem Tisch erschien und uns glücklicherweise unterbrach. Ich bestellte ein dunkles Ale und begutachtete Westons Wasserglas. Ich würde ihm ja auch eins bestellen, damit er ein wenig lockerer werden würde, doch dafür kannten wir uns nicht gut genug.

Die Kellnerin verschwand, und Weston zog eine dicke Mappe aus einer Ledertasche unter dem Tisch, ohne auf meine Anmerkungen einzugehen. Außerdem schob er mir ein rotes Notizbuch zu, das mir seltsam bekannt vorkam. Es beinhaltete einige Ideen, viele Gedanken und Beobachtungen, die ich Tag und Nacht in Bezug auf die Astrologie, das Universum und die Menschen sammelte.

»Du hast etwas im Raum vergessen«, sagte er.

Es überraschte mich, dass er überhaupt so etwas wie Nettigkeit zeigte und mir mein Buch mitgebracht hatte. »Danke«, gab ich knapp zurück und steckte es in meine Tasche. »Hast du es gelesen?«

»Selbstverständlich nicht, wofür hältst du mich?«

»Für einen neugierigen Wissenschaftler, der ergründen will, wieso jemanden die Astrologie so fasziniert?«, wollte ich ihn grinsend aus der Reserve locken. Anscheinend mit Erfolg, denn sein harter Gesichtsausdruck wurde etwas weicher, jedoch hatte er sich schnell wieder im Griff.

Er ignorierte meine Aussage, öffnete die Mappe und drehte sie in meine Richtung.

»Lass mich raten, der Unterrichtsplan? Du kommst direkt zur Sache, oder?«, fragte ich.

»Warum sollte ich nicht?«

»Ich dachte, wir essen erst noch etwas.« Ich biss mir auf die Unterlippe, weil ich ihm sein unterdrücktes Stöhnen ansah. »Gott, ist es wirklich so schlimm, mit mir hier an diesem Tisch zu sitzen?« Irgendwie bereitete es mir auch teuflisches Vergnügen, ihn aus seiner Komfortzone zu locken. Hatte Weston Jones jemals Spaß? Wollte ich es herausfinden? Irgendwie schon. »Du musst doch essen, oder hast du eine neue, zeitsparende Alternative gefunden, deinen Körper am Leben zu halten?«, neckte ich ihn. »Astronautennahrung vielleicht? Effektiv, aber wenig geschmackvoll.«

Plötzlich stieß er die Luft aus der Lunge, und seine Schultern sackten nach unten, als würde er sich zumindest ein bisschen entspannen. »Du bist unausstehlich«, sagte er und seufzte laut.

Ich musste lachen. »Wow, das war die erste emotionale Regung, also doch kein Roboter.«

Er verdrehte die Augen, in dem Moment kam die Kellnerin und brachte mein Ale. »Habt ihr schon etwas zu essen ausgesucht?«

»Wir nehmen die Fischplatte für zwei, danke«, bestellte ich, ohne auf Westons Kommentar zu warten. Nicht dass er es sich anders überlegte und ich noch ewig auf etwas zu essen warten musste. »Du isst doch Fisch, oder?«, fragte ich, nachdem die Kellnerin wieder gegangen war.

»Ich habe eine Fischallergie«, erwiderte er tonlos.

»O verdammt, das tut mir leid, dann …« Ich drehte mich zur Kellnerin um, die ans andere Ende des Raumes gegangen war, da hörte ich ein leises Schnauben.

Ungläubig schaute ich zurück zu Weston. In seinem attraktiven Gesicht stand nicht unbedingt ein Lächeln, aber seine Augen funkelten belustigt. Wow. Was für eine Offenbarung, und das in nicht mal fünfzehn Minuten.

»Du hast mich auf den Arm genommen?«

Er verkniff sich ein Grinsen, ich erkannte es ganz genau. Und es veranstaltete Dinge mit mir, die ich nicht zuordnen konnte. »Du hast es verdient.«

Ich legte die Hand auf mein Herz und lehnte mich zurück. »Wie bitte? Ich habe mir nur Gedanken gemacht, ob du genug isst und dich ausreichend entspannst!«

»Natürlich.« Er schob die Unterlagen zur Seite und stützte sich auf den Unterarmen ab, lehnte sich sogar ein bisschen zu mir, was meinen Puls erneut ein klein wenig beschleunigte. Ich hätte es niemals offen zugegeben, doch Westons Aussehen und der aufmerksame, kluge Blick aus seinen Augen stellten etwas mit mir an. »Also willst du mir jetzt den wahren Grund erzählen, wieso du hier bist?«

Sollte ich? Es war noch nicht so, als würde er mir groß vertrauen oder mich sogar mögen. Vielleicht musste ich ihn erst komplett auf meine Seite ziehen, damit ich etwas aus ihm herausbekam. »Eventuell dachte ich tatsächlich an unsere Begegnung in diesem Hinterhof und wollte mehr erfahren.«

»Mehr für einen Artikel?«

»Mehr darüber, warum du so bist, wie du bist.«

»Du willst mir erzählen, dass du Interesse an mir als Person hast?«, fragte er ungläubig.

»Ich weiß, klingt etwas unrealistisch, wenn man unsere Unterschiede betrachtet und wie du dich äußerlich gibst.«

»Und dir ist nicht in den Sinn gekommen, mich einfach um meine Nummer zu bitten?«

Ich musste lachen. Fragte man Weston Jones wirklich nach seiner Telefonnummer? »Ich bin mir sicher, dass dieses Unterfangen nicht ganz so einfach ist.«

Er betrachtete mich für einen Moment. »Ich denke eher, dass du in all den Jahren kein anderes Bauernopfer für deinen Erfolg gefunden hast.«

»Vielleicht bin ich doch keine so gute Journalistin, was?«, gab ich zu.

Er schüttelte nur ungläubig den Kopf, doch sein Gesichtsausdruck war nicht ganz so hart, wie er zu Beginn gewesen war. Waren wir auf dem richtigen Weg? Möglicherweise.

Weston bestellte bei der Kellnerin ebenfalls ein Ale, was mich grinsen ließ. Als die Fischplatte kam, aßen wir in stillem Einvernehmen, und es war unglaublich köstlich. Ich liebte fangfrischen Fisch. Nach dem Essen schob Weston die Unterlagen in die Mitte des Tisches. »Können wir jetzt endlich mit der Arbeit beginnen?«

»Warum tust du das? Dieser Unterricht mit den Kindern, das Camp?«

Er seufzte. »Und da wären wir wieder bei den vielen Fragen. Kannst du nur für eine Stunde deine Neugierde abstellen?«

»Schwierig«, antwortete ich.

»Jeder braucht einen Job«, wich er mir mit seiner Antwort aus.

»Aber wieso nicht in einer Forschungsstation? Wo du früher gearbeitet hast?«

»Ach, da hat aber jemand seine Hausaufgaben gemacht«, erwiderte er ironisch.

»Es geht nicht um Geld, richtig?«, stellte ich fest. »Natürlich geht es das nicht, wie viel hast du für deine Auftritte bekommen? So wie ich dich einschätze, hast du keine geheime Leidenschaft für exklusive Sneakers oder so etwas, du musst noch genug übrig haben.«

Ich spürte es, ehe ich es in seinem Gesicht lesen konnte. Die Kälte. Die Härte. Der eiserne Ausdruck von Abscheu. Ich war zu weit gegangen. Wieso konnte ich mich nicht ein Mal zurückhalten?

»Ich wusste, dass es Zeitverschwendung ist«, murmelte Weston, raffte die Unterlagen zusammen und stand auf. Ruckartig griff ich nach seinem Unterarm, legte meine Hand darauf.

»Okay, es tut mir leid«, sagte ich und atmete stoßweise aus. »Ich habe eine Grenze überschritten, das wird nicht wieder vorkommen.«

Er zögerte. Schaute mir tief in die Augen und suchte nach der Wahrheit, die ich ihm noch nicht offenbaren konnte. Aber ich konnte zumindest teilweise ehrlich sein. »Es stimmt, ich nahm an, dass du dich hier in Whitstable aufhältst, es war kein kosmischer Zufall.« Erneut spannte er sich an. »Du hast diesen Moment damals auch gefühlt, oder?«, fragte ich leise und erkannte die Antwort genau in seinem Gesicht. Vielleicht hatte er seine Emotionen doch nicht so sehr unter Kontrolle, wie er es hoffte. »Gib mir eine zweite Chance, ich werde mich ab sofort zurückhalten. Und wenn nicht, darfst du einen ganzen Tag Witze auf Kosten der Astrologie reißen.« Er reagierte immer noch nicht, also zog ich die Hand weg und wich seinem Blick aus. »Es ist nur … ach verdammt …«, fluchte ich und gab mir einen Ruck. »Ich schütze mich mit Fragen.« Vorsichtig sah ich auf, und in Westons hartem Ausdruck erschien so etwas wie Neugierde. Es lag nicht an mir oder daran, dass er herausfinden wollte, welche Persönlichkeit ich besaß, er schaute mich an, als wäre ich ein unergründliches Wissenschaftsprojekt. Stirnrunzelnd nahm er langsam Platz. »Gott, wir kennen uns kaum, ich weiß nicht, wie …« Ich atmete tief durch. »Meine Grandma und meine Mum sind sehr unkonventionell. Sie halten regelmäßig Mondrituale und so was ab, ja, ich weiß, sag jetzt nichts, ich kann mir vorstellen, wie du das findest.« Doch entgegen meiner Meinung zeigte Weston kein abschätziges Grinsen oder verdrehte die Augen. Er hörte zu. »Ich komme aus einem kleinen Dorf, und auch wenn wir größtenteils dort akzeptiert werden, war ich früher auch bei einigen das wunderliche Mädchen. Wenn ich mich für andere interessiere, ihnen Fragen stelle und zuhöre, muss ich von mir nichts preisgeben, was gegen mich verwendet werden könnte.« Ich stieß die Luft vollständig aus. »Es stimmt, ich suche wirklich einen Neuanfang, Antworten auf meine Fragen.« Auch wenn ich ihm noch nicht sagen konnte, wie diese Fragen lauteten, war ich vollständig ehrlich. Hawking hob den Kopf und legte ihn unter dem Tisch auf meinem Oberschenkel ab, als hätte er meine Worte verstanden. Ich kraulte ihn zwischen den Ohren und lachte kurz ungläubig auf. »Wow, das war viel Offenbarung für ein paar Stunden Kennenlernzeit, was?«

»Du musst jetzt keinen Witz reißen«, erwiderte Weston ernst. »Es ist okay.«

Sofort verschwand mein falsches Lächeln, und ich nickte. Statt zu antworten, zog Weston die Mappe erneut heraus und legte sie in die Mitte des Tisches. Ich schenkte ihm ein vorsichtiges, dankbares Lächeln. Denn Worte hatte es heute bereits zu viele gegeben.

10

Jungfrau

Jungfrauen haben eine natürliche Fähigkeit,
Dinge zu verbessern und zu optimieren.

Weston

Es war nicht so, dass ich plötzlich Gefallen daran fand, mit Nova zusammenzuarbeiten, es widerstrebte mir nach wie vor. Aber nach ihrem gestrigen Geständnis hatte sie ein Labyrinth aus unbeantworteten Fragen in meinem Kopf errichtet. Das Problem: Ich war Wissenschaftler, jemand, der dafür bezahlt wurde, Fragen zu beantworten, und Nova präsentierte mir eine komplizierte Gleichung, die ich nicht lösen konnte. Die einfach keinen Sinn ergab. In diesem Punkt konnte ich ihren Drang nach Antworten also verstehen. Zumindest in diesem Aspekt waren wir einander ähnlich.

Sie hatte nur von ihrer Grandma und Mum gesprochen, nicht aber von einem Vater, hatten wir etwa gemeinsam, ohne einen aufgewachsen zu sein? Was steckte hinter dieser Dauerlächel-Fassade aus ironischen Witzen und überzogener Freundlichkeit? Wieso hatte mich der kurze Blick auf ihre Verletzlichkeit nicht abgeschreckt, wie er es sonst getan hätte? Wieso wollte ich nun noch mehr darüber wissen?

Es machte mich wahnsinnig, dass mich die Antworten auf diese Fragen überhaupt quälten wie ein feststeckender Holzsplitter in meiner Handfläche. Er brachte einen nicht um, doch er war mehr als unangenehm.

Glücklicherweise zeigte sich das Wetter heute von einer besseren Seite, und meine Gruppe hatte ihren Vormittag mit anderen Kindern und einem Teil des festen Betreuerteams am Strand verbracht, bis wir uns wie jeden Tag bei schönem Wetter mittags auf dem Hügel mit Blick auf das Meer trafen.

Hawking rannte voran, als wir näher kamen und ich die Kids bereits entdeckte, die im Kreis auf der Wiese saßen. Normalerweise brachte Charlotte diese von ihren Vormittagsaktivitäten zu mir, doch diesmal erkannte ich nicht nur sie.

Nova war bereits da.

Und sie kniete vor den Kindern im Gras, ihr Blick gesenkt. Irgendein seltsames Mondritual, das sie bei ihrer Grandma gelernt hatte? Oder legte sie mystische Steinkreise, die die Zukunft voraussagen sollten?

Ich kam näher, und alle sahen auf. Novas Lächeln wurde breiter, als sie mich bemerkte, was mich irritierte. Ihre Freude konnte nicht echt sein. Trotzdem fühlte sie sich so an.

»Weston! Nova zeigt uns gerade unsere Zukunft!«, rief Olivia begeistert und kratzte sich an ihrer sommersprossigen Nase.

Ich verkniff mir ein Augenrollen. »Ach, tut sie das?«, brummte ich und entzifferte endlich, was sie da auf dem Boden veranstaltete. Tarotkarten legen. Grundgütiger, konnte eine Sache noch wahl- und sinnloser sein, als sich Tarotkarten zu legen? Las sie morgens etwa auch noch aus ihrem Kaffeesatz?

»Möchtest du, ich hätte noch einen Platz frei«, neckte mich Nova. Ich legte meine Ledertasche ins weiche Gras und zögerte.

»Los, du musst dir die Karten legen lassen, ich bin gerade mit meiner Sitzung durch, und es ist absolut augenöffnend!«, rief Charlotte begeistert, die sie anscheinend auch noch auf ihre Seite gezogen hatte. Sie stand auf, um mir vor Nova Platz zu machen. Was definitiv nicht nötig war.

»Kann ich einen Moment mit dir sprechen?«, zischte ich Nova zu.

»Selbstverständlich.« Sie presste missbilligend die Lippen zusammen, stand jedoch auf und klopfte sich Erde und Gras von den Jeans. Engen Jeans. Die ihre langen, schlanken Beine betonten. Wieso fiel mir das überhaupt auf?

Wir stellten uns ein Stück weit entfernt von den Kindern voreinander. Nova verschränkte die Arme vor der Brust. In Abwehrhaltung par excellence. Wir hatten uns gestern nach langem Hin und Her darauf geeinigt, zu versuchen, den Unterricht gemeinsam abzuhalten. Doch direkt am ersten Tag merkte ich, dass diese Idee ein Fehler war.

»Du weißt schon, dass diese Sache auch gefährlich für die Kinder sein kann, oder?«, fragte ich ungehalten, weil sie das doch beachten musste!

»Wird es so jetzt immer ablaufen?«, konterte sie genervt.

»Wie meinst du?«

»Ich tue etwas, und du bist dagegen. Rein aus Prinzip.«

»Es ist … verdammt, das ist keine Prinzipiensache, Nova! Ich dachte, wir hätten uns gestern klar abgesprochen!« Ihren Namen auszusprechen fühlte sich an, als wären wir uns näher, als es tatsächlich der Fall war. Als würden wir uns kennen. Dabei war genau das Gegenteil der Fall. Heute hatte sie mir erneut bewiesen, dass selbst eine freundschaftliche Akzeptanz zwischen uns schwer umzusetzen war. Wir waren wie zwei kollidierende Galaxien – unsere Interaktion führte unweigerlich zu einer chaotischen Verschmelzung, die das Gleichgewicht unseres Universums durcheinanderbringen würde.

»Nein? Du stempelst alles ab, was mit der Astrologie und Sterndeutung zu tun hat. Egal, was ich tue, du findest es schwachsinnig.«

»Weil es Schwachsinn ist!« Ich räusperte mich und schaute kurz zu den Kindern, die sich immer noch begeistert die Karten ansahen. Normalerweise war ich ähnlich entspannt wie Hawking, wieso geriet meine Geduld in einer Diskussion mit Nova sofort außer Kontrolle? »Wenn wir das hier durchziehen wollen«, sagte ich leiser an sie gewandt, »dann müssen wir uns auf etwas einigen.«

»Da bin ich ausnahmsweise mal deiner Meinung«, gab sie zurück.

»Du kannst den Kindern nicht Hoffnungen machen, indem du ihnen eine Karte zeigst und sagst, dass sie jetzt die Zukunft kennen«, redete ich weiter, doch Nova fasste mich auf einmal am Arm, als würde sie meine Worte überhaupt nicht hören. Ihre Ignoranz machte mich so verdammt wütend!

»Okay, hör auf zu reden – diesmal bin ich es, die davon Kopfschmerzen kriegt –, und komm einfach mit.«

»Was … nein! Wir sind noch nicht fertig!«

Sie hielt inne. Ihre Hand lag an meinem Oberarm direkt unter dem Ärmel meines T-Shirts. Ihre Finger auf meiner nackten Haut. Die Berührung pulsierte, war deutlich zu präsent.

»Lass dich ein Mal darauf ein, vorher lasse ich nicht mehr mit mir diskutieren. Ein Mal«, schob sie eindringlicher nach. »Du bist ein Mensch, der Fakten braucht und keine Worte, also bitte, gib mir die Chance, es dir zu zeigen.«

Verdammt, was blieb mir für eine andere Wahl? Ihr Blick war es, der mich am Ende überzeugte. Ein bisschen.

Seufzend nickte ich, und sie führte mich zurück zu den Kindern. »Weston ist bereit, sich die Karten legen zu lassen«, sagte sie freudestrahlend, und die Kids jubelten.

»Was, das ist aber …«, begann ich zu protestieren, doch Nova zog mich mit sich hinunter auf die Wiese und nahm im

Schneidersitz vor mir Platz. Ich hatte schon ja gesagt, wieso sich jetzt noch gegen ihre offensive Art wehren? Es war zwecklos. Ich winkelte die Beine an und schlang die Arme darum.

»Komm schon, Weston, sei kein Spielverderber!«, neckte mich Benny, und auch die anderen stimmten mit ein. Mir blieb gar nichts anderes übrig, als mich zu ergeben, wenn ich nicht als Spielverderber rüberkommen wollte.

»Fang schon an«, brummte ich Nova zu, die überlegen grinste.

»Gut, entspann dich, das ist Schritt Nummer eins.«

»Übertreibe es nicht«, flüsterte ich meine eindringliche Warnung, so dass nur Nova es hören konnte, doch sie grinste unbeeindruckt weiter. Egal, was ich tat, wie ich ihr gegenüber auftrat, wie bestimmend ich war, sie hatte lediglich ein überlegenes Lächeln für mich übrig, das mich erneut an den Rand meiner Beherrschung brachte.

»Formuliere eine Frage, die du beantwortet haben möchtest.«

»Eine Frage?«

»Ja, oder ein Thema, worüber du etwas wissen möchtest.«

Alle hörten gespannt zu, und ich hatte keine Ahnung, was ich darauf erwidern sollte. »Ich dachte, du legst einfach ein paar Karten vor mir ab und interpretierst sie?«

»Siehst du, du weißt weniger, als du denkst«, entgegnete Nova triumphierend. »Na gut, vielleicht möchtest du einfach ein bisschen mehr über deine Zukunft wissen, ist das okay?« Ich nickte, und sie reichte mir die Karten. »Jetzt mische, bis du denkst, du müsstest aufhören.« Brav tat ich, wie sie mich angewiesen hatte, und reichte ihr die Karten nach kurzer Zeit zurück.

Sie schloss die Augen und gab einen esoterischen Brummlaut von sich, ehe sie die Lider wieder öffnete und mich breit und strahlend anlächelte, als hätte sie den Witz des Jahrhunderts gerissen. »Nur ein Spaß, du wolltest doch eine kleine Show, oder nicht?«

»Komm zum Punkt.« Konnten wir es nicht einfach hinter uns bringen? »Oder willst du für deine Hexerei auch noch mein Erstgeborenes?«

»Nein danke, das hole ich mir für einen anderen Zauber.«

Nova fächerte die Karten gekonnt auf und zog vier heraus, die sie vor sich auf dem Gras übereinanderlegte. Sie gab Charlotte zu ihrer Linken den Rest und kümmerte sich um die vier abgelegten. Mit gerunzelter Stirn und konzentriertem Blick deckte sie die erste auf und legte sie links von dem Stapel ab. Es war irrational und nicht zu erklären, aber auf einmal plagte mich doch so etwas wie lästige Nervosität. Die anderen Karten folgten kreuzförmig zu allen Seiten.

»Gut, die erste Karte zeigt deine aktuelle Situation, die zweite, was jetzt unwichtig ist, die dritte, was beachtet werden sollte, und die vierte, was danach kommt«, erklärte sie, und ich verstand rein gar nicht, was sie mir damit sagen wollte. Esoterisches, unpräzises Gerede.

»Was meinst du mit unwichtig?«, wollte ich wissen und erntete ein kleines Lächeln, das weder triumphierend noch nervtötend war, eher … ehrlich. Als freute sie sich, dass ich mich dafür interessierte. Aber auch sie sollte wissen, dass ich unbeantwortete Fragen hasste.

»Das gilt es weder zu fürchten noch zu erhoffen.«

»Aha«, erwiderte ich.

Sie überging meinen indirekten Boykott, lehnte sich zurück, zeigte auf die linke Karte und faltete die Hände in ihrem Schoß. »Okay, wir haben hier die momentane Situation, das Symbol heißt Acht der Schwerter.«

»Was bedeutet das?«, fragte Emily ehrfürchtig, und ich hatte fast vergessen, dass wir nicht allein waren. Irgendwie hatte sich die Stimmung geändert, oder bildete ich mir das nur ein? War das der ganze Zauber dahinter, dass man sich Dinge einredete, um der Sache an sich mehr Bedeutung geben zu können?

»Die Schwerter repräsentieren Gefühle der Gefangenschaft und der Selbstbeschränkung. Sie zeigen, dass sich jemand vielleicht in der eigenen Angst, Unsicherheit und dem Schmerz der Vergangenheit gefangen fühlt und es schwer findet, sich selbst aus dieser Situation zu befreien.« Novas Stimme war leiser geworden, und nach ihrer Ausführung schaute sie mich an. Ihr Blick war zu eindringlich, zu fragend, zu bohrend. Die Journalistin in ihr erwachte zum Leben, ich erkannte es genau in diesem Moment. Also baute ich meine Schutzmauer wieder meterhoch auf.

»Das könnte alles bedeuten«, gab ich barsch zurück, um nicht zu offenbaren, dass diese verdammte Karte zufälligerweise direkt in das Auge meines inneren Sturmes getroffen hatte. Am liebsten würde ich die Sache abbrechen. »Die meisten Menschen haben irgendetwas, das sie aus der Vergangenheit belastet«, tat ich es ab.

»Gut, dann die nächste Karte, was jetzt unwichtig ist. Fünf der Kelche. Sie zeigen Verlust und Enttäuschung an.«

»Also das Gleiche wie Karte Nummer eins?«, fragte ich belächelnd und mit der Hoffnung, das Ruder wieder herumzureißen und selbst Herr über diese Lage zu werden.

»Nicht ganz, du erinnerst dich, diese Karte zeigt dir, was du loslassen solltest, dass du dich auf die Zukunft konzentrieren musst. Es geht darum, sich von alten Wunden zu lösen.«

»Weiter.«

Nova zögerte. Wollte sie über ihre Vermutung sprechen? Doch das tat sie sicherlich nicht vor allen anderen, was mein

Glück war. »Nummer drei, was beachtet werden sollte, der Stern«, sagte sie leicht lächelnd. »Der Stern bedeutet Hoffnung, Inspiration und spirituelle Führung.«

Ich schnaubte. »Das denkst du dir gerade aus.«

»Nein, tue ich nicht, ich kann dir nur das sagen, was die Karten für dich bereithalten«, gab sie lachend zurück, als wäre ich ein kleines Kind, dem man die Unmöglichkeit des Greifens nach den Sternen erklären musste. »Es hält dich an, dich auf deine innere Stärke zu verlassen, um Heilung und Frieden zu finden. Und nun deine Zukunft …« Alle lehnten sich ein wenig näher zu der wohl wichtigsten Karte. »Zehn der Kelche.« Es rauschten Laute der Überraschung durch die Reihen, was mich genervt die Augen rollen ließ. »Sie symbolisieren Glück, Zufriedenheit und vor allem emotionale Erfüllung. Sie zeigen eine Zukunft, in der es um liebevolle, unterstützende Beziehungen geht und die Freuden des Lebens.« Schwer zu glauben, dass ich mich noch mal jemals auf so etwas wie eine neue Beziehung einlassen konnte. Oder wollte. »Diese Karte verspricht Heilung, Harmonie und Gleichklang emotionaler Ziele.«

»Wow«, sagte ich.

»Ja, oder? Das ist wirklich sehr aufschlussreich.«

»Ich meinte eher damit, dass diese Karten auf neunzig Prozent der Menschen zutreffen könnten. Heilung, Freuden des Lebens, alles Dinge, die sich ohnehin jeder wünscht«, sprach ich aus, was ich schon die ganze Zeit vermutet hatte. Dass dies alles esoterischer Humbug war.

Nova raffte die Karten zusammen, doch ihr überhebliches Lächeln verschwand nicht. Im Gegenteil. »Du musst nicht daran glauben, damit es wahr wird, Weston«, sagte sie nur verschwörerisch, und ich war kurz davor, eine neue Diskussion anzuzetteln. Obwohl ich wusste, dass wir niemals auf einen Nenner kommen würden. Wollte ich also nur meinen Standpunkt klarmachen oder in Wirklichkeit einfach eine neue, spitzzüngige Bemerkung von ihr hören, die mich herausforderte? Seit langem einmal wieder. Ich schluckte meine Antwort hinunter. »Wer möchte jetzt?«, fragte sie und wandte sich von mir ab. Ihr Aufmerksamkeitsentzug fühlte sich an wie ein Tadeln.

»Ich! Ich!«, erklang von überallher, und mir war klar, heute hatte ich verloren, dieser Punkt war an Nova gegangen. Doch der Sieger war noch nicht gekürt.

✦

»Und, wie läuft es?«, fragte mich Kristy, die in der Kantine beim Mittagessen auf einmal neben mir auftauchte wie ein Schatten nach dem Sonnenaufgang.

Der Speisesaal erstreckte sich in der Länge des Haupthauses und war mit großen Fenstern ausgestattet, die den Blick auf die umliegende Natur freigaben. An der Decke befanden sich helle Balken, die eine warme Atmosphäre zu den Bastelarbeiten und Zeichnungen der Kinder an den Wänden schufen, und über der Tür war das Logo des Camps angebracht. An einem der langen Holztische saßen Nova und die Kids, die sich lebhaft unterhielten und zu denen ich wohl einen Moment zu lange herübergestarrt hatte. Ich schob mein Tablett an der Essensausgabe weiter, Kristy folgte mir und schaufelte sich eine enorme Menge des Kartoffelpürees auf den Teller. Auch ich musste zugeben, dass Myla, die Köchin des Camps, ziemlich gute Arbeit leistete.

»Wir haben uns noch nicht die Köpfe eingehauen«, meinte ich und nahm mir eine kleine Wasserflasche aus dem Kühlschrank. »Aber es ist auch erst der dritte Tag.«

Nachdem Nova gestern gleich ihren Trumpf mit den Tarotkarten ausgepackt hatte, flachte das Interesse der Kids natürlich nicht ab. Im Gegenteil. Die Flamme explodierte wie nach einem Regen mit Benzin. Ich hatte mir nun zwei Tage voller sinnloser Informationen über Sternzeichen, Charaktereigenschaften und Zukunftsdeutungen reinziehen müssen. Grandios.

Doch heute war ich dran. Nach dem Essen wollten wir mit Kompassen den Weg der Sonne beobachten und aus Holz eine Sonnenuhr auf dem Innenhof des Camps bauen. Selbst Nova hatte nichts vorgebracht, was dagegen standhalten konnte. Was als erzwungene Zusammenarbeit begann, wandelte sich gerade zu einer Art Wettbewerb um die Aufmerksamkeit der Kids, und ich war nicht dafür bekannt, vorschnell aufzugeben. Mein Spitzname als Rugbyspieler war nicht umsonst *Raging Bull* gewesen.

»Warte nur ab, ihr werdet vielleicht noch so etwas wie Freunde«, sagte Kristy und holte mich ins Hier und Jetzt zurück.

Ich schnaubte und nahm mein Tablett, um zu den anderen zu gehen. »Werde mal nicht voreilig. Es sind nur noch vier Wochen, bis die Schule wieder anfängt, das Camp zu Ende ist und unsere Wege sich trennen.«

»Vielleicht findet Nova Gefallen an Whitstable«, erwiderte Kristy mit einem Unterton, der mir ganz und gar nicht gefiel. »Sie ist doch eine hübsche Frau, oder nicht?«

»Egal, was du gerade vorhast … lass es«, gab ich zurück, und als ich mich abwandte und durch die Kantine zu den Kindern ging, um dieses Gespräch im Keim zu ersticken, hörte ich hinter mir Kristys lästiges Lachen. Die Kids unterhielten sich aufgeregt, und für einen flüchtigen Atemzug fiel mein Blick auf Nova, die ihren Erzählungen mit einem Lächeln lauschte. Hübsch? Ja. Eine unverbesserliche Traumtänzerin? Definitiv.

Chaotisch und glaubte an unwiderlegten Humbug? Zu hundert Prozent.

Sie bemerkte meine Blicke und schaute auf. Für einen winzigen Moment spürte ich so etwas wie eine Verbindung. Ich konnte selbst nicht benennen, was es war, aber es fiel mir schwer, die Augen abzuwenden. Immer noch beschäftigten mich einige Fragen in Bezug auf sie, aber ich sollte mich damit abfinden, keine Antworten darauf zu bekommen. Denn je tiefer ich meine Nase in ihre Angelegenheiten steckte, umso weiter schaffte auch sie es hinter meine Mauern. Man konnte eine Deckung beim Angriff nicht lange oben halten. Irgendwann stand man vor der Entscheidung, nach vorne zu preschen und sich der Gefahr auszusetzen, verletzt zu werden, oder sich selbst zu schützen. Ich wählte definitiv Zweiteres.

Ich steckte meine Hand in meine Jeanstasche, bevor ich mich setzte, und legte den Schlüssel vor ihr ab, den sie überrascht betrachtete. »Ist doch sicherlich deiner, oder?«

»Woher hast du den?«, fragte sie perplex und nahm den Schlüssel ihres Pensionszimmers, an dem eine kleine goldene Nummer und eine Austernperle hingen.

»Anscheinend besitzt du außerdem die Fähigkeit, wichtige Dinge ständig zu verlieren oder an unterschiedlichen Orten zu vergessen«, antwortete ich brummend, und in ihrem Gesicht erschien erneut ein Lächeln. »Er lag draußen im Gras, muss aus deiner Tasche gefallen sein.«

»Danke, vielleicht sollte ich dir den Titel *Finder des Jahres* geben.«

»Lass es nicht zur Gewohnheit werden«, murmelte ich genervt, konnte aber den leichten Anflug von Belustigung nicht unterdrücken.

»Wieso? Hast du Angst, dass ich alles hier ins Chaos stürze?«

»Ich würde es nicht unbedingt Angst nennen. Eher unwohle Vorahnung.«

Ihr amüsiertes Grinsen zog mich für einen Moment in ihren Bann. »Ich verspreche, dass ich ab sofort besser auf meine Sachen aufpassen werde«, sagte sie feierlich. Etwas an ihrem Lachen machte es mir schwer, abweisend und genervt zu bleiben.

»Darauf werde ich bestehen«, erwiderte ich und versuchte, distanziert zu klingen, wandte aber sicherheitshalber den Blick von ihr ab.

»Weston, wir haben uns gerade über etwas absolut Bombastisches unterhalten!«, rief Emily und riss uns glücklicherweise aus der Unterhaltung. Auch die anderen teilten plötzlich ihre Aufregung.

Erneut schaute ich zu Nova, doch diesmal war mein Blick eher mahnend. Welchen Floh hatte sie ihnen jetzt schon wieder ins Ohr gesetzt? Rituelles Tanzen bei Vollmond?

»Wir haben doch am Ende des Camps das Abschlussfest«, führte Emily aus. »Und jede Gruppe soll etwas aufführen.«

»Wir hatten bisher noch keine Ideen gehabt«, erklärte Olivia. Ich hatte ein wenig Mühe, den aufgeregten Erklärungen zu folgen. »Und wir dachten, wie wäre es mit einem Theaterstück?«

»Ein Theaterstück?«, fragte ich.

»Ja!«, riefen die Kinder.

Auch wenn ich keine Ahnung hatte, was Theaterspielen mit der Astronomie zu tun hatte, wollte ich den Kids nicht gleich die Begeisterung nehmen. »Und worum soll es in dem Stück gehen?«

»Selbstverständlich um das Universum, die Planeten, Sterne und ihren Lebenszyklus …«, begann Mike, und ich wusste, das war garantiert noch nicht alles. Nicht, wenn Nova ihre Finger im Spiel hatte. »Und um Sternzeichen, die in Harmonie im Weltraum leben.«

»Sternzeichen?« Ich schaute zu Nova, die nur grinste. Ich wollte ihr das herausfordernde Grinsen von den Lippen wischen. Dabei fielen mir einige Methoden ein, wie ich das anstellen könnte, wovon definitiv keine in Frage kam.

»Die Astrologie und die Astronomie vereint, weil beides nur miteinander bestehen kann. Das wollen wir ausdrücken«, erklärte Emily.

Ich sparte mir die Antwort, dass die Astronomie sehr wohl ohne die Astrologie konnte. Genau genommen bestand die Abhängigkeit eher andersherum. Aber ich wusste, ich hatte keine Chance mit dieser Argumentation. Kristy würde es lieben, und das würde mir einen festen Platz im Stammbetreuerteam im neuen Jahr sichern.

»Wir könnten uns eine spannende Geschichte ausdenken«, philosophierte Benny. Er und die anderen stiegen bereits tief in die Planung dieses Stückes ein.

Okay, wenn die Kinder glücklich waren und wenigstens einen Teil des Wissens vermittelten, das sie bei mir gelernt hatten, sollte es mir recht sein.

»Einverstanden«, stimmte ich zu, und alle jubelten begeistert. »Wir machen dieses Theaterstück.«

Auf einmal streckte Nova die Hand über den Tisch aus und legte sie auf meinen Unterarm. Jeder Muskel in meinem Innern spannte sich bei der unerwarteten Berührung an. »Danke«, formte sie mit den Lippen und schenkte mir ein Lächeln. Ehrlich. Unfassbar hübsch. Allerdings würde ich garantiert nicht auf die Emotionen eingehen, die dieser Ausdruck gerade in mir weckte. Ich musste verrückt geworden sein.

Oder einsam.

Mein Körper lechzte nach menschlicher Zuneigung, doch meine Vernunft war stärker. Immer schon gewesen. Deshalb zog ich meinen Arm langsam weg, nickte ihr knapp zu und widmete mich tief durchatmend meinem Essen. Meine Entscheidung war nicht ihretwegen gefallen, sondern wegen der Kids, die mir ans Herz gewachsen waren.

Sie sollte sich bloß nichts darauf einbilden. Und ich auf ihre Berührung ebenso wenig.

✦

Meine Oberschenkel brannten mit meiner Lunge um die Wette, doch diesmal würde ich meinen Körper bis zur bloßen Erschöpfung bringen. Damit er die Gedanken abstellte, die immer häufiger in meinem Kopf auftauchten wie ungebetene Gäste auf einer exklusiven Party.

Konnte ich Nova wirklich trauen und ihren Worten Glauben schenken, obwohl alles in mir schrie, es nicht zu tun? Misstrauisch zu bleiben, weil sie es schaffte, sich in mein Leben zu schleichen und sich hinter meinen Schutzschild zu drängen, und das in so kurzer Zeit?

Hatte die Presse nicht genug zerstört, musste sie auch noch den letzten Funken, der in mir glomm, löschen?

Hawking trottete gleichmäßig neben mir her, während wir eine Joggingrunde am Strand drehten. Von meinem abgelegenen Anwesen nach Whitstable und wieder zurück war der Plan. Knappe sechs Meilen. Eine Stunde, in der ich die Gedanken abstellen könnte.

Doch als ich den Hafen hinter mich brachte und den nächsten Strandbereich erreichte, verringerte ich für einen Moment meine Geschwindigkeit. Nova saß auf einer pinkfarbenen Decke. Es sah so aus, als wären massenhaft Unterlagen und Bücher vor ihr ausgebreitet, und ich konnte mir vorstellen, dass sie gerade irgendwelche astrologischen Charts erstellte. Wahrscheinlich eines für mein Sternzeichen, nur um mich zu ärgern.

Am Ende der Decke lag ein ausgepacktes Sandwich, und ich erkannte im Augenwinkel die kreisenden Möwen, die dieses bereits anvisiert hatten. Sie kam aus der Stadt. War sie sich nicht bewusst, wie gefräßig die Vögel hier sein konnten und dass sie keinen Halt vor etwas Essbarem machten? Ich hatte schon erlebt, wie Möwen in einem rasanten Sturzflug auf Essen losstürzten und dabei unbeabsichtigt Finger und Hände mit ihren spitzen Schnäbeln verletzten. Nova war so in ihre Karten und Bücher vertieft, dass sie ihre Umgebung völlig vergessen hatte, und ich fühlte mich hin und her gerissen, sie ihrem Schicksal zu überlassen oder sie darauf aufmerksam zu machen, dass ihr Snack bald jemand anderem gehören würde.

Die Augen immer noch auf die Unterlagen gerichtet, lehnte sie sich nach vorn und tastete blind nach ihrem Sandwich. Genau das nahm eine der Möwen zum Anlass, ihren Sturzflug einzuleiten. Ich blieb stehen, pfiff durch die Zähne, und Hawking schaute aufmerksam auf. »Los, hol sie dir«, wies ich ihn leise an. Hawking suchte den Strand ab, entdeckte die Möwe, die Novas Mahlzeit und ihren Fingern immer näher kam. In rasender Geschwindigkeit setzte er zum Sprint an, rannte bellend auf Nova zu, so dass kleine Kiesel hinter ihm hochspritzten. Nova schleuderte mit einem überraschten Schrei das Sandwich nach oben. Es war ein phanstastisches Bild, und mir gelang es kaum, nicht laut loszulachen. Die Möwe packte sich das Essen in der Luft, während Hawking zum Sprung ansetzte, diese aber knapp verfehlte. Mit kräftigen Flügelschlägen machte sie sich in Richtung Meer davon.

Novas Schreck wich der Erkenntnis, dass Hawking vor ihr stand, der auf ihre Decke trottete und sich schwanzwedelnd zur Belohnung für seine Heldentat streicheln ließ. Lachend sah sie auf, suchte den Strand mit den Augen ab, wahrscheinlich weil sie mich irgendwo hier vermutete, und als unsere Blicke sich trafen, hielt mich ihr sanftes Lächeln erneut einen Moment an Ort und Stelle fest. Der Wind wehte die Strähnen ihres Haares leicht hin und her. Ich hätte zu ihr rübergehen und mich erneut in einer nervenaufreibenden Diskussion mit ihr verlieren können, oder aber ich hielt wie geplant Abstand.

Da unsere Treffen sich in letzter Zeit ohnehin zu sehr häuften, entschied ich mich für Zweiteres, nickte ihr nur knapp zu und pfiff erneut durch die Zähne. Hawking hechelte noch einmal in Novas Richtung, die lachend zurückwich, und drehte sich dann direkt herum, um zu mir zurückzurennen.

Und auch ich wandte mich ab in die andere Richtung. Zurück nach Hause. Zurück in meine scheinbare Ordnung.

Doch als ich auf meinem Anwesen ankam, fühlte sich immer noch alles so durcheinander und chaotisch wie zuvor an.

Schwer atmend betrat ich meine Küche durch den Hintereingang und schnappte mir aus der Speisekammer eine Wasserflasche, die ich zur Hälfte leerte. Ich versuchte meine Gedanken abzustellen, machte Hawking Fressen und schaute ihm dabei zu, wie er es genüsslich verschlang, während ich an der Küchenanrichte lehnte. Ich war vor meinem Aufenthalt hier durcheinander gewesen, verletzt, beschämt, gebrochen. Langsam hatte ich diese beschädigten Teile in meinem Innern vergraben können, sie vergessen. Bis Nova mit einer riesigen Schaufel in der Hand auftauchte und bereit war, alles zunichtezumachen, was ich geschafft hatte.

Das Problem war, sie konnte mir nicht nur als Journalistin

gefährlich werden. Genauso wie sie mich auf die Palme brachte, konnte sie ein Feuer in mir wecken, das herausfordernd in ihre Richtung loderte, die Flammen nach ihr ausstreckte, um sich zu nähren. Ich hatte nicht darüber nachgedacht, dass es mit dem Abstellen der Gefühle war wie bei manchem Glücksspiel. Es agierte nach dem Alles-oder-nichts-Prinzip. Wenn man den Schmerz abstellte, ging auch das Glück. Und ich musste wählen, wann ich den Lichtschalter wieder betätigte, der alles in Helligkeit oder völlige Dunkelheit tauchte.

Aber auch auf diese Fragen würde ich heute keine Antworten finden. Ich ging duschen, machte mir danach ein Sandwich, das ich mit zur Sternwarte nahm. Nicht mehr lange, und ich könnte endlich den Stern erkennen, den Richard vor vielen Jahren entdeckt hatte. Es war Tradition geworden, diesen einmal im Jahr, wenn er sichtbar wurde, zusammen anzusehen. Diesmal wäre das erste Mal, an dem ich allein vor dem Teleskop stand, und ich hatte lange darüber nachgedacht, ob ich dieses Jahr nicht besser kneifen sollte.

Das Einzige, was mich noch ein wenig über Wasser hielt, war der Ehrgeiz, die Methode weiterzuentwickeln, an der Richard vor seinem Tod gearbeitet hatte. Auch wenn mir noch ein wichtiger Punkt in der Berechnung fehlte, der mir mehr als Kopfzerbrechen bereitete, arbeitete ich aktuell jeden Tag, um sein Vermächtnis weiterzuführen, wenngleich mich alles daran an ihn erinnerte.

Als ich den Hauptraum der Sternwarte erreichte, legte sich Hawking, der mich begleitet hatte, mit einem zufriedenen Schnauben in sein Körbchen. Mein Smartphone gab ein Piepen von sich, und ich zog es aus meiner Jeanstasche.

Cameron: Was gibt es Neues?

Direkt nach seiner Nachricht erschien ein Bild von ihm, wie er vor einer gigantischen Felswand stand und den Daumen grinsend in die Höhe hob. Im Hintergrund erkannte ich irgendeine Frau, die in seine Richtung lächelte, was mich nicht gerade wunderte. Cameron hatte das weibliche Geschlecht schon immer angezogen. Er wirkte wie der draufgängerische Dauersingle, der nur die Richtige finden musste, um gebändigt zu werden. Dabei wusste ich, dass er nach vielem suchte, nach Abenteuer, nach Spaß, nach zahlreichen aufregenden Momenten, aber sicherlich nicht nach Beständigkeit, die ihn aus seiner Sicht in Ketten legen würde.

Ambrose: Willst du uns die Felswand oder dein neues Groupie präsentieren?

Ich musste ein wenig wegen Ambroses Nachricht lächeln. Wieso hatte ich ihnen nicht von mir aus geschrieben? Meine beiden Freunde waren die Einzigen, die mich von meinen widersprüchlichen Gedanken ablenken konnten. Doch leider waren sie gerade viel zu weit entfernt und ich zu stolz, um von mir aus nach Hilfe zu fragen.

Cameron: Neidisch? Was ist mit dem sexy Bücherwurm, der vor kurzem in deinen Buchladen gestolpert ist und dich um ein Date gebeten hat? Schon wieder abgeschossen?

Ambrose: Sie hieß Natalie, und ich bin mir sicher, deiner Mum gefällt es ganz und gar nicht, wie du über Frauen sprichst.

Cameron: Ich bin hier nicht das Problem, Brosey, lenke nicht von dir ab. Aber okay, ich werde über deine Bemerkung hinwegsehen, weil wir Freunde sind.;-) Also West, was ist bei dir so los? Was machen die Kids?

Sollte ich ihnen von Nova erzählen? Aber dann würde sie einen noch größeren Platz einnehmen, und ich wusste jetzt schon, was meine Freunde mir raten würden. Cam würde sagen, dass ich sie daten oder meinen Spaß mit ihr haben sollte, während Ambrose wie ich der Meinung wäre, es sei besser, die Finger von ihr zu lassen, um die Situation nicht noch zu verschlimmern.

Weston: Alles beim Alten.

Cameron: Der Tag nähert sich, sonst alles okay?

Natürlich schrieb er nicht nur, weil er mit seinen Reisen oder Abenteuern angeben wollte. Auch wenn Cam auf den ersten Eindruck jemand war, der hauptsächlich lockeren, ungebundenen Spaß suchte, hatte er definitiv feinere Antennen, die sich auf menschliche Emotionen bezogen. Unsere Freundschaft war mit das Wichtigste für uns alle, und das war es, was diese auch ausmachte.

Ambrose: Sollen wir am Wochenende rüberkommen?

Ich starrte auf das Display und hatte keinen Schimmer, was ich antworten sollte. Die beiden wussten, dass ich in diesem Jahr fast schon besessen von dem Gedanken war, diesen Stern zu sehen und ihn nicht zu verpassen. Weil ich mich Richard näher fühlen wollte? Weil ich so tun wollte, als wäre alles wie vorher, vor diesem verdammten Unfall? Vor meiner Zusage bei dieser Sendung? Ich fragte mich seit zu langer Zeit, bei welchem Weg ich die falsche Abzweigung genommen hatte.

Weston: Nein, alles gut, ich hab noch einiges vorzubereiten für das Camp. Ich muss mit jemandem zusammenarbeiten, Kristy hat sie mir vorgesetzt.

So, jetzt war es raus. Jetzt hatte ich Nova zu meinem Ablenkungsmanöver gemacht, denn wenn es eines gab, das ich gerade nicht ertragen konnte, war es Mitleid. Ich musste ihnen ja nicht erzählen, wer diese neue Kollegin wirklich war.

Cameron: Dir vorgesetzt? Was bedeutet das?

Weston: Sie ist Astrologin.

Das sollte alles erklären. Fast umgehend kamen die weiteren Nachrichten.

Cameron schickte ein lachendes Emoticon und einen gehobenen Daumen, während Ambrose schrieb: *Ernsthaft?*

Cameron: O Gott, das hast du so was von verdient!

Weston: Was soll das denn heißen?

Cameron: Dass ich Kristy und ihre Einstellung mag, und wenn sie sich dabei was gedacht hat, dann, dass es dir guttun wird. Ist sie so richtig abgedreht? Mit Mondritualen, Horoskopen und so was?

Sollte ich ihnen sagen, dass sie diese sogar für dieses sinnlose Magazin schrieb?

Ein Lächeln stahl sich auf meine Lippen, das ich gar nicht verhindern konnte, wenn ich an Novas trotzigen Gesichtsausdruck dachte.

Weston: Sie hat mir die Tarotkarten gelegt.

Cameron schickte eine Sprachnachricht, in der er einfach nur lachte.

Cameron: Nein!! Ich wäre so gerne dabei gewesen! Gibt es Fotos von deinem Ausdruck?

Ambrose: Also du kennst meine Meinung zur Astrologie, aber das ist ein interessanter Schachzug von Kristy, dich ein wenig zu fordern.

Weston: Ich erkenne darin keinerlei Nutzen. Vor allem nicht für die Kinder, die sinnvolle Sachen lernen sollten und keinen Humbug.

Cameron: Dieses Gespräch wird immer besser! Hast du wenigstens ein Foto von ihr?

Weston: Diese Frau ist absolut nervtötend und mit ihr zusammenzuarbeiten eine Zumutung. Natürlich habe ich kein Foto von ihr!

Cameron: Du stehst auf sie!

Weston: Ganz bestimmt nicht.

Ambrose: Diesmal muss ich Cameron recht geben, denk dran, dass wir dich dein halbes Leben kennen. Du brauchst jemanden, der dich fordert, und diese Frau ist anscheinend eine wirkliche Herausforderung für dich. Du hast schon so lange niemanden mehr erwähnt, der dich beschäftigt.

Cameron: :-)

Seufzend bemerkte ich, dass es doch ein Fehler gewesen war, von Nova zu erzählen, denn die beiden interpretierten viel zu viel hinein. Mein Manöver war nach hinten losgegangen, und ich ergab mich.

Weston: Denkt, was ihr wollt. Ich muss los, der Himmel ist gerade perfekt.

Cameron: Ach komm schon, jetzt, wo es spannend wird!

Doch er wusste, er würde keine weitere Antwort zu diesem Thema von mir bekommen, also schrieb er nur:

Cameron: Du weißt schon, dass ich alles stehen- und liegenlassen würde, um zum Camp zu kommen und mir deine Verführerin einmal genauer anzusehen? Du weißt, jedes abweisende Wort von dir macht mich nur neugieriger!
Ich würde lieber auf ein Seminar über Sternzeichen und ihre Charaktereigenschaften gehen, als das zuzulassen.

Weston: Viel Spaß mit deinem Groupie.

Cameron: Den werde ich haben! Aber so schnell wirst du mich nicht abschütteln …

Ich seufzte. Cameron hatte viele Eigenschaften, und Neugierde zählte zu seinen nervigsten. Wieso hatte ich auch nur damit angefangen? Ich versuchte es mit umgedrehter Psychologie.

Weston: Tu, was du nicht lassen kannst.

Ambrose: Stört euch sicherlich nicht, wenn ich erst mal raus bin? Ich muss los! Wir hören uns!

Cameron: Oder sehen uns!!

Weston: … Ich beende nun dieses Gespräch.

Cameron: Spielverderber!

Mir war klar, dass Cameron spontan genug war, herzukommen, doch damit wollte und konnte ich mich gerade nicht beschäftigen. Ich schnappte mir meine Aufzeichnungen mit den korrekten Koordinaten und machte mich endlich an die Arbeit.

Meine Zweifel und Gedanken mussten warten, denn ich hatte Wichtigeres zu tun, als mich auf Emotionen einzulassen, die nur von kurzer Dauer sein würden.

Das Universum wartete auf mich. Die endlose Ewigkeit.

11

Krebs

Ein Krebs findet Freude in der einfachen Schönheit des Lebens.

Nova

Auch wenn Weston mir vorhin in der Kantine beim Mittagessen genug Argumente dagegen geliefert hatte, die Kinder auf eine spirituelle Schnitzeljagd zu schicken – heute war ich an der Reihe und durfte ihnen einiges über die Kraft der Steine beibringen. Ich freute mich nicht nur besonders darauf, weil Weston mich mit seiner letzten Bemerkung darüber, dass Felsen, Steine und andere scheinbar leblose natürliche Dinge keine Seele besäßen, herausgefordert hatte. Solveigh hatte mir so viel beigebracht, und es gefiel mir, dieses alte Wissen weiterzugeben. Ich konnte verstehen, was Weston am Unterrichten fand. Es fühlte sich so an, als würde ein Teil von einem selbst lange Zeit überdauern, als gelänge es, ihn damit zu konservieren. Ich dachte an Richard und daran, wie viel von seinem Wissen Weston wohl in sich trug. Dinge, die ich selbst erfahren hätte, hätte ich ihn kennengelernt.

Die salzige Brise wirbelte das Meer auf, während wir am Strand entlangwanderten. Jeder einzelne Kieselstein schien seine eigene Geschichte zu erzählen, und der Himmel war blau und golden. Die Sonne warf ihr glühendes Licht auf die glitzernden Wellen, und die Kinder schwärmten aus, um die Steine zu suchen, die ich ihnen zuvor gezeigt hatte.

Dieser Strand war ein wahres Paradies für jeden Sammler. Feuersteine, Kreidesteine, Jaspis und Quarz. Selbst Westons starre Miene dämpfte meine Freude nicht. Er war eine Herausforderung, definitiv, aber er würde mich nicht davon abbringen, meine Pläne in die Tat umzusetzen. Nicht heute.

Die Augen der Kinder leuchteten vor Vorfreude und Neugier, und ihre Energie war ansteckend, das musste selbst Weston bemerken. Ich hoffte inständig, dass sie heute nicht nur Spaß hatten, sondern auch mehr über die umliegende Natur lernten. Denn alles war ein großes Ganzes, das Universum bestand nicht nur aus Sternen und Planeten, wir waren ein Teil davon.

Weston stand ein paar Schritte hinter mir, die Arme verschränkt, seine Miene unergründlich. Er schien auf eine Gelegenheit zu warten, seine Skepsis wie zuvor zum Ausdruck zu bringen. Aber noch hielt er sich zurück, die Frage war, wie lange. Und auch wenn ich ihn überzeugen wollte, sich ein Stück weit zu öffnen, wartete etwas in mir auf seinen sarkastischen Trotz, die Wortgefechte zwischen uns, das Feuer.

Mit einem tiefen Atemzug drehte ich mich in Richtung Meer und streckte die Arme aus, als würde ich die aufkommende Energie begrüßen. Der Wind wehte meine Haare umher, und ich sog die salzige Luft in meine Lunge. Das Meer hatte schon immer eine gigantische Faszination auf mich ausgeübt, und ich fühlte mich immer ein wenig lebendiger, wenn meine Füße sich in sandigen Boden gruben.

Die Sonne wärmte meine Haut, und die aufgeregten Laute der Kinder verhallten über den weitläufigen Strand. Weston trat an meine Seite, und ich spürte sein Desinteresse fast körperlich.

»Ihr wisst, wonach ihr suchen müsst. Falls ihr Fragen habt, kommt zu mir«, rief ich den Kids zu, die sich nach unten beugten, Steine begutachteten, sie wieder fallen ließen oder in ihre Taschen steckten.

Ein unerwartetes Lachen entwich meiner Kehle, als ich bemerkte, wie Weston einen Stein aufhob und mit zusammengekniffenen Augen betrachtete. Vielleicht hatte er sich fest vorgenommen, sich niemals auf diese Sache hier einzulassen, aber der nach Antworten suchende Wissenschaftler streckte seine Fühler aus und suchte nach einer Energie, an deren Existenz er nicht einmal glaubte.

»Wie absurd findest du es? Auf einer Skala von eins bis zehn?«, fragte ich und konnte nicht widerstehen, ihn etwas aufziehen.

Sofort ließ er den Stein los, als hätte er sich daran verbrannt, und klatschte sich Algen von den Händen.

»Ich versuche einzig zu verstehen, was dein Ziel mit dieser Aktion ist«, erwiderte er brummend.

Ich zuckte mit den Schultern und wandte den Blick erneut zum Meer. »Vielleicht versuche ich gar nichts zu erreichen«, antwortete ich entspannt. »Vielleicht geht es nur darum, den Kindern zu zeigen, dass es mehr gibt als das, was wir sehen und messen können.«

Weston sagte für einen Moment nichts. Ich schaute ihn nicht an, doch ich fühlte seine Präsenz, stark und unerschütterlich, auf seinem Weg, niemals einen Schritt nach links oder rechts tretend. »Und wenn das, was wir nicht sehen können, nichts weiter ist als Illusion und Einbildung?«, fragte er.

Zum ersten Mal hatte ich den Eindruck, dass er wirklich über das nachdachte, was ich ausgesprochen hatte. Ich lächelte, ohne ihn anzusehen. »Und was, wenn es das ist, was uns am Leben hält? Die Illusion.«

»Dann wird das Erwachen nur umso schmerzhafter«, meinte

er leise, und ich spürte den Schmerz in jedem seiner Worte. Ich wollte etwas antworten, was es besser machte, aber ich hatte keine Ahnung, was. Und er ließ mir auch gar keine Chance dazu, denn er hatte selbst bemerkt, dass er einen Augenblick zu lang seine Deckung gesenkt und mir einen erneuten Blick auf ihn geschenkt hatte. Auf ihn und seinen Schmerz, der im Inneren pochte.

Ohne noch etwas zu sagen, wandte er sich ab und hielt inne. »Ich muss für morgen noch etwas vorbereiten. Wir sehen uns gleich drinnen, wenn ihr fertig seid«, murmelte er mit rauer Stimme und lief über den Strand zurück zu der kleinen Treppe, die nach oben zum Camp führte. Ich sah ihm nach, bis er hinter der Böschung verschwand, und ergründete den Wunsch, mehr herauszufinden. Mehr über meinen Vater. Mehr über Weston. Mehr über diesen Schmerz, der ihn hin und wieder zu erdrücken drohte.

Whitstable war eine ganz besondere Stadt. Die Straßen waren lebendig und voller Charme. Der Stadtkern bestand aus einem Gewirr aus Kopfsteinpflastern und engen Gassen, gesäumt von alten Backsteinhäusern mit Erkerfenstern und einem Vorhang aus dichten Efeuranken. Kleine Geschäfte dazwischen boten besonderen Schnickschnack an, aus Bäckereien drang der Duft von frischem Brot, und vor süßen Cafés standen runde Tische, die alle vollständig besetzt waren.

Je näher man dem Meer kam, umso mehr veränderten sich die Häuser. Die Fassaden waren aus buntem Holz, der Geruch von Salz und Algen wurde stärker, das Schreien der Möwen lauter.

Ich nutzte meinen freien Tag am Wochenende und ließ mir ganz besonders Zeit, gelangte schließlich irgendwann an den Hafen. Eine Mischung aus moderner Funktionalität und historischer Romantik. Bunte Fischerboote schaukelten sanft auf den Wellen, während die Fischer ihre Netze reparierten. Das Geräusch von gurgelndem Wasser und das Kreischen der Möwen schufen eine Symphonie, die so beruhigend war, dass jeder Stress augenblicklich von mir abfiel. Jedes Gefühl von Zweifel, ob ich hier wirklich das Richtige tat. Ich hatte heute Morgen eine E-Mail von Anthony Perottis Assistentin erhalten, dass er sich gerade auf einer längeren Reise befinde und sich bei mir melde, wenn er zurück sei. Einerseits war ich enttäuscht, meine Recherchen nicht fortsetzen zu können, andererseits froh, denn das bedeutete noch ein wenig Schonfrist für das Schreiben des Artikels.

Ich hatte Glück, heute war Hafenmarkt, und dieser war ein wahrer Schauplatz des lokalen Lebens. Wie ein buntes Mosaik aus Menschen, Geräuschen und Farben pulsierte er mit einer Energie, die sowohl belebend als auch betörend war.

Reihen von Ständen, die den Hafen säumten, ergaben ein Kaleidoskop von Waren. Frische Meeresfrüchte, lokale handgefertigte Keramik in den strahlendsten Farben und Mustern, Antiquitäten und Trödel, die Geschichten längst vergangener Zeiten erzählten.

Ich schlenderte von einem zum anderen Stand, unterhielt mich mit den Verkäuferinnen und Verkäufern und schaute mir die verschiedenen Auslagen an. Hier würde ich definitiv Mitbringsel für meine Mum, Solveigh, Sharon und meine Freundin Laurie finden.

Ich machte ein Selfie vor einem riesigen Fisch aus geschnitztem Holz und schickte es Laurie, die fast umgehend mit einem lachenden Smiley antwortete. Auch sie wusste nicht genau, weshalb ich hier war, ich hatte ihr nur erzählt, dass es mit meiner Arbeit zusammenhing. Wahrscheinlich hatte ich Angst vor ihrer ehrlichen Meinung darüber, dass dies alles keine gute Idee war.

Ich setzte meinen Weg fort, und als hätte das Schicksal seinen eigenen Plan, entdeckte ich an einem Stand, der frische Fischbrötchen verkaufte, Weston. Doch er war nicht allein. Ein blonder Mann stand bei ihm. Er war ähnlich groß, vielleicht nicht ganz so breit, aber definitiv auf eine jungenhafte, lockere Weise gleich attraktiv. Er erzählte wild gestikulierend etwas und lachte immer wieder, während Weston sogar hin und wieder lächeln musste. Die beiden wirkten, als würden sie sich schon ewig kennen. Ich hatte Weston noch nie so locker gesehen. Es war faszinierend mit anzusehen, wie er sein konnte, wenn er sich nicht beobachtet fühlte. Doch wahrscheinlich war auch ich nur der Grund, weshalb er so schlecht gelaunt und verschlossen war. Was ich sogar verstehen konnte.

Die beiden aßen ein Brötchen, tranken einen Cider und unterhielten sich weiter, während ich hin und her gerissen war zwischen dem Gedanken, abzuhauen oder einmal rüberzugehen, um mehr über Weston zu erfahren.

Ich entschied, so zu tun, als hätte ich die beiden nicht bemerkt, wollte mich aber nicht von meinem Weg durch den Hafenmarkt abbringen lassen. Also schlenderte ich weiter, schaute mir die Auslagen an, obwohl ich mich nicht ganz so konzentrieren konnte wie zuvor und meine Blicke immer wieder zurück zu Weston wanderten. Er trug Jeans und ein weißes Shirt, das perfekt seine Schultern betonte. Ich konnte verstehen, wieso der Streaminganbieter damals auf ihn aufmerksam geworden war. Auch wenn er es unbewusst tat – er zog die Aufmerksamkeit der Menschen mit seiner Präsenz einfach an.

Das Gedränge wurde dichter, hier und da schrien Verkäufer Sonderangebote zu ihren Waren über den Markt, Möwen kreisten am blauen Himmel über unseren Köpfen. Ich verlor den Überblick, aber etwas anderes lenkte diesmal meine Aufmerksamkeit auf sich, und ich blieb stehen. Der Stand vor mir bot eine Vielzahl an Dingen an, die perfekt für mich waren. Kleine Holzkisten aus Treibholz und geflochtene Körbe waren randvoll gefüllt mit Muscheln und Steinen in allen Formen und Farben. Mein Blick wanderte über die Auslage. Eine freundlich lächelnde ältere Dame in einer bunten Tunika begrüßte mich und erinnerte mich an eine Freundin meiner Grandma.

»Sie haben einen wundervollen Stand«, sagte ich und schaute mir einen Korb an, an dem das Symbol der Jungfrau angebracht war.

»Danke. Die meisten Steine haben meine Tochter und ich selbst gesammelt«, erklärte sie mit Stolz in der Stimme.

»Das ist beeindruckend.« Mein Blick glitt weiter über die vielfältigen Muster und Texturen der Schätze. Das Gedränge und die Lautstärke um uns herum schienen plötzlich in den Hintergrund zu treten. Jeder Stein erzählte seine eigene Geschichte, geformt von den Elementen, gezeichnet von der Zeit.

Ich streckte die Hand aus, um einen besonders schönen Stein zu berühren – ein Stück Jaspis, dessen tiefe Rottöne in der Sonne schimmerten. Er fühlte sich überraschend schwer an, als ich ihn drehte, um ihn von allen Seiten zu betrachten, und erinnerte mich daran, dass wir alle Teil desselben Universums waren, geformt von denselben Kräften, verbunden durch dieselben Sterne.

»Die Jungfrau, hm?«, fragte die ältere Dame, ihr Blick folgte meinem zu dem Korb. Ihr Lächeln wurde weicher, nachdenklicher. »Ein gutes Sternzeichen. Praktisch, bodenständig, aber auch sorgsam und aufmerksam. Ein Stein kann viel über eine Person verraten.«

Ich nickte, meine Finger strichen über die glatte Oberfläche. »Ja«, antwortete ich leise. »Das kann er.« In diesem Moment fühlte ich mich nicht mehr wie die Besucherin dieses lauten, chaotischen Marktes. Ich fühlte mich geerdet, verbunden. Mit der Frau vor mir, den Menschen um mich herum und mit Weston.

Doch ich wurde unsanft mit einem heftigen Rempler aus meinen Gedanken gerissen und stolperte ein Stück, umschloss den Stein fest in meiner Hand, damit er mir nicht entglitt. Starke Hände umfassten meine Schultern und hielten mich fest, so dass ich nicht komplett das Gleichgewicht verlor, zogen mich ein Stück an einen festen, warmen Körper.

»Großer Gott, das tut mir leid, ich wurde geschubst und …« Diese Stimme …

12

Jungfrau

Eine Jungfrau zeigt ihre Liebe durch Taten mehr als durch Worte, sie legt Wert auf praktische Gesten der Zuneigung.

Weston

Es dauerte einen Augenblick, bis ich realisierte, wen ich soeben unfreiwillig durch das Gedränge angerempelt hatte. Wen ich hielt. Nova. Ihr Rücken drückte sich an meine Brust, meine Hände umfassten ihre Schultern, der Duft ihres Haares wehte durch den Windhauch zu mir. Erneut waren wir uns so plötzlich nah. Viel zu nah. Die Wärme ihres Körpers durchdrang die dünnen Stoffbarrieren unserer Kleidung, und eine Energie schien zwischen uns zu knistern.

Langsam drehte sie sich um, ich hielt sie weiterhin leicht fest, mein Herz pochte unruhig in meiner Brust. Sie schaute mit großen Augen erschrocken zu mir hoch. In diesem Moment war der Lärm des Marktes um uns herum nur noch ein gedämpftes Hintergrundrauschen. Ich war mir jeder kleinsten Einzelheit ihrer Anwesenheit bewusst. Des süßen Dufts ihres Parfüms, des sanften Drucks meiner Finger an ihrer Schulter.

Ich konnte sehen, wie sich auch ihr Atem beschleunigte, spürte die Hitze, die meinen Körper auf seltsame Weise durchströmte und mich gleichzeitig beruhigte und in Alarmbereitschaft versetzte. Dann fiel mir Cameron neben mir ein, der uns ganz sicher beobachtete. Wie gedacht, hatte er sich nach unseren Nachrichten am Wochenende auf den Weg zu mir gemacht, um herauszufinden, wer die geheimnisvolle Frau war, die Kristy mir unfreiwillig an die Seite gestellt hatte. Er musste dringend seine Neugier in den Griff bekommen, und jetzt hatte ich ihm einige Antworten auch noch auf dem Silbertablett präsentiert.

Ich räusperte mich, half Nova, sich zu stabilisieren, und ließ sie langsam los, um der unerwarteten Nähe, die sich entwickelt hatte, zu entkommen. »Das wollte ich nicht, entschuldige bitte«, sagte ich distanziert.

»Kein Problem, aber …« Sie drehte sich zu mir um, und ihr freches Grinsen verhieß nichts Gutes. »Bist du dir sicher, dass dies nicht nur ein unbeholfener Annäherungsversuch war?«, neckte sie mich, aber die Röte ihrer Wangen verriet, dass sie nicht halb so selbstsicher war, wie sie es vorspielte. Auch mit ihr hatte diese Nähe etwas gemacht, und irgendwie gab es mir ein gutes Gefühl, das zu wissen, auch wenn ich keine Ahnung hatte, was ich mit dieser Erkenntnis anfangen sollte. Unser Umgang im Camp war weiterhin geprägt von Konflikten und unbeholfenen Begegnungen, abgesehen von dieser unverständlichen körperlichen Anziehung.

Cameron verschluckte sich an einem Lachen, und Novas Blick flog zu ihm. »Lass mich raten, du bist die geheimnisvolle Fremde, die mit Weston zusammen im Camp arbeitet und über die mir mein Freund rein gar nichts erzählen möchte?«, sagte er, und Novas Lächeln wurde breiter, strahlender. Wieso störte mich das, während sie Cam anschaute?

»Ach, ist das so?« Sie sah kurz zu mir, nur um daraufhin wieder Cams Blick zu erwidern. »Geheimnisvolle Fremde klingt gar nicht mal so übel.«

»Das können wir gerne ändern. Cameron, von allen aber nur

Cam genannt.« Er hielt ihr die Hand hin, und sie ergriff sie. Ich hatte keine Ahnung, was ich tun sollte. Mich einmischen? Cam von ihr fortziehen, damit er nicht noch mehr herausfand? Ich hatte nie wirklich über Novas und meine erste Begegnung oder den Artikel erzählt, der daraus entstanden war. Weil es damals viele Artikel über mich gegeben hatte und ich Nova nicht noch mehr Raum in meinem Kopf geben wollte, als sie ohnehin kurz danach gehabt hatte. Also wusste Cam nicht, wer sie war, nur das, was ich kurz über sie in unseren Nachrichten angerissen hatte.

»Freut mich sehr, Cam, ich bin Nova«, entgegnete sie, und Cam hielt ihre Hand immer noch. Ich räusperte mich, und beide schauten mich fragend an, immerhin ließ Cam Nova endlich los.

»Entschuldigt. Cam, wir müssen weiter, Nova, bis Montag«, sagte ich.

Mein verräterischer Freund schüttelte den Kopf. »Wieso los? Wir haben den ganzen Tag Zeit. Wie sieht es bei dir aus, Nova?«, wollte er wissen.

Sie lächelte ihn breit an. »Ich habe nichts vor.«

»Wunderbar. West erzählte etwas davon, dass du Astrologin bist.«

»Das stimmt, und es ist nicht gerade etwas, das viel Anklang bei ihm findet«, gab sie lachend zurück, und ich hatte das ärgerliche Gefühl, die beiden vergaßen, dass ich immer noch hier stand.

»Das ist bei mir anders«, antwortete Cam charmant, und ich kannte genau diese Art, die er bei Frauen durchzog, an denen er Interesse hatte. Ich redete mir ein, dass es mich nur störte, wenn Cam mit Nova flirtete, weil ich noch einige Wochen mit ihr zusammenarbeiten musste. Wenn er ihr das Herz brach, würde es alles noch weiter verkomplizieren, und das musste ich verhindern. »Ich finde die Astrologie ausgesprochen faszinierend. Was ist das?« Er deutete mit dem Kopf auf ihre Hand, in der sie etwas hielt, was mir zuvor gar nicht aufgefallen war.

Sie öffnete die Finger, und ein roter Stein mit glatter, glänzender Oberfläche kam zum Vorschein. »Das ist ein Jaspis, ein Heilstein für das Sternzeichen Jungfrau«, gab sie grinsend zurück, und ich wurde hellhörig. Sie schenkte mir einen kurzen, wissenden Blick, und ich fragte mich, ob sie an mich gedacht hatte, als sie den Stein aussuchte.

»Für die Jungfrau, soso«, erwiderte Cameron. »Erzähl mir mehr.«

»Heilsteine können die Fähigkeiten und jeweiligen Charaktereigenschaften einiger Sternzeichen verbessern und stärken. Der rote Jaspis kann die Energie der Jungfrau ausbalancieren, ihr Erdung und Stabilität schenken. Außerdem …« Ihr Grinsen wurde noch größer, und nicht nur Cameron hing an ihren Lippen. Komischerweise wollte ich nun ebenfalls unbedingt wissen, was folgte. »Außerdem stärkt er die Geduld.«

»Was ich gerade ziemlich gut gebrauchen kann«, stieß ich genervt seufzend hervor, obwohl ich zugeben musste, dass es schwierig war, Nova nicht ernst zu nehmen, wenn sie so voller Begeisterung von Dingen sprach, die für mich keinen Sinn ergaben. Trotz meiner Skepsis war es unmöglich, den Zauber ihres Strahlens völlig zu ignorieren. Die Atmosphäre war angefüllt mit hektischer Betriebsamkeit, doch Nova schien inmitten all dieses Chaos eine Art ausgeglichene Erdung zu finden.

»Nun«, setzte Cameron wieder ein, seine Augen waren auf Nova gerichtet, aber ich spürte, wie amüsiert er innerlich war. »Dann wäre es gut, wenn unser Freund Weston hier diesen Stein immer bei sich tragen würde.« Sein Lächeln war schelmisch, und seine Worte hatten einen herausfordernden Unterton. Am liebsten hätte ich ihn in diesem Moment auf den Mond geschossen.

Nova lächelte, während sie den roten Stein in ihrer Hand drehte. Das Sonnenlicht tanzte auf der glatten Oberfläche und verlieh ihm Leben. Plötzlich wandte sie sich an mich. »Also würdest du ihn annehmen, wenn ich ihn dir kaufe?«

Ich schaute in ihre hellbraunen Augen, und ein unerklärlicher Impuls stieg in mir auf. Etwas in mir wollte den Stein nehmen und herausfinden, ob er tatsächlich die Magie hatte, die sie ihm zuschrieb. Ihre absolute Überzeugung verunsicherte mich.

Auf einmal lachte Cameron auf, klopfte mir auf die Schulter und riss mich dabei aus meinen Gedanken. »O West, du musst ihn unbedingt annehmen, es bleibt dir gar nichts anderes übrig!«

»Können wir dieses Thema danach dann abschließen?«, gab ich zurück.

Nova strahlte, drehte sich zu der Verkäuferin, reichte ihr einen Zehnpfundschein, und ich ärgerte mich, dass sie dafür so viel Geld rausschmiss.

»Trag ihn immer dicht am Körper«, sagte Nova mit leiser Stimme und legte mir den Stein in die Hand. Ich sah ihn für einige Atemzüge an und wartete auf irgendein Gefühl, irgendetwas, das passierte, doch es geschah nichts. Ich fühlte mich wie immer. Humbug. Und Nova hatte es geschafft, dass ich an meiner Einstellung zweifelte. Schnell steckte ich den Stein in meine Jeanstasche.

»Danke«, entgegnete ich nur knapp, weil mich die gesamte Situation ein wenig überforderte.

»Begleitest du uns noch, Nova?«, fragte Cam, dabei wollte ich nichts anderes, als diesem Moment endlich zu entkommen.

Nova lächelte sanft in meine Richtung, danach widmete sie

Cam ihre Aufmerksamkeit. »Danke für das Angebot, aber da fällt mir gerade ein, dass ich doch noch etwas vorhabe!«, sagte sie plötzlich, als würde sie tatsächlich Rücksicht auf mich nehmen wollen. »Es hat mich sehr gefreut, Cam.«

»Mich ebenfalls.« Er grinste. »Vielleicht trifft man sich ja bald mal wieder.«

»Wenn das Schicksal es vorsieht«, erwiderte sie, und ich war mir sicher, das hatte sie nur gesagt, um mich noch mal zu ärgern. »Bye, Weston, bis dann.«

»Bis dann«, antwortete ich immer noch von der Begegnung und all den Gefühlen, die durch mein Innerstes rauschten, geplättet.

Sie verabschiedete sich auch von der Verkäuferin und verschwand zwischen den Menschen, die sich um die Stände drängten. Ich schaute ihr so lange hinterher, bis sie nicht mehr zu sehen war.

»Willst du mir etwas sagen, oder soll ich selbst raten, was in deinem Kopf vorgeht?«, murmelte Cam.

Ich schnaubte, drehte mich um und ging weiter in die Richtung, in die wir zuvor gelaufen waren. Cameron folgte mir. »Ich habe keine Ahnung, was du meinst.«

»Nova gefällt dir.«

»Egal, was ich behaupte, du hast dir ohnehin schon eine Meinung gebildet, oder?«

»Und ich habe Augen im Kopf«, meinte er nur trocken. Wir wichen einer Gruppe von Menschen aus, und ich freute mich darauf, wenn wir zurück auf meinem Anwesen waren. »Sie ist interessant, und du kannst sie nicht durchschauen, das muss dich wahnsinnig machen«, stellte er lachend fest.

»Wir haben noch ein paar Wochen, danach ist die Zusammenarbeit ohnehin beendet.«

Es herrschte eine kleine Gesprächspause, und ich war froh darüber, bis Cameron erneut Luft holte. »Es ist okay, weißt du? Okay, dich gut zu fühlen.«

»Cam, bitte, nicht jetzt«, bat ich seufzend, und wir erreichten das Ende des Marktes und des Hafens.

»Wann dann?«, fragte er.

»Ich dachte, wir hätten die stille Vereinbarung getroffen, nicht von unseren Gefühlen anzufangen«, sagte ich scharf und wusste, es war nicht fair, so zu reagieren. Aber ich konnte nicht anders. Ich wollte weder über Nova sprechen noch über Richard und schon gar nicht über die Nacht, in der er starb, und über die Schuldgefühle, die wie Kaugummi an mir klebten. Wir blieben stehen, und ich schaute ihn an. »Oder willst du mir erzählen, wieso du dir als Kletterziele immer größere, gefährlichere Berge suchst?«

Cam rollte mit den Augen. »Das ist doch gerade gar nicht das Thema.«

»Nein? Wollen wir es vielleicht zum Thema machen? Nicht? Gut, dann mach dir keine Gedanken mehr über Nova.«

»Du bist eifersüchtig, und das darfst du sein, ich wollte nur aus dir herauskitzeln, dass …«

»Cam«, mahnte ich ihn eindringlicher, und diesmal verstand er. Ich wollte keinen Streit mit meinem besten Freund wegen nichts und wieder nichts. Aber uns war beiden klar, dass wir uns den Themen stellen mussten, die uns heimsuchten. Irgendwann.

»Okay, lass uns zu dir fahren und endlich den Grill anschmeißen«, sagte er versöhnlich.

»Hat dir das Fischbrötchen nicht gereicht, das du eben gegessen hast?«

»Wer viel Sport treibt, hat auch großen Hunger. Solltest du

auch mal versuchen, deine Form lässt ein wenig nach, seitdem du hier bist«, zog er mich auf.

Ich schüttelte lächelnd den Kopf und war froh, dass wir das Glatteis verlassen hatten. Wir würden uns der brüchigen Oberfläche stellen müssen, die bereits knackte und zackige Risse zog, doch nicht heute.

13

Krebs

In der Liebe sucht ein Krebs nach emotionaler Sicherheit und einem Gefühl von Zugehörigkeit.

Nova

Die Tage rauschten an mir vorbei wie eine Fahrt auf der Autobahn der Zeit. Die wunderschöne Landschaft, die sich wie ein malerisches Panorama voller lebendiger Farben und Formen zeigte, der berauschende Duft des Meeres und die Stunden mit den Kindern machten es mir schwer, auch nur einen Gedanken an Abschied zu verschwenden. Denn wenn der Tag kam – und er würde kommen –, würde ich mit der Unbarmherzigkeit der Realität ohnehin wieder zurück in mein Leben befördert werden.

Mittlerweile hatten Weston und ich uns sogar so etwas wie arrangiert, vor allem nach unserem unfreiwilligen Treffen auf dem Markt. Während ich in der Pension abends weiterhin die wöchentlichen Horoskope für meine Chefin schrieb, teilten wir uns im Camp die Stunden, die wir mit den Kindern hatten. Wenn Weston begeistert und mit einem Glänzen in den Augen von der Astronomie berichtete, klebte ich genauso wie die Kids an seinen Lippen. Ich hatte schon immer Menschen bewundert, die eine Leidenschaft besaßen, etwas, woraus sie ihre Energien zogen. Diese Menschen überzog ein Glühen, wenn sie über ihre Herzensthemen sprechen konnten. So auch Weston, der zwar tat, als wäre er Herr seiner Emotionen, in Wirklichkeit aber selbst nur Beifahrer war.

Auch wenn ich keinen Grund dazu hatte, schlichen sich heimlich leise Zweifel in mein Gewissen. Doch nur bis er mir erneut seine Abweisung gegen mich und die Astrologie offenbarte. Wenigstens hielt er sich in der Zeit, die ich mit den Kindern verbrachte, weitgehend zurück. Während ich mit ihnen die Sternzeichen durchging und unser Theaterstück auf die Beine stellte, spürte ich nur noch in seltenen Momenten seinen grummeligen, trotzigen Unmut. Das war ein Fortschritt, oder?

Heute bastelten wir aus Pappröhren und Linsen einfache Teleskope, was spaßiger war, als ich angenommen hatte. Dabei durfte jeder seines mit bunten Farben und Aufklebern verschönern, und während Weston am Ende des Raumes stand, in den wir heute zum Basteln ausgewichen waren, und alles mit Argusaugen beobachtete, malte ich Sternzeichen auf mein Teleskop. Nur um ihn ein bisschen zu ärgern.

Ich stand auf und lehnte mich neben ihn an den Schreibtisch, während die Kinder vor uns vergnügt bastelten. Im Hintergrund tönten Popsongs aus dem Radio, das ich angeschaltet hatte. Mit Musik ging eben alles ein wenig einfacher. »Na, wie findest du meines?«, neckte ich ihn. Wir hatten uns nicht nur zusammengerissen, sondern auch einen gemeinsamen Konsens gefunden. Ich ärgerte ihn, versuchte weiterhin, ihn aus der Reserve zu locken, während er so tat, als würde er nicht so langsam Gefallen daran finden. Ich nahm an, dass es ihn selbst nervte, dass er mich nicht so konsequent ignorieren konnte, wie er wollte.

Er zog die Augenbraue hoch, so wie er es immer machte, wenn er seine Skepsis zum Ausdruck bringen wollte. Flüchtig fiel mein Blick auf seinen Bizeps, der durch das kurzärmelige Shirt und seine verschränkten Arme ganz besonders gut zur

Geltung kam. Bei meinen Recherchen hatte ich herausgefunden, dass er am College ein ziemlich guter Rugbyspieler gewesen war. Spielte er noch? Nur so zum Spaß? Ich bezweifelte, dass Weston Jones überhaupt irgendetwas nur zu seiner Freude machte.

»Wieso wundert mich die Aufmachung nicht?«, brummte er, und ich konnte nicht anders, als zu grinsen.

»Habe ich extra für dich gemalt.« Ich drehte mein Teleskop und hielt es ihm hin. »Hier, Jungfrau.« Dann drehte ich noch ein Stückchen weiter. »Und hier Krebs, das bin ich.«

»Ich weiß«, gab er überraschend zurück.

»Du hast es dir gemerkt?«

Er zögerte, als würde er genauso wie ich an unsere erste Begegnung denken. Immer noch. »Gutes Gedächtnis«, antwortete er knapp, und ich rückte noch einen Hauch näher, stupste ihn leicht mit der Schulter an, um ihn weiter aus seiner Komfortzone zu locken. Mittlerweile hatte ich hinter seine Fassade geschaut, und ich hatte keine Berührungsangst mehr, denn nichts anderes war diese angespannte, dominante Präsenz, die er ausstrahlte. Eine Maske.

»Du hast es dir gemerkt, weil es dich interessiert hat.«

Er drehte den Kopf und schaute zu mir herunter. Endlich hatte ich seine ungeteilte Aufmerksamkeit, und für einen Augenblick spürte ich die gleiche Intensität, die damals zwischen uns entstanden war. Die immer zwischen uns entstand, wenn wir uns so nah waren. Dabei hatte ich weiterhin keine Ahnung, woher sie so plötzlich kam. Normalerweise fühlte ich diese Art von Nähe nur mit Menschen, die ich wirklich lange und gut kannte. Aber von Weston wusste ich kaum mehr als den Namen und die Dinge, die ich anhand meiner Recherchen selbst herausgefunden hatte.

»Man kann sich nicht aussuchen, was im Kopf bleibt und was

nicht«, erwiderte er mit etwas betrübtem Tonfall. Gab es etwas, das er vergessen wollte? Etwas, das mit meinem Vater, seinem Mentor, zu tun hatte? Auch wenn er es verstecken wollte, der Schmerz über den Verlust kam in Wellen, und ich erkannte ihn in seinen Augen. Doch auf diesen einzugehen bedeutete nicht nur, dass Weston sich wieder von mir zurückziehen würde, es war weder die richtige Zeit noch der richtige Ort. Also tat ich es wie so oft, ich ärgerte ihn, um ihn auf andere Gedanken zu bringen.

»Nein? Willst du etwa sagen, dass du, Mr. Kontrollfreak, nicht der Herr über deinen Kopf bist? Das muss dich fertigmachen.«

Die Atmosphäre änderte sich schlagartig, allerdings nicht dahingehend, dass er sich wieder hinter seiner Maske versteckte. Sein Blick glitt zu meinen Lippen. Für den Bruchteil eines Atemzugs. Mein Herz raste in der Brust, schickte ein Kribbeln durch meinen Bauch und beschleunigte meine Atmung. »Wenn du wüsstest, was mich alles fertigmacht«, sagte er rau, und hätte ich es nicht besser gewusst, hätte ich annehmen können, dass er mit mir flirtete. Verlangen und Hass lagen manchmal nah beieinander, und beide Gefühle brauchten hin und wieder ein Ventil. Würde er sich erlauben, dieses zu öffnen? Vielleicht steckte hinter der kontrollierten Fassade in Wahrheit ein wildes Feuer. Nie wollte ich mehr den wahren Weston kennenlernen als in diesem Augenblick.

Plötzlich ging die Tür auf, und Charlotte steckte den Kopf in den Raum. Ich rückte ein wenig von Weston ab.

»Hey! Der Wettbewerb beginnt, kommt alle zur Activity Zone!«

Die Kinder standen wie von der Biene gestochen jubelnd auf und rannten Charlotte hinterher.

»Wettbewerb?«, fragte ich Weston, während wir uns ihnen anschlossen und hinter ihnen herliefen.

»Jedes Jahr wird ein Kletterwettbewerb mit allen Betreuern und Kindern veranstaltet. Jede Gruppe denkt sich einen Schlachtruf aus, und die, die es am schnellsten durch den Parcours schafft, bekommt eine riesige Tüte Süßigkeiten.« Weston lief bereits vor, während ich noch zögerte. Er schien es zu bemerken, blieb stehen und drehte sich zu mir um. »Du schreckst doch sicherlich nicht vor so einer Herausforderung zurück?«, wollte er viel zu selbstgefällig wissen.

Dabei hatte ich genau das vorgehabt, doch diese Genugtuung würde ich ihm nicht geben. Wie hoch konnte der Parcours schon sein? Es war nicht schlimmer, als auf meinem Balkon im dritten Stock zu stehen. »Natürlich nicht.« Ich stieß mich vom Schreibtisch ab und lief erhobenen Hauptes an ihm vorbei. »Schade, dass wir in der gleichen Gruppe sind, ich würde dich zu gerne verlieren sehen.«

Vielleicht bildete ich es mir ein, aber eventuell hörte ich tatsächlich das raue, leise Lachen hinter mir, was mich selbst ein wenig glücklicher machte.

Der Parcours begann langsam, wie ein Raubtier, das sich an dich anschleicht und dann zupackt, wenn du gar nicht damit rechnest. Es zerreißt dich in Stücke, ohne dass dein Kopf hinterherkommt und dein Körper wirklichen Schmerz empfinden kann, bis es zu spät ist und es dich zerfetzt.

Jeder von uns hatte eine Kletterausrüstung mit Gurten und Haken bekommen, um die Klettersteige, die über einem Boden aus hellen Sägespänen errichtet worden waren, zu bezwingen.

Unter uns jubelten die anderen Kinder und Betreuer aus dem Camp. Es klang wie das Schwirren und Brodeln eines aufgeregten Bienenstocks, der vor Leben und Energie vibrierte und mich noch nervöser machte.

Kristy stoppte die Zeit, während sich jede Gruppe von Hindernis zu Hindernis hangelte und die Höhe wie Wasser in einer Höhle bedrohlich stieg.

Wie sich herausstellte, war Weston nicht nur klug, er war ein absolutes Sportass. Wie Spiderman seilte er sich von links nach rechts, half den Kindern in der Gruppe und hängte mich mit Leichtigkeit ab, während ich schwitzend mit hochrotem Kopf und klopfendem Herzen hinterherhinkte. Das Problem: Die Zeit wurde erst dann angehalten, sobald der Letzte aus der Gruppe wieder den Boden berührt hatte, und dazu musste man nicht nur den gesamten Parcours schaffen, sondern sich als ultimative Herausforderung von einer Erhöhung aus vierzig Fuß abseilen.

Ich hatte vorher nie darüber nachgedacht, wie hoch vierzig Fuß eigentlich waren, aber hier oben fühlte sich schon die Hälfte an, als würde ich auf einem Hochhaus ohne Sicherung stehen.

Meine Hände waren nass vom kalten Angstschweiß, und ich rutschte von dem Seil ab, über das ich balancierte, wobei ich mit Mühe versuchte, dabei nicht zum Boden zu schauen. Der Knoten in meinem Innern zog sich zu, mein Fuß verlor den Halt, und blanke Panik breitete sich von meiner Magengrube ausgehend in meinem Körper aus. Doch bevor ich komplett abrutschte, war Weston auf einmal an meiner Seite. Sein Arm schlang sich fest um meine Taille, und mit der anderen Hand hielt er uns beide aufrecht auf dem Seil. Er wackelte nicht einmal! Wie war er so schnell hergekommen?

Ich begegnete seinen Augen, bemerkte dann erst, dass ich

mich panisch in sein Shirt gekrallt hatte, sein starker Arm sich noch ein wenig fester um mich zuzog. Sicher. Haltend. »Ähm, danke«, erwiderte ich leise. Keine Spur mehr von meiner großen Klappe, wieso musste ich sie auch immer so weit aufreißen? Vielleicht weil Angst Schwäche bedeutete und ich diese Weston nicht zeigen durfte? Weil er sie ausnutzen würde oder weil ich befürchtete, dass diese seine Sicht auf mich veränderte?

»Augen nach oben, Füße fest auf das Seil«, wies er mich bestimmt, aber trotzdem sanft an, gab mir dabei das Gefühl, mich wirklich auf ihn verlassen zu können. Die Nähe, die wir bisher nur mit Blicken getauscht und die nur für kurze Momente angehalten hatte, baute sich nun weiter auf. Mein Körper war dicht an seinen gepresst, und es fühlte sich seltsam intim und unglaublich aufregend an. »Sieh nicht zu Boden, okay?«

Ich sah an seiner Schulter vorbei zur Plattform, auf der die Kids standen und mich anfeuerten. Mir die nötige Portion Motivation schickten, die ich brauchte, um meinen Ehrgeiz zu wecken. Mittlerweile hatte ich es so weit geschafft, Zurückgehen war keine Option.

»Ich bin direkt hinter dir«, sagte Weston und drückte sich mit Leichtigkeit an mir vorbei, hielt meine Taille immer noch mit seiner Hand fest, gab mir Halt. Mein Shirt war verdammt noch mal nicht dick genug, ich spürte jeden seiner brennenden Finger einzeln.

Schritt für Schritt arbeitete ich mich auf dem Seil weiter nach vorne, bis ich die Plattform erreicht hatte. Die Kids gaben mir High fives, und ich lachte laut vor Erleichterung. Bis Weston sich ebenfalls auf die Plattform schob, und da diese nicht gerade groß war, presste sich sein Körper erneut dicht an meine Rückseite. Diesmal schlug mein Herz aus einer ganz anderen Ursache schneller als aufgrund der schwindelerregenden Höhe.

Grundgütiger, es fühlte sich an, als ob die Reaktion meines Körpers immer stärker würde, je öfter wir uns berührten.

Westons herber, maskuliner Duft zog über mich, als er an mir vorbeigriff und wie selbstverständlich mein Sicherungsseil für die nächste Station umhakte. Wir hatten nur noch ein Hindernis vor uns, bis wir die vierzig Fuß erreichten. Ich drehte mich halb zu ihm um und wollte mich bedanken, doch mir blieben die Worte im Hals stecken. Denn nun waren wir uns erneut nah. Viel zu sehr. Woge um Woge rollte unerwidertes Verlangen durch meinen Körper.

Im Augenwinkel erkannte ich, wie die ersten Kids bereits weiterkletterten, diesmal ein noch wackligeres Hindernis bestehend aus dünnen Holzplanken und einem ziemlich lockeren Seil überwanden. Ich presste die Augen zusammen. Irgendwie musste ich hier runterkommen, es nützte nichts.

Erneut spürte ich Westons Hand an meiner Taille und war dankbar für den Halt und die Ablenkung. Ich öffnete die Lider und begegnete direkt seinem sanften Blick aus moosgrünen Augen.

»Wieso hast du nicht gesagt, dass du Höhenangst hast?«, fragte er rau.

»Weil ich es nicht wusste. Ich war noch nie so …« Kurz schaute ich nach unten zu den anderen, und erneut wurde mir schwindelig. Schnell presste ich die Lider wieder aufeinander, Übelkeit stieg in meiner Kehle nach oben. »So hoch«, schloss ich den Satz leise ab.

»Du hättest nicht mitmachen müssen, niemand hätte dich dafür verurteilt.« Gott, er hatte ja keine Ahnung.

»Du warst der Grund.«

»Ich?« Seine Finger drückten sich enger in meine Haut, und ich fand den Mut, ihn erneut direkt anzusehen.

»Du bist so perfekt, superklug und ein Sportass. Ich wollte nicht bei der ersten Herausforderung aufgeben.«

Kurz ließ er die Worte auf sich wirken, runzelte ein wenig die Stirn. »Nova …«, sagte er heiser meinen Namen. »Weißt du, es gibt einen Unterschied zwischen *feige aufgeben* und *sich seiner Angst bewusst sein* und das Beste für sich selbst zu tun. Es ist nicht immer der richtige Zeitpunkt und der richtige Ort, diese zu besiegen. Manche Ängste kann man nie hinter sich lassen, und glaub mir, ich bin in diesem Thema alles andere als perfekt.«

In seinen tiefen Augen flammte Reue. Bedauern. Angst. Seine Worte hallten in mir nach, und mir wurde bewusst, dass Weston sich zum ersten Mal richtig geöffnet hatte. Ich wollte ihn fragen, was er damit meinte, wovor er Angst hatte, wer er war.

Doch Kristy rief auf einmal eine Zeit von unten, und Weston entzog sich unserer Verbindung. »Los, du schaffst das Letzte auch noch, danach seilen wir uns zusammen nach unten ab.«

Nickend und durchatmend ging ich voran, hielt den Blick geradeaus gerichtet und wusste, Weston wäre hinter mir, wenn ich abrutschte. Alles war sicher, das Seil war fest verhakt, es konnte gar nichts passieren.

Aber als wir auf dem höchsten Hindernis von allen standen und Weston meinen Gurt in die Öse zum Abseilen einhakte, packte mich erneut die Angst.

Er ließ mir jedoch keine Zeit, mir Gedanken darüber zu machen, legte seine Hand auf meine Schulter und zwang mich so, ihm ganz meine Aufmerksamkeit zu schenken. Zum ersten Mal erlaubte er mir einen ungefilterten Blick auf sein wahres Wesen. Auf den aufmerksamen Mann, der er im Innern war. Und es gefiel mir. Es gefiel mir viel zu sehr. »Auf drei. Zusammen.«

»Okay.«

»Eins.« Sein Griff verstärkte sich. »Zwei.« Er drückte mich zum Ende der Plattform, alle anderen waren schon unten und feuerten mich erneut von dort aus an.

»Ich kann nicht einfach wieder zurück, oder?«

»Willst du, dass die Kids ihre Chance auf diese Süßigkeitentüte verlieren?«, antwortete Weston ernst, und ich musste ein wenig schmunzeln. »Drei.«

Er packte mich und stieß sich ab. Es war mir kein bisschen peinlich, dass ich direkt in sein Ohr schrie und mich panisch an ihm festklammerte, während er mich mit einem Arm umschlungen hielt und uns sicher nach unten manövrierte. Meine Füße berührten den Boden, es war so schnell gegangen, dass ich es kaum geschafft hatte, einen klaren Gedanken zu formen.

Erst als ich sicher stand, ließ Weston mich los. Und da sah ich es zum ersten Mal. Ein Lächeln. Ein richtiges, ausgewachsenes Lächeln, und es gehörte nur mir. Diesmal funkelten seine Augen aus einem anderen Grund. Aus Stolz, der auch mich erfasste. Ich hatte es geschafft!

Ich konnte verstehen, wieso die Kinder Weston so mochten. Er war ein phantastischer Lehrer, ruhig, geduldig, motivierend. Ich konnte nicht anders und schlang meine Arme um seinen Hals, drückte mich an ihn.

»Danke«, flüsterte ich in sein Ohr und spürte sein Zögern aufgrund der unerwarteten Berührung. Körper gegen Körper. Herzschlag gegen Herzschlag. Bis er meine Umarmung endlich erwiderte und ich seine Arme ebenfalls um mich fühlte. Ich musste mich lösen, damit diese Geste nicht zu lange andauerte, etwas bedeutete, mich noch mehr durcheinanderbrachte. Auch wenn mich ganz plötzlich der irrationale Drang quälte, niemals wieder damit aufzuhören.

Langsam löste ich meine Arme und wandte mich an die anderen, die jubelnd vor mir auf und ab sprangen.

Kristy rief eine Zeit, und die Kinder jubelten noch lauter. Ich war mir zwar sicher, dass wir durch mich garantiert nicht gewonnen hatten, aber ich würde den Kids selbst eine riesige Süßigkeitentüte kaufen, wenn ich zurück in Whitstable war.

Und als Dank für Weston würde mir schon noch etwas einfallen.

14

Jungfrau

Jungfrauen sind in der Liebe oft vorsichtig und brauchen Zeit, um Vertrauen aufzubauen, aber wenn sie sich einmal geöffnet haben, sind sie loyal und zuverlässig.

Weston

Wären die Situation, die Zeit und Nova und ich andere – ich wüsste nicht, wie ich mit der plötzlichen Nähe, die uns erfasst hatte, umgegangen wäre.

Doch, im Grunde war es mir sehr wohl bewusst. Der alte Weston hätte diese Nähe für eine Nacht zugelassen, zumindest was den körperlichen Part anging, bis wir uns anonym und unverfänglich am nächsten Morgen wieder getrennt hätten.

Denn mittlerweile konnte ich nicht mehr abstreiten, dass Nova Gefühle in mir weckte, die verlangend die Finger nach ihr ausstreckten. Cam hatte recht gehabt, auch wenn ich das niemals offen zugegeben hätte.

Aber die Umstände waren dafür mehr als schlecht. Wir hatten noch drei Wochen, in denen wir uns jeden Tag sehen würden, außerdem wusste ich immer noch nicht, was Nova für ihren Job ausnutzen und gegen mich verwenden könnte. Alles. Nichts. Mein Körper sagte ja, mein Vertrauen in sie reichte dennoch nicht aus. Nein, mich auf sie einzulassen kam nicht in Frage. Da war ein unwohles Bauchgefühl, ein Geheimnis, das sie vor mir verbarg.

Trotzdem hatte sie etwas, das mich reizte, meinen Kampfgeist hervorlockte, mich wieder einen Funken lebendig fühlen ließ. Vielleicht könnte ich diesem Gefühl aus sicherem Abstand auf den Grund gehen, um es danach wieder sicher in einer Kiste zu verschließen.

Nach dem Kletterwettbewerb hatte sich das gesamte Camp um die Feuerstelle in der Nähe des Strandes versammelt. Dan und Steven, zwei der anderen Betreuer, hatten das Feuer entfacht und Würstchen auf Spießen an alle verteilt. Charlotte hatte ihre Gitarre herausgeholt und ein paar Lieder gesungen, was sie wirklich ziemlich gut konnte. Überrascht bemerkte ich, dass die Sonne bereits untergegangen war und ich noch nie so lange an solch einer Gruppenaktivität im Camp teilgenommen hatte. Normalerweise hielt ich mich von solchen Veranstaltungen fern. Nicht weil ich nicht mehr Zeit mit den Kids und den anderen verbringen wollte, sondern weil es sich immer anfühlte, als würde ich nicht richtig dazugehören. Aber wahrscheinlich war da eher ich selbst das Problem, denn dieses Empfinden zog sich bereits durch mein gesamtes Leben.

Während meiner Schulzeit als der Junge mit dem kranken Dad, über den getuschelt wurde, am College unter den Studenten, im Rugbyteam, als Wissenschaftler, der neue, unkonventionelle Wege gehen wollte und sich dann an einen Streamingdienst verkauft hatte.

Ich schaute nach oben in den Himmel, an dem die ersten Sterne zu sehen waren. Jedes Mal brachte der Blick schöne und gleichzeitig unglaublich schmerzhafte Erinnerungen mit, und ein weiteres Mal fragte ich mich, ob es nicht besser wäre, mit dem Thema der Astronomie abzuschließen. Doch was wäre ich ohne sie? Das Universum und meine Identität hatten sich seit den Lehrstunden mit Richard unweigerlich miteinander verbunden.

Die Sonne schien hinter dem Horizont zu brennen und tauchte den gesamten Strandbereich in warmes Licht. Ich sah mich um. Hawking lag nah am Feuer und genoss die Atmosphäre, und auch ich musste sagen, dass ich mich seit langem so etwas wie wohlfühlte. Die anderen lachten, sangen, hatten Spaß, und zum ersten Mal war ich ein wirklicher Teil dieser Gemeinschaft.

Ich spähte durch die Flammen auf die andere Seite. Nova saß auf einem der Holzstämme und unterhielt sich mit Kristy und Rebecca, einer anderen Betreuerin. Die drei Frauen lachten, und für einen Moment hing mein Blick an Novas entspanntem Ausdruck. Sie war das komplette Gegenteil von mir. Das ungeplante Chaos. Alles an ihr war unberechenbar, undurchschaubar. Unsicher.

Und trotzdem wollte irgendetwas in mir sie kennenlernen. Herausfinden, was hinter ihren Worten und ihren Witzen steckte. Heute hatte ich eine weitere Facette von ihr entdeckt und konnte nicht abstreiten, dass mich mein plötzlich geweckter Beschützerinstinkt selbst überrascht hatte. Noch nie zuvor war er so stark gewesen.

Nova bemerkte meinen Blick und erwiderte ihn, fixierte mich durch die hohen, zuckenden Flammen ebenfalls. Ein winziges Schmunzeln stahl sich auf ihre Lippen, das nur für mich bestimmt war. Ich erinnerte mich an ihren Ausdruck auf dem Kletterparcours, an die panische Angst in ihren hellbraunen Augen, die wie Sandstein in der Sonne geglüht hatten. Daran, wie fest sie sich an mich geklammert hatte. Ihre Finger, ihr Duft, ihre Nähe. Dass sie sich, ohne zu fragen, auf meine Hilfe eingelassen hatte, mir vertraut hatte.

Ohne Umschweife stand sie auf und kam direkt auf mich zu. Ich fühlte mich wie ein unerfahrener Schuljunge, der nicht wusste, wie er darauf reagieren sollte.

»Hey«, hauchte sie und nahm neben mir Platz. »Ich wollte noch mal danke sagen für vorhin.«

»Das musst du nicht, außerdem haben die ersten zehn Mal ausgereicht«, gab ich genervt zurück. Gespielt genervt. In Wirklichkeit wollte ich die Mauern aus Zweifeln niederreißen und mich auf dieses Gespräch einlassen. Doch ich konnte einfach nicht aus meiner Haut.

»O doch, ich habe den Eindruck, du hast es die ersten zehn Male noch nicht richtig verstanden, deshalb sehe ich mich dazu genötigt, es dir noch einmal mitzuteilen«, antwortete sie grinsend. »Ohne dich wär ich da nicht mehr heruntergekommen. Wahrscheinlich wäre ich vor allen in Tränen ausgebrochen und hätte mich an einen der Holzstämme geklammert. Sie hätten die Feuerwehr rufen und mich wie eine panische Katze von da oben runterholen müssen«, übertrieb sie.

»Das wäre ein ziemliches Spektakel für die Kinder geworden. Wenn ich jetzt darüber nachdenke, wäre das ein einmaliges Erlebnis geworden, auch für mich.«

»Du kannst andere nicht leiden sehen, tu nicht so«, erwiderte sie sanft. Ich spürte ganz leicht ihre Schulter an meiner, während wir beide ins Feuer sahen.

»Du sagst das, als hättest du mich durchschaut.«

»Oh, ich habe dich durchschaut, Weston Jones.«

»Weil du mein Horoskop und Sternzeichen kennst?«, zog ich sie auf.

Schnaubend lachte sie. »Nein, weil ich Augen im Kopf und ein wenig Menschenkenntnis habe.« Sie atmete tief ein und stoßweise wieder aus. »Du hast Schwierigkeiten, echte Nähe aufzubauen, und neigst dazu, Emotionen zu unterdrücken. Aber wenn man deine Hilfe braucht, bist du zur Stelle, du kannst gar nicht anders. Du bist ein Teamplayer, auch wenn du gerne einen auf Einzelgänger machst, Mr. Lonesome Cowboy.«

Diesmal nervte mich ihre Analyse nicht. Sie traf mitten ins Schwarze. »Immerhin hat er sein treues Pferd.«

»Und du hast Hawking, der toll ist, keine Frage, deutlich freundlicher als du definitiv, aber er ist kein Ersatz für menschliche Verbindung.«

Ich schaute sie an. »Hast du so jemanden an deiner Seite? Oder reitest auch du alleine in den Sonnenuntergang?« Wieso wollte ich wissen, ob sie in einer Beziehung war? Sie zögerte. Vielleicht hatte ich sie mit meiner Frage überrumpelt. »Tut mir leid, das war eine …«

»Nein, da ist niemand, noch nicht mal ein treuer tierischer Weggefährte. Ich hatte mal an eine Katze gedacht, aber ich glaube, ich bin doch eher der Hundetyp«, riss sie wieder einen ihrer Witze, der die Situation lockern sollte, und diesmal war ich sogar dankbar dafür.

»Kann ich nachvollziehen, wobei ich vor Hawking nicht angenommen hatte, überhaupt irgendein Haustiertyp zu sein.«

»Ein anderes Tier außer Hawking würde es auch nicht mit dir aushalten. Er ist zu gut für die Welt.« In dem Moment hob er den Kopf, als würde er unsere Unterhaltung mitbekommen. Eines der Kinder setzte sich zu ihm und kraulte ihn, daraufhin legte er den Kopf wieder zurück auf die kuschlige Decke. »Ich kann mich einfach nicht sattsehen, das vermisse ich ein wenig in der Stadt.«

Ich folgte Novas Blick nach oben in den Sternenhimmel, der mittlerweile die Farbe von antikem Kobaltglas angenommen hatte. Auch das war ein Grund, weshalb ich aufs Land gezogen war. Dieser Blick, diese unglaubliche Anzahl von Sternen. Sollte ich ihr erzählen, dass ich auf der großen Wiese meines

Anwesens noch mehr davon sah? In meiner Sternwarte? Aber dann müsste ich gleichzeitig auch eine Einladung aussprechen, und dafür war ich definitiv noch nicht bereit.

»Es ist faszinierend, je länger man hinschaut, umso mehr sieht man. Wie ein Puzzle, das sich nur Stück für Stück zeigt«, sagte ich ehrfürchtig.

Auf einmal lehnte sich Nova ein Stück zu mir und deutete in den Himmel. »Das Sternbild der Zwillinge hat mich schon immer fasziniert. Kennst du die Geschichte?« Der Schein des Feuers zuckte auf ihrem Profil. Ich hätte die Frage bejahen können, aber ich wollte auf einmal, dass sie sie mir erzählte. Ich wollte sie mit ihren Worten aus ihrem Mund hören.

»Wahrscheinlich nicht auf die Weise, wie du sie kennst. Erzähl sie mir.«

Sie schaute zurück in den Himmel und deutete auf die zwei Sterne. »Kastor und Polydeukes, die Zwillinge in der griechischen Mythologie. Sie hatten verschiedene Mütter, aber ihr Vater war Zeus. Kastor war sterblich, aber Polydeukes unsterblich, beide waren trotz ihrer Unterschiede unzertrennlich, wie Zwillinge. Bis Krieg um die schöne Helena in Troja ausbrach, die eine Halbschwester der beiden war, und Kastor sich aufmachte, um sie zu befreien. Kastor wurde während des Krieges getötet.« Ich hing an ihren Lippen. Es war nur eine Geschichte, doch sie faszinierte mich. »Polydeukes konnte den Tod seines geliebten Bruders nicht verkraften. Er bat Zeus, Kastor in das Totenreich folgen zu dürfen. Zeus erlaubte es, allerdings gab es eine Bedingung, sie sollten abwechselnd auf der Erde und im Himmel leben. So wurden die beiden zu den Sternen, und ihr Sternbild steht für Liebe und Verbundenheit.« Nova seufzte aufgrund der Tragik der Geschichte.

»Weißt du, dass die beiden Sterne auch gravitativ miteinander verbunden sind?«, fragte ich, und Novas Aufmerksamkeit galt ganz mir. »Sie bilden ein Doppelsternsystem, bei dem beide Sterne gemeinsam um einen Schwerpunkt kreisen. Man kann sie nicht trennen, die Schwerkraft hält sie fest zusammen.«

»Was die Theorie der mythologischen Geschichte bestätigen würde«, gab sie mit Überlegenheit in der Stimme zurück.

Ich lächelte leicht. »Oder die Menschen konnten sich früher solche Dinge nicht erklären und haben sich deshalb Geschichten ausgedacht. Für Menschen waren offene Fragen schon immer die absolute Katastrophe.«

»Du meinst, für dich sind offene Fragen eine Katastrophe«, schlussfolgerte sie, das personifizierte Chaos.

»Möglich«, antwortete ich ehrlich. Es war ohnehin zwecklos, es abzustreiten, sie hatte mich tatsächlich durchschaut. Einen Teil von mir.

»Hey, ihr beiden, ein paar Betreuer gehen noch in einen Pub in Whitstable. Habt ihr Lust?«, wollte auf einmal Charlotte wissen, die neben uns auftauchte. »Die Kinder gehen ohnehin gleich ins Bett, und die, die keinen Nachtdienst haben, können den Feierabend doch nutzen.«

Ich zögerte, ich hatte schon lange genug Zeit hier verbracht. Ich sollte heimfahren und … ja, was eigentlich? Allein in mein Bett gehen? Über die Sterne nachdenken? Oder über Nova?

Die stand motiviert auf. »Ich muss ohnehin zurück zur Pension in die Stadt, also ja, ich bin auf einen Feierabenddrink dabei.« Beide Frauen schauten mich abwartend an.

»Ich …«

»Komm definitiv mit!«, fiel Nova mir ins Wort. »Los, gib dir einen Ruck.«

»Ich muss Hawking nach Hause fahren, er kann nicht lange alleine bleiben, und es ist schon recht spät.«

»Eine Stunde.« Nova hob die Finger zum Schwur. Charlotte beobachtete unsere Unterhaltung neugierig. Auch sie hatte mich schon mehr als einmal auf so einen Abend mit eingeladen, aber bisher hatte ich immer direkt abgesagt. Doch Nova ließ mir gar keine andere Chance. Ich seufzte ergeben.

»Na gut. Schickt mir den Namen des Pubs, wir treffen uns dort.«

Novas breites Lächeln war einen Sprung über meinen Schatten allemal wert. Oder beging ich gerade einen riesigen Fehler?

15

Krebs

Ein Krebs wird oft von seiner Vergangenheit geleitet.

Nova

Den ganzen Tag hatte ich die Nachricht ignoriert, doch als eine weitere eintraf, blieb mir gar nichts anderes übrig, als zu antworten. Später. Wenn ich wieder zurück in meiner Pension war und vielleicht tatsächlich etwas Greifbares hatte. Und sich das alles nicht immer mehr anfühlte wie ein Verrat. An mir selbst ... an Weston, der sich ein wenig geöffnet hatte.

Aber meine Chefin war dafür bekannt, sich an Themen festzubeißen wie ein Sumpfkrokodil, das seine Beute ergriffen hatte. Außerdem ermöglichte sie meinen Aufenthalt hier, damit ich ihr am Ende dieser Wochen mit einem packenden Artikel Ruhm und Aufmerksamkeit einbrachte. Und mir selbst etwas damit bewies?

Laurie war vor drei Monaten Partnerin ihrer Kanzlei geworden, nun in einer glücklichen Beziehung, und während wir beide an der dreißig kratzten und meine beste Freundin an ihrer Zukunft arbeitete, saß ich immer noch in der Horoskop-Ecke des Magazins, anstatt wirklich wichtigen Journalismus zu betreiben. Nicht dass ich dachte, Horoskope hätten keinen Wert, aber die Art und Weise, wie wir sie in unserem Magazin präsentierten, ließ zu wünschen übrig. Es war, als würden wir an der Oberfläche eines Eisbergs im Ozean kratzen, ohne die verborgenen Spitzen darunter zu erkunden. Weston hätte sich triumphierend auf die Schulter geklopft, wenn ich das vor ihm zugegeben hätte. Doch es gab so viel mehr Faktoren, die wichtig waren, als nur das Geburtsdatum. Wenn ich ihm nur irgendwie zeigen könnte, wieso die Astrologie so eine Faszination auf mich ausübte. Aber vielleicht waren wir uns heute Abend noch einen Schritt nähergekommen. Ich spürte, dass sich etwas zwischen uns veränderte. Auch wenn ich noch keine Ahnung hatte, in welche Richtung unsere Fahrt abdriften würde.

Der Deal mit meiner Chefin war, dass ich mich regelmäßig meldete und ihr so schnell wie möglich einen ersten Entwurf und Ideen präsentierte. Nur was hatte ich nach einer Woche? Einzig die Infos, dass ich Weston anders eingeschätzt hatte. Es gab einen Grund, weshalb er so misstrauisch war, und das war garantiert nicht, weil er sich für den Größten hielt. Doch was dahintersteckte, konnte ich noch nicht richtig greifen. Er ließ sich nicht in die Karten schauen. Ich musste den Einsatz erhöhen.

Da ich Geraldine ohnehin nichts liefern konnte, steckte ich mein Handy in die Umhängetasche und schlenderte die Promenade entlang in Richtung Pub. Mit jedem Atemzug inhalierte ich die frische, klare Nachtluft, die es schaffte, meine Gedanken zu reinigen und meine Bedenken verblassen zu lassen wie Spuren im Sand, die von der Brandung irgendwann weggespült werden würden.

Gut, wenn ich ehrlich war, schaffte ich es nicht ganz, die Gedanken abzustellen. Wenn es nach meiner Chefin ging, wäre der Artikel reißerisch, und Weston würde mich direkt nach der Veröffentlichung hassen. Wir waren uns immer noch nicht wirklich nahe, definitiv keine Freunde, gerade mal so Bekannte.

Trotzdem würde ich sein Vertrauen damit missbrauchen, das war mir klar. Ich könnte ihm nie wieder unter die Augen treten, wenn alles gedruckt war.

Allerdings hatte ich auch den Eindruck, dass dies mein einziger greifbarer Strohhalm war, der mich voranbrachte. Ich musste endlich einen Schritt nach vorne treten. Der Zufriedenheit hinterherjagen. Mich selbst nicht mehr wie eine Verliererin fühlen, die nicht wie auf meinem letzten Klassentreffen nur davon berichtete, in einem Klatschmagazin zu arbeiten. Auch wenn der Weg bis zu diesem Punkt steinig werden würde. Es ging um meine Zukunft, die nur ich gestalten konnte. Mein ganzes Leben hatte ich auf andere Rücksicht genommen, mich selbst zurückgesetzt, um keinen Schatten auf andere zu werfen. Die Frage war nur, ob dieser Weg der richtige für mich sein würde.

Meine Grandma war selbstlos, und trotzdem strahlte ihr Licht heller als Sirius. Wieso schaffte ich das nicht? Musste ich mich selbst erst einmal aufgeben, um mich neu finden zu können?

Die Fragen pflasterten meinen Weg, bis ich die *Seaside Tavern* erreichte, ein altes, uriges Fachwerkhaus mit einer wettergegerbten Fassade und einem Strohdach. Hinter den Fenstern glühte das Licht, das aus dem Inneren auf die Straße drang, im Hintergrund rauschte das Meer beruhigend, während die Musik und die Stimmen lauter wurden, je näher ich kam.

Ich mochte es, neue Bekanntschaften zu schließen und die anderen Betreuer und Betreuerinnen des Camps besser kennenzulernen, doch aufgeregt war ich aus einem anderen Grund. Weston müsste bald hier eintreffen, wenn er nicht bereits hier war.

Ich drückte die schwere Tür auf, und sofort umfing mich

eine neue, gemütliche Welt. Das sanfte Licht von Laternen tauchte den Raum in eine warme, einladende Atmosphäre. Die Wände schienen Geschichten aus vergangenen Zeiten zu erzählen und waren geschmückt mit alten Schiffsbildern, verwitterten Seekarten und Seemansknoten, die wie das Netz eines Fischers kunstvoll an der Decke miteinander verknüpft waren. Die Winkel und Ecken der Taverne offenbarten Schätze wie Muscheln, Schiffsglocken oder algengrünes Seeglas.

Es gab massive, alte Balken, und die Möbel bestanden aus schiefen, zusammengezimmerten Stühlen und Tischen aus Treibholz, in der Ecke befanden sich ein alter Billardtisch und eine Dartscheibe, vor der sich zwei ältere Männer mit kinnlangen grauen Bärten ein Duell mit zwei Jüngeren lieferten, die aussahen, als kämen sie direkt vom College. Auf der gegenüberliegenden Seite am Rand der Bar erkannte ich Charlotte, Rebecca, Dan und Steven mit einem anderen Kollegen, dessen Bekanntschaft ich noch nicht gemacht hatte. Von Weston war noch keine Spur zu sehen.

Charlotte sah mich und hob die Hand, winkte mich zu sich rüber. Ich zögerte nicht lange und ging auf sie zu.

»Hey, Nova, wie schön, dass du es geschafft hast!« Sie erhob sich und deutete auf den Fremden auf der anderen Seite des Tisches. »Das ist Keanu, er ist unser neuer Windsurflehrer und nach Robins Unfall seit vorgestern mit an Bord.« Ich hatte mitbekommen, dass Robin sich das Bein beim Stolpern über einen Treppenabsatz zum Strand verstaucht hatte und erst einmal aussetzen musste. Er bedauerte es, aber sein Bein würde wieder vollständig heilen, im nächsten Jahr würde er ganz sicher wieder dabei sein.

»Hallo, Keanu, ich bin Nova«, stellte ich mich vor.

Er lächelte freundlich, hatte zerzaustes, dunkelblondes Haar, das ihm bis zu den Ohren reichte, freundliche braune Augen und sonnengebräunte Haut. »Hey, Nova, es freut mich, noch ein Teammitglied kennenzulernen«, gab er zurück, und ich bemerkte gleich den Akzent, den er hatte. Er hob grüßend die Hand, ehe ich mich auf den Platz neben ihm setzte.

»Wow, Windsurfen, das wollte ich auch einmal ausprobieren«, begann ich eine Unterhaltung.

»Es ist nichts gegen das Surfen auf wilden Wellen«, erwiderte er und lachte.

»Keanu kommt aus Hawaii, er muss sich furchtbar langweilen hier«, erklärte Rebecca und warf ihr dunkelbraunes Haar zurück. Vielleicht bildete ich es mir ein, aber sie schaute Keanu besonders lange an.

»Ich mag die Abwechslung, hier ist es ganz bestimmt nicht langweilig.« Er schenkte ihr ein Grinsen. Interessant. »Und die Arbeit mit den Kindern macht wirklich viel Spaß.«

Eine hübsche Kellnerin mit schwarzem, welligem Haar kam an unseren Tisch und unterbrach unsere kurze Unterhaltung. Ich bestellte bei ihr ein Ale und nahm das Gespräch wieder auf. »Nach Hawaii wollte ich auch schon immer mal reisen, die Insel muss wunderschön sein.«

»Das habe ich auch gehört«, sagte Rebecca.

»Ist sie tatsächlich, aber ich folge dem Motto, dass ich dort hingehe, wo es sich gerade richtig anfühlt. Ich bin nicht ortsgebunden, und jeder Platz hat etwas Schönes.«

»Das stimmt«, bestätigte Charlotte, und mir fiel auf, dass ich mir noch gar keine Gedanken gemacht hatte, wer die anderen Betreuer denn waren, wo sie fernab der Campzeit arbeiteten und lebten. »Ich liebe meine Heimatstadt Stockholm, aber freue mich immer ganz besonders auf den Sommer hier.«

Während ich mich zwang, nicht darauf zu warten, dass Weston kam, verbrachte ich den Abend damit, die neuen Bekanntschaften zu festigen. Wir amüsierten uns köstlich, als Charlotte, Dan und Steven von ihren Erlebnissen mit den Kindern berichteten. So hatte Dan seit dem letzten Jahr den Titel des unumstrittenen Kiesstapel-Meisters mit einem mannshohen Turm inne, während Charlotte bei einer Nachtwanderung von einem als Geist verkleideten Kind derart erschreckt worden war, dass sie stolperte und auf ihrem Hintern eine kleine Böschung hinabrutschte. Glücklicherweise blieb sie bis auf einen zerrissenen Hosenboden unverletzt, aber der Vorfall sorgte für Vergnügen unter allen Anwesenden und machte sie zum Lacher des Sommers.

Doch auch nach einer Stunde und einem intensiven Gespräch mit Steven schaffte ich es nicht, mich abzulenken. Unauffällig spähte ich zur Eingangstür, allerdings tauchte Weston nicht auf. Charlotte schien meinen Blick bemerkt zu haben und lehnte sich ein wenig zu mir rüber.

»Er hat so ziemlich jede Einladung ausgeschlagen, nimm es nicht persönlich«, sagte sie, als hätte sie meine Gedanken gehört. »Ich glaube, er ist nicht so richtig angekommen, dabei haben wir versucht, ihm das Gefühl zu geben, dass es doch so ist.«

Ich konnte mir vorstellen, dass Weston absichtlich auf Abstand blieb. »Weißt du mehr darüber, was vor dem Camp passiert ist?«, fragte ich sie und rutschte näher zu ihr, während die anderen sich weiter unterhielten. Ich redete mir ein, dass ich aufgrund des Artikels mehr Informationen brauchte, doch in Wahrheit überwog die Sorge darüber, ob Weston wirklich klarkam. Anfänglich hatte er so gewirkt, als hätte er alles unter Kontrolle, mittlerweile bekam ich allerdings immer mehr den Eindruck, dass er einen innerlichen Kampf ausfocht, den er gar nicht gewinnen konnte.

»Ich weiß nicht viel, nur dass Weston seinen Job nach dem Unfall des anderen Astronomen, seines Mentors und Collegeprofessors, hingeschmissen hat.«

»Richard Malroy«, vervollständigte ich. Es fühlte sich seltsam an, seinen vollen Namen auszusprechen, als würde uns nichts verbinden. Aber genau genommen tat es auch nur unser Blut, unsere Wurzeln.

»Genau der. Weston war wohl als Jugendlicher im Camp, und Richard war sein Betreuer, jetzt hat er den Job selbst übernommen.«

»Ach, wirklich?« Das überraschte mich, das hatte ich bei meinen Recherchen gar nicht herausbekommen. »Wie lange ist Kristy schon Campleiterin?«, fragte ich, weil ich wissen wollte, ob sie Richard vielleicht kannte und mir mehr Informationen geben konnte.

»Damals schon. Soweit ich weiß, hat sie Weston deshalb den Job auch sofort gegeben. Sie kannten sich schon, als er noch ein Jugendlicher war.«

Und dann hatte sie mir ebenfalls einen Job gegeben. Aus welchen Gründen? Um Weston aus seinem Schneckenhaus zu locken? Ich musste unbedingt mit Kristy allein sprechen, vielleicht ergab sich bald eine Gelegenheit.

Doch wenn ich dafür da war, um Weston wirklich hinter seiner Mauer hervorzulocken, sollte ich seine Abwesenheit heute Abend unkommentiert lassen? Wir hatten nur noch drei Wochen, zu wenig Zeit, um sich richtig kennenzulernen, aber genug, um die ersten Schritte dorthin gehen zu können.

Also entschuldigte ich mich kurz bei Charlotte und verschwand nach draußen, stellte mich abseits des Pubs auf den Bürgersteig und zog mein Handy aus der Tasche. Die Luft hatte deutlich abgekühlt und wehte eine sanfte Brise vom Meer her.

Weston hatte mir seine Nummer für Notfälle gegeben, aber war nicht gerade so einer? Ich hatte zwei Ale und einen vom Gastwirt selbstgebrannten Pfirsichlikör getrunken und musste den Mut nutzen, bevor er wieder verflog. Also wählte ich seine Nummer. Es klingelte und klingelte und klingelte. Ich trat von einem Bein aufs andere, und als ich dachte, dass er nicht mehr abhob, vernahm ich ein Klicken in der Leitung.

»Hallo?«, fragte er und hörte sich schläfrig an. Ich hatte gar nicht auf die Uhrzeit geachtet. Wie lange war ich mit den anderen schon im Pub?

»Hier ist Nova.« Stille. »Ich dachte, ein Mann wie du hat immerhin ein wenig Anstand«, sprang ich direkt ins kalte Eiswasser seiner Ablehnung. Mit Nettigkeiten würde ich hier nicht weiterkommen. Nur mit einer Herausforderung.

Er atmete tief durch, ich vernahm ein Rascheln von Papier und ein Knarren, als verlagere er auf einer alten Couch das Gewicht. »Ich höre mir sehr gerne um kurz vor Mitternacht deine Anschuldigungen an«, gab er zurück.

»Das sind keine Anschuldigungen, sondern Fakten. Ich dachte, wenn man eine Einladung erhält und nicht aufkreuzt, sagt man wenigstens ab.«

»Tut mir leid, ich muss die Zeit beim Arbeiten vergessen haben«, antwortete er und hörte sich tatsächlich so an, als meinte er es ernst.

»Wieso wusstest du dann, dass es kurz vor Mitternacht ist, wenn du die Zeit vergessen hast?«

»Ertappt«, kam es zurück.

»Du spielst mit mir, spar dir deine falschen Entschuldigungen«, sagte ich immer noch mit einem Funken Spaß in der Stimme, nicht dass er dachte, er hätte mich wirklich verletzt. Oder hatte er das? Hätte ich ihn heute Abend gerne noch mal wiedergesehen? Wir würden uns doch morgen ohnehin wieder begegnen. Auch wenn bei der Arbeit mit den Kindern oder privat in einem Pub ein himmelweiter Unterschied war.

»Ich wollte dich nicht sitzenlassen, es ist nur … Das ist nichts für mich.«

»Was? Spaß haben?«

»Mich mit Fremden treffen und so tun, als würden wir uns nach der Zeit im Camp wiedersehen.«

»Weißt du, diese Menschen müssen keine Fremden bleiben. Man könnte ihre Nettigkeit vielleicht tatsächlich einmal annehmen.«

»Und mich dann ausquetschen lassen, wie hoch meine Gage war oder welche Promis ich persönlich kenne? Nein danke, ich brauche kein gespieltes Interesse an meiner Person«, schoss er zurück, und ich seufzte frustriert. Einerseits weil ich ihm beweisen wollte, dass es Menschen gab, die durchaus Interesse an ihm und nicht an seiner Karriere hatten, und andererseits, weil ich keinen Deut besser war als die, die er zu Recht verachtete. Ich hatte mir sein Social-Media-Profil angesehen, haufenweise Menschen dachten, ihn zu kennen, und wollten Informationen, um sich daran zu erfreuen, doch dabei ging es keinem von ihnen um Weston. Es ging ihnen darum, etwas Ruhm abzubekommen, in dem Strom aus Klatsch und Tratsch zu schwimmen, den seine Persönlichkeit verursachte. Viele der Kommentare waren verachtenswert und sensationslüstern. Verdammt, mir wurde übel, ob vom Alkohol oder der Erkenntnis, dass ich im Grunde genauso war, konnte ich nicht genau benennen.

Er hatte recht, wenn er Abstand zu anderen hielt, um sich zu schützen. Vor allem zu mir.

»Tut mir leid, dass ich dich so spät gestört habe«, flüsterte ich. Was hatte ich mir auch nur dabei gedacht, ihn anzurufen, noch weiter in die Ecke zu treiben, in die er sich geduckt hatte? Es war mir doch klar, dass ihm dann nur übrig blieb, um sich zu beißen.

»Nova … Ich hab es nicht so …«

»Doch, und du hast recht. Ich habe nicht nachgedacht, und es ist dein gutes Recht, wenn du keine Lust hast. Ich war übergriffig, bis morgen, Weston, alles ist in Ordnung«, antwortete ich und gab ihm keine Chance mehr, sich zu erklären oder noch etwas zu erwidern. Ich legte auf und steckte mein Handy zurück. Kurz überlegte ich, auf direktem Weg in die Pension zu gehen und meiner Chefin zu sagen, dass ich diesen Artikel nicht schreiben konnte. Ich würde es bereuen, ich wusste es jetzt schon. Oder ich fand einen Weg, Westons Ansehen und mein eigenes zu retten. Dafür hatte ich schließlich noch drei ganze Wochen.

16

Jungfrau

Jungfrauen sind oft selbstkritisch und streng mit sich selbst.

Weston

Die salzige Luft trug den Duft des Meeres mit sich, gepaart mit dem köstlichen Geruch von frischen Austern, die auf offenem Feuer zubereitet wurden. Die Musik des alljährlichen Oyster-Festivals in Whitstable vermischte sich mit dem fröhlichen Lachen der Kinder, die wir aus dem Camp mitgebracht hatten. Jeder Betreuer, jede Betreuerin und jedes der Kinder hatte sich für den Besuch auf dem Fest eintragen können, und natürlich ließ sich das kaum jemand entgehen. Wir hatten uns in verschiedene Gruppen eingeteilt, um nicht den Überblick über die Kinder zu verlieren.

Auch wenn ich kurz darüber nachgedacht hatte, ob ich mich drücken sollte, um der Nähe zu entkommen, die immer weiter zwischen Nova und mir entstand, war mir gar keine andere Möglichkeit geblieben, als als Aufpasser teilzunehmen.

Wir hatten nicht mehr über gestern gesprochen. Nicht mehr darüber, dass ich eigentlich fest vorgehabt hatte, in diesen Pub zu fahren. Dass ich bereits im Auto gesessen hatte und dann doch wieder ausgestiegen war. Dass ich selbst keine Ahnung hatte, wieso ich zwischen Zögern und Entschlossenheit hin- und hersprang. Vielleicht, weil ich immer noch den Eindruck hatte, dass Nova nicht vollständig ehrlich zu mir war. Würde ich ihr anders begegnen, wenn sie einen anderen Job hätte? Ja. Nein. Ich wusste es nicht. Und das machte mich extrem ruhelos.

Seit unserem Telefonat hatte sie sich ein wenig zurückgezogen, und ich konnte nicht sagen, wieso es mich störte. Weil ich mich schlicht an ihre Sprüche und ihr Necken in der kurzen Zeit, die wir miteinander verbracht hatten, gewöhnt hatte? Jetzt vermisste ich fast, wie sie versuchte, mich aus der Reserve zu locken, mich bei jeder Bemerkung zur Astrologie herausfordernd anfunkelte und bei jeder Gelegenheit aufzog.

Nun bekam ich höfliche Reserviertheit gepaart mit professionellem Abstand. Doch das war nicht mehr das, was ich wollte. Zu Beginn vielleicht, aber meine Meinung hatte sich geändert. Ich fühlte mich wie das Pendel einer Standuhr, das ständig von der einen zur anderen Seite wechselte. Wollen. Begehren. Zweifel. Angst. Ja. Nein.

Für einen Moment stand ich einfach nur da und nahm die Szene in mich auf, die Explosion von Farben, Geräuschen und Gerüchen. Die Menschenmenge wirkte endlos, Verkaufsstände, bestückt mit Meeresfrüchten aller Art, lokalem Kunsthandwerk und traditionellen Süßwaren säumten den Rand des Platzes, auf dem das Festival stattfand. Austernverkäufer standen hinter Ständen, ihre Schürzen voller Schlick und die Körbe gefüllt mit frischen Muscheln. Austern wurden geschickt geöffnet, das Fleisch sorgfältig aus der Schale gelöst und dann, mit einem Spritzer Zitrone und einer Prise Meerrettich, den hungrigen Besuchern serviert.

Ich konnte Novas Lachen in der Menge hören, einzigartig, so dass es mir leichtfiel, sie inmitten der gesamten Lautstärke zu identifizieren. Ich drehte mich um und sah sie, umringt von den Kindern. Ihr Gesicht strahlte vor Begeisterung, während sie mit den Kids sprach, scherzte, glücklich war. Aus ihrer impulsiven

Laune heraus hatte sie sich fast an jedem Verkaufsstand irgendeinen Schnickschnack gekauft. Ein goldener Anhänger in Form einer Möwe hing an ihrer Umhängetasche, ein buntes Tuch aus Seide hatte sie sich geschickt in die Haare geflochten, und sie trug eine auffällige Kette aus glitzernden Sternenanhängern um den Hals. Ihr gesamtes Auftreten schien die Farbenpracht des Marktes widerzuspiegeln.

Trotz all ihres Strahlens war mir nicht entgangen, dass hin und wieder etwas dieses Glück verdunkelte. Doch nicht heute, nicht in diesem Moment. Heute war sie die pure Sonne, und ich hoffte, dass auch ich diese nicht trüben konnte.

Sie überreichte einigen Kindern Austern, und ich sah, wie diese teilweise begeistert, teilweise angewidert ihre ersten davon probierten. Nova lachte herzlich, als Mike das Gesicht vor Ekel verzog und seine Basecap herumdrehte. Die Sonne stand hoch am Himmel, die Silhouetten der Möwen hoben sich schwarz gegen das blendende Blau ab, während sie geduldig ihre Kreise in der Hoffnung auf einen unbeaufsichtigten Snack zogen.

Nachdem ich an einem Stand eine Ladung Getränkedosen besorgt hatte, ging ich zurück zu Nova. Sie bedankte sich mit einem Lächeln, als ich ihr eine Zitronenlimonade reichte.

»Ist das Fest nicht wunderbar?«, fragte sie begeistert, und ich war froh, dass ihr Ton wieder offener und lockerer war als heute Morgen.

»Es hat was, ja«, gab ich leicht lächelnd zurück.

»Hast du auch schon eine Auster gegessen?« Sie hielt mir eine entgegen, und ich nahm sie, hob sie wie zum Prost in die Höhe und schlürfte das salzige Innere.

»Sie sind wirklich sehr gut«, bestätigte ich. »Danke.«

Nachdem jeder probiert hatte, bewegten wir uns durch die Menge und führten die Kinder zu weiteren Ständen. Ich ging neben Nova, unsere Arme berührten sich leicht. Es fühlte sich an, als würde ein unsichtbares Band uns immer wieder zueinander ziehen, und ich begann, ihre Nähe zu genießen.

Überall fanden Aktivitäten statt, lebhafte Wettbewerbe, Aufführungen lokaler Musikbands, traditionelle Tänze, und inmitten dieses Trubels waren die Kinder voller aufgeregter Energie. Als Nova losstürmte und sich mit den Kindern einer volkstümlichen Tanzgruppe anschloss, fing ich ihren Blick ein. Sie lachte ausgelassen, als sie versuchte, den Schritten zu folgen, ihre Bewegungen ebenso geschmeidig wie unbeholfen, was sie nur anziehender machte.

Als die Abendsonne tiefer sank und das Festival in eine wärmende Dämmerung hüllte, kamen Menschen mit Laternen und fingen an, sie entlang der Wege aufzustellen. Sie warfen ein sanftes, flackerndes Licht auf die Gesichter der Festgänger, und die Dunkelheit verwandelte das bunte Chaos des Tages allmählich in eine magische Nacht. Leicht musste ich rückblickend über die Unterhaltung mit Nova schmunzeln, in der sie mir angedroht hatte, dass ihr Aufenthalt hier magisch werden würde. Wenn sie nur wüsste. Überall funkelten Lichter und schufen eine festliche und gleichzeitig gemütliche Atmosphäre.

Irgendwann nahmen Nova und ich auf einer Bank Platz, müde, aber zufrieden, und beobachteten das Fest. Die Kinder tollten noch immer herum, tanzten zur Musik, obwohl man ihnen ansah, dass ihre Energie langsam, aber sicher abnahm.

Nova lehnte sich wohlig seufzend zurück und begegnete meinem Blick. »Pass lieber auf, du kannst den Spaß, den du hast, kaum verstecken«, neckte sie mich endlich wieder. Der schöne Tag hatte es vielleicht geschafft, die Distanz, die ich gestern errichtet hatte, ein wenig zu lockern. Nicht nur bei ihr, sondern auch bei mir.

»O nein, ich will unter keinen Umständen, dass mein ernster Ruf Schaden nimmt.«

»Dann hör lieber auf zu lächeln, sonst wird das nichts«, erwiderte sie.

Ich hatte keine Chance. Vor allem nicht in diesem Moment, in dem Nova mir so tief in die Augen schaute. Ich hatte fast den Drang, wegzusehen, weil es sich viel zu intim anfühlte.

»Übrigens habe ich noch etwas für dich«, sagte sie schnell, als wollte sie es hinter sich bringen.

»Schon wieder?«, fragte ich überrascht. »Möchtest du irgendetwas gutmachen, oder wieso überschüttest du mich mit Geschenken?«

»Ich wollte mich noch mal für die Hilfe bei dem Kletterwettbewerb bedanken.«

»Das musst du nicht, das war ...«

»Wirklich sehr nett von dir.« Sie zögerte. »Und ich hatte nicht angenommen, dass du ernsthaft nett sein kannst. Zumindest nicht zu mir.«

»Willst du etwa sagen, dass dir mein Sternzeichen nicht alles über mich verraten hat?«, neckte ich sie.

Nova lachte leise und zog dann eine kleine, in Seidenpapier eingewickelte Schachtel aus der Tasche. Ich spürte ihre Aufregung, als sie sie mir überreichte und ich vorsichtig das Papier entfernte.

Als ich die Schachtel öffnete, kam ein wunderschön gearbeiteter, kleiner Kompass zum Vorschein. Er bestand aus altem Messing, und auf seinem Deckel war eine Karte des Sternenhimmels eingraviert. Sprachlos sah ich Nova an.

»Es ist ein Himmelskompass«, erklärte sie. »Ich habe ihn an einem der Marktstände hier gesehen, und er hat mich sofort an dich erinnert. Es ist ein altes Navigationsinstrument, das Seeleute verwendet haben, um sich nach den Sternen zu orientieren.«

Ich drehte den Kompass in den Händen und betrachtete ihn eingehend. Er war wunderschön, die Gravuren waren fein und präzise, und er selbst fühlte sich schwer und wertvoll an.

»Nova, das ist … danke«, stotterte ich völlig überwältigt von der Bedeutung des Geschenks und schaute zu ihr.

Sie strahlte mich an, sichtlich zufrieden mit meiner Reaktion, und zuckte dann mit den Schultern, als wäre es nichts. Aber das stimmte nicht. Es bedeutete etwas. Sogar ziemlich viel für mich. »Es ist nur ein kleines Dankeschön.«

»Nein, das … das ist unglaublich.« Noch nie hatte mir jemand so ein Geschenk gemacht, sich solche Gedanken darüber gemacht.

Der Drang, sie als Dankeschön in meine Arme zu ziehen, war überwältigend. Ich wusste nur nicht, ob ich sie wieder loslassen könnte, wenn ich diesem Impuls einmal nachgab. Vielleicht hatte ich mich tatsächlich in ihr getäuscht.

»Nova, ich … Das mit gestern tut mir leid, ich wollte kommen, aber …«

Sie legte die Hand auf meinen Unterarm, und ich verstummte. »Es ist okay, ich kann es verstehen, wirklich.« Und sie schaffte es, dass ich mich zum ersten Mal seit langem verstanden fühlte. »Das nächste Mal schreibst du mir eine kurze Nachricht«, sagte sie und zwinkerte mir zu.

»Selbstverständlich.«

Als es noch später wurde, sammelten wir die Kinder ein und machten uns auf den Weg zurück ins Camp. Ein letzter Blick zurück zeigte das Oyster-Festival in seiner ganzen Pracht, seine Lichter funkelten im Dunkeln wie Sterne am Himmel. Das Lachen und die Musik verblassten, aber die Erinnerung hatte sich in meinen Geist gebrannt. Für einen Moment glaubte ich, einen weißen Transporter zu sehen, und mein Herzschlag beschleunigte sich, während sich ein dumpfer Druck in meiner Brust festsetzte. Doch ich zwang mich, tief durchzuatmen. Es war doch klar, dass es zig Fahrzeuge dieser Art auf einem Markt gab, die Waren und Standzubehör herschafften. Kein Grund, das zu zerdenken.

Im Campbus schaute ich rüber in die Sitzreihe neben meiner. Ließ mich von dem neuen Gefühl in Besitz nehmen, das sich beim Blick auf Nova in mir ausbreitete. Ihr Kopf lehnte leicht am Fenster, die Augen waren geschlossen, der Mund entspannt, weich und einladend. Und ich war mir zum ersten Mal nicht sicher, ob ich noch lange die Mauern oben halten konnte oder ob diese bereits bröckelige Risse bekamen. Ob ich fiel. Oder ob Novas ganz eigene Schwerkraft mich halten konnte.

17

Jungfrau

Für viele ist ein Problem ein Hindernis,
für die Jungfrau ist es eine Gelegenheit
zur Verbesserung.

Weston

»Das war sehr gut!«, lobte Nova Olivia und Benny, die ihr schauspielerisches Talent für das Theaterstück gerade allen gezeigt hatten. Nova legte das selbst gekritzelte Drehbuch mit Anmerkungen neben sich auf einen von der salzigen Luft verwitterten Holzstamm und klatschte erfreut in die Hände. Der Wind war kräftiger hier unten am Strand und wehte die helleren Spitzen ihres braunen Haares umher. »Und jetzt noch ein letztes Mal!« Während die Kids sich aufstellten, zog Nova ein Haargummi aus der Jeanstasche und band sich die Haare zu einem hohen Pferdeschwanz zurück, der ihr hübsches Gesicht betonte. Ihr fransiger Pony fiel ihr ins Gesicht, und mit einer lockeren Geste strich sie ihn sich aus den Augen.

Ich fühlte mich wie ein Beifahrer bei der Probe des Stückes und konnte nicht wirklich etwas beitragen, außer dass ich half, die Requisiten und Teile der Kostüme zu fertigen. Dabei hatte ich genug Zeit, alles zu beobachten. Einschließlich Nova. Ihre Leidenschaft, ihr Engagement.

»Ich finde, wir sollten den linken Weg einschlagen! Er sieht vielversprechend aus, und ich habe das Gefühl, er bringt uns an das richtige Ziel«, sagte Olivia in ihrer Rolle als Widder.

»Nein, wir können nicht nur anhand deines Gefühls entscheiden! Ich finde, wir sollten alle Fakten sammeln und die Vor- und Nachteile abwägen, bevor wir eine Entscheidung treffen, die nicht mehr umzukehren ist!«, antwortete Benny als Waage.

Die Kids hatten sich ein interessantes Stück ausgedacht und viel Spaß dabei, zu proben und an den Texten zu feilen. Das Universum stand auf dem Spiel. In einer weit entfernten Galaxie lebten die Sternzeichen in Harmonie zusammen, doch eine dunkle Bedrohung gefährdete ihr Zusammenleben. So mussten die Sternzeichen unterschiedliche Herausforderungen überwinden, die auf ihren astrologischen Eigenschaften beruhten, um verschiedene astronomische Stationen zu meistern und das Universum zu retten.

Es bestand zu gleichen Teilen aus Fakten und Esoterik. Damit konnte ich einigermaßen leben.

»Das machst du echt gut«, lobte ich Sophie, die einen Kranz aus goldenem Draht für ihr Kostüm als abenteuerlustige Schützin bastelte.

»Danke, du kannst das auch ganz gut«, erwiderte sie und deutete mit dem Kopf zu dem weißen Leinenhemd, an das ich einen Kragen aus Goldfäden nähte. »Dachte nicht, dass du nähen kannst.«

»Ich auch nicht«, stimmte George mit ein. »Das ist doch eigentlich Frauenarbeit.«

Ich erinnerte mich an die Jahre, in denen ich mit meiner Mum allein gelebt hatte, sie sich mit zwei Jobs aufgerieben hatte, um genug Geld für das College zur Seite zu legen. Um mich zu fördern, mich zu unterstützen. Sie hatte mir alles beigebracht, was ich zum Leben brauchte, und sich selbst dabei kaum etwas gegönnt. Diese Zeit würde sie nie wieder zurückbekommen, da half es auch nichts, dass ich ihr nach meinem ersten großen

Durchbruch als Astronom alles und mehr zurückgezahlt hatte. Ich sollte sie bald mal wieder anrufen und mich erkundigen, wie es ihr ging. Auch sie hatte ich teilweise aus meinem Leben gestrichen, obwohl sie es als Letzte verdient hatte.

»Das ist so eine schwachsinnige Aussage«, schalt ihn Sophie.

»Wer hat denn festgelegt, was Frauen- und Männersachen sind?«, fragte ich ruhig.

»Na ja, Frauensachen sind die Dinge, die Frauen besser können als Männer.«

»Hm, das würde im Umkehrschluss bedeuten, dass Frauen andere anatomische Merkmale haben als Männer, außer die eindeutigen. Also haben sie andere Finger, um nähen zu können?«

»Das nicht, aber ...« Er überlegte, weil er anscheinend merkte, dass sein Kommentar nicht vollständig durchdacht war.

»Sieht das nicht ganz gut aus?«, fragte ich und hob meine Arbeit nach oben.

»Doch, schon.« Er zuckte mit den Schultern, und ich war mir sicher, dass sein Vater ihm diesen Floh ins Ohr gesetzt hatte. Ich hatte ihn bei der Einführungsveranstaltung getroffen. Schon da war ich den meisten aus dem Weg gegangen, doch aus einem anderen Grund. Es war nicht schlimm, dass George diese Aussagen in seinem Alter nachredete, es wäre nur schlimm, wenn er diese niemals anfechten, niemals selbständig darüber nachdenken würde. Genau das war es, was uns Richard gelehrt hatte, Eigenverantwortung.

»Ich denke, über das Thema Frauen- und Männersachen sollten wir lange hinausgewachsen sein. Wir Menschen haben einen Vorteil, wir sind denkende Wesen, und wir sollten unseren Geist dafür benutzen, uns weiterzuentwickeln und gute Dinge zu tun, sinnvolle, und uns nicht mit solchen alten Denkweisen identifizieren. Du glaubst doch in Wirklichkeit auch, dass Sophie und die anderen Mädchen alles werden können, was sie wollen, oder nicht?«

»Ja, klar, du hast recht«, murmelte er mit vor Scham gerötetem Gesicht. Ich schenkte ihm ein aufmunterndes Lächeln und dachte daran, wie oft Richard mir den Kopf gewaschen hatte. Oder den von Cameron oder Ambrose.

»Menschen haben dafür gekämpft, gleichberechtigt zu sein, obwohl sie das von Anfang an gewesen sein sollten. Das nicht anzuerkennen ist ein Rückschritt, den wir nicht gehen sollten. Einsicht ist der erste Schritt zur Besserung, an dem Spruch ist definitiv etwas dran.«

»Sprecht ihr davon, dass Weston endlich die Existenz der Astrologie zugegeben hat?« Auf einmal tauchte Nova neben mir auf, ich hatte sie gar nicht bemerkt.

»So ungefähr«, erwiderte ich, um George nicht in die Pfanne zu hauen, und zwinkerte ihm zu. Er hatte es verstanden und nun die Chance, daran zu arbeiten. »Aber keine Sorge, die Existenz der Astrologie ist nicht das Problem, denn solange Menschen daran glauben, wird es sie auch geben. Der Nutzen ist eher das Thema.« Ich legte das Kleidungsstück zur Seite und stand auf. Nur der Baumstamm trennte Nova und mich. Olivia, Benny, Mike und Emily kamen zu uns und verfielen mit den anderen in eine Diskussion über das Stück.

»Das war nett«, sagte Nova leise zu mir.

»Ich weiß nicht, was du meinst«, tat ich es ab und steckte die Hände in die Jeanstaschen.

Nova lächelte wissend. »Ich bin übrigens beeindruckt.« Sie deutete auf meine Arbeit. »Ein Goldkragen? Wirklich, Mr. Perfect? Kann es nicht eine Sache geben, die du nicht beherrschst?« Da war es wieder, das herausfordernde Funkeln in ihren whiskeyfarbenen Augen.

Ich verkniff mir ein Grinsen. »Na gut, wo fange ich an?«, gab ich seufzend zurück. »Ich trage hauptsächlich schwarze Shirts, weil ich genau genommen keine Ahnung habe, wie man bunte Wäsche wäscht. Eine bunte Socke hat alle meine weißen Hemden ruiniert, glücklicherweise muss ich diese hier nicht mehr tragen.« Novas Schmunzeln wurde zu einem ausgewachsenen Lächeln. Meine Ehrlichkeit gefiel ihr, und mir gefiel es, dass ich sie so noch ein wenig mehr zum Strahlen bringen konnte. »Alle Arten von Pflanzen, selbst Kakteen, gehen bei mir ein. Es ist ein Wunder, dass Hawking bis jetzt überlebt hat, aber er hat auch eine sehr eindringliche Art, mir zu sagen, wenn er hungrig ist. Außerdem ist meine Handschrift eine Zumutung, und ich bin unfähig, Geschenke einzupacken, egal, wie ich es anstelle. Noch dazu habe ich zwei linke Füße und vermassle Pointen bei Witzen. Immer«, sagte ich. Nova musste lachen, ausgelassen und wunderschön und zog mich in ihren Bann. »Soll ich weitermachen?«

»O bitte, ja!«, rief sie erfreut.

Ich unterdrückte mein eigenes Lachen mit einem Räuspern. »Nein, das war genug für heute.«

»Na toll, wenn du nicht bereit bist, mir mehr über dich zu offenbaren, wieso fragst du dann erst?«

Ich stieg über den Baumstamm, und gemeinsam liefen wir zu dem Platz, an dem wir geprobt hatten, um aufzuräumen, denn die Gruppenzeit war fast vorüber. »Vielleicht erzähle ich dir später noch ein paar Schwächen.« Ich hob eine selbst gezeichnete Sternkarte vom Boden auf. »Aber nur, wenn ich etwas von dir erfahre. Einiges weiß ich ja bereits schon.«

»Ich dachte eigentlich, dass ich annähernd perfekt bin.«

Diesmal lachte ich doch. »Perfekt ist ein sehr dehnbarer Begriff in Verbindung mit deinem Namen.«

»Hey!« Sie boxte mich gegen den Oberarm und hatte einen erstaunlich guten Schlag drauf. »Was soll das denn heißen?«

»Okay, ich weiß noch nicht allzu viel von dir, aber du bist definitiv chaotisch, unorganisiert und verlierst dich in Illusionen und Phantasien ...«

»Nein, das Letzte ist definitiv keine Schwäche! Kreativ und phantasievoll zu sein hat noch niemandem geschadet!«

»Gut, wenn du das so siehst.« Wir blieben voreinander stehen. Nova drückte sich das Drehbuch gegen die Brust und sah zu mir auf. Wieso waren wir uns erneut so nahe? Wieso schlug mein Herz auf einmal schneller? Warum kribbelten meine Finger in ihrer Anwesenheit? »Dann weißt du eben nicht, wann man den Mund zu halten hat. Aus wie vielen Wörtern besteht dein Tag? Zwanzigtausend?«

»Mindestens zweiundzwanzigtausend«, erwiderte sie frech, und ich seufzte gespielt. »Ich muss ja die kompensieren, die du nicht sprichst«, triumphierte sie. Ihr Pony fiel ihr erneut in die Augen, und zum ersten Mal hatte ich den Drang, ihn zur Seite zu streichen, damit ich weiterhin ungehindert in ihre wachen Augen schauen konnte. Doch im gleichen Moment hörte ich Kristys Stimme, und wir beide wichen automatisch zurück.

Als ich mich umdrehte, ertrug ich Kristys fragenden und gleichzeitig überheblichen Blick kaum. Meine Güte, konnten sich zwei Kollegen nicht einmal unterhalten, ohne dass die Welt hineininterpretiert wurde?

»Hey, ihr beiden«, sagte sie, nachdem sie die Kids und Hawking begrüßt hatte. Sie stellte sich zu uns. »Ich wollte euch nur die Instruktionen für die Übernachtungsparty heute Abend geben!«

Stimmt, die hatte ich während unserer Probenzeit fast vergessen. Ein erneutes Event, vor dem ich mich nicht drücken konnte, Kristy hatte mich strikt angewiesen, wenn ich es tat, würde ich verbannt werden. Ich war mir sicher, zu so drastischen Maßnahmen würde sie nicht greifen, doch begeistert würde sie auch nicht sein.

Sie gab uns einen Zettel, auf dem der Ablaufplan stand. Zuerst würde es ein gemeinsames Essen im Speisesaal geben, Pizza, die die Kinder selbst belegen und backen durften. Daraufhin schnappten sich alle ihre Schlafsäcke, und wir breiteten dünne Matratzen im Saal aus, mit denen wir ein Bettenlager errichteten. Ich konnte mir nichts Schöneres vorstellen, als mit einhundert Menschen in einem Raum zu schlafen. Dicht neben Nova. Nur getrennt durch einen dünnen Schlafsack. O verdammt, meine Gedanken drifteten in eine Richtung ab, die ganz und gar nicht angebracht war.

Ich starrte angestrengt auf den Zettel. Essen, Nachtwanderung, Gutenachtgeschichten der Betreuerinnen und Betreuer, und so weiter …

»Dann hole ich mal meinen Schlafsack und meine Taschenlampe aus dem Auto, bin gleich zurück«, sagte ich schnell und nickte den beiden Frauen zu, ehe ich die Requisiten unserer Probe in eine Kiste warf.

»Bis gleich, danach gehe ich, und wir können die Kinder gemeinsam hochbringen«, erwiderte Nova. Hawking erkannte, dass ich die Böschung nach oben stieg, stand auf und trottete hinter mir her.

»Hey, warte mal, ich komme mit dir zurück«, rief Kristy hinter mir, und ich verlangsamte meinen Schritt. »Wie geht es dir, Weston?«, fragte sie mich. Kristy war einer der wenigen Menschen, die sich um mein Wohl sorgten. Es war keine Frage nach dem neuesten Tratsch, ihr ging es tatsächlich um mich. Sie war mehr eine alte Freundin als eine Bekannte von früher, trotzdem wusste sie so viele Dinge nicht, die zwischen meiner Jugend hier und meinem Aufenthalt heute passiert waren. So viele Auf und Abs, so viel Hell und noch mehr Dunkel.

»Du musst dir keine Sorgen machen, ich komme klar«, antwortete ich, wie ich es immer tat.

»Das sagst du ständig, aber zum ersten Mal habe ich den Eindruck, dass es auch stimmen könnte. Irgendwann.«

Ich seufzte. »Verdirb nicht die Stimmung, das soll doch ein ausgelassener Abend werden, oder?«, zog ich sie auf. Sie wusste genau, dass ich lieber eine Nacht in einem Kühlraum verbringen würde, als an der Übernachtungsparty teilzunehmen.

»Komm schon, das wird es tatsächlich«, neckte sie mich zurück. Hawking trabte an meine Seite und drückte sich gegen meinen Oberschenkel. Ich tätschelte ihm den Kopf, und er trabte weiter zu einem Grashalm, den er sich anscheinend einmal genauer anschauen musste. »Du bist ja nicht alleine, mit Nova verstehst du dich ziemlich gut, oder?«

»Bitte, fang nicht wieder mit deinen Verkupplungsversuchen an. Was bleibt uns auch anderes übrig? Du hast uns ins kalte Wasser geschubst, schon vergessen? Natürlich müssen wir jetzt anfangen, zu schwimmen.«

»Ja, und es hat euch nicht geschadet«, erwiderte sie frech grinsend, und ich verdrehte die Augen. »Ihr habt euch gut arrangiert, das Theaterstück wird bestimmt toll.«

Und danach würde alles vorbei sein. Der Sommer. Unsere gemeinsame Zeit. Die Momente im Camp. Ich hatte diese Wochen hier als Ausflucht gesehen, in der Hoffnung, danach zu wissen, was ich tun wollte. Doch in Wirklichkeit war ich ratloser als vorher.

»Gott, Weston, du bist viel zu sehr mit deinem Kopf dabei! Dieses Problem hattest du schon als Jugendlicher«, stellte

Kristy fest. »Ein hübscher junger Bursche mit zusammengezogenen Augenbrauen und zu ernstem Blick.«

»Ich sehe das nicht unbedingt als Problem, wenn man zuerst alle Optionen abwägt und dann Entscheidungen trifft«, antwortete ich.

»Verdammt, fühl doch einfach einmal!« Sie schnaubte. »Es hilft dir diesmal nämlich ganz und gar nicht, um abschließen zu können. Richard hätte das nicht gewollt.« Ich vernahm genau den Schmerz, der in ihrer Stimme mitschwang, trotzdem würde ich jetzt nicht über dieses Thema sprechen. Genau genommen würde ich nie wieder über dieses Thema sprechen, wenn ich es mir aussuchen dürfte.

»Er ist aber nicht mehr hier und trägt rein gar nichts mehr zu irgendeiner Situation bei.« Und ich war schuld daran. Nur ich.

»Weston«, flehte Kristy und hielt mich am Arm fest, damit ich stehen bleiben musste. Ich starrte auf den sandigen Boden, ehe ich mich sammelte und sie ansehen konnte. »Er hätte gewollt, dass du glücklich bist.«

Wann war ich wahrhaftig glücklich gewesen? Als ich mein Studium in der Tasche hatte, meinen Doktortitel, oder hatte ich danach nur direkt wieder der nächsten Herausforderung hinterhergejagt, um eine Leere zu füllen, die nicht gefüllt werden konnte? Die nun noch größer war als jemals zuvor. Gleich zwei Väter in einem Leben zu verlieren hatte ein klaffendes Loch in meine Brust gerissen. Es schmerzte, obwohl ich so sehr wollte, dass es heilte.

»Glück wird überbewertet«, gab ich forsch zurück. Erfolg hatte mich glücklich gemacht, mir zumindest ein Gefühl geschenkt, das vergleichbar damit war. »Ich komme klar«, wiederholte ich und schaute Kristy eindringlich an. »Die Kinder geben mir viel, für die Zeit danach lasse ich mir schon etwas einfallen.« Kristys Hand rutschte von meinem Arm, sie glaubte mir nicht, aber was blieb ihr anderes übrig, als meine Aussage zu akzeptieren? Ich war ein sturer Hund und nicht einfach im Umgang, das war mir selbst bewusst.

»Wenn du heute lieber nach Hause fahren möchtest, wäre das für mich in Ordnung.«

»Nein«, erwiderte ich. »Die Kinder freuen sich auf diese Übernachtungsparty.« Und ich war nicht ganz allein. Nova war da. »Ich will ihnen ihre Freude nicht trüben.«

Kristy nickte, atmete tief ein und seufzend wieder aus. Ihr lag noch so viel auf der Zunge, was sie mir an den Kopf werfen wollte und was gleichermaßen an mir abprallen und zurück zu ihr fliegen würde. »Gut, dann sehen wir uns gleich im Saal.«

Wir verabschiedeten uns für den Moment, und als ich mein Auto erreicht hatte und meine Tasche und den Schlafsack aus dem Kofferraum holte, schob ich die dunklen Wolken so weit weg, wie ich konnte. Es nützte ja doch nichts. Rein gar nichts würde sich ändern, wenn ich weiterhin in der Vergangenheit hing, rein gar nichts sich verbessern. Kristy hatte recht, und wie sie das hatte, aber wie konnte ich ändern, dass ich so empfand? Wie ihren Worten folgen? Wie fühlte man Gutes, ohne dass der Schmerz wie ein Zwilling mit ihm zurückkam?

18

Krebs

Krebse ziehen es vor, ihr Inneres nur wenigen zu zeigen.

Nova

Im Saal herrschte eine rege, heitere Betriebsamkeit. Auf den Tischen wurden große Bleche mit frischem Pizzateig verteilt, die Kinder hatten gemeinsam mit den Betreuerinnen und Betreuern die Beilagen geschnitten, und jede Gruppe durfte sich ihre Pizza selbst belegen.

Natürlich legte unsere Gruppe einen Sternenhimmel mit Galaxien und Planeten aus Mais, Paprika und allerlei anderen leckeren Zutaten. Nachdem Weston vorhin nach seinem Gespräch mit Kristy zurückgekommen war, war er für einen Moment noch ruhiger als sonst gewesen, hing in seinen eigenen Gedanken fest wie in klebrigem Treibsand. Und auch mir war aufgefallen, wie sie mich etwas länger als sonst gemustert hatte. Nur zu gerne hätte ich gewusst, was die beiden gesprochen hatten, vor allem um ihm aus dem Gedankenkarussell heraushelfen zu können. Doch natürlich ließ er sich nicht in die Karten schauen, und als wir alle gemeinsam den Saal erreicht hatten, war seine Stimmung zumindest besser. Für die Kinder riss er sich zusammen, das spürte ich ganz genau, oder vielleicht waren es auch die Kids, die ihm halfen, wieder klarer zu sehen.

Egal, was es war, diesmal kam er sogar mir ein Stück weit

entgegen, und nicht nur ich war es, die ständig versuchte, ihn aus seinem Käfig zu locken wie ein scheues, misstrauisches Tier.

»Deine Galaxie sieht schief aus«, sagte er plötzlich und stand mir direkt gegenüber auf der anderen Seite des Tisches.

Kurz verschlug es mir die Sprache. »Wie bitte? Also ich finde, dass meine Galaxie die schönste ist, die das Universum je gesehen hat.«

Er lachte rau und leise, was mir sofort ein Kribbeln verschaffte. Sein sonst ernster Mund wirkte weich und sanft, einladend.

»Außerdem nimmst du ganz schön viel Platz auf dem Blech ein«, schob er nach und legte einen Paprikastreifen direkt auf meine Seite.

»Hey!« Ich nahm einen Löffel und teilte damit die Tomatensoße, damit sie eine Grenze ergab. »Das ist dein Bereich und das meiner, bleib gefälligst da drüben.«

»Ich bin mir sicher, dass in meinen Magen deutlich mehr hineinpasst als in deinen. Es wäre nur fair, wenn ich das größere Stück bekomme.« Er nahm sich ebenfalls einen Löffel und verschmierte die Grenze. So ausgelassen hatte ich ihn noch nie erlebt. Es fühlte sich an, als wäre der grummelige Bär aus einem langen, dunklen Winterschlaf erwacht. Und mir gefiel, was ich vor mir sah. Hatte ich es endlich geschafft, seine Abwehrmechanismen ein wenig aufzuweichen, oder war es Kristy gewesen, die ihn zum Nachdenken gebracht hatte? Egal, was es war, es durfte nicht mehr enden.

»Wer behauptet denn so was? Du weißt nicht, was ich alles verdrücken kann, erinnerst du dich an die Fischplatte, die wir uns geteilt haben? Ich habe mindestens genauso viel wie du gegessen.«

»Weil ich keinen Hunger hatte, jetzt sieht die Lage aber anders aus.«

»Ach ja?«

»Ach ja«, gab er grinsend zurück, und die Anziehung rauschte zwischen uns wie ein reißender Strom, der uns einfach mit sich zog. Noch ehe ich reagieren konnte, hob er auf einmal den Löffel und drückte ihn mit der Rückseite auf meine Nasenspitze. Empört riss ich den Mund auf, ohne etwas darauf entgegnen zu können. »Sieht doch auch nicht schlecht aus«, wisperte er. »Köstlich.«

»Das hast du nicht wirklich gemacht …«, gab ich knurrend von mir und entlockte ihm ein weiteres Lachen. Ich kniff die Augen zusammen, nahm eine Handvoll Mais und garnierte damit seine perfekt gestylten Haare. »Viel besser«, sagte ich triumphierend.

Und plötzlich veränderte sich die Atmosphäre. Es lag eine flirrende Energie in der Luft. Irgendjemand rief laut: »Essensschlacht!«, und mit Geschrei und ausgelassenem Lachen flog das Essen durch den Saal. Wir zögerten ebenfalls nicht lange, ich nahm einen Löffel Tomatensoße und katapultierte sie in Westons Richtung, der geschmeidig wie eine Raubkatze einen Satz über den Tisch machte und auf mich zustürmte. Lachend wollte ich im Chaos, das um uns herrschte, davonlaufen, doch Weston griff nach mir, umschlang meine Taille mit seinen starken Armen und zog meinen Rücken an seine Vorderseite. Er schnappte sich den Mais und drückte ihn auf meine Haare. Lachend, mit klopfendem Herzen wand ich mich in seiner festen Umklammerung, doch ich konnte ihm einfach nicht entkommen. Das Gefühl änderte sich, wurde intensiver, eindringlicher. Alles in mir pulsierte. Verlangen und Sehnsucht drängten meinen Verstand auf das Abstellgleis, und auch Weston schien es zu fühlen. Sein Griff wurde fester, seine Hände umfassten den Stoff meines Shirts, und ich spürte seinen heißen Atem an der nackten Haut meines Nackens. Sanft berührte er meine Schläfe mit den Lippen, so leicht, dass ich dachte, ich bildete es mir ein. Mein Herz überschlug sich, war überwältigt von der plötzlichen Nähe.

Und auf einmal wurden wir durch Kristys Stimme zurück in die Realität gerissen. »Aufhören! Sofort! Das gibt es doch nicht! Weston, Nova, was habt ihr euch dabei gedacht?«

Wir fuhren auseinander. Beschämt kaute ich auf meiner Unterlippe, um mein Lächeln zu verstecken. »Von jedem hätte ich das erwartet, aber nicht von euch! Aufräumen, sofort!«

Ich kam mir vor wie als kleines Mädchen, wenn meine Mum mich für etwas bestrafte, was Solveigh sich ausgedacht hatte. Dabei war ich es diesmal selbst gewesen und hatte keine Ahnung, was über mich gekommen war. Essen zu verschwenden sah mir sonst überhaupt nicht ähnlich, im Gegenteil. Es war der Moment gewesen, der mich kaum noch klar denken ließ. Ich musste mich unbedingt wieder in den Griff kriegen. Oder hatte ich mich vielleicht sogar so frei gefühlt wie noch nie zuvor?

»Komm, wir beseitigen das«, meinte ich zu Weston und schob ihn vor mir her zum Ausgang, um Besen und Schrubber aus der Putzkammer zu holen, ehe wir uns erneut entschuldigten, weil wir kein besonders gutes Vorbild für die Kinder waren. Doch wenn ich in die strahlenden, lachenden Gesichter schaute, wusste ich, diesen Abend würden sie so schnell nicht wieder vergessen. Und wir auch nicht.

Draußen angekommen, prusteten wir los, und dieser gemeinsame Augenblick schnürte ein Band zwischen uns. Ein dünnes, das noch nicht sehr stark befestigt war, aber ich konnte zum ersten Mal einen richtigen Blick auf Weston werfen, und was ich sah, gefiel mir immer besser.

Die Nachtwanderung lag hinter uns, die meisten hatten sich auf ihren Schlafsäcken auf den Matratzen eingekuschelt und lauschten Charlotte, die eine Gruselgeschichte zum Besten gab. Inklusive der Taschenlampe unter ihrem Kinn, die ihr Gesicht in eine schaurige Maske verwandelte.

Ich lag auf dem Rücken und starrte zur Decke, Weston lag direkt neben mir. Mein Herz klopfte so stark in der Brust, dass ich jeden einzelnen Schlag spürte. Sollte ich es wagen und die Chance ergreifen, noch einen Blick auf ihn zu werfen? Würde er es erneut zulassen?

Mir war nicht entgangen, dass er heute Abend meine Nähe von sich aus gesucht hatte, auch bei der Nachtwanderung waren wir gemeinsam mit den Kindern durch das umliegende Gelände gestreift. Hin und wieder hatte ich Hawkings feuchte Schnauze an meiner Hand gefühlt oder Westons Finger, die meine beim Gehen streiften. Es war erschreckend und schön zugleich, wie schnell sich die anfängliche Abneigung zu etwas anderem geformt hatte. Freundschaft? Ein wenig mehr? Egal, was es war, es war unendlich aufregend.

Charlotte beendete ihre Geschichte, und das Licht wurde wieder angeschaltet. Die Stimmen der Kinder brandeten auf wie kleine Feuersirenen, und als ich zu Weston herübersah, erkannte ich, dass er diese Art Trubel nicht mehr gewohnt war. Wie lange hatte er sich zurückgezogen? Vielleicht schon bereits vor dem Unfall und seinem Umzug?

Ich setzte mich auf, zog eine gefüllte Papiertüte aus meiner

Reisetasche und stupste Weston an. Er drehte den Kopf und schaute mich sofort fragend an.

»Komm mit«, sagte ich leise, während die anderen sich zu einem Spiel zusammentaten. »Oder willst du deine Twister-Künste vor allen zeigen?« Ich deutete auf Rebecca und Keanu, die das Spielfeld gerade auf dem Boden ausbreiteten.

»Großer Gott, nein«, flüsterte Weston schockiert.

Ich musste lachen. »Na, dann komm.«

»Aber, wir können …«

»Alle spielen, hier sind sechs Erwachsene, die auf die Kinder aufpassen, und wir sind gleich wieder zurück.«

Er schaute noch einmal zweifelnd zu Kristy, die jedoch mit dem Erklären der Regeln beschäftigt war. »Na gut«, flüsterte er, stand auf, und ich folgte ihm, während wir uns hinter den Kindern heimlich nach draußen schlichen.

»Ich hab doch gesehen, dass du eine kleine Pause brauchst«, sagte ich zu ihm, als wir vor der Tür des Speisesaals standen.

Er atmete tief durch. »Nur einen Moment.«

»Oder zwei«, erwiderte ich, nahm aus einem Impuls heraus seine Hand und zog ihn den Flur hinunter. Seine Finger schlossen sich fest um meine, und ich fühlte mich wie mit fünfzehn, als ich das erste Mal mit einem Jungen Händchen gehalten hatte. Ich musste fast über mich selbst lachen.

Wir erreichten das Zimmer, das ich gestern entdeckt hatte. Vor uns erschien ein schmaler Raum. An den Wänden streckten sich Bücherregale in die Höhe, in der Mitte standen zwei runde Tische, an denen man lesen oder lernen konnte. Doch mein eigentliches Ziel war der Erker. Die Fensterbank war hier mit dicken Kissen ausgestattet und bot einen direkten Blick nach draußen auf die Klippen und die Sterne. Ein Stückchen Himmel. Ein Stückchen Freiheit und Durchatmen.

Weston trat einen Schritt nach vorn. »Ich erinnere mich an den Raum«, sagte er leise, und ich folgte ihm an seiner Seite.

»Ja?«

»Ja, Cameron und Ambrose, meine Freunde, die ich hier kennengelernt habe, und ich mussten hier nicht nur einmal eine Strafe absitzen.« Er lächelte, während er durch das Fenster nach draußen schaute und in der Erinnerung zu hängen schien.

»Was habt ihr angestellt, ihr bösen Jungs?«, fragte ich und ging mit ihm zur Fensterbank, legte die Tüte auf den Polstern ab, ehe ich mich selbst darauf schob und die Beine im Schneidersitz anwinkelte. Ich lehnte den Rücken gegen die Wand, und Weston nahm gegenüber von mir Platz.

»Frag besser, was wir nicht angestellt haben«, gab er locker zurück.

»Ach so einer warst du? Ein kleiner Draufgänger?«

Er beantwortete das nur mit einem breiten Lächeln, das mir immer mehr gefiel. Ich öffnete die Tüte und holte die beiden Dosen Apfelcider heraus, die ich besorgt hatte. Irgendwie war es mir klar gewesen, dass wir sie brauchen konnten. Ich reichte Weston eine.

»Danke. Und ich sehe schon, ich habe hier eine waschechte Rebellin vor mir. Heimlich mit einem Jungen wegschleichen und Alkohol trinken?«, fragte er mit hochgezogener Augenbraue. »Böses Mädchen.«

»Strongbow Cider ist mehr Apfelsaft als Wein, und nein, ich bin ganz bestimmt immer brav gewesen.«

»Ganz bestimmt«, wiederholte er ungläubig, öffnete die Dose und hielt sie mir zum Anstoßen hin. Wir tranken einen Schluck und verloren uns einen Moment im Anblick vor dem Fenster. Die Sterne funkelten, als führten sie einen Tanz an dem samtblauen Nachthimmel auf. Als ich zu Weston zurückschaute, studierte ich sein Profil, und mir fiel auf, wie gut er selbst in einer grauen Jogginghose und einem schlichten schwarzen Shirt aussah. Dabei hatte ich gedacht, dass er so etwas wie lockere Kleidung gar nicht besaß, wie hatte ich mich getäuscht.

Er begegnete meinem Blick, und für einige Atemzüge wusste keiner so recht, was er sagen sollte. »Tut mir leid, dass mein erster Eindruck auf dich nicht ganz so war, wie er hätte sein sollen«, sagte er plötzlich. »Ich war an dem Tag des Kongresses angespannt und gestresst, es lag nicht an dir, dass ich so abweisend war.«

»Hm, da bin ich mir nicht so sicher«, witzelte ich, um seiner Aussage die Schwere zu nehmen. »Aber auch ich war wohl nicht die Höflichkeit in Person.«

»Wobei es doch schon ziemlich nett war, dich um meine Migräne zu kümmern.«

»Quält sie dich noch?«, fragte ich, und er zuckte mit den Schultern.

»Hin und wieder.«

Ich nickte, weil ich mir das bereits gedacht hatte. »Wie ist es für dich, berühmt zu sein?«, wollte ich wissen und nahm schon an, dass er mir nicht antworten würde. Doch es war kein Interview, es war eine Frage unter Freunden. Oder zumindest Bekannten, die sich immer mehr zu mögen schienen.

»Ich hasse alles daran«, gab er offen zu, und ich hielt den Atem aufgrund der Ehrlichkeit an. Die Schärfe seiner Worte durchschnitt die Luft wie frischgeschliffene Messer.

»Was genau?«, hakte ich leise nach.

»Dass es mehr um meine Person ging als um die Wissenschaft. Darum, wie viel Sport ich trieb, wo ich meine Anzüge kaufte, welche Frau ich gerade traf. Manchmal habe ich Taktiken entwickelt, damit man mich nicht ansprach, wie zu telefonieren oder in ein Restaurant oder Café zu flüchten und zu essen, weil man essende Menschen nicht stört. Zumindest die meisten nicht. Dabei wollte ich nur eines … unterrichten. Wie mein Mentor.«

Meine Handflächen wurden feucht, und um mich abzulenken, trank ich einen Schluck.

Er holte tief Luft, als müsste er sich zusammenreißen, um die nächsten Worte auszusprechen. »Ich war elf, als mein Vater an Krebs starb.«

»Oh, Weston, das tut mir so leid«, flüsterte ich und spürte trotz der langen Zeit, die zwischen diesem Erlebnis und der Gegenwart lagen, all den geballten Schmerz, der in Weston wütete.

»Es ist schon lange her.«

»Was die Tatsache nicht weniger schmerzhaft macht«, gab ich zurück.

Er nickte, fuhr mit den Fingern über die nassen Tropfen auf der kühlen Dose. »Ich geriet außer Kontrolle, ich war so verdammt wütend«, erzählte er leise weiter, und ich konnte mir vorstellen, wie es für ihn gewesen sein musste. Mit nur einem Elternteil aufzuwachsen war schon nicht einfach gewesen, doch ich hatte meinen Vater nicht gekannt. Ihn zu verlieren, den Halt, den er Weston wahrscheinlich gegeben hatte, musste unbeschreiblich furchtbar gewesen sein. »Meine Mutter wusste sich nicht mehr zu helfen und hat mich im Camp angemeldet. Hier habe ich Richard kennengelernt.« Weston lächelte ein wenig, als erinnerte er sich an die schönen Momente hier. »Er ist den Menschen ohne Vorurteile begegnet und hat meine Freunde und mich gefördert, ohne uns als Rowdys abzustempeln.«

»Das klingt nach einem netten Menschen«, erwiderte ich mit belegter Stimme. Es fiel mir immer noch schwer, mir vorzustellen, wie er gewesen sein musste.

»In neunundneunzig Prozent der Zeit.« Weston lachte rau. »Er konnte auch ein ziemlicher Exzentriker sein. Aber vielleicht haben wir Wissenschaftler das alle gemeinsam, verschrobene Einzelgänger, die wir sind«, sagte Weston mit einem ironischen Grinsen und drehte die Dose in seiner Hand. »Ich hatte ein Angebot als Professor, aber ich habe den Job als Fernsehstar gewählt. Wieso?«, flüsterte er, und ich hatte den Drang, ihn zu trösten, für ihn da zu sein. Doch ich wusste nicht wie. Es hörte sich an, als würde er am liebsten die Zeit zurückdrehen, wenn er noch einmal die Chance dazu bekommen würde.

»Vielleicht weil du dachtest, du könntest so mehr Leute erreichen? Es noch besser machen?«

»Vielleicht«, antwortete er leise.

»Wenn ich die Möglichkeit hätte, die Astrologie einer Handvoll oder tausend Menschen zu erläutern, würde ich ebenfalls die Tausend wählen«, sagte ich, und Weston schaute auf. »Es ist doch nur natürlich, dass man seine Leidenschaft mit anderen teilen möchte. Es ging dir nicht ums Geld.«

»Der Lohn war schon nicht schlecht«, scherzte er.

Schnaubend lachte ich. »Komm, du hast gerade so viele Sympathiepunkte bei mir gesammelt, verspiel sie nicht alle wieder.«

»Du meinst also, wenn jemand etwas des Geldes wegen tut, ist er unsympathisch?« Ich dachte kurz über mich nach. Wieso wollte ich die Chance auf diesen neuen Job? Lag es nur an dem Mehr an Geld oder an den Möglichkeiten?

»Nein, wir brauchen alle einen ansprechenden Lohn, um zu leben. Aber …« Ich zögerte, weil ich nicht wusste, ob unser Gespräch schon so viel Tiefe vertrug. Trotzdem musste ich es wagen. »Hast du schon richtig gelebt?«, fragte ich leise.

Sein Blick in meine Augen war so eindringlich und fest, dass ich das Gefühl hatte, niemand zuvor hätte mich je wirklich angesehen. Niemand zuvor hatte mir mit einem einzigen Blick so den Atem geraubt. Ich konnte nichts vor ihm verstecken, aber er vor mir genauso wenig. Er öffnete sich, vertraute mir. »Was bedeutet Leben für dich, Nova?« Ich mochte es, wie rau seine Stimme wurde, wenn er meinen Namen aussprach.

»Meine Grandma ist pures Leben«, erzählte ich lächelnd. »Sie steht morgens auf und macht jeden Tag zu einem lebenswerten, zu etwas Besonderem. Für sie gibt es kein Bereuen, keine verpassten Chancen, weil sie jede beim Schopf packt. Sie ist mein Vorbild, doch ich komme nicht an sie ran, egal, wie sehr ich mich strecke. Vielleicht weil ich mich zu sehr selbst gefangen halte.« Ich erinnerte mich an ihre Worte, dass ich mich für etwas aufreiben würde, das mir keine Zufriedenheit bringe, und dass dies mehr als unlogisch sei. Ich argumentierte immer damit, dass nicht jeder nackt vor Steinkreisen im Mondschein tanzen könne, ohne sich Gedanken über das Danach zu machen, aber ich wusste insgeheim, dass sie recht hatte. Ich war keine achtzehn mehr und hätte meinen Platz im Leben bereits finden müssen, dabei hatte ich nichts. Nichts außer diesem Augenblick.

»Ich kenne das Gefühl, festzusitzen. Ich kenne diesen Käfig«, gab er nachdenklich zurück.

Mein Herz war meinem Verstand weit voraus und schlug heftig in meiner Brust. Es wusste schon viel mehr, als ich mir eingestehen wollte. Dass man sich einem Menschen nahe fühlen konnte, obwohl man sich kaum kannte.

Ich hob die Dose. »Dann stoßen wir darauf an, auszubrechen!«

Weston stieß seine dagegen. »Auf das Ausbrechen!« Und wir besiegelten das Versprechen mit einem gemeinsamen Lächeln und einem großen Schluck.

19

Krebs

Ein Krebs hat eine tiefe
Verbindung zu seinen Emotionen.

Nova

Ich hatte die Stirn an die Fensterscheibe gelehnt, die Sonne, die hindurchschien, weckte mich, und ich blinzelte verschlafen gegen ihre Strahlen an. Meine Gedanken wanderten zu gestern Abend zurück. Weston und ich hatten uns ewig unterhalten. Wir hatten uns geöffnet, uns offenbart, gelacht und uns weiter kennengelernt, was meinen inneren Konflikt nur noch verstärkt hatte. Sogar aufs Dreifache der Größe angehoben hatte!

Nun hing ich knietief drin, jetzt hatte er meine Neugierde vollständig geweckt, herauszufinden, wer er war. Er wirkte so reich an Facetten, dass die Zeit hier nicht ausreichen würde, jede einzelne davon zu entdecken.

Suchend schaute ich mich um, doch ich war allein im Zimmer. Irgendwann während unseres langen Gesprächs musste ich eingeschlafen sein. Vielleicht war Weston zurück in den Saal gegangen, um da zu sein, wenn die Kinder aufwachten.

Ich hatte keine Ahnung, wie spät es war, aber dem Stand der Sonne nach musste es noch früh sein. Also rappelte ich mich auf, schmiss die Papiertüte und die beiden leeren Ciderdosen in einen Mülleimer und verließ den Raum. Hoffentlich durfte ich mir nichts von Kristy anhören, die wissen wollte, wieso wir beide die gesamte Nacht weg gewesen waren.

Oder war Weston schon, als ich eingeschlafen war, in den Saal zurückgekehrt? Doch als ich dort ankam und die meisten noch selig schlummerten, war auch Westons Platz leer. Mehr noch, von seinem Schlafsack und seiner Lederreisetasche fehlte ebenfalls jede Spur. Augenblicklich erfasste mich Bedauern.

»Hey, guten Morgen, Schlafmütze«, begrüßte mich Kristy flüsternd und tauchte auf einmal hinter mir auf.

»Guten Morgen«, murmelte ich.

Da war es, das gigantische Grinsen, bei dem ich nur mit den Augen rollen konnte. »Wie habt ihr geschlafen? Oder habt ihr überhaupt geschlafen?«

»Sehr witzig.«

»Also ich muss schon sagen, es hat mich sehr gewundert, als mir aufgefallen ist, dass ihr beide fehlt.«

»Wir haben uns nur unterhalten, eine kurze Pause gemacht«, erklärte ich und folgte Kristy in die angrenzende Küche. Myla hatte heute Morgen freibekommen, weil die Kinder gemeinsam mit den Betreuerinnen und Betreuern das Frühstück vorbereiten wollten. Aber da noch fast jeder schlief, mussten wir damit noch nicht beginnen.

Kristy ging zur Kaffeemaschine und schaltete sie ein. »Unterhalten nennt man das also«, zog sie mich weiter auf und drehte sich zu mir, während automatisch Wasser die Kaffeemaschine spülte. »Liebes, ich bin nicht fünfundsechzig Jahre alt geworden, um nicht zu wissen, was ein Mann und eine junge Frau die ganze Nacht alleine treiben.«

»Also bitte, wir sind doch keine Teenager, die sich zum Knutschen wegschleichen«, erwiderte ich und lehnte mich ihr gegenüber an die Küchenanrichte. Kristy war die Einzige, die Weston kannte, vielleicht war es gar nicht so schlecht, die Chance zu bekommen, jetzt mit ihr zu sprechen.

»Nein, seid ihr nicht? Ich hab doch eure Blicke gestern Abend gesehen, das war förmlich ein Vorspiel.«

»Kristy!«, rief ich empört, aber mit einem zuckenden Grinsen auf den Lippen.

»Versteh mich nicht falsch, ich freu mich für euch. Weston hat ... eine harte Zeit hinter sich, ihn lachen zu sehen ist sehr schön. Du machst ihn glücklich.«

»Wir kennen uns doch kaum.«

»Aber er hat sich dir schon mehr geöffnet als sonst jemandem. Ich weiß nicht, ob du nur vorgibst, es nicht zu sehen, oder es tatsächlich nicht siehst, aber er hat ziemliches Interesse an dir.«

Es schmeichelte mir, dass Kristy das annahm, mehr als ich mir eingestehen wollte. »Ich hätte vor knapp zwei Wochen nicht gedacht, das mal zu sagen, aber ich mag ihn. Seine grummelige Art und das, was dahintersteckt«, gestand ich ehrlich.

»Ich wusste schon immer, dass mehr hinter seiner Mauer verborgen liegt. Aber glaub nicht, dass es ab jetzt einfacher wird. Weston war schon immer schwierig zu durchschauen, aber mittlerweile ist es so: Je mehr er für einen Menschen empfindet, umso mehr schottet er sich von diesen Gefühlen ab und sucht den Abstand.«

»Er denkt, dass jeder, der ihm etwas bedeutet, irgendwann wieder aus seinem Leben verschwindet«, stellte ich fest. »So ist es, oder?«

»Er würde es nie zugeben, aber ja. Nach Richards Unfall ...« Kristy schluckte und machte eine kleine Pause. »Ich wusste, dass er einen Tapetenwechsel brauchte, und habe ihm den Job hier angeboten.«

War gerade der richtige Moment, um über meinen Vater zu sprechen? Mehr über ihn zu erfahren? »Richard muss ein beeindruckender Mann gewesen sein.«

»Weston hat dir von ihm erzählt?«, fragte sie überrascht.

Ich nickte. »Gestern Abend, ein paar Dinge.«

Sie lächelte, und ich sah ihr an, dass sie in ihrem Gedächtnis kramte. »Er war ein sehr leidenschaftlicher Mensch, vor allem, wenn es um die Astronomie ging, das hatten er und Weston definitiv gemeinsam. Richard weckte das Feuer in ihm, war für ihn da, war der erste Erwachsene, dem Weston sich wieder anvertrauen konnte. Richard hatte ein ganz besonderes Gespür für Menschen.« Ich dachte daran, wie meine Mum und er vielleicht zusammen gewesen sein mussten. Sie war ihm in dieser Beziehung nicht unähnlich, ein aufopferungsvoller Mensch, der alles für seine Liebsten gab. War Richards Leidenschaft für die Sterne größer als die für meine Mutter gewesen? Oder hatte sie das nur angenommen und ihm deshalb nicht erzählt, dass sie schwanger war? In mir reifte ein Gedanke: Vielleicht war der Grund keine andere Frau, denn ich hatte in meinen Recherchen nichts dergleichen erfahren. Vielleicht wollte Mum ihn nicht vor die Entscheidung stellen, aufgrund der Angst, er hätte sie und sein ungeborenes Kind gewählt und wäre nicht glücklich geworden. Meine Mutter hätte sich immer die Frage gestellt, ob er blieb, weil ein Kind es ihm nicht anders erlaubte oder weil er sie mehr liebte als alles andere. Ich schluckte den Kloß der Erkenntnis herunter, der meine Augen brennen ließ. Nach meinem Aufenthalt hier musste ich unbedingt noch einmal mit meiner Mum über alles sprechen.

Plötzlich veränderte sich etwas an Kristys Gesichtsausdruck, sie runzelte die Stirn und sah mich eindringlich an, als suchte sie nach der Antwort einer lang gestellten Frage.

»Ich wusste, dass mir dein Lächeln bekannt vorkam«, wisperte sie, und ich räusperte mich, weil ich keine Ahnung hatte, was ich antworten sollte. »Weiß er es?«, fragte sie, und ich schüttelte nur den Kopf. Kristy seufzte. »Ich mag dich, Nova, wirklich sehr, aber ich möchte nicht am Ende feststellen, dass Weston doch recht hatte mit seiner anfänglichen Annahme, dass du seine Story benutzt oder ihn für eigene Zwecke verletzt.«

Ich wollte antworten, dass ich das nicht vorhatte, nicht mehr, aber ich fand nicht die richtigen Worte dafür. »So ist das nicht«, entgegnete ich beschämt und leise.

Sie ließ meine Erwiderung für einen Moment auf sich wirken. Natürlich wollte sie Weston beschützen. »Behalte das Geheimnis nicht zu lange für dich, okay?«, sagte sie mit gequältem Gesichtsausdruck. »Er wird es uns beiden nicht verzeihen, wenn er es zu spät rausfindet.«

»Ich möchte ihm nicht weh tun, ich weiß nur nicht, wie ich es sagen soll, ohne alles kaputtzumachen.«

Sie nickte, als würde sie das verstehen, seufzte daraufhin tief. »Ich habe noch ein paar Sachen von Richard, Weston wollte sie nicht, vielleicht will er alles von ihm aus seinem Leben streichen. Möchtest du sie?«

»Ja, sehr gerne«, erwiderte ich vorsichtig lächelnd. Ich würde nichts, was mich ihm näherbrachte, ablehnen.

Kristy wirkte für den Moment zufrieden. »Gut, dann hätten wir das ja geklärt. Und jetzt sei so nett und wecke die Kids, während ich in Ruhe meinen ersten Kaffee trinke. Los.« Sie wedelte mit der Hand in der Luft.

Ich lächelte ihr noch mal zu. »Danke.« Kristy wirkte manchmal abgeklärt und ruppig, doch sie hatte ein gutes Herz, das hatte ich bereits von Anfang an gesehen.

Auch am Mittag war Weston nicht zurückgekommen, und langsam machte ich mir Sorgen. Ich hatte eigentlich angenommen, dass wir gestern einen riesigen Schritt aufeinander zugegangen waren, aber vielleicht hatte ich mich auch geirrt. Oder er fuhr seine alte Taktik, jeden auf Abstand zu halten, um keinen neuen Schmerz mehr ertragen zu müssen.

Ich probte mit den Kindern allein für das Theaterstück, und als diese sich zu anderen Aktivitäten aufmachten, brachte ich die Kiste von Richard, die Kristy mir gegeben hatte, in die Pension. Ich würde mich später in Ruhe darum kümmern. Anschließend machte ich mich auf den Weg zu Westons Haus. Kristy hatte mir die Adresse gegeben, und ihre Blicke hatten dabei eine ganz eigene Sprache gesprochen. Das, was sie sagte, stimmte, ich durfte es nicht zu lange hinauszögern, ihm zu sagen, wer ich war. Vielleicht ergab sich jetzt die richtige Gelegenheit, wenn wir erneut allein waren.

Nach einer Fahrt über eine geschwungene Landstraße erreichte ich eine Abzweigung und bog ab. Der Weg führte durch ein kleines Wäldchen, und als dieses sich lichtete, öffnete sich vor mir ein beeindruckendes Panorama. Auf der linken Seite erstreckte sich die Küste, wo das azurblaue Wasser gegen die Klippen schwappte. Die Sommersonne spiegelte sich auf der glitzernden Wasseroberfläche und verwandelte sie in ein funkelndes Mosaik aus Licht und Farben. Möwen kreisten am azurblauen Himmel, und als ich die Scheibe hinunterließ, vermischten sich ihre Rufe mit dem Rauschen der Wellen und dem salzigen Geschmack des Meeres. Am Horizont des Nachmittags verschmolzen Himmel und Meer zu einer unscharfen Linie. Es war ein beeindruckender Anblick, und ich fuhr völlig unvorbereitet darauf zu, bis eine ungefähr sechs Fuß hohe Mauer aus massivem, dunkelgrauem Stein, die auf ein schmiedeeisernes Tor zuführte, meine Sicht schluckte. Als ich davor hielt, kam ich mir vor, als bitte ich um Audienz bei einem Prinzen.

Weston musste eine unglaubliche Sicht von seinem Haus haben, das ich durch die dichten Metalltore nicht erkennen konnte.

Ich fuhr nah an die Sprechanlage heran und drückte ein wenig zögernd auf den Knopf. Es dauerte einen Augenblick, in dem gar nichts passierte, doch als ich erneut klingeln wollte, erklang ein Rauschen.

»Hallo?« Das war eindeutig Weston, seine Stimme klang selbst durch das Knacken des Lautsprechers gepresst.

»Hier ist Nova. Lässt du mich herein, oder muss ich erst einen offiziellen Antrag stellen, um in dein Schloss zu dürfen?«

Als Antwort glitt das breite Tor auf, und vor mir erstreckte sich eine lange Auffahrt aus Kies, die einen geschwungenen Pfad hinaufführte. Vor mir lag ein altes Herrenhaus, das wie aus einer anderen Zeit wirkte oder aus einem Set von Bridgerton entsprungen sein konnte. Graue, verwitterte Backsteinmauern waren überwuchert von Kletterpflanzen. Auf kleinen Türmchen saßen Wasserspeier in Form von Fabelwesen und verliehen allem hier eine märchenhafte Atmosphäre. Als ich darauf zufuhr, war ich kurz davor, anzuhalten und den Anblick in Ruhe auf mich wirken zu lassen. Erkerfenster aus kunstvollem Glas und die umliegende Landschaft rundeten das Bild ab.

Mein Blick glitt am Haus und an einigen Rhododendronbüschen vorbei, und ich wusste, weshalb Weston das alles hier gekauft hatte. Es war nicht die pompöse Ausstattung des Hauses oder seine Größe. Auf einer kleinen Erhöhung, einen Fußmarsch von ungefähr fünf Minuten entfernt, erkannte ich am Rand der Klippen eine kleine Sternwarte.

Das war der Gipfel, das i-Tüpfelchen. Ich musste sie unbedingt von innen sehen.

Die doppelflügelige Haustür öffnete sich, und Weston erschien. Er trug erneut eine dunkelgraue Jogginghose und ein frisches, weißes Shirt dazu, seine fast schwarzen Haare waren zerzaust, seinen Kiefer überzog mittlerweile ein Fünftagebart, und unter seinen Augen prangten dunkle Ringe in der Farbe von reifen Brombeeren.

Als ich ausstieg und die Treppe nach oben zum Eingang betrat, blinzelte er gegen die Helligkeit der Nachmittagssonne an. Hawking kam kurz zu mir, um mich zu begrüßen, danach trottete er die Treppe nach unten und verschwand zwischen den Büschen, um anscheinend einen kleinen Spaziergang zu machen.

»Eine Sternwarte? Ist das dein verdammter Ernst?«, zog ich ihn auf, aber es gelang ihm nicht, zu lächeln. »Ich habe mich gewundert, dass du heute nicht aufgetaucht bist. Ist alles in Ordnung?«, wollte ich besorgt wissen.

Er rieb sich die Schläfen und deutete mit dem Kopf ins Innere. »Komm rein.« Sofort erkannte ich den gequälten Gesichtsausdruck. Er hatte Schmerzen.

Wir betraten eine hohe Eingangshalle, der Boden bestand aus sandsteinfarbenem Mosaik. Das Innere war genauso schön wie außen, eine geschwungene Treppe mit bronzefarbenem Handlauf führte nach oben in den ersten Stock.

Weston ging vor in einen dämmrigen Raum, in dem die Fensterläden geschlossen waren und in dessen Mitte eine breite, moderne Couch stand. Es sah aus wie ein Wohnzimmer mit einem Kamin für kalte Tage und Bücherregalen, und ich bewunderte Westons Einrichtungsstil. Alte Gegenstände wechselten sich mit modernen ab und bildeten zusammen eine ganz eigene Symbiose.

»Möchtest du etwas trinken?«, fragte er höflich, obwohl er gerade Höllenqualen erleiden musste.

»Ich brauche nichts, danke. Du setzt dich jetzt erst mal wieder.« Ich ließ meine Tasche von meiner Schulter neben der Tür auf den Boden gleiten und folgte ihm zur Couch. »Wie lange hast du den Migräneanfall schon?«

»Seit heute Morgen, noch im Camp«, murmelte er kraftlos. »Aber du musst nicht …«

O verdammt, das waren mehrere Stunden. Deshalb war er also gegangen. »Nein? Muss ich nicht? Du weißt, dass ich es sofort besser machen kann«, sagte ich und lächelte sanft. »Hinlegen.«

Nachdem er sich auf den Bauch gelegt und den Kopf auf ein weiches Kissen gebettet hatte, setzte ich mich an den Rand der Sitzfläche und begann, seine Schultern zu kneten. Das Shirt störte ein wenig, doch ich wollte ihn jetzt nicht darum bitten, sich direkt auszuziehen. Das würde definitiv eine Grenze überschreiten. Und meine Gefühle vollständig durcheinanderbringen. »Hast du vergessen? Entspannung und Massagen!«, tadelte ich ihn. »Du bist so verspannt wie eine Steinmauer.« Ich massierte seine harten Muskeln, die sich kein bisschen lockerten, im Gegenteil, ich hatte das Gefühl, sie wehrten sich vehement gegen meine Versuche. »Ich dachte schon, dir war gestern Abend unangenehm und … die Nacht«, sagte ich leise und glitt mit den Händen zu seinem Nacken. Er gab ein dunkles Keuchen von sich, und ich blieb bei der Stelle.

»Das war es nicht«, flüsterte er, und ich war mir nicht sicher, ob er nicht doch log.

»Es ist ja auch nichts passiert, auch wenn Kristy etwas anderes annimmt«, redete ich weiter, obwohl ich besser den Mund gehalten hätte. Ich drückte mit den Fingerknöcheln in die Muskelstränge an seinem kräftigen Hals. Sofort veranstaltete der Hautkontakt Dinge mit meinem Körper, die ich besser vergraben sollte. Tief!

»Ach ja? Was denkt sie denn?«, fragte er nun doch interessiert. Ich sah, dass er immer noch die Augen geschlossen hielt, und mir fiel auf, wie lang und dicht seine Wimpern waren und wie viele Frauen ihn darum sicherlich beneideten. Er hatte ein wirklich ausgesprochen schönes Profil.

»Na, du weißt schon«, nuschelte ich, weil ich es nicht unbedingt ausführen wollte.

»Nein, eigentlich weiß ich es nicht.«

»Du solltest dich entspannen und nicht quatschen«, meinte ich, ließ die Hände wieder hinunter zu seinen Schulterblättern wandern und drückte die Faust in diese Körperpartie.

Ich holte tief Luft, als wappnete ich mich, ein altes, schmerzendes Pflaster abzureißen. »Das mit dem Artikel tut mir leid«, sagte ich und wartete einen Moment, doch es kam keine Erwiderung. »Ich glaube, ich habe mich noch nie dafür entschuldigt. Es war … ich dachte … ach, ich habe keine Ahnung, was ich dachte, vielleicht habe ich mich zu sehr von den Meinungen anderer beeinflussen lassen. Es tut mir leid, deine kurze Verletzlichkeit ausgenutzt zu haben.«

Es vergingen weitere quälende Sekunden, ehe er leise antwortete. »Danke. Das … ist nett von dir.«

»Und nötig.«

Endlich wurden seine Muskeln ein wenig weicher, und er entspannte sich. Ich massierte weiter seine Schultern, seinen Nacken und schob die Finger in seine Haare, um einige Punkte an seinem Kopf zu treffen. Das Kneten wurde zu einem Streicheln, und ich spürte, wie sich eine Gänsehaut über Westons Körper zog. Er genoss meine Berührungen und kämpfte nicht mehr dagegen an. Seine Atmung war ruhig und gleichmäßig und nicht mehr schmerzvoll abgehackt.

Ich wollte ihn fragen, ob es besser wurde, doch ich hatte den Eindruck, dass er eingeschlafen war. Endlich konnte er entspannen und den Schmerz abschütteln. Sollte ich nun einfach wieder gehen und ihn sich in Ruhe erholen lassen?

Als ich meine Hände zurückzog, gab er ein leises Brummen von sich. »Hab ich ›aufhören‹ gesagt?«, raunte er und öffnete die Augen. Also war er nicht eingeschlafen. Schwerfällig drehte er sich auf den Rücken, strich sich schwer atmend über das Gesicht und durch die Haare. »Danke, das ist schon viel besser.«

»Immer gerne«, erwiderte ich, und da war er wieder, dieser eine Moment, der sich aufbaute wie eine Welle, die am höchsten Punkt brach. Diese Spannung, dieses Kribbeln, wenn ich in seine Augen schaute, die Erregung und die Neugierde auf ihn. Sein Blick fiel auf meine Lippen. Ich hatte keine Ahnung, wer den ersten Schritt tat, ob ich mich zuerst zu ihm hinunterbeugte oder seine Hand zuerst meinen Nacken fand und mich an ihn zog, doch plötzlich lag sein Mund auf meinem. Abwartend, testend. Ein leichtes Beben ging durch meinen Körper, und ich drückte mich fester an ihn. Er duftete nach Duschgel und Leben, nach Fühlen und Fallen gleichermaßen.

Mit den Fingern in meinem Nacken hielt er mich fester, seine Lippen bewegten sich an meinen, und der Kuss intensivierte sich. Seine Zunge teilte meinen Mund, schob sich mit einem dunklen Seufzen hinein, als hätte er nach langer Zeit endlich wieder einen richtigen Atemzug getan, und genau so fühlte es sich für mich an. Wie Atmen.

Die andere Hand ließ er an meinem Oberschenkel heruntergleiten unter den Stoff meines Kleides, das nach oben rutschte, während ich langsam mit den Fingern über seine Brust bis zu seinem Nacken strich. Ich spürte die rauen Stoppeln auf seiner Wange. Dieser Kuss war wie ein Orkan, der über mich fegte, bis ich nur noch pochende Lust fühlte. Mein Körper schien vor Verlangen zu schmelzen, und auch mir entwich ein Keuchen, weil alles daran so unglaublich gut war. So unglaublich überfällig. So unglaublich einnehmend, wie es noch nie gewesen war. Sein Griff verstärkte sich, und meine Haut prickelte, so heiß.

Weston Jones war nicht nur ein leidenschaftlicher Mensch, wenn es um seinen Job ging, sein Kuss war intensiv und einen Hauch verrucht, brachte alles in mir zum Brennen. Ich war kurz davor, mich auf seinen Schoß zu schieben und ihn so lange zu küssen, bis dieses Feuer, das hohe Flammen in mir schlug, gestillt war.

Doch dann kamen die Gedanken zurück, die Zweifel. Und die Angst. Kristys Stimme in meinem Kopf, die mir sagte, dass ich es ihm erzählen musste. Und auf einmal ging es nicht mehr. Es fühlte sich nicht mehr so richtig an wie noch vor wenigen Sekunden. Diesmal war ich es, die einen Rückzieher machen musste, um atmen und denken zu können.

Ich zog mich zurück und presste weiterhin die Augenlider zu, um nicht Westons fragendem Blick zu begegnen oder sogar die Reue darin zu sehen. Als er mich losließ, ließ mich die plötzliche Leere zittern.

»Es … tut mir leid, das hätte ich …«, begann ich und schaute ihn endlich an.

Er fuhr sich beschämt durch die Haare und setzte sich leicht auf. »Nein, das war ich … das …« Auch er verstummte. Teufel, wir hatten beide keinen blassen Schimmer, was hier ablief, was das zwischen uns war. Was aus der anfänglichen Antipathie geworden war. Ein verknotetes Knäuel aus verworrenen Gefühlen.

»Wir sollten … die Kinder und die Arbeit …«, brachte ich hervor. Er würde mich früh genug hassen, ich konnte es ihm nicht noch schwerer machen, indem ich mich ihm hingab. Und mir ebenso wenig.

»Ja, na klar, die Gerüchteküche brodelt eh schon gewaltig, es tut mir leid, die Schmerzmittel und …«

Ich stand auf und strich den Rock nach unten. Immer noch fühlte ich seine brennenden Fingerspitzen auf meiner Haut. Ich musste hier raus. Sofort.

»Freut mich, wenn es dir jetzt besser geht. Wenn ich noch etwas tun kann, dann hast du ja meine Nummer.« Ich leckte mir über die Lippen, die sich heiß und geschwollen von Westons Küssen anfühlten. Auch wenn ich es versuchen würde – niemals mehr könnte ich seine Berührungen vergessen. Es war wie eine geöffnete Packung des Lieblingseises. Man konnte nicht nur einen Löffel davon essen und es zur Seite stellen.

Weston nickte nur und wollte aufstehen. »Ich bring dich noch zur Tür.«

»Nein! Bleib liegen, ich finde den Weg raus! Bis morgen, im Camp, erhol dich gut!«

Ich drehte mich viel zu schnell um, musste mich bemühen, damit ich nicht rannte und vielleicht sogar noch stolperte.

Zurück in meinem Auto legte ich für einen Moment die Stirn auf das Lenkrad und atmete durch. Erinnerungsfetzen durchdrangen meinen Kopf. Seine Hand in meinem Nacken. Sein dunkles, erregtes Keuchen. Sein Kuss, so intensiv, so feurig. Ich war verloren.

»Hör auf, Nova, krieg dich wieder ein«, ermahnte ich mich

selbst, ließ den Motor an und diese Gefühle hinter mir, als ich von der Ausfahrt nach draußen rollte.

Doch ich spürte, lange konnte ich sie nicht mehr in Schach halten.

20

Jungfrau

Jungfrauen suchen in Beziehungen nach Stabilität und Harmonie und sind bereit, hart an ihren Partnerschaften zu arbeiten.

Weston

In der Nacht der Übernachtungsparty war ich aufgewacht, als der Mond am höchsten gestanden hatte. Die Erinnerungen hatten mich geweckt, die wie dunkle Schatten in meinen Träumen die Krallen nach mir reckten und mich zurück in die Dunkelheit ziehen wollten. Da war kein Licht, keine Hoffnung, kein Sauerstoff.

Tief durchatmend schreckte ich auf und brauchte einen Moment, um mich zu orientieren, bis ich erkannte, dass ich nicht zu Hause war. Nova lehnte mir gegenüber an der Wand, ihre Stirn lag halb an der Fensterscheibe, und sie hatte die Augen geschlossen, ihre Atmung war gleichmäßig und ruhig.

Immer noch lag Schweiß wie ein Film auf meiner Haut, und mein Herz raste in der Brust aufgrund meines verwirrenden Traumes, in dem ich verfolgt worden war, doch der Anblick von Nova zog mich aus dieser Dunkelheit. Es lenkte mich ab, die Sommersprossen auf ihrer Nase zu zählen, ihre langen Wimpern zu betrachten, ihre geschwungene Oberlippe, das winzige Muttermal an ihrem Kinn. Der Mond war die einzige Quelle, die sanftes Licht spendete.

Ich war hin und her gerissen, ob ich bleiben oder so lange

rennen sollte, wie meine Beine mich tragen konnten. Ob ich warten sollte, bis sie aufwachte und mich sah, oder mich verstecken, damit sie sofort spürte, dass es zwecklos mit mir war.

Meine Gedanken drehten weiterhin Kreise in meinem Kopf, bis der Schmerz kam, der es mir unmöglich machte, noch etwas anderes als ihn zu fühlen. Meine Schläfen zogen sich zu, als wären sie zwischen Schraubstöcken gespannt, und Übelkeit überfiel mich. Die Entscheidung wurde mir von meinem Körper abgenommen, und ich floh, auch wenn ich dem pochenden Schmerz nicht entkommen würde.

Bis sie bei mir auftauchte und mich erneut eines Besseren belehrte. Mir zeigte, dass sie mir helfen konnte, wenn ich ihre Hilfe annahm. Und dann war da dieser Kuss gewesen. Diese Verbindung, über die ich die ganze Zeit nachdenken musste. Den ganzen restlichen Tag, die ganze Nacht, den ganzen Morgen. Ich dachte daran, wie gut er sich angefühlt hatte, wie ausgehungert ich nach menschlichem Kontakt gewesen war, wie schwer es mir gefallen war, mich zurückzuhalten. Und wie reuevoll ihr Blick gewesen war, als sie diesen Kuss unterbrochen hatte. Dieses Bedauern in ihren sandbraunen Augen hatte mich zurückgeholt und geerdet, mich erinnert, wieso ich nicht mehr als das zulassen konnte und der Kuss schon zu viel gewesen war.

Und obwohl es mir schwerfiel, so zu tun, als wäre alles beim Alten, war sie eine Meisterin des Unterdrückens. Sie lächelte, riss Witze, während ich mich fühlte, als wäre ich hier nur ein Statist. Mal wieder hatte ich die Kontrolle verloren, aber ich würde sie mir zurückholen. Ich musste es einfach.

»Heute lernen wir etwas über Reflexion und Licht«, begann ich und teilte den Kindern verschiedene Materialien wie Aluminiumfolie und Metallscheiben unterschiedlicher Größe aus.

Wir saßen auf unserem Platz auf der Wiese, und glücklicherweise unterstützte uns die Sonne heute mit ihrem Strahlen.

Nova verlor kurz ihr Lächeln und kam zu mir. »Weston, wollten wir heute nicht etwas über die Bedeutung der Standorte einzelner Planeten zu den Sternzeichen zeigen?«, fragte sie leise, während sich die Kinder die Materialien anschauten.

»Das war dein Vorschlag«, sagte ich und atmete tief ein, wappnete mich für das, was kam. »Ich habe den Plan geändert.«

»Du hast … den Plan geändert?«, vergewisserte sie sich ungläubig und blinzelte einige Male, als hätte sie meine Aussage nicht verstanden.

»Wir haben zu viel Zeit mit Hokuspokus verschwendet, wir sollten unbedingt einige astronomische Dinge aufholen, sonst können die Kinder diese Wissenslücke niemals aufholen.«

»Wissenslücke?«

»Sag mal, drücke ich mich irgendwie unklar aus?« Es zerstörte mich, so sein zu müssen. Ich zerstörte mich selbst. Doch es war unbedingt nötig, um wieder Distanz zwischen uns zu bringen, die ich für kurze Zeit aus den Augen verloren hatte. Sie hatte es geschafft, mich auf ihre Seite zu ziehen, dabei wusste ich immer noch rein gar nichts über sie. Sie fragte mich Dinge, aber offenbarte nur wenig Details aus ihrem Leben. Was war mit ihrem Job? Ihrem Leben in Manchester? Was war ihr verdammtes Ziel?

»Ich dachte, hier geht es darum, dass die Kinder Spaß haben und nicht um das Abarbeiten irgendeines Lehrplans«, erwiderte sie immer aufgebrachter.

Aber es war mir egal. Es hätte mir zumindest egal sein sollen. »Die Kinder haben Spaß an der Astronomie und können die Dinge, die sie hier lernen, auch für ihr späteres Leben benutzen. Was nehmen sie aus der Astrologie mit? Dass sie als Schützen abenteuerlustig und als Waagen unsicher zu sein haben?« Ich schnaubte verächtlich und erkannte die Verletzung in Novas Blick. Fuck, war ich ein Arsch.

»Ich hatte angenommen, dass wir bereits weiter wären«, wisperte sie und presste die Lippen aufeinander, als müsste sie die Worte zurückhalten, die dazwischen hervorsprudeln und mir an den Kopf knallen wollten.

»Es tut mir leid, dich enttäuschen zu müssen, aber meine Meinung hat sich nicht wegen einer Nacht oder einer Dose Cider geändert.«

Da war es. Nicht nur das heftige Gefühl von Bedauern in ihren Augen, sondern auch so etwas wie Abneigung. Hass war besser als Liebe, machte es deutlich einfacher für uns beide.

»Wow, du bist wirklich immer noch ein Arschloch«, zischte sie so leise, dass die Kids es nicht hören konnten. »Dabei hatte ich für einen kurzen Moment Hoffnung, dass du doch anders bist, aber ich habe mich wohl getäuscht.«

»Das hast du wohl«, gab ich zurück und straffte die Schultern. Ich spürte immer noch Novas Hände auf meinen Muskeln, ihre weichen Lippen auf meinen, hörte ihr Seufzen in meinen Ohren. »Können wir also nun weitermachen? Ab sofort teilen wir uns die Stunden, wie ich es anfänglich vorgeschlagen habe, das ist besser für alle. Du kannst morgen tun, was du willst.«

»Gut, so soll es sein«, erwiderte sie knapp.

Ich wollte ihr den Trotz und den Zorn von den Lippen küssen. Sie an mich ziehen. Stattdessen tat ich nichts, außer das Seil der Kontrolle fester zu packen, das meinen Sturz in den Abgrund als Einziges verhinderte.

»Dann brauchst du mich heute wohl nicht?«

Zitterte ihre Stimme? Shit. Ich räusperte mich. »Nein, brauche ich nicht.«

Sie nickte, anscheinend war alles gesagt, im Anschluss drehte sie sich zu den Kindern und verabschiedete sich. Ich blieb mit dem Blick Richtung Meer stehen und verfolgte ihren Abgang nicht. Erst als ich annahm, dass sie weg war und meine Beherrschung standhielt, drehte ich mich um.

»Okay, beginnen wir. Die Reflexion von Licht auf Oberflächen wie Mond, Planeten und Sternen ermöglicht es Astronomen, diese Himmelskörper zu studieren.« Ich ging einen Schritt nach vorne, Hawking legte den Kopf ein wenig schief und schaute mich mit aufgestellten Ohren fragend an. Nicht auch noch er. *Genau, Junge, nur wir beide.* Ich wandte den Blick ab. »Durch diese Analyse des reflektierenden Lichts können Informationen über die chemische Zusammensetzung und die physikalischen Eigenschaften gewonnen werden«, sprach ich weiter und verdrängte Gedanken, die mit etwas anderem zu tun hatten als meinem Unterricht.

Während die Kinder eine freie Stunde auf ihren Zimmern oder am nahe gelegenen Strand verbringen durften, hatte Kristy zu einem Betreuermeeting zusammengerufen.

Mehr als die Hälfte der Zeit war vorbei, und sie wollte uns instruieren, wie die kommenden Wochen aussehen würden. Also hatten wir uns alle bis auf Rebecca und Keanu, die am Strand Aufpasser spielten, in einem Teil des Innenhofs zwischen dem Speisesaal und dem Verwaltungsgebäude zusammengefunden. Kristy hatte hier eine Oase der Entspannung in Form eines bunt bewachsenen Gartens geschaffen. Neben einer großen Blumenwiese schmückten robuste Buchsbäume den Rand, Rosen verschiedener Farben wanden sich an der Pergola empor, unter der wir auf Holzbänken saßen. Lavendel und Küchenkräuter für Myla zogen allerlei Bienen und Insekten an, und Eichen streckten ihre knorrigen Äste in Richtung Himmel. Früher war der Garten ein Ort gewesen, an den Cam, Ambrose und ich uns gerne zurückgezogen hatten. Zwischen den Büschen und Sträuchern konnte man sich ganz wunderbar verstecken. Was ich im Übrigen heute genauso gerne tun würde.

Auf der Bank gegenüber von mir saß Nova, die mich nicht eines kurzen Blickes würdigte. Kein verstohlenes Lächeln in meine Richtung oder ein Augenrollen, wenn ich irgendetwas sagte. Ich hatte selbst dafür gesorgt, dass sie mich noch mehr hasste als am Anfang, also wieso wollte ich nun um jeden Preis ihre Aufmerksamkeit erregen? Ich war ein wandelnder Widerspruch, unlogisch, obwohl es nichts Schlimmeres für mich gab als irrationale Dinge.

Kristy stand vor uns allen und erzählte etwas über einen Schwimm- und Segelwettbewerb sowie eine Sternschnuppennacht, die Nova und ich betreuen sollten. Nova konnte kaum ihre nicht vorhandene Freude darüber zurückhalten, doch selbst jetzt schaute sie mich nicht an.

Steven flüsterte ihr irgendetwas zu, und sie grinste als Antwort. Wieso wollte ich unbedingt wissen, um was es ging? Wieso wollte ich der sein, der sie zum Lächeln brachte? Es schien, als würde es ihr deutlich einfacher fallen, unseren Kuss zu vergessen und zur Tagesordnung überzugehen, und auch wenn ich es nicht wollte – der Gedanke störte mich massiv.

Ich wandte den Blick ab und konzentrierte mich wieder auf Kristy. Obwohl eine unsichtbare Kraft ständig an mir zog und mich drängte, zurück zu Nova und Steven zu sehen. Rutschte er gerade näher, verdammt?

»Hat noch jemand eine Frage?«, wollte Kristy wissen und

riss mich aus der stummen Verärgerung. Niemand meldete sich. »Gut, dann weiß ja jeder, was zu tun ist, viel Spaß euch!«

Sie klatschte in die Hände, und alle standen wie auf Kommando auf, widmeten sich wieder ihren Aufgaben.

Da wir ohnehin miteinander sprechen mussten, was diese Sternschnuppennacht betraf, wollte ich direkt ins kalte Wasser springen. Also nahm ich einen tiefen Atemzug, steckte die Hände in die Jeanstaschen und steuerte Nova an.

Als sie aufsah und ihr Blick meinen kreuzte, erkannte ich doch noch die Wunde, die ich ihr mit meiner kalten Abweisung zugefügt hatte. Verdammt. Das würde schwieriger werden als gedacht.

21

Krebs

Krebse sind bekannt für ihre Weichheit und ihren Wunsch, zu pflegen und zu schützen.

Nova

Weston kam direkt auf mich zu, sein Gesichtsausdruck war hart und kalt, genauso wie heute Vormittag. Ich konnte immer noch nicht fassen, wie er sich von einem Tag auf den anderen gewandelt und wie sehr ich mich in ihm getäuscht hatte. Wobei … sagte man nicht, dass der erste Eindruck immer stimmte? Diese Theorie hatte sich definitiv mal wieder bestätigt.

»Können wir uns kurz bezüglich der Sternschnuppennacht in einer Woche abstimmen?«, fragte er, als er mich erreicht hatte. Für die Dauer eines Atemzugs wollte ich ihn genauso abblitzen lassen wie er mich.

Ich wandte mich mit einem Lächeln an Steven. »Wir sehen uns später, danke für die Einladung, ich bin gerne dabei«, sagte ich zu ihm, und mir entging nicht, wie Weston einen Atemzug lang die Hände zu Fäusten ballte. Eine kindische Genugtuung wallte in mir auf, nicht nur, weil es mich freute, dass die anderen mich erneut eingeladen hatten, einen Abend mit ihnen gemeinsam im Pub zu verbringen, der mich von allem anderen ablenkte, auch weil ich Weston zeigen wollte, dass ich ihn nicht brauchte, unabhängig war. Na gut, genau genommen brauchte ich ihn noch immer, zumindest was meinen Job betraf, aber immerhin war mein schlechtes Gewissen ein wenig entlastet. Zumindest redete ich mir das ein. Er war genau der arrogante Arsch, als den ich ihn in meinem ersten Artikel dargestellt hatte. Richtig? Richtig!

»Dann bis später, ich freue mich sehr«, erwiderte Steven und verabschiedete sich bei uns beiden, ehe er mit den anderen zwischen den Pflanzen, Büschen und Bäumen verschwand und Weston und ich die Einzigen im Garten waren.

»Was möchtest du mit mir besprechen?« Meine Stimme klang genauso kalt, wie er sich zeigte. Ich hatte keine Ahnung, was dieser Kuss gewesen sein sollte, wenn da angeblich gar nichts zwischen uns war. Und schon wieder kam ich ins Straucheln. Da war Arbeits-Nova, die ihren verdammten Job machen sollte, damit sie endlich aus ihrer Tretmühle heraustreten konnte. Und Privat-Nova, die Gefühle für diesen grummeligen Miesepeter entwickelte und sich fragte, wieso sie sich immer in die Falschen verknallte.

»Ich dachte an eine kurze Präsentation, der …«

»Nein«, unterbrach ich ihn diesmal. Genauso wie er über meine Vorschläge hinwegtrat wie über Müll auf dem Boden, ließ ich ihn diesmal abblitzen.

Er blinzelte einige Male ungläubig. »Okay, vielleicht habe ich das verdient«, raunte er auf einmal rau und senkte den Blick. »Es tut mir leid, sollte ich dich verletzt haben.« O nein, er konnte jetzt nicht mit dieser Reue und diesem unwiderstehlichen Blick kommen und mich um den Finger wickeln! Ich war immun gegen seinen Charme. Sollte es sein.

»Womit? Mit deiner absoluten Ehrlichkeit, oder weil du weder meinem Herzensthema der Astrologie noch anderen Menschen irgendeine Chance lässt, an dich ranzukommen? Ach, gib dir keine Mühe, mir Reue vorzuspielen, und sei unbesorgt – ich habe nie angenommen, dass zwischen uns so was wie Freundschaft bestehen könnte. Wir können genauso weitermachen wie bisher. Auf Abstand.«

»Nova«, stieß er seufzend aus und fuhr sich durch die dunklen Haare. Keine Ahnung, was er sagen wollte, denn er sprach nicht weiter. Dabei hätte es so viele Worte gegeben, die es besser gemacht hätten. Dieses Gefühl, das mich nicht schlafen ließ. Diese Unsicherheit, was ich hier überhaupt suchte. Die Angst, in eine Sackgasse zu rennen.

»Unsere Zusammenarbeit bleibt weiterhin so professionell wie vorher, die Kinder werden den Stoff lernen, den sie lernen müssen«, ging ich auf seine klaren Worte von vorhin ein. »Und vielleicht werden sie dabei ja auch ein wenig Spaß haben. Mit meinem Humbug.« Keine Ahnung, ob ich übertrieb, doch auf einmal spürte ich, wie sehr Weston mich mit seiner harten Abweisung wirklich verletzt hatte. Zum ersten Mal gestand ich mir ein, mehr zu fühlen, als ich fühlen wollte. Sein Mund war hart, aber aus seinen Augen sprach etwas anderes. Er wirkte fast getroffen aufgrund meiner kalten Ablehnung, aber was hatte er sich erhofft? Dass ich ihm immer noch mit einem Lächeln die Hand reichte? Das hatte ich in der Vergangenheit oft genug getan, meinen Unmut hinuntergeschluckt, um weiterhin die nette Nova zu sein. Vielleicht lag es auch an mir, endlich etwas zu ändern, um nicht immer der Spielball anderer Menschen zu sein.

Doch im Moment spürte ich die Enttäuschung, die meinen Körper zum Zittern brachte. Das durfte ich ihm auf keinen Fall zeigen. »Können wir später weitersprechen? Ich muss jetzt meine Stunde für morgen vorbereiten«, sagte ich und wollte an ihm vorbeigehen. Blitzschnell griff er nach meinem Unterarm und hielt mich sanft fest. Wir standen Schulter an Schulter, und ich starrte auf die Kräuterbeete, um ihn nicht ansehen zu müssen. Möwen kreischten über unseren Köpfen, und der Wind wehte eine leichte, salzige Brise vom Meer neben Westons himmlischem Duft herüber. Es ärgerte mich, dass mein Körper trotz allem direkt auf ihn reagierte.

»Ich möchte nur, dass du weißt, dass der Kuss mir durchaus etwas bedeutet hat«, flüsterte er. »Trotzdem kann es kein *wir* geben. Glaub mir, das ist besser so.«

»Denk nicht mehr darüber nach«, erwiderte ich leise, und er ließ meinen Arm los. »Denn ich tue das auch nicht mehr.«

Damit ließ ich ihn stehen, fühlte seinen brennenden Blick in meinem Rücken und straffte die Schultern. Vielleicht hatte er recht, und wir beendeten das, bevor es begonnen hatte und wirklich kompliziert wurde. Bevor einer von uns Gefühle entwickelte, die nicht mehr so leicht abzustellen waren.

✦

Irgendwie war mir heute nicht danach, die Nacht in einem Pub durchzumachen. Also hatte ich mich nach einer Stunde bei allen verabschiedet und war in mein Pensionszimmer gegangen. Ich hatte kurz am Empfang gehalten, um mit Judy flüchtigen Smalltalk zu führen, ehe ich mich die Stufen nach oben schleppte. Der Tag hatte mich müder gemacht als alle zusammen davor. Ich fühlte mich körperlich ausgelaugt, obwohl es mein Innerstes war, das etwas abbekommen hatte. War es nur mein Stolz, der mit Westons Zurückweisung nicht klarkam, oder lag es doch daran, dass er mir etwas bedeutete und ich Sorge hatte, dass er sich selbst sabotierte? Sich Steine in den Weg legte, um sich nicht seinen Gefühlen stellen zu müssen.

Doch ging es mir da nicht ähnlich? Ich schloss die Tür hinter mir und knipste das Deckenlicht an. Mein Blick flog sofort zu dem Tisch, auf dem die graue Plastikkiste stand. Mit Richards Sachen.

Bisher hatte ich noch nicht den Mut gefunden, hineinzusehen. Ich schob Ausreden vor, um es nicht tun zu müssen. Das hatte nun ein Ende.

Langsam trat ich auf die Kiste zu, als könnte jeden Moment etwas daraus hervorspringen. Allerdings herrschte immer noch Stille, während mein Herz fast aus meinem Brustkorb sprang.

Vorsichtig zog ich den Deckel ab und lehnte mich ein Stück vor, um hineinzusehen. Auf den ersten Blick sah alles normal aus, und ich konnte kaum fassen, dass ich nun einen ersten tiefen Einblick in den Charakter meines leiblichen Vaters erhalten sollte. Auch wenn ich Artikel und Abhandlungen über ihn gelesen hatte, war das nicht dasselbe, wie persönliche Gegenstände in eigenen Händen halten zu können.

Also legte ich den Deckel zur Seite und tauchte meine Hand in die Kiste, zog einen Stapel von Unterlagen für den Unterricht im Camp heraus. Stück für Stück enthüllte ich die Geheimnisse und legte alle Dinge nebeneinander auf den Tisch.

Ich griff nach einem Stein und drehte ihn in den Fingern. Es war eindeutig ein Meteorit, der ein Stückchen größer als meine Handfläche war und eine asymmetrische Form hatte, die an den Umriss eines unbekannten Planeten erinnerte. Die Oberfläche war schwarz und teilweise glänzend, als wäre er bei seiner Reise durch das All stellenweise glattpoliert worden. Hier und da erkannte ich feine Vertiefungen und Risse, die wie ein Straßennetz wirkten und seine Geschichte erzählten. Er war kalt und glatt und gleichzeitig rau, als trotzte er widerwillig den Gegensätzen. Ich spürte die Energie in meinen Fingerspitzen und fragte mich, welche Geschichte diesen Meteoriten mit Richard verband.

Vorsichtig legte ich ihn zur Seite und griff nach einem in schwarzes Leder eingebundenen Notizbuch. Ich öffnete es mit Hilfe der blutroten Lesekordel und konnte einen Blick auf handgeschriebene Notizen werfen.

Ich las Wörter wie *Exoplaneten, Detektionsmethoden* und haufenweise Berechnungen, die mir nichts sagten, bis mein Blick auf einen Namen fiel. *Loelia*. Eine Bleistiftzeichnung eines kleinen Sterns befand sich einige Seiten weiter. Konnte es wirklich sein, dass Richard ihn entdeckt und nach meiner Mutter benannt hatte?

Eine Gänsehaut zog sich über meinen Körper, und ich blätterte weiter, bis ich auf zwei Bilder stieß, die zwischen den Seiten steckten. Das eine war ein altes Foto, leicht vergilbt und an den Ecken verknickt, doch die beiden Menschen darauf konnte man ganz eindeutig erkennen. Sie lachten sich an, der Arm des Mannes lag um die Taille der Frau, während sie auf dem Hügel hinter dem Haus meiner Grandma standen. Meine Eltern. Ich drehte das Foto herum und entdeckte die Worte: *»In den Sternen finden wir uns selbst, in den Herzen anderer finden wir unser Zuhause.«* Ein Spruch von Solveigh oder hatte sie ihn von Richard?

Verdammt. Räuspernd strich ich mir eine Träne aus dem Augenwinkel. Ich war heute eindeutig zu angeknackst, um meine Gefühle noch länger unter Verschluss zu halten. Mir wurde mit brennend heißem Schmerz bewusst, wie sehr ich wirklich bedauerte, ihn nicht kennengelernt zu haben. Niemals die Chance darauf zu erhalten, mit ihm sprechen zu können.

Ich legte das Foto zur Seite und sah mir das nächste an. Weston und Richard. Die beiden lächelten in die Kamera, auf Westons ausgestreckter Handfläche lag der Meteorit, der in der Kiste gewesen war. Ich fragte mich, ob Weston die Kiste abgelehnt hatte, weil die Erinnerungen ihn zu sehr überwältigt hätten. Das taten sie ja bereits bei mir, und ich verknüpfte keinerlei direkte Erfahrungen mit diesen Dingen.

Auf dem Foto war Weston ein paar Jahre jünger. Ich drehte es herum, und auf der Rückseite stand ein Datum, an dem er ungefähr Mitte zwanzig gewesen sein musste.

Die kommende Stunde überflog ich alle Dokumente, um ja nichts zu verpassen, was wichtig für meine persönliche Entdeckung war. Ich fand ein paar Aufzeichnungen von Forschungsreisen, bei denen auch Westons Name hin und wieder auftauchte, sowie weitere Lehrunterlagen aus seiner Zeit als Betreuer im Camp. Allerdings hatte ich die persönlichsten Dinge bereits mit den Fotos, dem Notizbuch und dem Meteoriten gefunden.

Plötzlich riss mich das Klingeln meines Smartphones aus meinen Nachforschungen. Eine winzig kleine Hoffnung glühte in mir, dass es Weston war, der mich anrief und sich für alles entschuldigte, doch als ich auf das Display schaute, war da eine Nummer, die ich nicht kannte.

»Hallo?«

»Nova Staron?«, erklang eine männliche Stimme.

»Ja, mit wem habe ich das Vergnügen?«

»Meine Assistentin sagte, Sie wünschen einen Rückruf, Anthony Perotti hier.«

»Mr. Perotti! Ja! Danke, dass Sie mich anrufen!« Aufregung mischte sich zwischen all die anderen Gefühle.

»Wie kann ich Ihnen helfen, Miss Staron?«

Das war eine ziemlich gute Frage. Wollte ich mehr Details zu dem letzten Abend meines Vaters wissen, weil ich als Journalistin agierte oder weil es mich aus privaten Gründen interessierte? Ich war hin und her gerissen. Was würde ich mit diesen Informationen anfangen, jetzt, da Weston erneut so abweisend zu mir war? »Ich wollte Sie fragen, ob Sie mir weitere Informationen zu der Spendengala vor sechs Monaten mitteilen könnten, bei der Weston Jones und Richard Malroy anwesend waren.«

Ich spürte sofort sein Zögern und seine Zurückhaltung. Niemals würde ich mehr Infos erfahren, wenn ich mich als Journalistin ausgab. »Um was geht es hier genau, Miss Staron?«

Ich holte Luft. Und nahm meinen gesamten Mut zusammen. Bis plötzlich all die ungesagten Worte aus mir strömten wie Wasser durch einen gebrochenen Damm. Ich erzählte einem Fremden meine Geschichte. Dass ich erst vor wenigen Wochen erfahren hatte, dass Richard mein Vater war, dass ich nur wissen wollte, was er in den letzten Stunden seines Lebens getan hatte und ob er glücklich gewesen war, und noch viele andere Dinge. Anthony Perotti hörte mir schweigend zu, bis ich tief atmend meinen Monolog beendete. »Es tut mir leid, ich wollte Sie damit nicht so überfallen«, sagte ich und wusste nicht so recht, wie ich mit diesem Ausbruch umgehen sollte.

»Dafür müssen Sie sich nicht entschuldigen, Miss Staron, das muss wahnsinnig nervenaufreibend für Sie sein«, erwiderte er verständnisvoll, und ich schluckte den brennenden Kloß in meinem Hals hinunter. »Allerdings kann ich Ihnen nicht wirklich viel sagen, weil ich an dem Abend selbst ziemlich beschäftigt war«, sagte er und zerstörte so all meine Hoffnungen mit einem Satz. »Aber …«, schob er nach, und ein neuer Schimmer begann ganz leicht in mir zu glühen. »Eine Sache kann ich Ihnen vielleicht erzählen. Ich habe beobachtet, wie Weston Jones mit einer Frau stritt. Er schien aufgebracht zu sein und stürmte nach draußen. Richard folgte ihm, und durch die Fensterscheiben sah ich, wie auch die beiden heftig diskutierten.

Dann musste ich leider weiter und habe beide an dem Abend nicht wieder gesehen.«

Eine Frau? Und Richard und Weston hatten gestritten? Worüber? »Danke«, antwortete ich ausatmend. »Das ist mehr, als ich mir erhofft hatte.« Wir verabschiedeten uns, und für einen Moment saß ich einfach nur da, starrte aus dem Fenster und ließ meine Gedanken kreisen.

Es war ein innerer Impuls, dem ich folgen musste, als ich meinen Laptop nahm, ihn anschaltete und mein Schreibprogramm öffnete. Die Energie, die mich anhand dieser Erinnerungen und Anthony Perottis Aussagen durchzog wie ein reißender Strom, wurde ich nur los, indem ich sie aufschrieb.

Die Worte flossen förmlich aus meinen Fingern. Es war kein runder Artikel oder hatte das Ziel, einer zu werden, es war eher eine Ansammlung von Gedanken, und ungeachtet dessen wanderte der Text immer wieder zu einem verbindenden Punkt. Weston.

Wäre jetzt der richtige Zeitpunkt, ihm zu offenbaren, wer ich war und was ich hier suchte, um zu erfahren, was an diesem Abend wirklich passiert war? Dass ich tatsächlich erneut sein Vertrauen missbraucht hatte und er völlig richtig mit seiner Annahme und der Entscheidung lag, die Grenze zwischen uns erneut zu errichten, ich aber trotzdem seine Hilfe brauchte? Gott, ich fühlte mich wie in einem winzigen Boot auf dem überschäumenden Meer. Mein Gewissen hatte mich gewarnt, zu weit hinauszuschwimmen, doch mein Stolz hatte nicht hören wollen. Und jetzt befand ich mich gefangen zwischen der Frage nach meinem Warum und dem, was richtig war.

Ein kleines Briefsymbol zeigte mir den Eingang einer Nachricht. Ich stoppte meinen Schreibfluss und öffnete mein E-Mail-Programm.

Geraldine.Featherstone@thestunning.uk:

Hallo Nova,

gibt es etwas Neues zu berichten? Bitte schicke mir einen kurzen Lagebericht, ich erwarte dringend Informationen von dir!
Ich bin von dir gute Arbeit gewohnt und sicher, dass du mich auch diesmal nicht enttäuschen wirst.

Grüße.

Mit einem tiefen Atemzug lehnte ich mich im Stuhl zurück und starrte auf den Bildschirm. Kurzerhand schickte ich meiner Chefin einen Auszug aus dem, was ich soeben geschrieben hatte, wobei ich Perottis Worte vorerst ausließ. Ich bat sie, noch ein wenig Zeit zu bekommen, mehr herauszufinden.

Sofort kam ein *Okay* von Geraldine zurück, und ich spürte die Schlinge um meinen Hals, die sich immer weiter zuzog. Nur wer am anderen Ende des Seils hing und daran zerrte, das wusste ich noch nicht. Geraldine, Weston oder ich selbst?

22

Krebs

Ein Krebs kennt das
Geheimnis der Geduld.

Nova

Die Woche verging ohne nennenswerte Erkenntnisse oder Fortschritte. An meinem Artikelentwurf hatte ich nicht mehr weiterschreiben können. Weston und ich wechselten uns mit den Stunden ab und verabredeten uns, um zu besprechen, wie wir die Sternschnuppennacht ausrichten wollten. Ich war kurz davor gewesen, mit ihm über Anthony Perottis Worte und den wahren Grund zu sprechen, weshalb ich hier war. Doch ich konnte nicht. Seine Abweisung war stärker denn je, wahrscheinlich würde er mir rein gar nichts dazu sagen oder Kristy sogar überreden, mich rauszuschmeißen.

Die Sternschnuppennacht war ein freiwilliges Event, aber mittlerweile hatten wir zahlreiche Anmeldungen von den Kindern und Betreuenden. Aus diesem Grund ließ es sich nicht vermeiden, zusammenzuarbeiten, um die Planung und Organisation stemmen zu können.

Also hatten wir uns eines Nachmittags in der Bibliothek verabredet, in der wir die Übernachtungsparty verbracht hatten. Weston hatte den Ort vorgeschlagen. Ob sein Ziel war, Erinnerungen zu wecken, oder es keinen anderen freien Raum gab – darüber wollte ich nicht spekulieren.

Gestern hatte ich in Whitstable in der Nähe meiner Pension

Bastelutensilien besorgt, die ich nun auf dem Tisch ausbreitete. Die Tür öffnete sich, und Weston trat herein. Sofort erfassten mich die Aufregung und Unsicherheit, weil wir uns seit ein paar Tagen nun nicht mehr gesehen hatten. Das Treffen heute hatten wir mit einer knappen Nachricht ausgemacht. Als er ganz im Raum erschien, stockte mir der Atem aufgrund seiner Präsenz, die mich sofort wieder an den Kuss denken ließ und meinen Puls zum Rasen brachte. Gottverdammt, selbst wenn er nichts tat außer zu atmen, hatte er so eine Wirkung auf mich.

Leise schloss er die Tür, und ich senkte den Blick, tat so, als wäre ich hochkonzentriert damit beschäftigt, den Glitzerkarton und die Wollfäden auf dem Tisch auszurichten. »Hi«, begrüßte er mich und blieb vor dem Tisch stehen, so dass ich nun doch aufsehen musste. Ich drückte meinen Rücken durch, richtete mich auf und strich mir unauffällig die nassen Handflächen am Saum meines Kleides ab.

»Hi.« Keiner wusste, was er sagen sollte, und augenblicklich wünschte ich mir die entspannte, lockere Atmosphäre zurück, die für kurze Zeit zwischen uns geherrscht hatte. Ich vermisste die gemeinsamen Stunden mit den Kindern, ihn dabei zu beobachten, wie er über die Astronomie philosophierte oder einen schlechten Physikerwitz riss, den keiner wirklich verstand. Ich vermisste sogar seine grummelige Art und das unterdrückte Grinsen, wenn ich es schaffte, ihn aus der Reserve zu locken.

»Danke, dass du gekommen bist. Alleine hätte ich wahrscheinlich ewig gebraucht.« Ich deutete zum Tisch.

Skeptisch zog er eine Augenbraue nach oben. »Du willst also ganz sicher basteln? Mit mir?«

Fast musste ich lachen, wenn die Situation nicht so seltsam gewesen wäre. »Ich dachte, ein kleines Andenken für alle Teilnehmenden wäre doch sicherlich schön.«

Weston setzte sich mir gegenüber, griff nach einem Bogen mit gelbem Glitzerpapier und drehte es in seinen großen Händen. Hände, die bereits auf meiner Haut gelegen und sie zum Brennen gebracht hatten. Hände, bei denen ich mir jede Nacht vorstellte, sie hätten mehr Dinge getan, als mich nur sanft am Oberschenkel zu berühren.

Ich zwang mich, meine Aufmerksamkeit zurück auf den gegenwärtigen Augenblick zu richten. »Es sollen kleine Sternschnuppen werden, und auf die Rückseite schreiben wir als Erinnerung das Datum der Nacht.«

Er sah auf, und sein Blick traf meinen. Mein gleichmäßiger Herzschlag pochte gegen meine Brust.

»Und du hast wirklich angenommen, dass ich der richtige Partner zum Basteln bin?« Er sagte es so ungläubig, dass ein kurzes Lachen aus mir herausbrach. Ich hatte es noch nie lange geschafft, ernst, sauer oder nachtragend zu sein. Selbst nicht in dieser Situation.

»Ehrlich gesagt nein, aber ich möchte schließlich nicht alleine die Lorbeeren für diese Idee einheimsen.«

Für die Länge eines tiefen Atemzugs tauchte ein vorsichtiges Grinsen auf seinen Lippen auf. Bewegten wir uns in die richtige Richtung? Aufeinander zu, anstatt voreinander davonzulaufen? Oder war genau das der Fehler in der gesamten Gleichung? »Ich denke nicht, dass ich für meine Arbeiten Lorbeeren bekomme. Eher das Gegenteil.«

»Du kannst dich nicht drücken, jeder Versuch ist zwecklos«, sagte ich schnell und schob ihm eine Bastelschere über den Tisch zu. »Hier ist die Vorlage, damit kannst du die Form auf das Papier zeichnen und es danach ausschneiden. Das bekommst du hin, oder? Die Wollfäden klebe ich anschließend als Schweife an die Sternschnuppen.«

»Ich gebe mein Bestes«, murmelte er und schnappte sich die Vorlage aus dicker Pappe, die ich angefertigt hatte. Wie sich herausstellte, strebte Weston auch bei dieser Sache absolute Perfektion an. Er richtete aus, zeichnete und schnitt in so einem langsamen Tempo, dass ich wahrscheinlich doch schneller gewesen wäre, hätte ich es einfach selbst getan.

Ich ließ die Wollfäden in meiner Hand sinken und beobachtete ihn dabei, wie er sich auf die Unterlippe biss, während er die Zacken eines Sterns ausschnitt. »Das ist nicht dein Ernst, oder?«

Er hielt inne und schaute fragend auf. »Was meinst du?«

»Das!« Ich deutete auf die perfekt aufeinandergestapelten Sterne. »Sie sind perfekt«, sagte ich so ungläubig, wie ich nur konnte.

»Und das ist warum ein Problem?«

»Weil du nicht in allem perfekt sein musst! Es ist okay, wenn einer der Sterne einen schiefen Zacken hat!«

»Aber wieso sollte ich absichtlich etwas falsch machen, wenn ich es auch richtig tun kann?«

»Weil es menschlich ist und zum Leben dazugehört, Fehler zu machen und Dinge falsch anzugehen!« Ich war mir sicher, selbst Weston merkte nun, dass es mir nicht wirklich um diese verdammten Sternschnuppen ging. Es ging mir um sein beherrschtes Leben, das er sich so schwer machte, nur um etwas zu erreichen, das überhaupt nicht erreichbar war! Sein Perfektionismus machte mich rasend!

Er zögerte, runzelte die Stirn, als wälzte er eine Formel, dann nahm er sich einen der perfekten Sterne von dem perfekten Stapel und schnitt eine schiefe Kante in einen der Zacken. Ich musste grinsen, als er ihn vor mir ablegte und mich ansah. »Der ist nur für dich. Unperfekt perfekt.«

»Na also«, wisperte ich und konnte nicht anders als lächeln. »Hat dich das jetzt so eine Überwindung gekostet?«, fragte ich leise, seine Hand lag immer noch knapp vor mir, und aus einer spontanen Entscheidung heraus legte ich meine darauf. Ich konnte einfach nicht anders.

»Um ehrlich zu sein, ja«, erwiderte er, und ich wusste selbst nicht mehr, worüber wir in Wirklichkeit sprachen. Uns? Er drehte die Handfläche, und seine Finger verhakten sich mit meinen. Sofort beschleunigten sich mein Puls und meine Atmung. Er war wie eine Melodie in meinem Kopf, die sich in einen Ohrwurm verwandelt hatte. Ich hatte den Eindruck, dass er noch etwas zu mir sagen wollte, da wurde schwungvoll die Tür aufgerissen, und wir zogen ruckartig unsere Hände zurück.

»Hey ihr«, begrüßte uns Charlotte und schaute zwischen uns hin und her, als fragte sie sich, ob sie gestört hatte. Ich nahm erneut die Arbeit auf und tat so, als wäre rein gar nichts gewesen. Wenn wir selbst nicht einmal wussten, was das zwischen uns war, wie konnten wir uns dann vor anderen erklären?

»Hi, Charlie!«, begrüßte ich sie, als wäre alles in Ordnung. Was es war. Oder?

»Wow, die sehen toll aus!« Sie drehte eine der Sternschnuppen in den Fingern, so dass das Licht sie noch mehr glitzern ließ. »Für die Sternschnuppennacht? Die Kinder sind jetzt bereits ganz aufgeregt.«

»Das wird sicherlich toll werden«, gab ich zurück. Weston hatte sich bereits wieder einen der Sterne geschnappt und schnitt ihn aus.

»Ach und Nova, wenn ich dich gerade hier sehe …« Sie senkte auf einmal die Stimme und schaute kurz zu Weston, der ihr jedoch keine Aufmerksamkeit schenkte.

»Ja?«, fragte ich misstrauisch.

Sie trat näher zu mir. »Steven hat sich nach dir erkundigt.«

»Steven? Wieso?«

»Na wieso wohl?«, antwortete Charlotte augenrollend und schob sich neben mich auf die Tischkante. »Er hat sich überlegt, dich auf ein Date einzuladen.«

Mein Blick glitt zu Weston, der zwar so tat, als würde er sich auf seine Arbeit konzentrieren, diesmal aber wirklich nicht mehr so sauber arbeitete. Ich sah zurück zu Charlotte, die abwartend lächelte.

»Steven ist ein netter Kerl, ich kenne ihn schon seit ungefähr zwei Jahren, er ist schon länger Betreuer hier und vor allem schon länger Single«, redete sie weiter und schien nicht zu merken, dass die Temperatur im Raum sich gerade ein wenig erhöhte.

»Okay«, gab ich nur zurück, weil ich keine Ahnung hatte, was ich antworten sollte. Es war ziemlich seltsam, über ein Date mit einem anderen vor dem Mann zu sprechen, den ich als Letztes geküsst hatte.

»Ich habe ihm gesagt, dass es da gerade auch in deinem Leben niemanden gibt, das ist doch korrekt, oder?«

Meine Kehle wurde enger. »Ähm, ja, ich … ich bin in keiner Beziehung.«

Bildete ich es mir ein, oder presste Weston die Lippen noch enger aufeinander?

»Gut, dann sage ich ihm das, er wird sich freuen.« Sie sprang vom Tisch und nahm sich ein Buch aus einem der Regale. »Bis später! Und bye, Weston«, sagte sie zuckersüß. Was sollte das?

»Bye, Charlotte«, erwiderte er verhalten, und als die Tür ins Schloss fiel, war da erneut eine Mauer aus Unsicherheit, die uns trennte. Dieses Hin und Her machte mich wirklich wahnsinnig.
»Steven ist ganz in Ordnung«, sagte er plötzlich wie beiläufig.

Ich hatte keine Ahnung, was ich darauf antworten sollte. »Willst du mich mit ihm verkuppeln?«, entgegnete ich grinsend, um der Situation den Druck zu nehmen.

»Nein, ich … ich meine nur, falls du Interesse …« Er räusperte sich. »Ich kenne ihn nicht gut, aber wenn du vorhast, ihn zu treffen, kann ich dir sagen, dass er okay ist.«

»Habe ich nicht.«

Überrascht schaute er auf. »Hast du nicht?«

»Wieso sollte ich?«

»Um ihn kennenzulernen?«, fragte er, als ob er mich tatsächlich mit Steven verkuppeln wollte.

»Ich bin nicht hier, um jemanden kennenzulernen.« *Niemanden außer dich.*

»Ja, natürlich«, murmelte er. Er war so verschlossen wie ein einbruchsicherer Safe, was mich unfassbar wütend machte.

»Also außer es ergibt sich.«

Fragend runzelte er die Stirn. »Dann gehst du auf ein Date mit ihm?«

Er war so ein kluger Mann, doch mit dem Zwischenmenschlichen hatte er es wirklich nicht. Es war fast so etwas wie amüsant, wie sehr er sich wand. »Aktuell habe ich es nicht vor.«

»Nova, ich bin verwirrt«, gab er offen zu und schnaubte frustriert. Wir hatten uns geküsst, wir spürten beide diese heftige Anziehung, die uns immer wieder zueinander zog, und dann wollte er ernsthaft wissen, ob ich mit einem anderen Mann ausging?

»Los, bastel weiter deine perfekten Sterne, du lässt allmählich nach«, zog ich ihn auf, und er schenkte mir einen bösen Blick, der mich zum Lachen brachte. Nein, in dieser Situation würde ich ihn noch ein wenig zappeln lassen.

23

Jungfrau

Eine Jungfrau strebt nach Perfektion in allem, was sie tut.

Weston

Ich hatte den Himmel schon häufiger als die meisten anderen Menschen in ihrem Leben gesehen. Doch heute fühlte er sich irgendwie anders an.

Vielleicht hatte es was mit der angespannten Erwartung der Kinder und anderen Betreuenden zu tun, die neben mir auf ihren Decken lagen und nach oben starrten, oder mit der Art und Weise, wie das silbrige Licht des Mondes die Wiese in ein surreales Licht tauchte. Aber wahrscheinlich lag es an ihr. Nova. Die neben mir saß und mit weit geöffneten, wachen Augen und einem sanften Lächeln in die Unendlichkeit des Himmels starrte. Ihre Beine waren aufgestellt, die Arme hatte sie darum geschlungen, ihr Haar reichte ihr in weichen Wellen bis zur Mitte des Rückens, weil sie den Kopf in den Nacken gelegt hatte.

Wir hatten uns auf einer weitläufigen Wiese nahe dem Camp getroffen, die einen ungestörten Blick und genug Platz für alle bot. Darauf hatten wir Decken ausgelegt, und der süße Duft von Schokolade und Marshmallows hing in der Luft. Nova hatte darauf bestanden, dass wir Snacks vorbereiteten, um das Erlebnis einmaliger zu machen. So typisch für sie. Ohne sie hätte ich wohl noch nicht einmal an die Decken gedacht. Etwas weiter entfernt zogen ein paar Wolken auf, doch diese sollten lange genug brauchen, bis sie uns erreicht hatten und unsere Sicht erschwerten.

Plötzlich schaute sie zu mir und schenkte mir ein Lächeln. Und in diesem Moment wusste ich nicht, ob ich länger gegen die Gefühle ankämpfen konnte, die in mir herangereift waren. Oder ob ich das überhaupt noch wollte. Cam ging mir nach unserem Treffen auf dem Hafenmarkt immer noch auf die Nerven, dass ich Nova um ein Date bitten sollte, und vielleicht hatte er recht? Wieso stand ich mir selbst so im Weg? Wieso konnte ich diese Angst nicht besiegen, die mir ins Ohr flüsterte, bis ans Ende meines Lebens allein zu bleiben, in Sicherheit?

Sie stand auf und begann wie eine Dirigentin des Himmels, den Kindern etwas über die Sterne zu erzählen, Sternzeichen und Konstellationen zu erklären. Auch wenn ich wissenschaftliche Fakten hätte einwerfen können, hatte ich zum ersten Mal nicht den Drang danach. Nova hob die Arme, zeigte auf funkelnde Punkte, malte imaginäre Linien und erzählte mystische Geschichten. Die Art und Weise, wie sie voller Begeisterung in den Legenden aufging, faszinierte mich genauso wie die anderen Anwesenden. Sie erzählte davon, dass Sternschnuppen Götter seien, die nur selten so nahe der Erde waren, und man sich bei ihnen nur dann etwas wünschen könne.

Zum ersten Mal lächelte ich nicht über ihren Glauben, sondern weil der Gedanke daran irgendwie schön und tröstlich war und ich mich wirklich darauf einlassen konnte. Auf die bloße Phantasie, was wäre, wenn all ihre Worte stimmen würden.

»Möchtest du auch noch etwas ergänzen, Weston?«, wandte sie sich an mich.

Ich schüttelte den Kopf. »Ich denke, du hast alles gesagt.«

Sie zeigte einen überraschten, aber glücklichen Ausdruck.

»Gut, nun wird es Zeit, sich zurückzulehnen und zu beobachten. Sternschnuppen sind schüchtern, man muss leise und geduldig sein«, sagte sie und erntete ein aufgeregtes Kichern der Kinder.

Nova setzte sich neben mich, ihr Blick wich aber nicht von den Sternen. Als sie sich hinlegte und ich wieder nach oben schaute, war für einen Moment alles still. Wir lauschten dem Rufen einer Eule und dem Rauschen des Windes. Es gab nur den Himmel, die Sterne und neben mir, kaum eine Armlänge entfernt, Nova.

Auch ich hatte mich zurückgelegt, die Arme hinter dem Kopf verschränkt, und mein Blick suchte die Dunkelheit über mir ab. Unzählige Sterne funkelten auf dem samtigen Nachthimmel und zeigten bekannte Konstellationen, die ich so oft studiert hatte. Heute allerdings hatte die Aussicht auf die Sterne weniger etwas Wissenschaftliches. Es weckte nicht den Drang in mir, mehr zu erfahren. Ich genoss den Augenblick der Untätigkeit. Völlig.

Und plötzlich war es wie ein kurzer Lichtblitz, der den Abendhimmel durchzuckte. Die ersten Kinder riefen begeistert, bis eine weitere Sternschnuppe folgte.

Ich warf einen Seitenblick auf Nova, deren Strahlen ihr ganzes Gesicht erhellte. »Hast du das gesehen?«, fragte sie aufgeregt, und ihre Silhouette hob sich vor dem dunklen Himmel ab.

»Ja, hab ich«, erwiderte ich lachend. »Da ist noch eine.« Ich deutete nach oben, und weitere Begeisterungsrufe erklangen. Keine Ahnung, wer von uns näher rutschte oder ob wir es beide gleichzeitig taten, aber ohne Vorwarnung spürte ich Novas Arm an meinem.

»Und da«, flüsterte sie und zeigte ebenfalls nach oben. Während mehr und mehr Sternschnuppen als Lichtpunkte über den dunklen Himmel zuckten, konnte ich nicht anders, als mich völlig dem Moment zu ergeben. Es gab kein Gestern und kein Morgen, es gab nur ein Jetzt, und es fühlte sich so an, als würde dieser Augenblick uns alle irgendwie miteinander verbinden.

Ich drehte den Kopf, und Nova tat es mir gleich. Da war es wieder, dieses Lächeln.

Ich konnte mich nicht entziehen, es war ähnlich wie in meinem Haus. Die Anziehung, die sie auf mich ausübte, war zu stark, drängte mich, sie zu berühren, mehr über sie zu erfahren. Ich streckte die Finger nach ihrer Hand aus, verhakte sie mit meinen, und Nova drehte sich auf die Seite. Wir lagen am Rand der Gruppe, verborgen in der Dunkelheit, vor allen Blicken geschützt. Im Licht des Mondes konnte ich gerade ihre Schemen und ihren Gesichtsausdruck erkennen, ihre Augen, die fest auf meine gerichtet waren. O fuck, Verlangen rauschte durch mich hindurch wie eine reißende Strömung. Im Augenwinkel erkannte ich weitere Sternschnuppen, hörte die begeisterten Laute der anderen wie am Rande. Nova drückte meine Finger fester, ich spürte, dass sie auf etwas wartete. Einen Kuss?

Doch was wäre dann? Den ersten hätte man als Ausrutscher verbuchen können, und auch wenn sich meine Gedanken ständig darum drehten, wäre die Erinnerung daran irgendwann verblasst. Sie ein zweites Mal zu küssen wäre allerdings mit einem Ziel verbunden. Mich ihr zu öffnen. Ihr zu vertrauen. Mich zu verlieren.

Mir war klar, das würde eine Tür öffnen, deren Schlüssel ich lange Zeit versteckt hatte. Die Spannung war unaushaltbar, Nova öffnete leicht die Lippen, die so wunderbar weich auf meinen gelegen hatten. Ich steckte verdammt noch mal in der Zwickmühle. Wer gewann? Körper oder Verstand?

Ich hatte Mühe, meinen Geist aus dem Nebel zu ziehen, der

mich umgeben hatte. Wir waren hier nicht privat, wir hatten eine Aufgabe. Wenn ich Nova nun küsste, wusste ich, dass ich nicht mehr so schnell damit aufhören könnte, nicht wenn sie es ebenfalls wollte.

Plötzlich zuckten am Himmel nicht nur die Sternschnuppen. Wind zog auf, Wolken schoben sich vor unsere Sicht. Blitze folgten. Ich hatte den Wetterbericht verfolgt und wusste, dass ein Gewitter über Nacht hereinbrechen würde, aber ich hatte gehofft, dass wir länger Zeit haben würden. Doch es ging rasend schnell, als schon die ersten Tropfen zu Boden fielen. Lachend und schreiend sprangen alle auf, wir ebenfalls. Jeder half, die Decken zusammenzuraffen und Sachen einzusammeln, ehe der Wind und der Regen noch stärker wurden.

Kichernd rannten alle zurück zum Haupthaus, Nova nahm ein kleines Mädchen an die Hand, das nicht so schnell rennen konnte, und ich folgte ihnen mit Abstand. Vorbei war der Moment. Die Chance. Ich musste mir nicht mehr den Kopf darüber zerbrechen, was passieren würde, wenn ich diese Grenze erneut überschritten hätte. Nicht mehr heute Abend.

Morgen. Vielleicht. Wir hatten schließlich immer noch etwas mehr als eine Woche, bis das Camp vorbei war. Das klang auf einmal gar nicht mehr so lange.

✦

Es war bereits fast Mitternacht, doch ich lag immer noch wach und starrte an die Decke meines Schlafzimmers. Nachdem alle Kinder in ihren Zimmern verschwunden waren und wir uns von Kristy und den anderen Betreuenden verabschiedet hatten, waren Nova und ich jeweils in unsere Autos gestiegen. Kurz hatte ich gezögert, wollte wieder aussteigen und sie aufhalten, sie fragen, ob sie noch ein wenig Zeit mit mir verbringen wollte. Allein.

Allerdings war sie da bereits davongefahren, und ich sah ihren Rücklichtern hinterher, die den Parkplatz hinter sich ließen.

Meine Bettwäsche raschelte, als ich mich seufzend auf die Seite drehte. Morgen würde ich den ganzen Tag müde sein, aber meine Gedanken drehten sich im Kreis. Draußen wütete das Gewitter über das Land, peitschte die Regentropfen gegen meine Fensterscheibe und erzeugte bei jedem Blitz zuckende, grelle Schatten auf meinem Fußboden.

Hawking gab plötzlich ein leises Schnauben von sich. »Das ist nur der Regen«, wollte ich ihn beruhigen, doch er stand aus seinem Körbchen auf. Ich hörte das Klacken seiner Krallen, als er Richtung Tür lief.

Und da vernahm ich auf einmal die Klingel. Ich setzte mich auf und schnappte mir mein Handy, öffnete die Kamera-App, die den Bereich vor meiner Einfahrt zeigte.

Ich drückte auf den Öffner, sah, wie der Wagen in meine Einfahrt fuhr, und schloss das Tor hinter ihm.

Schnell schwang ich mich aus dem Bett und lief nach unten. Aufregung erfasste mich, als ich nach der Eingangstür griff und sie öffnete. Die Autotür schlug zu, Nova rannte mit gesenktem Kopf auf die Stufen der Treppe zu. Der kühle Wind peitschte die Bäume am Rand der Einfahrt hin und her, und eine Gänsehaut ließ mich erschauern, obwohl mich eine innerliche Hitze erfasste.

»Nova, was tust du hier?«, fragte ich, als sie mich erreicht hatte. Ihre Strähnen klebten nass in ihrer Stirn, ihre Atmung ging schnell, und die Augen waren fest auf mich geheftet.

»Ich will Antworten!«, sagte sie bestimmt.

Ich schüttelte den Kopf, weil ich mich sortieren musste. »Antworten?«, wiederholte ich murmelnd. »Komm erst mal rein, du bist ja total durchnässt.« Ich trat einen Schritt zurück, und sie lief an mir vorbei. Sie hatte die Arme um den Körper geschlungen, und erst jetzt fiel mir auf, dass sie nur eine Pyjamahose und ein dünnes T-Shirt trug.

»Hast du nicht noch etwas Unpassenderes für dieses Wetter draußen gefunden als das?«, tadelte ich sie und schloss die Tür. Sie war so unfassbar unvernünftig, dass es mich erneut rasend machte.

»Was ist das?«, wollte sie stattdessen wissen.

Ich runzelte die Stirn und drehte mich zu ihr um. Sie wedelte mit den Händen zwischen uns hin und her. »Was meinst du?«

»Ich denke, du weißt genau, was ich meine! Erst hassen wir uns, dann mögen wir uns, dann können wir uns nicht leiden, dann sendest du Signale aus, die du aber immer wieder zurückziehst. Ich bin verwirrt, Weston, und ich brauche Antworten! Jetzt sofort!«

»Hätten wir das nicht morgen besprechen können?«, fragte ich, obwohl ich insgeheim froh war, dass sie hier war. Auch mich hatten die Gedanken nicht schlafen lassen, aber ich war noch nicht bereit, meine Deckung ganz aufzugeben. Wäre ich jemals dazu bereit?

»Ja, ich finde, jetzt ist der beste Zeitpunkt dafür, ansonsten gehst du mir ohnehin nur aus dem Weg.«

»Ich gehe dir aus dem Weg?«, erwiderte ich diesmal ein wenig eindringlicher. »Du bist nach unserem Kuss geflüchtet, darf ich dich daran erinnern?« Ich klang vielleicht verletzter, als mir lieb war.

Sie zögerte, blinzelte einige Male. »Ich … ich bin nicht geflüchtet.«

»Ach nein?« Ich trat einen Schritt näher, ihre Atmung beschleunigte sich, ihr nasses Oberteil klebte an ihrer Haut. Sie musste sich unbedingt etwas Warmes anziehen. Der Gedanke, dass sie eines meiner Shirts trug, gefiel mir irgendwie. »Dein Gesichtsausdruck hat alles gesagt«, wisperte ich.

»Du hast mir danach unmissverständlich klargemacht, dass du den Abstand zwischen uns zurückhaben willst.«

»Weil du mich vollständig verwirrst, Nova«, gestand ich und hob die Hand, um ihr eine der Strähnen aus dem Gesicht zu streichen. Ihr Atem stockte für einen Moment. »Du bist etwas, nach dem ich nie gesucht habe, und trotzdem drehen mein Körper und mein Verstand völlig durch in deiner Nähe.«

»Was meinst du damit?« Sie klang atemlos.

Meine Hand legte sich an ihre Wange, die Atmosphäre lud sich weiter auf wie jedes Mal, wenn wir uns so nahe waren. »Sag du es mir«, flüsterte ich, und mein Blick fiel auf ihre schönen Lippen. »Mein Verstand ist nicht mehr zurechnungsfähig, seitdem du hier aufgekreuzt bist.«

Ich hielt sie an ihrer Taille fest, ihre Hände legten sich auf meine Schultern.

Ein leises Keuchen entwich ihr, als ich sie langsam näher zu mir zog. »Also willst du keinen Abstand?«, flüsterte sie.

»Ich will das absolute Gegenteil davon«, raunte ich. »Aber ich weiß nicht, ob es auch richtig ist.«

»Ich denke nicht, dass man das vorher sagen kann«, erwiderte sie und knabberte an ihrer Unterlippe.

»Du machst es mir so verdammt schwer, Nova«, gestand ich, meine Worte kaum mehr als ein Hauch zwischen uns. Unsere Körper berührten sich nun fast, nur getrennt durch diese immense Spannung, die sich aufbaute wie eine unausweichliche Flutwelle.

»Ich mache es dir nicht leicht?«, wiederholte sie. »Du bist der wandelnde Widerspruch.«

Meine Hand strich zu ihrem Rücken, und ich spürte das Zittern ihres Körpers unter meinen Fingerspitzen. »Ich … ich versuche, das Richtige zu tun«, erklärte ich, mein Blick fixierte immer noch ihre Lippen, die nun noch verlockender erschienen.

»Und was, wenn es nicht um Richtig oder Falsch geht? Sondern darum, was du wirklich willst«, flüsterte sie, und ihre Worte waren wie ein Schlag gegen meine Brust, ließen mein Herz heftiger pochen und versetzten meinen gesamten Körper in Alarmbereitschaft.

Ihr Gesicht war jetzt so nahe, dass ich ihren warmen Atem auf meiner Haut fühlte. »Ich …«, begann ich, aber der Rest meiner Worte verlor sich in der Dunkelheit, als sie die Hand hob und ihr Finger sanft über meine Lippen strich. Der Kontakt verursachte ein Prickeln auf meiner Haut, und ich konnte einen tiefen, rauen Seufzer nicht unterdrücken.

»Ich will dich, Weston«, sagte sie, und ihre klaren Worte ließen alle Zweifel verstummen. »Und du willst mich. Das ist alles, was manchmal zählt.«

Das war so typisch für sie. So undurchdacht ließ sie sich von ihren Gefühlen leiten, ohne an das Danach zu denken. Und ich liebte es in diesem Moment.

Ihre Worte hingen schwer und unausweichlich zwischen uns, und für wenige Atemzüge war die Welt um uns herum still. Alles, was es gab, waren Nova, ihr warmer Blick, ihr süßer Atem und das unerträgliche Verlangen, das in mir brannte. Ein Verlangen, das ich nicht mehr leugnen konnte, egal, wie sehr ich dagegen ankämpfte.

»Nova …« Meine Stimme war kaum ein Flüstern, ein schwacher Versuch, die Kontrolle zurückzuerlangen. Doch als ich in ihre Augen schaute, wusste ich, dass es bereits zu spät war. Ich war verloren, verloren in ihr.

Meine Hand drückte sie an ihrem Rücken an mich, meine andere fuhr in ihre Strähnen und hielt sie knapp vor mir fest. »Du willst mich?«, raunte ich heiser.

Langsam nickte sie, und die Spannung entlud sich mit einem heftigen Knall. Unsere Lippen prallten aufeinander, und diesmal drang ich ohne Vorwarnung mit meiner Zunge direkt in ihren Mund, musste sie einfach schmecken. Sie stöhnte in unseren Kuss und fasste nach meinen Shirt, um es nach oben zu ziehen. Wir lösten uns nur für den Atemzug, als sie mir das Oberteil abstreifte und es auf den Boden warf. Nun, da die Grenzen verschwammen, hielt ich es keine Sekunde länger aus, ohne sie zu küssen. Ich drückte sie zur nächsten Wand, hob sie an ihren Oberschenkeln nach oben, die sie umgehend um meine Hüften schlang. Unser Kuss war innig, unausweichlich, unfassbar gut. Mein Herz hämmerte in meinen Ohren, während sie mit den Fingern über meine Schultern strich, hinunter bis zu meiner Brust und meinen Bauch. Ich löste mich für einen Moment, unser beider Atem war schnell und abgehackt. Mein Blick wanderte über ihre geröteten Wangen, ihre leicht geöffneten, von unseren Küssen geschwollenen Lippen. Ihr Anblick war unglaublich, und ich konnte mich nicht erinnern, wann ich jemals so intensiv eine Frau gewollt hatte. Nicht, weil ich Lust auf Sex an sich hatte, sondern weil mein Verlangen nach einer bestimmten Person nicht mehr zurückzudrängen war.

Ich drückte sie fester gegen die Wand und an mich, während ihre Hände über meinen Bauch glitten. Mit ihren Fingern zeichnete sie Linien auf meiner nackten Haut und brachte alles in mir zum Zittern.

Ein tiefes Stöhnen entkam meinen Lippen, als ich mich erneut zu ihr vorbeugte, den Mund an ihren Hals legte und sanft daran knabberte. Ihre unmittelbare Reaktion war ein süßes Keuchen, und sie schloss die Beine enger um meine Hüften.

Sie war der unmittelbare Test, die Versuchung, der ich nicht widerstehen konnte, und ich wollte nichts sehnlicher, als mich in ihr zu verlieren. All das, was vorher war, jeder Zweifel, jede Unstimmigkeit, spielte keine Rolle mehr.

Unser Atem ging schnell und rau, unsere Körper bewegten sich im Rhythmus unserer beschleunigten Herzen. Jede Berührung, jeder Kuss, jedes leise Stöhnen zog uns tiefer in diesen Strudel aus Sehnsucht, den wir nicht kontrollieren konnten. Oder wollten.

Ich umfasste sie, und sie klammerte sich an mir fest, als ich sie die Treppe nach oben in mein Schlafzimmer trug. Dort angekommen, schaute Hawking kurz auf und trottete nach draußen, während ich Nova auf meinem Bett absetzte. Langsam lehnte ich mich zu ihr, umschloss ihr Kinn und küsste sie. Diesmal war mein Kuss gefühlvoller, nicht ganz so stürmisch wie zuvor, doch nicht weniger bedeutsam. Auch wenn ich nicht aussprechen konnte, was tief in mir für sie schlug – ich konnte es ihr zumindest zeigen. Küssend schoben wir uns auf das Bett, Nova stützte den Kopf auf meinem Kissen ab, und ich legte mich ihr gegenüber. Hielt inne. Genoss diesen Moment mit ihr.

Es gab immer noch so viele Fragen, deren Antworten ich nicht wusste und die mich morgen weiterhin quälen würden. Doch ihnen konnte ich heute keine Beachtung schenken. Nova war wichtig. Sie und ich.

»Komm her«, forderte sie mich auf, vielleicht weil sie mir die Gedanken ansah. Ich lehnte mich über sie und küsste sie, fuhr mit den Händen zu ihrem Shirt und strich sanft unter den Saum, berührte zum ersten Mal die nackte, weiche Haut dort.

Sie schlang die Arme um meinen Nacken und presste ihre Brüste fest gegen mich, keuchte in unseren Kuss, bis ich es nicht mehr aushielt und mit der Hand zum Bund ihrer Pyjamahose strich. »Sag mir, dass du das hier willst«, flüsterte ich zwischen unseren Küssen.

»Ja, ja, ich will das.«

»Sag mir, dass du danach nicht einfach wieder abhaust.« Ich schluckte.

Sie löste sich von mir und umfasste mein Gesicht, so dass ich sie ansehen musste. »Ich bin hier, Weston, und ich will nirgendwo anders sein, okay?«

Anstatt zu antworten, küsste ich sie erneut, ließ meine Finger unter den Bund ihrer Hose gleiten und spürte die weiche Haut, die mich begrüßte. Ich war fast schmerzhaft erregt, als Nova ihre Beine leicht spreizte und sich mir entgegendrückte. Gott, sie war so unglaublich sinnlich, so völlig im Moment gefangen, dass es mir selbst schwerfiel, mich noch zurückzuhalten.

Also schob ich meine Finger weiter, strich durch ihre feuchte Mitte und berührte ihren Kitzler. Ihr Seufzen nahm an Intensität zu, wurde zu einem erotischen Stöhnen, das mich nur noch mehr befeuerte. Ihre Finger krallten sich an mir fest, ihr Unterkörper bewegte sich im Rhythmus meiner Berührungen, während ich jede Regung ihres Gesichtes in mich aufnahm. Sie war unglaublich feucht, als ich in sie eindrang, ihr Stöhnen war wie ein Orkan, der mich mit sich riss.

»Weston.« Mein Name von ihren Lippen war ein sinnliches Flehen. Ich bewegte mich schneller, genoss die offensichtlichen Gefühle, die ich in ihr weckte. Niemals hätte ich gedacht, Nova je auf diese Art berühren und fühlen zu können, doch es war alles, was zählte.

Ihr Stöhnen wurde lauter, und ich fühlte das sanfte Ziehen in ihrer Mitte, trieb sie weiter auf die Spitze ihres Höhepunktes, den sie in die Stille meines Schlafzimmers schrie. Ich küsste sie, schluckte die letzten Laute, und sie klammerte sich sofort an mir fest. An meiner Brust spürte ich ihren schnellen Herzschlag, und für einen Moment hielten wir einfach nur inne, versuchten, dem hinterherzukommen, was sich zwischen uns entwickelt hatte, auch wenn es sich so anfühlte, als rannten wir einem Rennwagen in voller Geschwindigkeit hinterher.

24

Krebs

Krebse sind im Herzen Romantiker
und schätzen in Beziehungen Zärtlichkeit
und Geborgenheit.

Nova

Mein Atem ging schnell, mein Herz raste in der Brust, und ich brauchte einen Augenblick, damit ich zurück in die Realität finden konnte. Eigentlich hatte ich nur mit Weston sprechen wollen, doch das hier war um ein Vielfaches besser. Wenn auch eine extrem verlockende Art von Flucht, die ich gerade gerne annahm.

Westons nackter Oberkörper drückte gegen meinen, er war absolut atemberaubend. Feste Muskeln waren deutlich unter seiner straffen Haut zu sehen, als er langsam die Hand zurückzog und sich zu meinem Ohr hinabsenkte. Der Orgasmus war unglaublich gewesen, trotzdem wollte ich mehr. Ich wollte ihn.

»Du bist unfassbar sinnlich, wieso haben wir so viel diskutiert, anstatt das hier zu machen?«, wisperte er, und ich hörte förmlich das Grinsen aus seiner Stimme, das auch ich nicht unterdrücken konnte. Er küsste meinen Hals, hinunter bis zum Ausschnitt meines Shirts, und ich hob mich ein wenig an, damit er es mir ausziehen konnte.

Ich drehte den Kopf, meine Lippen streiften seine sanft. »Ich habe keine Ahnung. Feuriges Vorspiel?«, scherzte ich und entlockte ihm ein raues Lachen. Gott, ich mochte es, wenn er entspannt war, lachte, dieses Funkeln in seine Augen trat. Er zeigte es viel zu selten.

Er küsste sich weiter an meinem Kiefer hinunter bis zu meinem Schlüsselbein, traf den Stoff meines BHs und schob ihn ein Stück zur Seite. Dabei streifte sein Daumen meine harte Brustwarze, und erneut seufzte ich aufgrund seiner göttlichen Berührungen auf. Meine Hände fanden seine weichen Haare, fuhren hindurch und entlockten ihm ein tiefes Stöhnen, das mich nur noch mehr erregte. Hitze durchströmte meinen ganzen Körper, ließ mich schier durchdrehen, als er seinen Mund an meine Brustwarze setzte, saugte, leckte, leicht knabberte.

Er war tatsächlich ein Perfektionist in allen Belangen, und ich hatte mich nie glücklicher über diesen Umstand geschätzt. Denn er nahm sich alle Zeit, meinen Körper zu erkunden, mich zu streicheln und zu küssen, bis ich es kaum noch aushielt. Er schob sich zwischen meine Oberschenkel und verteilte Küsse auf meinem Bauch, ließ bewusst die Stelle ein wenig tiefer aus, an der ich ihn unbedingt spüren wollte. Es war eine süße Qual, die gleichzeitig für immer andauern sollte.

Doch irgendwann fühlte ich auch sein ungeduldiges Verlangen, das den Hunger in ihm steigerte. Langsam glitt er nach oben, und ich spürte seine Erektion durch den dünnen Stoff unserer Hosen. Wir begannen uns erneut zu küssen und gegenseitig auszuziehen. Ich küsste seine starke Schulter, seine Brust, seinen Bauch, inhalierte den warmen, köstlichen Duft seiner Haut.

Der Regen schlug immer noch gegen die Fenster, im Zimmer hörte man nichts außer den Donner, unsere Küsse und unseren schweren Atem. Es kam mir vor, als wären wir in einer anderen Realität, an einem anderen Ort, an dem wir uns keine Sorgen zu machen brauchten, hinter einem dichten Vorhang, der uns vor allem schützte. Hinter dem die Vergangenheit nicht zählte und das, was vor uns lag.

Weston griff zu seinem Nachttisch und holte ein Kondom heraus. Ich nahm es ihm ab, öffnete die Verpackung und streifte es ihm als weitere Bestätigung, dass ich das hier mit ihm unbedingt wollte, über. Er legte sich auf den Rücken, und seine Bauchmuskeln spannten sich an, als ich mit der Hand seinen harten Schaft entlangfuhr, mich anhob und auf ihn setzte. Seine Hände fanden meine Oberschenkel, fuhren über meinen Rücken nach oben und in mein Haar, während ich mich langsam auf ihn senkte und ihn in mich aufnahm. Nie war etwas perfekter gewesen. Ich warf den Kopf in den Nacken und stöhnte ungeniert, weil es sich so gut anfühlte. Er füllte mich aus, dehnte mich. Es hatte sich noch nie so intim angefühlt, mit einem Mann zu schlafen. So echt. So richtig.

Er richtete sich ein Stück auf und bewegte sich unter mir, stieß leicht in mich, während ich mein Becken bewegte. Wir stöhnten im Takt der Stöße, die immer unbeherrschter und wilder wurden. Weston drehte mich herum, so dass ich unter ihm lag. Ich schlang die Beine um seine Hüften und genoss alles daran. Es fühlte sich so gut an, die rhythmischen Stöße, das sanfte Gleiten, der harte Aufprall.

Bis ich das Ziehen tief in mir spürte, das mir einen weiteren Höhepunkt ankündigte. Weston beschleunigte die Geschwindigkeit, verlagerte sein Gewicht und traf einen Punkt in mir, der es mir unmöglich machte, den Orgasmus länger zurückzuhalten.

Ich kam heftig, mein Körper zitterte vor Ekstase, Hitze flammte in mir auf. Das heisere Keuchen unseres erregten Atems hing zwischen uns, als er sich zu mir hinabsenkte und seine Lippen auf meine drückte, ich fühlte, wie er in mir anschwoll, um sich mit einem tiefen, dunklen Keuchen ebenfalls gehen zu lassen. Wir verharrten einen Moment, um zu Atem zu kommen. Ich streichelte seinen Rücken, und er drückte seinen Mund an meine Halsbeuge.

Ein schnaubendes Lachen entfuhr mir, obwohl ich es wirklich unterdrücken wollte. Aber ich konnte nicht fassen, wie sich das zwischen uns entwickelt hatte. Was aus anfänglicher Skepsis nun geworden war. Weston zog sich zurück und legte sich nah neben mich. Als ich ihn anschaute, erkannte ich auch sein Grinsen.

»War es so komisch?«, neckte er mich.

Ich schüttelte den Kopf. »Es war absolut unglaublich«, erwiderte ich tief ausatmend. »Es ist nur total unerwartet, oder?«

Er hob die Hand und glitt mit der Fingerspitze über meine Haut, von meinem Schlüsselbein über meine Brüste bis zu meinem Bauch, und sofort überkam mich neue Erregung.

»Unerwartet, aber unglaublich? Hört sich für mich nach etwas Gutem an.« Er küsste meine Schulter, ehe er sich aufrichtete. »Ich bin gleich wieder da, nicht weggehen«, sagte er und steuerte einen angrenzenden Raum an, in dem ich ein Badezimmer ausmachte. Ich drehte mich auf die Seite und folgte ihm mit den Blicken, selbst seine Rückseite war perfekt.

Als er nach einigen Minuten zurückkam, trug er bereits wieder Boxershorts und blieb vor dem Bett stehen. »Ich würde dir gerne etwas zeigen«, sagte er und streckte die Hand nach mir aus. Ich ergriff seine Finger, und er zog mich hoch, drückte mich an sich und schlang die Arme um mich, so dass ich meinen Kopf auf seiner Brust ablegen konnte und ihn ebenfalls umarmte.

»Muss ich mir dafür etwas anziehen?«, fragte ich.

»Leider ja«, erwiderte er und ließ die Hand hinunter zu meinem Po gleiten. »Wenn ich es mir recht überlege, will ich eigentlich unter keinen Umständen, dass du dir etwas anziehst. Ich zeig es dir später«, murmelte er und drückte mich zurück aufs Bett. Ich ergab mich lachend, und als wir erneut in einem Kuss versanken, beschloss ich, dass er recht hatte. Später war ein guter Zeitpunkt.

✦

Ich wachte in Westons Armen auf. Am liebsten hätte ich mich gekniffen, um mich davon zu überzeugen, ob das hier die Realität war oder ich nicht nur einen absolut abwegigen Traum hatte. Doch nein. Ich strich hauchzart mit den Fingerspitzen über seine nackte Schulter, fuhr weiter in seine Haare und erntete ein vom Schlaf belegtes Seufzen.

Doch ohne Vorwarnung änderte sich etwas an der Art, wie er atmete. Seine Brust hob und senkte sich abgehackt, sein Gesicht verzog sich, als hätte er Schmerzen. Ich zog meine Hand zurück, mein Herz begann schneller zu schlagen.

»Weston?«, flüsterte ich, unsicher, ob ich ihn wecken sollte, denn augenscheinlich schlief er immer noch. Als ich seinen Namen aussprach, zog sich sein Arm um mich fester zu, presste mich an sich. Seine Augen rollten hinter seinen geschlossenen Lidern von links nach rechts, als wäre er in einem imaginären Kampf gefangen.

Vorsichtig berührte ich sein Gesicht, versuchte, ihn zurück in die Realität zu holen. »Weston, wach auf«, sagte ich eindringlicher. Aber er reagierte nicht, stattdessen zuckten seine starken Muskeln, und sein Griff wurde nur fester. Der sanfte Schein der Morgensonne malte Muster auf seine Stirn, die leicht vom Schweiß glänzte.

Und dann, so plötzlich, wie es begonnen hatte, schnappte er nach Luft, und seine Lider sprangen auf. Sein Blick wirkte verwirrt und verloren. Für einen Moment war ich mir nicht sicher, ob er mich erkannte, der Schmerz in seinen Augen war fast greifbar.

Er schluckte schwer und löste seinen Griff um mich. »Es tut mir leid«, flüsterte er heiser.

»Alles okay, nichts passiert. Möchtest du … darüber sprechen?«, fragte ich leise, meine Stimme zitterte leicht.

Er wich meinem Blick aus, als ob er mit sich selbst rang, mir alles zu erzählen. Doch als seine Augen erneut meine fanden, war der Schmerz verschwunden, und mir wurde klar, dass er nicht darüber sprechen wollte und ich kein Recht hatte, ihn dazu zu drängen. Nicht solange auch ich noch meine Geheimnisse hatte, die mich jeden Tag ein wenig mehr verschlangen.

»Nur ein Albtraum«, murmelte er. »Schon wieder vorbei.« Ich hatte keine Ahnung, was ich sagen sollte, doch die Heftigkeit der Sorge um ihn ließ mich für einen Augenblick selbst kaum atmen.

Das Einzige, was ich tun konnte, war, ihn von dem Druck in seinem Innern abzulenken. »Wolltest du mir nicht eigentlich etwas zeigen?«, fragte ich.

Er räusperte sich, dann strich seine Hand zart über meinen Rücken bis zu meinem Nacken, und die Stimmung wurde wieder leichter. »Stimmt, aber dafür brauchen wir den Einbruch der Dunkelheit«, antwortete er kryptisch. Ein vorsichtiges Lächeln stahl sich auf seine Lippen, und ich setzte mich auf.

»Du willst mir deine Sternwarte zeigen?«

Endlich waren die letzten Ausläufer seines Traumes verzogen, und er zeigte mir das freche Schmunzeln, das mich irgendwann ohne Zweifel um den Verstand bringen würde. »Korrekt.«

»Ja! Am liebsten würde ich sofort losgehen! Ich möchte unbedingt die Sterne sehen!«

»Weil wir dort jetzt nichts erkennen können, hätte ich da einen Vorschlag.«

»Und der wäre?«, fragte ich und schob mich zurück in Westons warme Umarmung.

Er streichelte sanft meine Schulter. »Ich lade dich zu einem offiziellen Date ein, heute Abend hier bei mir.«

Zuerst wollte ich nichts mehr als ja schreien, doch dann fiel mir ein, weshalb das nicht ging. Und das lag nicht daran, dass sich mein Gewissen plötzlich und ohne Vorwarnung zurückmeldete. »Ich habe leider schon etwas vor«, sagte ich und konnte die Enttäuschung selbst nicht unterdrücken. »Charlotte hat heute Geburtstag und wollte mit ein paar Betreuern in einem Pub feiern.« Vielleicht konnte ich danach noch zu ihm fahren? Aber ich wollte nicht unhöflich Charlotte gegenüber sein und schon gar nicht erst mitten in der Nacht bei Weston auftauchen, wenn er auf mich wartete. »Aber … komm doch einfach mit«, sagte ich daraufhin. »Das ist überhaupt die Idee! Es wird ein ganz entspannter Abend, ein paar Ale, eine Runde Billard. Was sagst du?«

Ich spürte, dass ich ihn ein wenig überrumpelt hatte. Bisher hatte er sich vor jeder privaten sozialen Verpflichtung gedrückt.

»Wird Steven auch da sein?«, fragte er mit einem eindeutigen Unterton.

»Bist du etwa eifersüchtig?«, sagte ich grinsend.

»Was, wenn es so wäre?«

Ich lehnte mich ein Stück nach oben und verteilte Küsse auf seiner Brust. »Dann würde ich mich geschmeichelt fühlen, aber dir sagen können, dass Steven keine Bedeutung für mich in romantischer Hinsicht hat.«

»Hat er nicht?«

Ich musste lachen. »Das weißt du immer noch nicht? Wie soll ich es noch beweisen, außer dass ich nackt in deinem Bett liege?«

»Hm, die Worte *nackt* und *in meinem Bett* haben noch nie besser geklungen«, meinte er brummend und fuhr mit der Hand meinen Rücken hinunter, was mir eine Gänsehaut bescherte.

»Ich habe Steven bereits gesagt, dass ich nicht mit ihm auf ein Date gehen möchte.«

»Wenn das so ist, werde ich schauen, was sich bezüglich der Einladung einrichten lässt«, gab er vage zurück, und ich wollte ihn unter keinen Umständen bedrängen. Nicht, nachdem das zwischen uns sich so entwickelt hatte. Denn wenn ich eines gelernt hatte, dann dass zu schnelle Schritte ihn mehr verschreckten, als weiter annäherten.

»Gut, dass wir das geklärt haben, also wie sieht es nun mit Frühstück aus? Zeigst du deinen Perfektionismus in diesem Thema ebenso?«, fragte ich neckend. »Ich hab mächtigen Hunger, und uns bleiben noch drei Stunden, bis wir im Camp sein müssen.«

»Und für diesen Zeitraum fällt dir ausgerechnet Essen ein?«, erwiderte er und lehnte sich über mich, strich mit dem Zeigefinger langsam die Decke nach unten, die meinen immer noch nackten Körper verhüllte.

Ich tat so, als würde ich überlegen. »Okay, wenn du es so ausdrückst …«

Und erneut versanken wir in einem Kuss, der nichts anderes zuließ, als dass ich mich vollständig fallenließ.

25

Jungfrau

Eine Jungfrau ist detailorientiert und überlässt nichts dem Zufall.

Weston

Die *Seaside Tavern* war ein typisches Wahrzeichen von Whitstable, ein Ort, der bereits lange Zeit Geschichten erzählte.

Als ich durch die Tür trat, wurde ich sofort von der lebhaften Atmosphäre empfangen. Das gedämpfte Licht, das Klingen von Gläsern und fröhliches Gelächter erfüllten den Raum.

Mein Blick wanderte durch den Pub, und da entdeckte ich sie. Nova saß an einem Tisch in der Ecke, umgeben von einigen der anderen Campbetreuer. Ich erkannte Rebecca, Dan, Steven, Keanu und Charlotte, die ein kleines Happy-Birthday-Hütchen auf dem Kopf hatte.

Doch mein Blick glitt wie automatisch zurück zu Nova, zu ihren strahlenden Augen und dem frechen Lächeln auf ihren Lippen. Normalerweise hätte ich solche Verabredungen gemieden, weil ich nicht auf neue Bekanntschaften aus war oder Lust hatte, über meinen Job bei der Sendung zu erzählen. Und schon gar nicht darüber, welche Erinnerung mich heute Morgen in meinem Traum verfolgt hatte. Doch sie hatte nicht nachgebohrt, mir Freiraum gegeben, bis ich die Kontrolle, die so wichtig für mich war, zurückerlangt hatte, und dabei etwas in mir berührt, das mich aus dem tiefen Loch lockte, in dem ich mich versteckt hatte. Mir fiel es schwer, ihr etwas abzuschlagen, und vor allem hatte ich den dringenden Wunsch, Zeit mit ihr zu verbringen. Jede Sekunde in mich aufzusaugen, weil ich nicht wusste, ob es nicht zu schön war, um wahr zu sein. Uns unterschieden immer noch ziemlich viele Dinge. Würden uns diese irgendwann zum Verhängnis werden? Oder konnte ich meine Überzeugungen ein wenig zur Seite schieben, um Nova gerecht zu werden?

Ich atmete durch, um meine plötzlich aufkommende Nervosität zu überspielen, und machte mich auf den Weg zu ihr. Das Kribbeln in meinem Bauch nahm zu, je näher ich ihr kam. Unsere Beziehung hatte gestern Abend eine unerwartete Tiefe erreicht, die mich ständig an sie denken ließ. An ihre Nähe, an ihre Küsse, ihre Wärme.

Trotzdem war ich noch nicht bereit, andere Menschen in diese Verbindung zu lassen, weshalb ich mich im Camp und auch heute Abend bedeckt halten musste. Nova war da ähnlicher Meinung, denn wir wollten beide professionell bleiben und die Kinder nicht mit unserer Beziehung beeinflussen. Außerdem musste ich ehrlich zugeben, dass ich rein gar keine Lust auf das Getratsche der Kollegen und Kolleginnen hatte. Verstohlene Berührungen, sehnsüchtige Blicke, wenn es keiner mitbekam, all das war aufregend, aber gleichzeitig auch nervenaufreibend. Auch wenn es mir einen Schwall Genugtuung gebracht hätte, Nova vor Stevens eindeutigen Blicken zu küssen. Doch ich vertraute ihr in dieser Hinsicht.

Als ich näher kam, spürte ich die überraschten Blicke der anderen Betreuenden auf mir, was mich nicht wunderte.

Nova bemerkte mich ebenfalls. Ich spähte kurz zu ihr rüber, und es fühlte sich an, als wären wir irgendwie miteinander verbunden.

»Hi«, sagte ich und blieb vor dem Tisch stehen.

Charlotte war die Erste, die reagierte. »Weston! Was für eine Überraschung«, sagte sie, und ich lächelte ihr zu. Sie schien sich tatsächlich zu freuen.

»Happy Birthday, Charlotte.« Ich gab ihr einen kleinen Blumenstrauß, den ich auf dem Weg hierher besorgt hatte. Es wäre noch seltsamer gewesen, ohne etwas aufzukreuzen.

»Wow, das ist sehr aufmerksam von dir, danke!«, erwiderte sie schüchtern lächelnd.

Ich ließ mich neben Nova auf einen freien Stuhl sinken und fühlte sofort die wohlige Wärme, die von ihr ausging. Die anderen führten ihre Gespräche fort, und Nova lehnte sich ein Stück zu mir.

»Du bist gekommen«, stellte sie mit einem verführerischen Lächeln fest. Ich konnte förmlich spüren, wie sich meine Anspannung ein wenig löste.

»Selbstverständlich bin ich das«, meinte ich und fühlte plötzlich ihre Finger unter dem Tisch, die sie auf meinen Oberschenkel legte. Der Hauch ihrer Berührung ließ mich für einen Moment vergessen, dass wir uns in der Öffentlichkeit befanden. Tausend Gedanken an sie und ihren Körper dicht an meinem gestern Nacht fluteten mein Hirn.

»Ich muss ehrlich sein, dass ich mir nicht sicher war«, flüsterte sie.

Ich legte meine Hand auf ihre und streichelte über ihre Finger. Sofort erkannte ich den sehnsüchtigen Blick, mit dem sie mich auch gestern angesehen hatte, der es mir unmöglich machte, ihr zu widerstehen.

»Ich muss ebenfalls ehrlich sein«, sagte ich und beugte mich ein Stück näher zu ihr hin, senkte die Stimme noch weiter. »Dass ich nicht hier bin wegen Charlottes Geburtstag.«

Leiste lachte sie. »Nicht? Wieso denn dann?«

»Hm, du sagtest etwas von Billard?«

»Ach, du willst Billard spielen? Na, das kannst du haben«, gab sie zurück und drehte ihre Hand, verschränkte ihre Finger mit meinen. »Aber du musst mir erst beibringen, wie das Spiel funktioniert.«

»Das lässt sich einrichten«, antwortete ich grinsend.

Leider zog sie ihre Hand weg, als Dan sich mit einer Frage zu seinem Horoskop an sie wandte. Ich lehnte mich ein wenig zurück, verfolgte die Unterhaltungen und konnte den Abend sogar genießen. Die anderen waren wirklich nett. Natürlich hatten wir schon im Camp das ein oder andere Wort gewechselt, aber viele Dinge wusste ich nicht über sie, weil es mich schlicht nicht interessiert hatte. Doch jetzt fragte ich mich, ob ich nicht etwas verpasst hatte.

Plötzlich erklang ein lautes Kratzen durch die Boxen, und der Pub versank in Stille. Der Wirt hob hinter dem Bartresen beschwichtigend die Hände und rief irgendetwas über eine kaputte Musikanlage.

Es dauerte nicht lange, da klopfte ein Mann mit grauem Vollbart in einer Ecke des Raumes in einem beständigen Rhythmus auf den Tisch und gab mit kräftiger, tiefer Bassstimme die ersten Klänge des irischen Volksliedes *Whiskey in the Jar* zum Besten. Alle stimmten lautstark mit ein, hoben ihre Gläser und schmetterten aus vollem Hals den Song. Nova sang ebenfalls, schunkelte mit Rebecca neben sich hin und her, und ich konnte mir ein breites Lächeln nicht verkneifen. Die Stimmung hob sich auf das Maximum, und mir wurde bewusst, dass Cam und Ambrose recht gehabt hatten und ich mir verboten hatte, selbst nur ein bisschen Spaß zu haben.

Ich atmete tief durch, drängte das Gefühl des letzten Dreivierteljahres zur Seite und ließ mich auf den Moment ein. Alle klatschten, als das Lied zu Ende war, und der Mann hinter der Bar informierte die Gäste, dass die Anlage nun wieder funktionieren würde. Der Pub versank erneut in dem Stimmengewirr, dem Lachen und der leisen Musik im Hintergrund.

Als der Abend voranschritt, verabschiedeten sich Steven, Rebecca und Keanu. Charlotte und Dan saßen dicht nebeneinander in einer der Nischen, und ich warf Nova einen Blick zu.

»Bereit, Billard zu lernen?« Ich wollte nicht, dass der Abend jetzt bereits endete.

»Aber immer doch!«, antwortete sie freudestrahlend.

Wir warteten, bis der Billardtisch im hinteren Bereich des Pubs frei war, dann warf ich eine kleine Münze in den Schlitz, und neue Kugeln rollten in die Auslage.

»Du brauchst dieses Dreieck«, erklärte ich und schob es auf den Samt des Tisches. »Danach ordnest du die Kugeln so an.«

Nova trat ein wenig näher, ich spürte ihre Schulter, die gegen meine drückte. »So also?«, fragte sie provokant verführerisch, nahm eine Kugel und legte sie in das Dreieck.

Ich drehte den Kopf zu ihr und schaute sie an. Ihr Blick zog mich sofort wieder in ihren Bann. »Ja, genau«, murmelte ich. Meine Aufmerksamkeit fiel kurz auf ihre Lippen. Wann konnten wir gehen, ohne dass es auffiel?

Nur mit Mühe schaffte ich es, mich zusammenzureißen und mir einen der Queues zu schnappen, den ich Nova gab.

»Jetzt visierst du die vordere Kugel des Dreiecks an. Die Art der Kugel, die einer von uns zuerst in einer der Taschen versenkt, gibt an, was jeder von uns daraufhin spielen muss. Halbe oder Volle.«

»Okay, verstanden«, sagte sie und nickte. »Zeigst du mir noch, wie ich den Queue am besten halte?« Ihre Augen funkelten herausfordernd.

»Selbstverständlich.« Langsam trat ich hinter sie, umfasste ihren Körper und griff nach dem Queue. Ihre Rückseite drückte sich fest an mich, ihr Po eng gegen meine wachsende Erregung, und sofort begann mein Herz schneller zu schlagen. Ich lehnte mich mit Nova ein Stück nach unten über den Tisch.

»Ich hätte mir viel früher von dir Billardspielen zeigen lassen sollen«, flüsterte sie, und ich vernahm das Grinsen in ihrer Stimme.

»Da widerspreche ich dir nicht«, sagte ich und drehte den Kopf, hauchte ihr einen Kuss auf die Wange und inhalierte den feinen Duft ihrer Haare. Wir standen mit dem Rücken zu den anderen, und selbst wenn sie etwas sahen, war es mir in diesem Moment egal. Novas Nähe war zu berauschend, ihre Anziehung auf mich zu stark. »Dann holst du Schwung und triffst die Kugel so.« Wir stießen gemeinsam zu, und die Kugeln stoben in alle Richtungen. Eine der Halben verschwand in einer Tasche.

Langsam richtete ich mich auf und ging ein wenig auf Abstand. »Sehr gut, du musst jetzt versuchen, alle davon zu versenken.«

»Das bekomme ich hin«, erwiderte Nova und stützte sich auf dem Queue ab. »Wollen wir das Spiel … interessanter gestalten?«, fragte sie.

Ich runzelte die Stirn. »Du meinst mit einer Wette?«

»Einer kleinen.«

»Okay, wenn du willst.« Ich war mir sicher, dass der Einsatz aufgrund ihrer mangelnden Billarderfahrung nicht sehr hoch sein würde.

»Wenn du verlierst, darf ich dir dein Horoskop schreiben und du liest es vor den Kindern vor. Ohne abschätzige Kommentare, und wehe, du verdrehst dabei die Augen.« Ihr Lächeln war so breit und durchtrieben, dass ich eigentlich hätte stutzig werden müssen. Allerdings gab es jetzt auch kein Zurück mehr.

»Okay, und wenn du verlierst, hältst du einen wissenschaftlichen Vortrag über einen deiner Lieblingsplaneten.«

»Wie wissenschaftlich?«, fragte sie misstrauisch.

»Keine Götter, keine Mythen, keine Legenden und keine Sagen.«

Sie schnaubte resigniert. »Du meinst langweilig? Okay, einverstanden.«

»Na dann, viel Glück.« Ich verschränkte die Arme und trat einen Schritt zur Seite, um ihr Platz zur machen. Sie umrundete den Tisch und überprüfte die Lage, bis sie sich für eine der halben Kugeln entschieden hatte und sich mit dem Queue nach unten beugte. Irgendetwas an der Art, wie sie das tat, sagte mir, dass sie mich in eine Falle gelockt hatte.

Sie holte aus, schoss und stieß die Kugel über die Bande geradewegs in eine Tasche. Triumphierend richtete sie sich auf und schaute mich an. »Du hast gelogen, du hast bereits Billard gespielt«, stellte ich trocken fest.

»Ein bisschen geflunkert, vielleicht«, erwiderte sie. »Meine Grandma Solveigh ist die Billardmeisterin in meinem Heimatdorf Avebury.«

»Und lass mich raten, sie hat dir alles beigebracht«, sagte ich lachend, woraufhin Nova nickte. »Das ist schon ein wenig hinterlistig.«

»So ein kleines bisschen hast du es verdient. Was sagt dein Perfektionismus dazu?«, provozierte sie mich, lehnte sich nach unten und beförderte die nächste Kugel in die Tasche.

»Muss ich überhaupt noch spielen, oder ist der Ausgang sowieso klar?«, fragte ich amüsiert und auch ziemlich beeindruckt. Doch die nächste Kugel ließ sich nicht so einfach versenken, und wir vertieften uns in einen erbitterten Billardkampf, in dem niemand von uns verlieren wollte.

Auf dem Tisch lagen noch zwei meiner Kugeln und eine von Nova. Sie war wirklich gut, aber ich machte es ihr nicht leicht. Ich wollte mich eben nach unten lehnen, um zu einen Stoß anzusetzen, da traten auf einmal zwei junge Frauen an unseren Tisch.

»Ähm, Entschuldigung?«, wandte sich die eine an mich. »Sind Sie nicht Weston Jones?«

Ich schaute auf und räusperte mich. Die beiden waren Anfang zwanzig und abonnierten sicherlich den Streaminganbieter, für den ich gearbeitet hatte. Allerdings hatte ich hier und jetzt rein gar keine Lust darauf, über dieses Leben zu sprechen. Die Vergangenheit. Alles, was diese beinhaltete. Nur für einen Abend hatte ich alles davon vergessen können.

»O mein Gott!«, hörte ich plötzlich hinter den Frauen ein Rufen und sah überrascht zu Nova. Die hielt sich mit der einen Hand am Billardtisch fest, und mit der anderen umfasste sie ihren Knöchel. Die Frauen traten einen Schritt zurück, und ich lief zu Nova.

»Hey, alles okay?«

»Ich bin gestolpert, irgendetwas ist mit meinem Fuß«, sagte sie und stützte sich an meiner Schulter ab.

»Soll ich dich nach Hause bringen?«

»Wenn das keine Umstände macht, gerne. Tut mir total leid«, sagte sie an die Frauen gewandt, die verständnisvoll gute Besserung wünschten und an ihren Tisch zurückkehrten.

Ich räumte schnell die restlichen Kugeln weg, und wir verabschiedeten uns von Charlotte, nachdem ich die Rechnung beglichen hatte. Sie und Dan schienen nichts von unserem Flirt mitbekommen zu haben, weil sie selbst in ihr Gespräch vertieft gewesen waren. Wir erklärten Novas Verletzung, und ich nutzte das als Ausrede, um meinen Arm fest um ihre Taille zu schlingen und ihr nach draußen zu helfen.

»Geht es?«, fragte ich und hielt ihr die Tür auf.

»Ja, alles gut«, erwiderte sie, und die frische Nachtluft begrüßte uns. Es musste später sein als angenommen. Wie immer wehte ein leichter Wind so nah am Meer, die Straßenlaternen bildeten Lichtkegel auf dem Bürgersteig.

Ich hielt Nova weiterhin, bis der Pub hinter uns lag und wir die nächste Ecke erreicht hatten. Plötzlich löste sie sich von mir, grinste mich breit an und lief völlig problemlos weiter.

»Hast du … hast du das alles nur gespielt?«, stieß ich aus und blieb stehen.

Sie zuckte nur mit den Schultern, und ich war fassungslos, was für eine Seite an ihr ich heute entdeckt hatte. Fassungslos und beeindruckt.

26

Krebs

In der Welt eines Krebses ist
Empathie ein Wegweiser.

Nova

»Zum einen habe ich dir angesehen, dass du nicht gerade begeistert warst, weil die Frauen dich erkannt haben, zum anderen …« Ich trat einen Schritt näher an Weston heran. Sein Körper spannte sich ein wenig an, die tiefe Sorgenfalte zwischen seinen Brauen war immer noch deutlich sichtbar. Der Abend war unglaublich schön und entspannt gewesen. Weston hatte sich voll und ganz in die Gruppe eingefügt, war charmant und mit seinem trockenen Humor ziemlich witzig gewesen. Bis zu dem Punkt, an dem er an sein Leben vor seinem Aufenthalt hier erinnert worden war. Ich konnte förmlich sehen, wie die Dunkelheit mit aller Wucht zurückgekommen war, und musste unbedingt irgendetwas tun, um ihn da rauszuholen. »Zum anderen wollte ich alleine mit dir sein.« Was nicht gelogen war. Vorsichtig legte ich meine Hände auf seine breite Brust, spürte seinen Herzschlag unter meinen Fingern. »Ist alles mit dir in Ordnung?«

»Es ist … ja, schon«, gab er zögernd zurück, atmete einmal tief durch. »Nein, eigentlich nicht.« Ich war überrascht über seine Ehrlichkeit, aber es schmeichelte mir auch, dass er nicht mehr dachte, er müsste mir eine Rolle vorspielen. Wir hatten nicht nur einen kleinen Schritt in die richtige Richtung gemacht, er war gigantisch. Er schenkte mir sein Vertrauen. Und was schenkte ich ihm? Auch wenn ich jetzt nicht darüber nachdenken wollte, war ich mir eines ganz sicher: Meine Gefühle waren absolut aufrichtig und ehrlich ihm gegenüber. Ich mochte ihn. Vielleicht sogar ein bisschen mehr als das.

»Wollen wir uns an den Strand setzen?«, fragte ich, und Weston nickte.

Wir liefen die Promenade entlang, bis ein kleiner hölzerner Steg nach unten zum Meer führte. Man erkannte die Wellen, die an den Strand rauschten, der Rest des Wassers lag tief im Dunkel der Nacht.

Wir suchten uns einen kleinen Felsen, auf dem wir Platz nahmen. Für einen Moment herrschte nur Stille zwischen uns und das Brausen des Wassers.

Ich rutschte ein Stückchen näher, um Weston zu zeigen, dass ich da war. »Möchtest du darüber sprechen?«, fragte ich vorsichtig, mein Blick fest auf das Meer gerichtet. Die Sterne schimmerten wie kleine Edelsteine am Himmel, er war nach dem gestrigen Unwetter wunderschön klar.

»Zuerst wollte ich nur meine Neugierde stillen«, antwortete er. »Ich wollte herausfinden, wie Dinge funktionieren und wieso das Universum so ist, wie es ist. Als ich mit den Jahren genug Wissen angesammelt hatte, folgte der Wunsch, dieses weiterzugeben, zu unterrichten, die gleiche Leidenschaft in anderen zu wecken, die auch mein Mentor Richard in mir geweckt hatte.«

Diesmal war ich es, die sich anspannte, als er auf Richard zu sprechen kam. War jetzt der geeignete Zeitpunkt, ihm zu sagen, dass ich dessen Tochter war? Dass ich geplant hatte, Weston näherzukommen, um mehr über Richard zu erfahren und gleichzeitig meine berufliche Laufbahn zu fördern? Bevor sich ernsthafte Gefühle entwickelt hatten … Und dass ich Dinge erfahren hatte, die ziemlich viele Fragen aufwarfen? Verdammt, die Worte lagen wie bitteres Gift auf meiner Zunge. Je länger ich sie zurückhielt, umso mehr vergifteten sie mich, doch gleichzeitig wollte ich Weston nicht verletzen und vor allem nicht das zerstören, was wir uns aufgebaut hatten. Ich wollte nicht, dass es endete, und das würde es unweigerlich, wenn ich die Wahrheit aussprach.

»Richard muss ein großartiger Mensch gewesen sein«, sagte ich stattdessen.

»Das war er. Menschlich ein wenig eigen, aber ein toller Lehrer«, sagte Weston, wobei er sanft lächelte.

Ich tastete nach seiner Hand und drückte seine Finger. »Möchtest du mir von ihm erzählen?«, fragte ich leise.

»Ich hab Richard im Camp kennengelernt. Als Teenager verbrachte ich dort mehrere Sommer.« Weston hielt einen Augenblick inne, als müsste er seine Worte sortieren. »Nach dem Tod meines Dads war er die Vaterfigur, die ich als leichtsinniger Jugendlicher gebraucht habe. Er brachte mir die Leidenschaft für die Sterne näher, Cameron und unserem anderen Freund Ambrose ebenso. Die Sterne, sie waren … sie sind für mich ein Halt. Immer, wenn ich sie gebraucht habe, waren sie da.« Er schaute in den Himmel, und ich folgte seinem Blick. Die Vielzahl der Sterne war atemberaubend. »Richard unterrichtete Astronomie an der UCL, und als ich alt genug war, schrieb ich mich dort für ein Studium ein. Da ich Rugby spielte, bekam ich ein kleines Sportstipendium. Ich war fast schon ehrfürchtig besessen von Richards Theorien«, sagte Weston und lachte leise. Er strich sanft mit den Fingern über meine Handfläche. »Nach meinem Studium besorgte er mir meinen ersten Job bei einer Forschungsstation am Südpol. Ich hatte noch nie mehr Sterne gesehen als dort. Richard und ich führten gemeinsam einige Expeditionen und Forschungsreisen durch. Er war unglaublich inspirierend.«

Ich erwiderte sein Lächeln. »Es gibt kaum einen beeindruckenderen Menschen als jemanden, der seiner Passion folgt«, bestätigte ich.

»Da hast du recht. Selbst wenn es sich um die Astrologie handelt«, scherzte er.

Sanft schubste ich ihn mit der Schulter an. »Ich werde dein Interesse noch wecken«, gab ich zurück. »Und wie bist du dann bei *The Universe and the Stars* gelandet?«

»Das Angebot für die Sendung kam quasi zu mir. Ich lernte die Programmchefin auf einer Gala kennen, und sie sah Potenzial in mir. Wir verabredeten uns mit diversen Leuten, und ich unterschrieb nach nur wenigen Wochen meinen Vertrag. Ich dachte, dass damit nur Positives einhergeht, ich noch mehr Menschen meine Leidenschaft näherbringen könnte. Doch im Grunde war dieser Part nur der kleinere. Ich sollte nur ein Gesicht sein, um so viele Zuschauer wie möglich anzuziehen. Es interessierte sich in Wirklichkeit nur die Minderheit für die Astronomie, ich war eine Marionette für alle. Plötzlich wollten alle Dinge wissen, die nichts mit meiner Arbeit als Astronom zu tun hatten, mein Privatleben war nicht länger privat. Ich wollte aussteigen, aber die hohe Vertragsstrafe hat mich damals abgeschreckt.« Das Geräusch der Wellen begleitete seine Pause. »Und Richard war als Freund stets an meiner Seite, er hat immer gesagt, dass sich alles fügen wird. Mittlerweile bezweifle ich seine Worte.«

»Manchmal kann man nur ein kleines Teil des ganzen Puzzles sehen. Auch wenn es sich so anfühlt, als würde es nicht passen – am Ende tut es das«, sagte ich und fühlte mich wie eine Heuchlerin, weil ich den Worten selbst nicht zu hundert Prozent traute. Tat es das wirklich? Musste man nur auf das Schicksal vertrauen, das einen leiten würde? Auf die Sterne, die einem den Weg zeigten? Ich würde Weston gerne so viele Dinge sagen, die ich nicht aussprechen konnte, weil die Angst und Unsicherheit größer waren.

Weston schaute mich an, suchte in meinen Augen nach einer Antwort auf seine Fragen. Ich hatte mich anfänglich tatsächlich in ihm getäuscht. Seine selbstbewusste Haltung war sein Schild, und dahinter sah es ganz anders aus.

Langsam lehnte er sich nach vorn, drückte seine Lippen sanft auf meine, seine Hand fand meine Wange. Er atmete tief ein, als würde er sich in dem Moment aufladen. Wir vertieften den Kuss. Fielen. Und hielten uns, während die Sterne weiter über uns funkelten.

Einige Zeit später schlenderten wir die Promenade entlang in Richtung Pension. Als diese in Sicht kam, blieben wir einige Schritte davor stehen und wandten uns einander zu.

»Also …«, begann ich zögernd, »möchtest du noch mit nach oben kommen? Ich habe ein erstklassiges Austernbett, in dem man ohne Frage göttlich schläft.«

Weston lächelte amüsiert. »Auch wenn ich zu gerne erfahren würde, was ein Austernbett ist – Hawking wartet zu Hause.« Ich nickte, und Weston trat noch einen Schritt näher, so dass ich mein Gesicht weiter heben musste. »Aber morgen Abend, bei mir, das Wetter wird perfekt für einen Ausflug ins All.«

Ich erwiderte sein Lächeln, schlang die Arme um seine Hüften und drückte mich enger an ihn. »Das klingt perfekt.«

Er hauchte mir einen zarten Kuss auf die Lippen. »Schlaf gut.«

»Du auch«, entgegnete ich leise.

Er wartete, bis ich im Inneren der Pension verschwunden war, dann fuhren meine Gefühle Achterbahn. Glück vermischte sich mit Sorge, Schuld mit meinem schlechten Gewissen. Wie kam ich aus dieser Situation wieder heraus, ohne irgendjemanden zu verletzen?

Mein Herz schlug mir bis zum Hals, als ich durch das Tor zu Westons Anwesen fuhr. Der Tag im Camp war schön gewesen. Wir hatten weiter für das Theaterstück geprobt, wobei sogar Weston einige Ideen beigetragen hatte. Er wirkte lockerer, ein wenig offener – selbst für die Astrologie. Und allein dass er versuchte, sich darauf einzulassen, machte mich glücklich und zeigte mir, dass vielleicht auch er Gefühle für mich entwickelte.

Gleichzeitig beherrschten mich jedoch immer noch enorme Zweifel, ob es richtig war, wie ich mich verhielt. Ich war am Nachmittag in die Pension gefahren, um mich umzuziehen und fertig zu machen, und hatte eine Mail von meiner Chefin im Postfach vorgefunden. Sie wollte mehr, natürlich wollte sie das, denn bis auf den rohen Entwurf, den ich ihr bereits geschickt hatte, hatte ich nichts geliefert. Ich steckte gefangen zwischen privatem und beruflichem Glück und hätte niemals gedacht, dass das eine das andere ausschließen könnte.

Doch nun saß ich hier in meinem Auto und lächelte dem wunderbaren Mann zu, der gerade die Haustür öffnete, um mich zu begrüßen. Der von alldem nichts ahnte. Bis ich irgendwann in das eiskalte Wasser springen musste, um ihn nicht zu verlieren.

Ich atmete ein paarmal tief durch und stieg aus, lief auf Weston zu, der umwerfend in seinen dunklen Jeans und dem weißen, lockeren Freizeithemd aussah, an dem er die beiden oberen Knöpfe geöffnet und die Ärmel hochgeschoben hatte. Seine Augen und seine vollständige Aufmerksamkeit hingen fest auf mir, und ich fühlte mich zum ersten Mal wirklich gesehen. Anfänglich hatte ich gedacht, dass wir wie zwei Planeten waren, die in verschiedenen Umlaufbahnen kreisten und so nie in der Lage sein würden, sich harmonisch zu ergänzen. Doch mittlerweile kam es mir so vor, als würden gerade unsere Unterschiede uns perfekt füreinander machen. Das Feuer hatte von Anfang an zwischen uns heiß gelodert, ich wusste nur noch nicht, ob es uns verbrannte oder antrieb.

Ich stieg die Stufen nach oben, und sofort zog mich Weston in eine feste Umarmung. Nachdem wir uns den ganzen Tag hatten zurückhalten müssen, ließ mich die erste Berührung aufatmen, und ich schmiegte mich enger in seine Arme.

»Hi«, begrüßte er mich und drückte mir einen Kuss auf den Scheitel.

»Hi.« Ich inhalierte den frischen Duft seines Hemdes.

»Du siehst toll aus, ich mag dein Kleid.«

»Danke«, erwiderte ich auf sein Kompliment hin. »Du ebenso.« Wir genossen für einen Moment die Nähe, ehe wir uns voneinander lösten und Weston mich ins Innere seines Hauses führte. Ich war immer noch beeindruckt, wie wunderschön das alte Herrenhaus von außen wie von innen war. Sofort kam Hawking und begrüßte mich schwanzwedelnd. Ich kraulte ihm den Kopf, und er schmiegte sich an meine Seite.

Weston beobachtete uns mit einem leichten Lächeln auf den Lippen, dann streckte er mir die Hand hin. »Komm, das Essen wird sonst kalt.«

»Das wollen wir natürlich nicht riskieren!«, gab ich zurück und ließ mich von ihm in das Esszimmer führen. Der Tisch war mit weißem Porzellan, Stoffservietten und einem Kerzenleuchter gedeckt. Er hatte sich wirklich Mühe gegeben, den Abend für mich schön zu gestalten. Als er mir einen Stuhl herauszog und ich mich dankend setzte, konnte ich nur mit dem Kopf schütteln.

Weston zündete die Kerzen an. »Was ist los?«, wollte er grinsend wissen.

»Ich wusste ja nicht, dass du so ein Romantiker sein kannst.«

Kurz lachte er auf. »Wenn es nach meinen Freunden Ambrose und Cameron geht, war ich das schon immer, nur die richtige Frau hat gefehlt.« Erneut schlug mein Herz einen Takt schneller. Bezeichnete er mich als die Richtige? »Allerdings stand in meinem heutigen Horoskop, dass ich nicht gerade romantisch veranlagt bin, ich aber das genaue Gegenteil brauche, um aus dieser emotionalen Sperre gelöst zu werden.«

»Du hast dein Horoskop gelesen?«, fragte ich überrascht. »Wolltest du mich etwa beeindrucken?«

»Reicht es denn aus?«

»Bei jemand anderem nicht, aber bei dir … ja! Definitiv«, antwortete ich lachend.

»Gut.« Er zwinkerte mir zu. »Außerdem ist unsere Billardwette immer noch offen, und ich dachte, ich komme dir entgegen. Schließlich hattest du nur noch eine Kugel auf dem Spielfeld und ich zwei. Nicht zu vergessen, dass du mich gerettet hast.«

»Ich wusste, dass du kein schlechter Verlierer bist«, gab ich zurück.

»Lass mich raten, mein Sternzeichen hat es dir verraten?«

Ich lächelte und musste nichts sagen, damit er verstand.

Grinsend schüttelte er den Kopf. »Ich hole mal die Vorspeise.«

Nachdem er im Nebenraum verschwunden war, schaute ich mich in dem Zimmer um, das geschmackvoll modern mit alten Elementen wie einer wunderschönen Kommode aus mattem Eichenholz und einem schweren anthrazitfarbenen Teppich eingerichtet war. Wenn Weston das Anwesen nicht möbliert gekauft hatte, hatte er einen guten Geschmack. Ich war neugierig, wie viele Zimmer das gesamte Haus umfasste, von außen war es riesig und verwinkelt. Mit den Efeuranken und dem dunklen Gemäuer wirkte es sogar ein wenig verwunschen.

Weston kam zurück, und Hawking legte seinen riesigen Kopf auf den Tisch, schenkte uns einen perfekten Hundeblick. »Los, ab mit dir, du hattest bereits deine Ration«, schimpfte Weston halbherzig und stellte einen Teller vor mir ab. Darauf befand sich ein köstlich aussehender Capresesalat mit kleinen Mozzarellakugeln, Tomaten, garniert mit Basilikum. Hawking schnaubte und trottete aus dem Raum. Weston nahm mir gegenüber Platz.

»Du bist zu streng zu ihm«, sagte ich lächelnd.

»Er hat vorhin ein riesiges Steak bekommen, ich bin einiges, aber ganz sicher nicht zu streng«, antwortete er amüsiert und füllte Weißwein in mein Glas.

»Das ist in der Tat sehr großzügig. Wie habt Hawking und du euch eigentlich gefunden?«

Und während wir aßen, erzählte Weston, dass Hawking ihm zugelaufen war, kurz nachdem er das Anwesen gekauft hatte. Er berichtete von Cameron, der ihm seinen Namen gegeben hatte, und wie viel Respekt Weston anfänglich vor dem riesigen Tier gehabt hatte. Nach der Vorspeise tischte Weston einen köstlichen Lachs in Zitronenbutter auf, und wir sprachen über unsere Familien. Über seine Mum, darüber, wie eigentümlich meine Grandma Solveigh sein konnte, und über Westons

Freunde Cameron und Ambrose. Wir lernten uns kennen, ohne Hintergedanken oder Misstrauen, wie es bisher der Fall gewesen war, und es stellte sich heraus, dass wir tatsächlich neben unseren Unterschieden auch viele Gemeinsamkeiten hatten. Wir teilten die gleichen Werte, was Freundschaft betraf und wie wir zu unseren Familien standen. Bei einem köstlichen Schokoladenfondue mit frischen Früchten lachten wir über Geschichten zu Westons Jugend im Camp und meiner Kindheit in Avebury.

Wir schenkten uns tiefe Blicke und zufällige Berührungen, die meinen gesamten Körper zum Kribbeln brachten. Wie lange hatte ich so etwas nicht mehr gefühlt? Vor allem so stark, dass ich kaum an etwas anderes denken konnte als an Weston? Er beherrschte meinen gesamten Verstand. Lange schon konnte ich nicht mehr zwischen richtig und falsch entscheiden.

»Solveigh würde dich nicht mögen«, sagte ich lachend und tauchte eine Erdbeere in die cremige Schokolade.

»Das kannst du jetzt bereits sagen?«, wollte Weston amüsiert wissen.

»Allein, dass du Astronom und Analytiker bist und nicht an die Astrologie glaubst, reicht als Grund aus.«

»Und wenn ich ganz besonders charmant bin?« Er schob sich eine Erdbeere mit Schokolade in den Mund, und für einen Moment fiel mein Blick auf seine Lippen.

»Du bist also so überzeugt von deinem Charme, dass du denkst, das könnte ausreichen?«, fragte ich grinsend. »Dann kennst du meine Grandma nicht.«

»Vielleicht werden wir es irgendwann herausfinden«, gab er zurück, und zum ersten Mal wurde mir bewusst, wie wichtig er für mich sein würde, wenn ich ihn meiner Familie vorstellte. Und wenn er herausfand, was der wirkliche Grund für meinen

Aufenthalt hier war. Könnte ich dieses Geheimnis für immer vor ihm bewahren? In einer imaginären Kiste verschließen und vergessen? Ich wusste es nicht, ich wusste nur, dass ich alles an diesem Abend hier genoss.

Als wir fertig waren, half ich ihm, abzuräumen und das benutzte Geschirr in die Küche und Spülmaschine zu räumen. Weston nahm meine Hand und zog mich an sich. Sein Körper presste sich an meinen, und sein Blick war sanft und innig. Alles daran fühlte sich richtig an.

»Bist du bereit für den nächsten Programmpunkt?«

»Ich habe schon darauf gewartet, dass du das sagst!«, rief ich freudestrahlend.

Kurze Zeit später schlenderten wir über die weitläufige Wiese direkt auf die Sternwarte zu. Es war bereits dunkel, der Wind zerrte leicht am Saum meines Sommerkleides, Westons Finger waren fest mit meinen verschränkt, und Hawking trabte schnüffelnd mit der Nase im Gras vor uns. Dieser Ort schenkte so viel Ruhe, so viel Zufriedenheit, dass ich verstehen konnte, weshalb Weston ihn ausgewählt hatte. Ich hätte für immer hierbleiben können.

»Nach dir«, sagte er und hielt mir die schwere Eisentür auf, hinter der eine metallene Treppe nach oben in die Kuppel führte. Weston folgte mir und drückte auf einen Lichtschalter, der eine surrende Neonröhre über unseren Köpfen anschaltete. Ich kletterte die schmalen Stufen hoch, und ein völlig anderes Bild ergab sich vor mir.

Der runde Raum lag in einem gedimmten Licht. In der Mitte befand sich das gigantische Teleskop, die Kuppel war jedoch noch geschlossen. Am Rand gab es einen runden Schreibtisch, der perfekt an den Raum angepasst war und auf dem massig Unterlagen verstreut lagen. In einer Ecke stand ein Feldbett, vielleicht schlief Weston hier, wenn seine Arbeit zu lange dauerte. Daneben befand sich Hawkings Hundekörbchen, in dem er sich sofort einrollte.

Ich lief in Richtung Teleskop und schaute mich um, Weston folgte mir und suchte etwas auf dem Schreibtisch. »Ich dachte, wegen deines Perfektionismus wäre dein Arbeitsplatz aufgeräumter«, zog ich ihn auf.

»Ist er normalerweise auch«, gab er zurück, und ich lachte ungläubig. »Wirklich! Aber gerade verzweifle ich ein wenig an neuen Berechnungen.« Er kramte weiter und zog ein schwarzes, ledergebundenes Notizbuch hervor, das mir seltsam bekannt vorkam. So eines hatte ich doch schon einmal irgendwo gesehen …

Weston öffnete es mit der roten Kordel, und endlich dämmerte es mir. Es musste Richard gehört haben, denn es war ein ähnliches wie das, welches ich in der Kiste gefunden hatte. Weston drückte einige Knöpfe an einer Konsole, und die Kuppel glitt auf, während gleichzeitig das Teleskop herausfuhr. Die Nacht bot eine perfekte Sicht.

»Erzähl mir von diesen Berechnungen«, sagte ich.

Weston schaute von seinen Notizen auf. »Kurz vor …« Er räusperte sich, als müsste er sich überwinden. »Kurz vor Richards Tod hat er an einer Methode geforscht, die es so noch nicht gab. Kennst du den Begriff Exoplaneten?«

Ich hatte schon einmal davon gehört. »Sind das nicht Planeten, die außerhalb unseres Sonnensystems um andere Sterne kreisen?«

»Richtig. Es gibt Gesteinsplaneten, Gasriesen und sogar Planeten, auf denen die Oberfläche möglicherweise Wasser enthält. Auf diesen könnten potenziell lebensfreundliche Bedingungen herrschen.«

»Das bedeutet, es könnte anderes Leben existieren?«

Weston nickte. »Theoretisch.«

»Und wieso hat bisher niemand solche Planeten entdeckt?«

»Es gibt verschiedene Methoden, Exoplaneten zu entdecken, aber die meisten sind aufwendig und schwierig umzusetzen. Doch Richard war knapp davor, eine neue Methode zu entwickeln, die zielgerichteter und vor allem deutlich effizienter ist, die sogar viel weiter entfernte Planeten finden könnte.«

»Aber er hat sie nicht fertiggestellt«, entgegnete ich.

»Mir fehlt ein Puzzleteil in seinen Berechnungen. Seit Wochen versuche ich, das Rätsel zu lösen.« Er hörte sich müde und ein wenig resigniert an. Fühlte er sich Richard näher, wenn er diese Methode zu Ende entwickelte, oder war sein Charakter nicht in der Lage, etwas unerledigt zu lassen? Vielleicht war es eine Kombination daraus.

»Aber zuerst zeige ich dir etwas anderes.« Er legte das Notizbuch zur Seite, trat näher und justierte die Einstellungen des Teleskops. Danach streckte er die Hand nach mir aus. »Komm her und schau durch«, sagte er, und ich zögerte keinen Moment. Ich ergriff seine Finger und sah durch das Auge des Teleskops. Selbst jetzt, mit der Aufregung, die meine Nerven prickeln ließ, nahm ich die Wärme von Westons Körper wahr. Er bewegte sich hinter mir, seine Anwesenheit war intensiv und gleichzeitig beruhigend, während er das Teleskop weiter ausrichtete und mir geduldig erklärte, wie ich seinen Fokus anpassen konnte, um einen noch tieferen Blick wagen zu können.

Die ersten Formen, die mir ins Auge sprangen, waren die von Jupiter, mit Wolkenbändern, die ihn wie einen phantastischen kosmischen Nebel umschlossen. Dann folgten die spektakulären Ringe des Saturns und schließlich das atemberaubende Lichtermeer der Andromeda-Galaxie, die sich mit ihren Billionen von funkelnden Sternen und ihrer hypnotisierenden Spiralform in den Nachthimmel einbrannte. Der Gedanke, dass wir in dieser unglaublichen Weite allein sein könnten, wenn es dort noch so viel Ungesehenes und vielleicht für immer Unsichtbares gab, schien fast absurd.

Das Universum offenbarte mir kosmische Nebel, Wolken aus Gas und Staub, die Überreste explodierter Supernovae und beeindruckende Sternhaufen, zusammengehalten durch ihre gemeinsame Anziehungskraft. Es war atemberaubend. Diese unfassbare, endlose Weite nahm mich völlig gefangen, riss mich mit angesichts der Tatsache, dass wir nur ein winziges Staubkorn in diesem gigantischen Kosmos waren, unsere Leben im Vergleich zum unaufhörlichen Zyklus des Universums so flüchtig und vergänglich. Die Emotionen erfassten mich vollständig, als ich Westons Anwesenheit hinter mir spürte, seinen Körper so nahe an meinem, während er das Teleskop für eine weitere Erkundungstour neu ausrichtete.

»Siehst du diesen Stern hier?«

»Ja«, hauchte ich und bewunderte das bläuliche Glimmen.

»Das ist Loelia«, flüsterte Weston.

Für einen Moment hielt ich den Atem an. »Was hast du gesagt, wie heißt der Stern?«

»Loelia. Richard hat ihn vor einigen Jahren entdeckt.«

Der Name meiner Mum. Richard hatte immer noch an sie gedacht. In diesem Moment überrannten mich die Emotionen. Meine Augen brannten, und eine einzelne Träne löste sich aus meinem Augenwinkel, die ich schnell wegstrich. Weston umfasste meine Schultern und drehte mich langsam und sanft zu sich um. Er fing mit dem Daumen eine weitere auf, die meine Wange hinabgerollt war.

»Der Anblick ist atemberaubend, oder? Er kann einen aufladen, aber auch ein wenig zerstören, weil er uns zeigt, wie nichtig wir sind«, sagte er leise. Ich konnte ihm nicht erklären, wieso ich so ergriffen war, aber er hatte recht. Alles an dem Blick auf diese Sterne, Planeten, Galaxien und mehr war ergreifend.

Weston lehnte sich ein Stück zu mir herunter und küsste mich. Und ich erwiderte diesen Kuss mit jedem unbezähmbaren Gefühl in meinem Innern, schlang die Arme um seinen Nacken und lud mich diesmal an ihm auf.

27

Jungfrau

Jungfrauen können sich zunächst reserviert zeigen, öffnen sich aber voll und ganz, wenn sie sich sicher und geliebt fühlen.

Weston

Novas Kuss war einnehmend, ließ nichts anderes zu, als dass ich mich in ihr verlor und dabei alles vergaß. Ich schlang die Arme um sie, zog sie dichter an mich und intensivierte unsere Verbindung, die meinen Körper in Flammen setzte.

Als sie durch das Teleskop geschaut hatte, hatte sie das Gleiche gefühlt wie ich, wenn ich einen Blick in das Universum wagte. Ich hätte allein wegen der Anzahl, wie oft ich das schon getan hatte, abgebrüht sein sollen, aber so war es nicht. Jedes Mal nahm es mich mehr gefangen. Und so fühlte es sich auch mit Nova an. Je mehr Seiten ich an ihr entdeckte, je öfter ich sie küsste, hielt, berührte, umso mehr zog sie mich in ihre Umlaufbahn.

Ich hob sie ein Stück hoch und trug sie unter Küssen zu meinem Schreibtisch, setzte sie darauf ab und umfasste ihre Oberschenkel. Der Saum ihres Kleides war ein Stück nach oben gerutscht, und ich spürte weiche, nackte Haut, die mich noch mehr berauschte. Für einen Moment löste ich mich von ihr, schenkte ihr einen tiefen Blick, den sie erwiderte. Unser Atem ging schnell, durch den Ausschnitt ihres Kleides erkannte ich ihren heftigen Herzschlag. Jeder Mensch, der in unser Leben trat, war entweder ein Test, eine Strafe oder ein Geschenk. Nicht immer konnte man von Anfang an bestimmen, wer was war, und manchmal veränderte es sich auch. Ich hatte Nova falsch eingeschätzt und nahm das Geschenk ihrer Nähe nun liebend gerne an.

Eine weitere stumme Träne rollte ihre Wange hinab. Ich legte die Hand an ihr Gesicht und fing sie mit dem Daumen auf. »Alles in Ordnung?«, wisperte ich, und sie nickte, schenkte mir ein leichtes Lächeln. Wieso hatte ich den Eindruck, dass es trotz allem etwas gab, das sie mir sagen wollte?

»Ich bin nur … so … mitgerissen«, flüsterte sie. Als wir uns nähergekommen waren, hatte ich mein Misstrauen ganz bewusst abgelegt. Ich wollte ihr eine Chance geben, weil ich gesehen hatte, was für ein Mensch Nova wirklich war. Aufopferungsvoll, leidenschaftlich, optimistisch. Ihr Strahlen war heller als der hellste Stern. Diese Entscheidung hatte ich aktiv getroffen und würde es auch wieder tun, wenn ich Nova somit nahe sein konnte.

Also schenkte ich ihren Worten Glauben und küsste sie erneut, als sie sich mir entgegenstreckte. Schnell erhöhte sich die Intensität unserer Küsse, unserer Berührungen. Mit den Fingern fuhr ich durch ihre weichen Strähnen und zog sie noch ein wenig dichter an mich, weil nah nicht nah genug war.

Sie tastete sich an der Knopfleiste meines Hemdes entlang und öffnete die Knöpfe, strich mit den Händen über meine Brust, meinen Bauch, zu meinem Rücken. Ihre Oberschenkel drückten sich fest an meine Hüften. Meine Hände fanden ihren Po, schoben sie gegen meine wachsende Erektion. Nur der Stoff unserer Kleidung trennte uns noch, doch nun gab es kein Zurück mehr.

Sie löste sich von mir, rutschte ein Stück zurück und

schenkte mir einen Blick, der so unbezähmbar und intensiv war, dass ich mich kaum zurückhalten konnte. Leicht hob sie ihr Becken und schob sich den Slip von den Hüften, während sie fest unseren Augenkontakt hielt.

Danach legte sie die Hände an den Knopf meiner Jeans und öffnete diese, zog mir den Stoff mitsamt meiner Boxerbrief von den Hüften. Mein Verlangen flammte ein weiteres Mal auf, als ich näher trat, ein Kondom überzog und sie an ihren Oberschenkeln mit einem Ruck an mich zog. »Bist du bereit für mich?«, fragte ich mit heiserer Stimme, und die Lust, die ihre Augen zum Glühen brachte, war unverkennbar.

»Ich werde immer bereit für dich sein, Weston«, erwiderte sie rau. Ihr süßes Stöhnen war Musik in meinen Ohren, während ich auf wundervollste Weise in sie glitt. Langsam und tief.

Sie stützte sich auf dem Tisch ab, und ich stieß mein Becken in wiegenden Bewegungen zwischen ihre Beine, die sie fest um mich schlang. Immer wieder. Lehnte mich nach vorn, um sie zu küssen, überall zu spüren.

»Du fühlst dich unglaublich an«, stieß ich keuchend hervor und glitt mit dem Daumen unter den Stoff ihres Kleides und BHs, um ihre aufgestellte Brustwarze zu umkreisen, leicht daran zu ziehen.

Unser Keuchen und Stöhnen wurde lauter, und meine Muskeln zitterten vor angespannter Erregung. Das Geräusch unserer aufeinanderprallenden Körper brachte mich noch weiter in Richtung Höhepunkt. Aber zuerst wollte ich, dass Nova noch einmal für mich kam. Ich wollte ihr die höchstmögliche Lust verschaffen, rein und so intensiv, dass sie einen Moment brauchen würde, um wieder zu Atem zu kommen.

Also begann ich, mit dem Daumen ihren Kitzler zu umkreisen, während ich sie gleichzeitig mit tiefen, harten Stößen nahm. Sie umfing mich eng, pulsierte an meinem Schaft, kam mit einem süßen Schrei, der mich gleichzeitig mit über die Klippe schickte. Bis ich nichts anderes wollte, als dieses Gefühl bis zum Rest meines Lebens immer wieder zu erleben. Mit ihr.

Erneut wachte ich mit einem Grinsen auf den Lippen und dem Gefühl von Novas warmem, anschmiegsamem Körper in meinen Armen auf. Nachdem wir die halbe Nacht in der Sternwarte verbracht und das Universum gemeinsam erkundet hatten, waren wir irgendwann spät in mein Haus zurückgekehrt und hatten uns erneut in meinem Schlafzimmer geliebt. Diesmal langsam, nicht ganz so rau wie zuvor. Ich hatte mir Zeit genommen, ihren Körper zu erkunden, zu schmecken und zu genießen.

Keine Ahnung, was sie mit mir gemacht hatte, aber ich bekam immer noch nicht genug von ihr.

Ich zog sie näher an meine Vorderseite, strich ihr Haar zur Seite und küsste ihren Nacken. Sie regte sich leicht, presste sich enger an meinen erwachenden Körper und summte genüsslich. Doch ehe wir unsere Verbindung vertiefen konnten, erklang ein Vibrieren auf meinem Nachttisch.

»Ignorier es einfach, es hört gleich auf«, flüsterte ich und küsste Nova weiter. Aber natürlich tat es das leider nicht. Ich seufzte genervt und lehnte mich zurück, um nach meinem Smartphone zu greifen. Cameron und auch noch ein Videoanruf. Ich sollte mein Handy ausstellen und ihn einfach ignorieren, allerdings wusste ich, dann würde er Gott, die Welt und Ambrose in Aufruhr versetzen, bis er herausfand, weshalb ich nicht dranging.

»Verdammt«, murmelte ich, drückte Nova noch einen Kuss

auf die Schläfe und setzte mich auf. »Ich muss kurz drangehen, es ist Cameron.«

»Kein Problem«, erwiderte Nova lächelnd, zog sich die Decke bis zur Brust und rutschte ein Stück zur Seite. »Ich bin auch ganz still.«

Ich wollte Nova nicht verstecken, schon gar nicht vor meinen Freunden, aber ich wusste, wenn Cam sie hier bei mir im Bett sah, würde das Fragen aufwerfen. Tausende von Fragen, die ich nicht bereit war, heute Morgen schon zu beantworten.

Ich stand auf, zog mir meine Boxerbrief über, die auf dem Boden vor dem Bett lag, und drückte auf die Rückruftaste.

»Na also, wieso hat das so lange gedauert?« Cam tauchte auf dem Video auf, ein breites Grinsen im Gesicht. Seine blonden Haare waren wie oft in einem Man-Bun zusammengebunden, und ich erkannte, dass er irgendwo draußen unterwegs sein musste.

»Was ist los?«

»Das ist aber keine nette Begrüßung«, antwortete er. »Ich hab gerade den höchsten Berg in El Chorro erklommen und wollte dich an der phantastischen Aussicht teilhaben lassen.« Er drehte das Smartphone, und ich schaute auf einen wirklich wunderschönen spanischen Sonnenaufgang. Als er das Handy zurückdrehte, runzelte er auf einmal die Stirn. »Sag mal, täuscht mich dein Anblick, oder lagst du noch im Bett? Was ist los, bist du krank oder nimmst mal einen Tag frei, Mr. Workaholic?«

Ich lief in Richtung Balkon. »War es schon immer dein Lebensziel, mich zu nerven, oder hat sich das erst mit der Zeit entwickelt?«, fragte ich brummend.

»Moment! Hat es etwa mit deiner sexy neuen Kollegin zu tun?«

Ich hörte hinter mir ein leises Schnauben, drehte mich um

und sah, wie Nova sich die Hand auf den Mund drückte. »Was du wieder denkst«, erwiderte ich nur.

Cameron lachte laut. »Es hat also mit ihr zu tun, ich hatte recht! Hast du endlich mit ihr geschlafen? Ich hab doch gesehen, wie scharf …«

»Cam!«, maßregelte ich ihn, und sein Lächeln wurde nur breiter. »Wir sprechen später.«

»Ist sie noch da? Hört sie alles mit? Nova! Hi!«, rief er laut.

Ich verdrehte die Augen. »Mach dich nicht lächerlich.«

»Du machst dich lächerlich, wenn du es weiter abstreitest, West. Na gut, ich lasse das noch mal durchgehen, aber du weißt, wie schnell ich von Spanien in Whitstable sein kann, wenn du mich nicht bald einweihst.«

»Danke für diese Drohung«, gab ich zurück. »Ich ruf dich später an. Pass bei deinem Abstieg auf, okay?«

Für einen Moment wurde Cam bei meiner eindringlichen Bitte ernst. »Klar, wie immer. Bye!«, rief er wieder ein wenig besser gelaunt. Jeder von uns trug seine eigene Maske. Cam die des dauerlächelnden, sprücheklopfenden Sunnyboys, doch Ambrose und ich wussten, wie es dahinter aussah. Vor allem nach der Sache, die im letzten Jahr passiert war und seit der Cam kein Halten mehr kannte. »Höher, schneller, weiter« war sein persönliches Motto geworden.

»Bye.« Ich legte auf und sah Novas breites Grinsen.

»Du warst also scharf auf mich?«, neckte sie mich.

Ich schlenderte langsam zurück zum Bett. »Es abzustreiten wäre zwecklos, oder?«, fragte ich, legte mein Handy zurück auf den Nachttisch und stützte mich auf der Matratze ab, lehnte mich zu ihr rüber. »Wobei ich Cam nicht alles glauben würde, was er den ganzen Tag erzählt.«

»Ach nein? Ich finde ihn sehr überzeugend.«

»Tust du das?« Langsam zog ich die Decke nach unten, die Novas göttlichen Körper verdeckte. »Ich kann auch sehr überzeugend sein, wenn das eine Eigenschaft ist, die du suchst.«

»Da bin ich sehr gespannt, erzähl mir mehr«, wisperte sie, und ich kletterte zurück zu ihr ins Bett.

28

Krebs

Krebse sind treue Begleiter, die in guten und schlechten Zeiten an der Seite des Partners stehen.

Nova

Ich konnte nicht fassen, dass die letzten Tage im Camp anbrachen. Wie schnell die Zeit nur vergangen war.

Das Leben, das ich hier führte, fühlte sich an wie ein völlig anderes als das, welches ich vor meiner Anreise gelebt hatte. Man konnte Dinge erst vermissen, wenn man sie einmal erfahren hatte, und nach den Kindern, den Tagen im Camp und der wunderschönen Natur würde ich mich definitiv sehnen.

Und nach Westons Nähe. Wie würde es weitergehen, wenn die Sommerferien vorbei waren? Blieb er in Canterbury und arbeitete weiter an der Entdeckung? Was passierte, wenn er es schaffte, die Methode umzusetzen, die Richard begonnen hatte zu entwickeln? Er müsste zurück in die Forschung gehen, vielleicht zurück nach London, zurück in ein anderes Leben zwischen Verpflichtungen und Dauerstress, ohne Zeit für eine funktionierende Fernbeziehung zu mir, die in Manchester wohnte.

Ich schaffte es zwar, all diese Fragen erfolgreich von mir fortzuschieben, doch natürlich wusste auch Weston, dass wir uns diesen irgendwann stellen mussten.

Und nicht nur diese, ich hatte noch zwei ganz andere Hürden zu meistern, von denen er immer noch nichts ahnte. Langsam, aber sicher ließen mich die Gedanken vor allem daran nicht mehr schlafen.

Heute war ein heißer Tag, und wir hatten uns mit den Kids in den Garten unter die Schatten der Bäume und der Pergola zurückgezogen, um für unsere Aufführung zu proben. Die Kostüme waren fertig, die Rollen verteilt, und der Text saß. Die Kinder waren voller Vorfreude und konnten es kaum erwarten, dem restlichen Camp das Stück vorzuspielen. Die Luft war erfüllt von ansteckender Aufregung und dem süßen Duft der Jasminranken. Hin und wieder trug der Wind den salzigen Hauch des Meeres zu uns, was der Luft vermischt mit den anderen Pflanzen eine ganz besondere Note verlieh.

Weston hatte sich sogar dazu überreden lassen, den Einleitungstext vorzulesen. Ich war mir jetzt schon sicher, dass Kristy aus dem Häuschen sein würde.

Emily und Benny trugen unter dem Schatten einer Eiche ihren Text vor. Die anderen saßen auf dem Boden in zwei Reihen und schenkten den beiden all ihre Aufmerksamkeit.

Weston stand neben mir hinter den Kindern, ich hielt den ausgedruckten Text in Händen und las mit, damit ich bei Bedarf unterstützend einspringen konnte.

Plötzlich spürte ich Westons Hand an meinem unteren Rücken und musste lächeln. Wir hatten uns darauf geeinigt, das, was wir hatten, erst einmal noch für uns zu behalten und nicht offen vor allen anderen zu zelebrieren. Zumindest so lange, bis wir beide wussten, worauf es hinauslaufen würde. Doch diese heimlichen Berührungen steigerten das Kribbeln in meinem Innern nur noch.

Seine Hand spreizte sich, ich fühlte jeden seiner Finger einzeln sanft über meine Haut streichen. Nur mein dünnes Shirt trennte uns von einer direkten Berührung.

Langsam lehnte er sich ein wenig zu mir. »Ich freue mich jetzt bereits wieder auf heute Abend«, flüsterte er.

Ich zwang mich, den Blick immer noch auf das Skript zu halten, während ich versuchte, dem Stück zu folgen. Vergebens.

Am Ende unserer gemeinsamen Zeit mit den Kindern tauchte Kristy im Garten auf. Wir räumten gerade die Requisiten und Kostüme in eine Kiste, da begrüßte sie die Kids und lächelte uns beiden zu. »Das sieht ziemlich interessant aus«, sagte sie und nickte zu den Sachen. »Ich bin sehr gespannt auf die Vorführung!«

»Das kannst du auch sein, die Kinder geben sich wirklich alle Mühe«, sagte ich und grinste in Richtung Weston, der einige Schritte entfernt stand. »Und Weston ebenfalls.«

Kristy erwiderte mein Lächeln. »Ich war mir sicher, dass du einen guten Einfluss auf ihn haben wirst.«

»Ich mir nicht«, gab ich lachend zurück.

»Komm schon, ihr braucht nicht so zu tun, als wäre da nicht von Anfang an etwas gewesen, das sieht doch jeder«, sagte sie. Auch wenn wir versucht hatten, unsere Nähe aus unserer Arbeit herauszulassen, mussten wir Kristy nichts vormachen. »Aber deshalb bin ich nicht hier, ich wollte eigentlich mit dir über nächstes Jahr sprechen.«

»Nächstes Jahr?«

»Ja, ich suche immer feste Betreuerinnen und Betreuer im Team, vor allem, wenn sie sich so blendend integrieren wie ihr zwei. Ich wollte dir einen Platz anbieten.«

»O wow, Kristy, das klingt sehr verlockend!« Die Freude überwog, doch dann wurde mir klar, dass ich nicht wusste, wie ich meine mehrwöchige Abwesenheit vor meiner Chefin noch einmal rechtfertigen konnte. »Darf ich mir Gedanken darüber machen und dir danach Bescheid geben?«

»Selbstverständlich!« Sie schaute kurz zu Weston und trat einen Schritt näher. »Hast du es ihm eigentlich schon gesagt?«, fragte sie, und ich wusste genau, worauf sie hinauswollte. Die Sache mit Richard. Mein Zögern war wohl für sie genug Antwort. »Warte damit nicht zu lange«, sagte sie leise.

Ich nickte. »Ich warte auf den richtigen Moment.«

»Vielleicht zählt nicht der richtige Moment, sondern einfach nur der aktive Beschluss, das Richtige zu tun? Nimm ihm aus eigener Angst nicht die Möglichkeit ab, selbst zu entscheiden, wie er damit umgehen will.«

Ich wusste, dass sie recht hatte, trotzdem überwog die Furcht vor seiner Reaktion deutlich. So wie ich ihn kennengelernt hatte, würde er mir nicht verzeihen. Er würde es als das sehen, was es war, eine Lüge. Aus welchen Gründen spielte keine Rolle.

Im gleichen Augenblick vibrierte mein Handy in meiner Gesäßtasche. Ich zog es heraus und erkannte den Namen meiner Chefin. Als hätte sie geahnt, dass dies der denkbar schlechteste Moment war, um mir neuen Druck zu machen.

»Geh ruhig dran«, meinte Kristy und lächelte. »Ich geh mit den Kids zurück zum Haupthaus.«

»Danke.« Wir verabschiedeten uns, und ich nahm das Gespräch an, trat einige Schritte in den Garten, damit Weston mich nicht hören konnte. Kristy hatte recht, ich musste bald ins kalte Wasser springen und mich dem stellen, wovor ich flüchtete.

»Hallo, Geraldine«, begrüßte ich sie und drückte mir das Telefon eng gegen das Ohr.

»Hi, Nova, wie ist die Lage?« Natürlich fiel meine Chefin direkt mit der Tür ins Haus. Sie war kein Fan von langen Floskeln.

»Ich habe noch eine Woche.«

»Und hattest bis jetzt drei, und ich habe nicht mehr als einen Entwurf gesehen. Hast du irgendwelchen Dreck ausgraben können, den Weston Jones an seiner schicken Schuhsohle kleben hat?«

Ich drehte mich um und beobachtete Weston, der die letzten Dinge zusammenräumte. Er bemerkte meinen Blick und lächelte ein winziges bisschen in meine Richtung. Verdammt. Mir wurde übel. Im Verdrängen war ich furchtbar gut gewesen. Bis zu diesem Punkt, an dem ich mir selbst eingestehen musste, dass mehr zwischen Weston und mir war als leidenschaftliche Anziehung.

»Nein, nichts.«

»Nichts?« Geraldine klang enttäuscht, sogar ein wenig wütend. »Da muss etwas sein! Jeder hat irgendetwas, das er verbergen möchte. Was ist mit dem Tod seines Mentors? Hat er darüber was erzählt?«

»Nein, ich weiß nur das, was überall in der Zeitung stand«, log ich.

Auch sie hatte keine Ahnung von meiner Verbindung zu Richard, denn sonst würde sie noch mehr Schlagzeilen wittern und auch mich für ihren Erfolg ausbeuten. Wobei sie das genau genommen ohnehin bereits mit mir als Mitarbeiterin tat.

»Ich bin da vielleicht noch an einer Sache dran«, sagte ich, nur damit ich sie für den Moment zufriedenstellen konnte. Ihr von dem Telefonat mit Anthony Perotti zu erzählen, solange ich nicht wusste, was wirklich vorgefallen war, fühlte sich falsch an. Ich musste Weston die Chance geben, die Sache aufzuklären.

»Noch eine Woche, Nova, dann möchte ich einen Artikelentwurf auf meinem Schreibtisch sehen, ist das klar? Du kannst dir denken, wie viele andere auf diese Chance warten! Lass sie nicht verstreichen, weil du dich vielleicht gerade in einer Kleinmädchenphantasie mit Weston Jones befindest.«

»Das ... ist es ni...«, wollte ich protestieren, doch sie ließ mich gar nicht ausreden.

»Ach bitte, ich bin auch eine Frau und nicht auf den Kopf gefallen. Ihr arbeitet seit Wochen miteinander, was soll da schon passieren?« Ich sah förmlich, wie sie missbilligend die rot geschminkten Lippen schürzte. »Ich kann dir nicht vorschreiben, wen du vögelst, aber ich möchte zumindest, dass dein Urteilsvermögen dabei nicht getrübt wird. Weston ist nicht dafür bekannt, langjährige Beziehungen zu führen. Seine Arbeit bedeutet ihm alles, und nicht einmal das unerwartete Auftauchen einer attraktiven Journalistin aus Manchester, die glaubt, einen Mann seines Kalibers umformen zu können, wird daran etwas ändern. Glaub mir, auch ich habe diese Erfahrungen am Anfang meiner Karriere machen müssen. Am Ende geht es diesen Männern immer nur um den Nutzen, den sie aus einem anderen Menschen ziehen können.«

Ich presste die Lippen aufeinander, um nicht etwas zu erwidern, das ich bereute. War ich nur ein kurzer, netter Zeitvertreib für ihn, weil es sicher war, dass ich zurück in mein Leben gehen würde? Und war seine anfängliche Abwehrhaltung nur darin begründet, dass er irgendetwas verbarg?

»Eine Woche, ich vertraue dir, du bist eine großartige Journalistin, wenn du dein Potenzial nicht vergisst«, sagte Geraldine und legte auf. Ich atmete tief ein und aus, versuchte, meine aufgewühlten Gedanken zu beruhigen, und steckte langsam mein Handy zurück in die Tasche. Die Aufregung pulsierte in mir, während Weston auf mich zukam und die Stirn runzelte, als er meinen Gesichtsausdruck sah. Das Telefonat hatte eindeutig zu sehr meine Nerven strapaziert.

»Alles in Ordnung?«, fragte er in leiser Vorahnung und legte seine Hand auf meine Schulter, drückte leicht zu. Sofort war da wieder dieses warme Gefühl, trotzdem war da auch noch etwas anderes. Zweifel, die durch meine Gedanken tobten. Es ärgerte mich, dass ich mich so einfach durch die Worte meiner Chefin aus dem Konzept bringen ließ.

»Ja, alles gut«, log ich, weil ich keine Ahnung hatte, was ich sonst erzählen sollte. Das, was ich hier aufbaute, war nicht gerade die perfekte Basis für eine offene, wertschätzende Beziehung, die aus Vertrauen bestand, aber zu Beginn meines Aufenthaltes hätte ich auch niemals angenommen, so viel für Weston empfinden zu können. Das Kartenhaus wackelte, und jeder kleine Windzug würde es unweigerlich mit sich reißen.

Mein Puls beschleunigte sich, als ich eine Entscheidung traf. »Ich möchte dir etwas sa…«, begann ich, doch Hawkings lautes Bellen ließ mich innehalten. Er tobte über die Wiese und jagte einen Schwarm Möwen. Sofort erinnerte ich mich an das Erlebnis am Strand, als mir eine davon mein Essen gestohlen hatte.

Weston drehte sich zurück zu mir. »Ja?«, fragte er, seine Augen strahlten Neugierde und unendliche Wärme aus. Ich spürte, wie mein Mut schwankte, während ich den Satz im Geiste formulierte, den ich schon so lange zurückhielt. Meine Chefin wollte Gift in eine offene Wunde streuen, um sich an meinem Schmerz zu erfreuen. Weston war nicht so, wie sie mir einreden wollte. Aber leider war ich das eigentliche Problem. Es war mir klar, dass ich jetzt und hier reinen Tisch machen musste, dass Weston es verdiente! Dass mich all meine Geheimnisse Stück für Stück auffraßen, bis nicht nur Weston mich verachtete, sondern auch ich mich selbst. Trotzdem drückte die Angst schwer auf mein Herz.

Ich seufzte, schlang die Arme um seine Hüften und drückte mich an ihn. Nur noch einmal seinen Duft einatmen, seine Umarmung spüren. Nur noch einmal egoistisch sein. »Ich wollte nur wissen, wann ich heute Abend bei dir sein soll.« *Feigling*.

»So früh wie möglich«, erwiderte er, und ich hörte den Bass seiner Stimme in seinem Brustkorb, weil ich mein Ohr immer noch fest dagegen presste. »Ich kann es kaum erwarten.«

Gott, was tat ich ihm hier an? Was tat ich uns hier nur an?

✦

»Hast du meinen goldenen Glitzerhaarreif gesehen?« Emilys Stimme klang ein wenig panisch. Die allgemeine Aufregung erreichte so kurz vor der Theateraufführung ihren Höhepunkt. Alle Kinder rannten und redeten durcheinander, eilten von links nach rechts.

Ich suchte in der Requisitenkiste nach dem Haarreif und gab ihn Emily, deren Hände leicht zitterten. »Hier. Und einmal tief durchatmen.« Sie schenkte mir ein unsicheres Lächeln und rannte zurück zu den anderen, die sich sammelten, um die letzten Instruktionen von Weston und mir zu erhalten. Ich strich mein schwarzes Kleid glatt, schnappte mir mein Klemmbrett und ging zu ihnen. Die Augen aller, einschließlich Westons, ruhten auf mir.

Gestern hatten wir alle zusammen die Kulisse für die Freiluftbühne hinter dem Haupthaus fertiggemalt. Eine gigantische Darstellung des Universums mit allen wichtigen Planeten, Sternen und Eckpunkten. Es hatte in einer großen Wasserfarbenschlacht und einem anschließenden Bad im Meer geendet. Zumindest für die Kinder, die wir an den Strandbereich zu Keanu geschickt hatten, der aufpasste. Weston und ich waren gemeinsam in den Waschraum gegangen und hatten die kurze Zeit allein genutzt, um uns näherzukommen.

Es herrschte eine aufgeregte, geschäftige Atmosphäre, und ich stellte mich mit in den Kreis. »Nun ist es so weit, ihr habt so lange für diesen Moment geprobt, seid bestens vorbereitet …«, begann ich meine Ansprache, in der ich ihnen viel Mut zusprach und versicherte, dass sie den Auftritt meistern würden.

Als wir alle miteinander einschlugen, wurde der Kloß in meinem Hals dicker, und meine Augen brannten. Ich war nicht nur melancholisch, weil nun der Tag der Tage gekommen war, auf den alle so hingefiebert hatten, sondern weil ich ab jetzt nur noch zwei Tage im Camp hatte. Danach würden alle heimfahren. Und ich musste Weston hier zurücklassen, wer wusste, wie lange?

Ich spürte, dass auch ihn diese Gedanken beschäftigten. Wie würde es weitergehen? Wie oft könnten wir uns sehen?

Und vor allem fand ich endlich den Mut und sagte ihm, was ich ihm bereits die ganze Zeit sagen wollte?

»Es geht los!«, informierte uns Dan, der den Part des Koordinators einnahm. Alle stellten sich in Position, sogar Weston, der die Ansprache halten würde. Ich suchte mir einen Platz am Rand, drückte das Klemmbrett fest gegen meine Brust.

Weston drehte den Kopf zu mir, suchte mich mit seinem Blick und zwinkerte mir lächelnd zu. Ich erwiderte die Geste, ehe der Vorhang langsam aufglitt und es kein Zurück mehr gab.

29

Jungfrau

Wenn eine Jungfrau sich verliebt,
tut sie dies mit Leidenschaft.

Weston

Nach der Theateraufführung, die ein voller Erfolg war, fiel es auch mir schwer, nicht von der melancholischen Stimmung mitgerissen zu werden, weil es nun hieß, Abschied zu nehmen.

Auch ich war traurig, dass die Wochen des Camps nun vorbei waren. Was würde ich anschließend tun? Wie würde mein Alltag nun aussehen? Ein Gefühl in mir wuchs, das ich lange Zeit nicht mehr so stark gespürt hatte. Der Wunsch nach Normalität, danach, mich zurück in das wahre Leben zu trauen. Mich ihm zu stellen.

Am Vorabend des Abreisetages hatte Kristy noch eine Abschiedsparty organisiert. Wir feierten die halbe Nacht draußen am Strand mit guter Musik, Snacks und den Sternen über uns, ehe wir spät in unsere Betten fielen. Selbst ich hatte diesmal zugestimmt, in einem der Zimmer zu übernachten. Ohne Nova, die nur durch eine Wand getrennt neben mir schlief, die sich jedoch wie zu Teenagerzeiten zu mir schlich, als es ruhig im Haus war, und kurz vor der Morgendämmerung zurück in ihr Zimmer ging.

Am nächsten Tag frühstückten wir mit allen, bis die Busse und Eltern anreisten, die die Kinder zurück in ihren Alltag brachten. Alle Betreuerinnen und Betreuer versammelten sich ein letztes Mal im Hof, ehe auch diese in ihre Autos stiegen.

»Wenn irgendetwas ist, melde dich«, hatte Kristy mir noch gesagt, mir auf die Schulter geklopft und war ins Haupthaus gegangen.

Nova und ich trafen uns bei mir zu Hause, denn sie würde erst morgen zurück nach Manchester reisen. Wir verbrachten den Abend bei einem guten Essen und unter den Sternen liegend auf der großen Wiese meines Anwesens mit Decken und einer Flasche Weißwein.

»Wie geht es jetzt für dich weiter?«, wollte ich wissen, Novas Kopf ruhte auf meiner Brust, und ich zog sie enger in meine Umarmung, verfolgte den Lauf der Sterne, die so zahlreich waren, dass man sie niemals einzeln zählen könnte.

»Ab Montag werde ich wohl weiter Horoskope schreiben.« Ihre Stimme klang ein wenig traurig.

»Magst du deinen Job bei *The Stunning?*«

Sie zögerte einen Augenblick, ihr Körper spannte sich an. Bisher hatten wir noch nicht wirklich über ihre Arbeit gesprochen. »Im Grunde schon. Ich meine, es ist toll, Menschen zu erreichen, aber ... manchmal frage ich mich, ob dies der richtige Weg ist. Wenn wir ehrlich sind, gehört zu einem aussagekräftigen Horoskop noch so viel mehr dazu als nur das Geburtsdatum, aber wie will man das für die breite Masse umsetzen?«

»Hast du nicht darüber nachgedacht, mehr in die journalistische Richtung zu gehen?«

»Du meinst, weniger Klatsch, mehr ernsthaften Journalismus?«, erkundigte sie sich und sprach das aus, was ich zurückgehalten hatte.

»Das hast du gesagt, aber ... ja.«

Sie überlegte einen Moment, mit der Hand strich sie gedankenverloren über meine Brust. »Ja, habe ich«, erwiderte sie verhalten. »Das Problem sind die Jobs, die in Manchester nicht gerade reich gesät sind. Ohne einen Erfolg empfängt dich niemand mit offenen Armen, dafür gibt es zu viele Schreibende.«

»Das ist ja fast wie in der Wissenschaft. Ohne eine Entdeckung bist du einfach nur der nächste arme Suchende, der sich mit irgendetwas einen Namen machen möchte.«

»Ist das nicht frustrierend? Immer einer Sache hinterherzujagen, ohne zu wissen, ob man jemals Erfolg haben wird?«

Ich fuhr durch ihre weichen Strähnen. »Es gibt zwei Arten von Möglichkeiten. Die, bei denen der Weg das Ziel ist, und die, bei denen das Ziel das Ziel ist. Empfindest du deine Arbeit als erfüllend, ohne über den Erfolg nachzudenken, dann hast du es geschafft«, gab ich zurück.

Nova drückte sich noch enger an meine Seite, ich spürte, wie sie sich in ihre Gedanken zurückzog. »Also definieren wir uns nur über unsere Arbeit?«, fragte sie leise.

Ich hob den Oberkörper an und lehnte mich über sie, strich mit dem Daumen leicht über ihre Wange. »Das habe ich bis jetzt gedacht, ja. Aber zum ersten Mal verstehe ich den Satz, dass Arbeit nicht alles im Leben ist.«

Sie schenkte mir ein sanftes Lächeln, hob die Hand und fuhr durch meine Haare. »Vielleicht mussten wir beide an diesen Punkt kommen, um das zu verstehen«, flüsterte sie, und ich hatte den Eindruck, dass noch mehr hinter ihrer Aussage steckte. Doch ehe ich mir eingehende Gedanken machen konnte, hauchte sie mir einen Kuss auf die Lippen.

»Ich möchte dich gerne meiner Familie vorstellen«, sagte sie kurzerhand.

Ich hielt die Luft an. »Hattest du nicht gesagt, deine Grandma würde mich nicht mögen?«

»Ich bin mir sicher, dass sie dich testen wird und es vielleicht nicht leicht für dich wird, aber am Ende muss sie dich einfach mögen.«

Bisher war eine Einladung, die Familie kennenzulernen, immer ein klares Warnzeichen für mich, die Bremse zu ziehen und abzuhauen. Doch nicht diesmal. Im Gegenteil, zum ersten Mal konnte ich mir vorstellen, wie eine Frau meine Mum kennenlernte oder mit meinen Freunden zu Abend essen würde.

»Ich würde liebend gerne deine Familie kennenlernen.«

»Wirklich? Du hast keine Angst?«

»Wieso sollte ich? Du bist doch dabei, nicht?«, erwiderte ich grinsend.

»Okay«, hauchte sie.

Ich senkte mich erneut zu ihr, verharrte vor ihren Lippen. »Okay«, sagte ich, ehe ich sie küsste.

✦

Nova war gestern vorgefahren, um ihre Familie schon einmal darauf vorzubereiten, dass sie mich kennenlernen würden. Wir hielten telefonischen Kontakt und schrieben uns ständig Nachrichten. Nach den ganzen gemeinsamen Wochen war es seltsam, sie nicht in meiner Nähe zu wissen. Doch auch ich hatte noch etwas zu tun, das nur ich tun konnte.

Ich öffnete das schmiedeeiserne Tor und betrat einen Ort der Ruhe, eingeschlossen in den pulsierenden Herzschlag Londons. Der Friedhof lag eingebettet zwischen gotischen Kirchen und modernen Hochhäusern, war ein grüner Fleck auf der Landkarte der Stadt. Der Kies knirschte unter meinen Schritten, und das unwohle Gefühl grub sich tief in meine Magengrube. Steinerne Engel wachten über das Gelände, überwucherte Grabsteine und Kreuze steckten schief im Boden, in den sich die dichten Wurzeln der alten Bäume gegraben hatten. Tod und Leben waren hier eins.

Es war seltsam still, die Geräusche der Stadt schienen gedämpft und ausgeschlossen, als ob sie Respekt vor den Toten hätten. Das Rauschen der Blätter, das gelegentliche Zwitschern der Vögel und das ferne Läuten der Kirchenglocken waren die einzigen Geräusche, die die Stille durchbrachen.

Trotz des Todes, der hier allgegenwärtig war, strahlte dieser Ort eine ruhige Präsenz aus. Eine Erinnerung, dass, obwohl das Leben vergänglich war, die Geschichten der Menschen in uns weiterlebten. Ein Bild von Vergangenheit und Gegenwart.

Ich folgte dem Kiesweg und bog ab, blieb vor einem neuen Grabstein aus anthrazitfarbenem Marmor stehen.

Richard Malroy.

Ein Astronom von großer Weitsicht,
Ein Lehrer mit unendlicher Geduld,
Ein Freund mit unerschöpflicher Güte.

Er lehrte uns, über die Sterne hinaus zu träumen, und
zeigte uns, dass das Universum in jedem freundlichen Wort
und jeder mitfühlenden Tat widergespiegelt ist.

Sein Licht erstrahlt weiterhin in den Herzen all jener,
die er berührt hat.
Möge er nun bei den Sternen weilen, die er so sehr liebte.

Die Übelkeit fraß sich weiter in meinen Magen, der sich fest zusammenkrampfte wie eine Faust. Für einen Atemzug verdunkelten die Schatten des Schmerzes meine neugewonnene

Hoffnung, und mir wurde bewusst, dass ich niemals wieder mit Richard sprechen, ihn nie wieder um seinen teuren Rat fragen konnte.

Woge um Woge rollte die Erkenntnis durch meinen Körper, und ich schluckte das brennende Gefühl in meiner trockenen Kehle herunter.

Langsam bückte ich mich und legte eine cremefarbene Narzisse auf dem Grab ab. Ihre hellen Blütenblätter schimmerten sanft unter der klaren Sommersonne. Inmitten dieser Stille konnte ich spüren, wie Richards Geist noch immer gegenwärtig war. Sein wissendes Lächeln, seine ruhige Stimme, seine stetige Geduld, all das hallte noch immer in meinem Innern als Erinnerung wider, wenn ich sie denn zuließ.

Ich kniete nieder und glitt mit meinem Finger ehrfürchtig über den glatten Stein, als ob ich so eine letzte Verbindung zu ihm herstellen könnte. Die Trauer raubte mir den Atem, der Unterschied war, dass ich sie heute nicht abblockte. Ich erlaubte es ihr, meine Gedanken zu füllen. Der Schmerz bedrängte mich. Erstickte mich. Ich hatte lange Zeit versucht, ihn zu verdrängen, doch jetzt, an diesem Ort, gestattete ich ihm, in all seiner Wucht zurückzukehren.

Richard war weg, und diese Tatsache würde nie leichter zu ertragen sein, aber die Wunde würde niemals besser werden, wenn ich ihr nicht die Chance gab, zu heilen.

Denn es war nicht nur Trauer, die ich empfand. Es war auch Dankbarkeit. Dankbarkeit für all die Dinge, die Richard mir beigebracht hatte, für die Zeit, die wir zusammen verbracht hatten, für seine unermüdliche Geduld und sein unerschöpfliches Wissen. Ich hatte so viel von ihm gelernt, so viel von ihm bekommen.

Einige Minuten verstrichen, in denen ich einfach nur dasaß,

das Grab betrachtete und all die Erinnerungen durch meinen Geist fließen ließ. Dann stand ich auf, wischte mir die feuchten Spuren von den Wangen und atmete tief durch. Es war Zeit weiterzugehen. Einen Schritt nach vorn zu treten. Zu Nova zu fahren. Ihre Familie kennenzulernen.

Als ich den Friedhof verließ, hatte sich der Druck in meiner Brust ganz leicht gelichtet. Wahrscheinlich würde er nie vollständig gehen, aber doch wenigstens so erträglich sein, dass ich mit ihm leben konnte.

30

Krebs

Trotz ihrer anfänglichen Vorsicht können Krebse sich gut an verschiedene Situationen anpassen.

Nova

Der Duft des selbst gebackenen Apple Pies mit frischen Äpfeln aus unserem Garten erfüllte die gesamte Küche. Meine Mum wirbelte durch den Raum, eher gesagt das gesamte Haus, seit gestern Abend, an dem ich ihr gesagt hatte, dass ich ihr, Solveigh und Sharon einen Mann vorstellen würde. Und da war sie wieder – die Aufregung, die wie ein nervöses Flattern in meinem Magen tanzte und meine Sinne in einen Zustand des zarten Unbehagens versetzte. Ich bestand nur noch aus Herzklopfen und einem wirbelnden Gefühl in meinem Magen, das mir eine leichte Übelkeit verursachte.

Wie würden sie Weston finden? Und würde er sich hier wohlfühlen? Ich hoffte es so sehr. Vielleicht fand ich dann auch den Mut, ihm endlich alles zu sagen. Im Schatten unserer Linde in unserem Garten, in idyllischer Ruhe.

»Was seid ihr denn alle so furchtbar anstrengend?«, fragte Solveigh, kam in die Küche und setzte sich auf einen der freien Stühle am Esstisch in der Mitte des Raumes. Unsere Küche war schon immer der Mittelpunkt unseres Hauses gewesen. Zahlreiche Menschen hatten bereits an dem alten Holztisch gesessen, gesungen, sich unterhalten und ihr Leben genossen. Und bald würde Weston ein Teil davon sein.

Meine Mutter wandte ihre Aufmerksamkeit Solveigh zu, die gerade dabei war, sich ein Glas Honigwein einzuschenken. »Mum!«, tadelte sie Grandma. »Du trinkst schon jetzt?«

Die zuckte nur mit den Schultern. »Heute ist Samstag«, entgegnete sie, als ob das ein ausreichender Grund für alles wäre. Ich lehnte mit verschränkten Armen an der Küchenzeile und beobachtete das Spektakel.

»Als ob dich irgendein Wochentag davon abhalten würde, zu trinken, aber findest du es nicht besser, Novas neuem Freund nüchtern zu begegnen?«, sagte Mum empört. Es war nicht so, dass Grandma viel oder oft Alkohol trank, auch ohne feierte sie jede Party, als wäre es ihre letzte. Ich vermutete eher, dass sie meine Mutter ärgern wollte.

Solveigh hob ihr Glas mit einem schelmischen Grinsen auf den Lippen. Was meine Theorie nur untermauerte. »Wenn er uns nicht so nimmt, wie wir sind, dann wird er keinen Platz in der Familie finden.«

Angst durchflutete mich. Armer Weston, der sich nun tausenden Fragen stellen musste. Ich wusste, wieso ich bisher niemanden mit nach Hause genommen hatte. »Du willst also sagen, dass Honigwein zu deinem Charakter gehört? Ich bitte dich!«, schimpfte Mum weiter, lief zum Tisch, nahm sich die Weinflasche und räumte sie zurück in den Kühlschrank.

»Manchmal frage ich mich, wer hier das Kind in unserer Beziehung ist«, murmelte Solveigh und trank augenrollend einen weiteren Schluck.

»Ich mich allerdings auch!« Mum ging zurück zum Ofen, um zu prüfen, ob der Kuchen bereits fertig war.

»Vertragt euch, Butterblumen«, sagte Sharon, die ebenfalls in die Küche kam. Sie trug wie Grandma eine helle Stoffhose und eine bunte Tunika und nahm neben Solveigh Platz. Die lächelte ihr nur zu und legte ihre Hand auf Sharons auf den Tisch.

»Du hast recht. In diesem Haus ist kein Platz für Ärger. Ab jetzt haben wir nur noch gute Gedanken, oder, kleine Fee?«, richtete sie sich an mich, denn anscheinend merkte sie mir meine Nervosität mehr an, als mir lieb war. Ich lächelte unbeholfen.

Die Zeit rückte näher, und mein Magen zog sich zusammen. Ich blickte aus dem Fenster und entdeckte plötzlich Westons Wagen, der vor unserem Gartenzaun hielt. Er zögerte kurz, ehe er ausstieg, und als sich seine Tür öffnete, setzte auch ich mich in Bewegung. »Bin gleich wieder da.«

»Ist er da?«, wollte Sharon aufgeregt wissen.

»Ja, ich glaube schon«, erwiderte meine Mum im gleichen nervösen Ton.

Ich ließ die Küche hinter mir und ging nach draußen. Gewaltige Wolken hatten sich wie weiche Vorhänge vor die Sonne geschoben und ihr goldenes Licht gedämpft. Schwalben schossen tief durch die Luft und kündigten Regen an.

Dort stand Weston, konzentriert auf den Kofferraum seines Wagens, den er gerade geöffnet hatte. Er bemerkte meine Anwesenheit und drehte sich zu mir um. Ein Lächeln breitete sich auf seinen Lippen aus. Es war magnetisch und hätte mich nicht mehr anziehen können.

Für einen kurzen Moment stand ich da, atmete die Luft dieses Augenblicks ein, die gesättigt war mit der Erkenntnis, dass er hier war, wegen mir. Dass wir etwas beieinander gefunden hatten, was uns anscheinend gefehlt hatte. Zumindest war das meine Hoffnung und auch, dass dieses Band stark genug war, um das zu überstehen, was ich ihm heute sagen wollte.

Dieses Geständnis, das viel zu lange bereits in meinem Inneren brannte.

»Hey«, sagte ich, öffnete quietschend das kleine Gartentor und ging zu ihm. Umgehend zog er mich in seine Arme, und für einen Augenblick zögerte ich, weil ich genau wusste, dass Mum, Solveigh und Sharon am Fenster standen und uns beobachteten, doch dann schlang ich die Arme um seinen Nacken.

»Hi«, wisperte er und schaute mir so tief in die Augen, dass es mir schwerfiel, noch einen klaren Gedanken zu fassen.

»Wir werden beobachtet, oder?«, vergewisserte ich mich leise.

Weston spähte über meine Schulter zum Haus. »Richtig. Das bedeutet, ich sollte mich lieber zusammenreißen, oder?«

Ich zog ihn an seinem Nacken näher zu mir. »Wag dich ja nicht, dich jemals zusammenzureißen.«

Er lachte an meinen Lippen und drückte mir einen festen, aber keuschen Kuss auf den Mund. »Das muss reichen«, flüsterte er mir ins Ohr. »Bis später.«

Daraufhin ließ er mich seufzend los und öffnete den Transportkäfig von Hawking, der mit einem großen Satz aus dem Kofferraum sprang und mich freudig begrüßte.

Ich streichelte ihn, und kurz darauf hielt er schon die Nase in den Wind und roch in Richtung der weiten Felder hinter unserem Haus. Hier lebten viele Wildtiere, doch Weston schnalzte mit der Zunge, und Hawking schenkte ihm sofort seine Aufmerksamkeit. Er war wirklich ein toller Hund.

»Bist du bereit?«, wollte er wissen und nahm meine Hand.

»Das fragst du mich?«, erwiderte ich. »Eigentlich sollte ich besser dich das fragen.«

»Okay, wenn es danach geht, bin ich ziemlich nervös.«

Ich musste lachen. »Dann sind wir schon zwei«, flüsterte ich und erntete ein Lächeln.

»Einen Moment«, sagte er und holte noch drei Blumensträuße aus dem Kofferraum, außerdem eine Flasche Pimm's.

»Ich hab mitbekommen, dass es hier jemanden gibt, der sich darüber freuen würde«, sagte er, und ich konnte kaum fassen, dass er sich an meine Erzählungen so gut erinnert hatte. Solveigh liebte den Fruchtlikör.

Ich nahm ihm zwei Sträuße ab, und gemeinsam liefen wir auf das Haus zu. Mum, Solveigh und Sharon konnten sich gar nicht schnell genug beeilen, um vom Fenster wegzukommen.

»Du bist der Erste, den ich mitbringe«, erklärte ich leise. »Es ist auch aufregend für sie.«

»Der Erste?«, fragte er, und wir blieben vor der Tür stehen.

»Na gut, außer Will Harris mit fünfzehn«, gab ich grinsend zurück. »Aber nachdem Solveigh mit ihren Freunden einen Meditationstanz mit verbundenen Augen im Wohnzimmer aufgeführt hatte, war es das mit unserer zarten Liebe.«

Weston musste lachen. »Könnte mir das also heute auch blühen?«

»Das und noch deutlich mehr! Du dachtest, ich wäre extrem? Dann kennst du meine Grandma noch nicht.«

»Ich kann's kaum erwarten.« In seiner Stimme schwang kein Hauch Sarkasmus, er meinte das wirklich ernst.

»Ihre Sammlung ritueller Heilsteine umfasst ein Zimmer.«

Weston lehnte sich herunter und schaute mir tief in die Augen. »All das schreckt mich nicht ab«, raunte er, und ich atmete meine angehaltene Luft aus der Lunge.

»Okay«, brachte ich seufzend hervor. »Lass es uns hinter uns bringen.« Und damit meinte ich nicht nur die Begegnung von Weston mit meiner Familie. Ich meinte auch das, was mir später noch blühen würde.

Ich öffnete die Tür und hörte aufgeregte Stimmen in den Flur schallen. Weston war dicht an meiner Seite, ich lief vor, und als wir am Eingang der Küche erschienen, stellten sich alle ein wenig aufrechter hin. Sogar Solveigh. Sie tat abgebrüht, aber ihr Herz war weich wie Zuckerwatte.

»Hey, das ist Weston«, sagte ich, als hätte nicht jeder hier bereits auf diesen Moment hingefiebert. Die ausgetretenen Holzdielen knarrten, als ich den Raum ganz betrat. Weston folgte mir, stellte sich zuerst meiner Mum vor, die ihn sofort in ihre Arme zog. Dazwischen wedelte Hawking durch alle Beine und ließ sich von jedem ausgiebig streicheln. Lächelnd beobachtete ich dieses unwirkliche Szenario. Weston. In unserer urigen, alten Küche überreichte er meiner Mum, Solveigh und Sharon die Blumen und den Pimm's. Solveigh lachte, klopfte ihm auf die Schulter, und alle zusammen sahen aus, als würden sie sich nicht erst zwei Minuten kennen.

Erleichtert atmete ich auf. Das war ja mal gar nicht so schlecht.

»Wie war deine Anreise, Weston?«, fragte meine Mutter, während sie ihm einen Stuhl anbot. Er suchte mich mit seinen Blicken, und ich ging zu ihm und setzte mich neben ihn. Hawking bekam von Sharon eine Decke auf die alte Sitzbank unter dem Fenster gelegt, auf der er sich gleich ausbreitete. Unter dem Tisch tastete Weston nach meiner Hand, die ich ihm nur zu gerne reichte. Das erste Hindernis wäre geschafft. Fehlte noch, dass Solveigh erfuhr, was für einen Beruf Weston ausübte.

Mum hatte ich bereits alles erzählt, und ihre anfängliche Besorgnis über die Verbindung zwischen Weston und Richard hatte sich nach unserem ausführlichen Gespräch aufgelöst. Sie verstand, dass ich mich ihm nicht nur aus diesem Grund nahe fühlte. Aber Solveighs Meinung stand noch aus. Würde sie ihn trotz seiner Liebe zur Astronomie, die einst Zwietracht in unsere Familie gestreut hatte, akzeptieren?

»Die Anfahrt war problemlos, die Strecke von London hierher ist wirklich schön«, erwiderte er, während Mum den Kuchen auf den Tisch stellte und Sharon allen eine Tasse frischen grünen Tee einschenkte.

Die nächste halbe Stunde füllte sich mit angenehmem Geplänkel. Die einfache Frage, wie wir uns kennengelernt hatten, lenkte das Gespräch jedoch in eine andere Richtung.

»Weston unterrichtet Astronomie«, erklärte ich. Solveighs Augenbrauen schossen in die Höhe. »Die Kinder im Camp waren begeistert von seinen Experimenten und den Dingen, die er weiß.«

»Astronomie also?«, fragte Solveigh so misstrauisch, dass ich die Luft anhielt. »Ein Wissenschaftler?«

»Ja, Ma'am«, gab er zurück, doch sein Tonfall war amüsiert. Ich hatte ihn vorbereitet.

»Wie ist das vereinbar damit, dass Nova eine Ausbildung in der Astrologie gemacht hat?«

»Es war …« Er zögerte, um das richtige Wort zu finden. »Anfänglich ein wenig herausfordernd.«

»Das beschreibt es ziemlich gut«, sagte ich. »Ich habe ihm die Tarotkarten gelegt.« Ich musste lachen, weil ich immer noch an seinen Gesichtsausdruck von damals dachte.

»Und wie sah die Zukunft aus?«, erkundigte sich Sharon mit ernsthaftem Interesse und nippte an ihrem Tee.

»Positiv«, antwortete ich und erzählte, wie skeptisch er gewesen war, aber wie begeistert die Kinder ihn mitgezogen hatten. Sharon und Mum teilten ein belustigtes Lächeln über meine Antwort, aber Solveigh ließ ihren durchdringenden Blick zwischen mir und Weston hin und her wandern. Ihre Augen hatten die Wachsamkeit eines hungrigen Raubvogels, und ich wartete auf den Moment, in dem sie zuschlug.

Der Stuhl gab ein schabendes Geräusch auf dem Holzboden von sich, als sie ohne Vorwarnung aufstand und im Flur verschwand, ehe sie mit einem dicken Buch zurückkam, das mir nur zu bekannt war. Sie klatschte es auf den Tisch, und Weston drückte meine Finger fester. Es war allerdings keine Geste des Unbehagens, er wollte mich beruhigen.

»Muss das wirklich sein?«, fragte meine Mum, und Solveigh schnaubte nur und öffnete die vergilbten Seiten. Der Geruch von altem Papier vermischte sich mit dem Duft des Apfelkuchens.

»Wir werden sehen«, murmelte sie und blätterte durch das Buch, bis sie an einer Seite mit einer komplexen, astrologischen Karte stoppte. »Weston, wann bist du geboren?«, wollte sie wissen.

»Wir verlieren keine Zeit, oder?«, erwiderte er mit einem humorvollen Unterton in der Stimme, seine Augen jedoch suchten meine Zustimmung. Ich lächelte ihn an und nickte. Solveigh würde sich ohnehin nicht davon abbringen lassen. Also verriet Weston seinen Geburtstag, und Solveighs Augen leuchteten auf, sie fing an, in dem Buch zu blättern und sich nebenbei auf einem Zettel Notizen zu machen, ihn nach seinem Geburtsort und der Zeit zu fragen.

»Jungfrau also«, stellte Solveigh fest, ihre Augenbrauen wanderten verschmitzt nach oben. Der Raum war plötzlich still, abgesehen vom Knistern des Feuers im Ofen und dem Ticken der Wanduhr. Selbst Westons Körper war nun ein wenig angespannt. »Und du bist Aszendent Skorpion«, fügte sie hinzu, nachdem sie einen Blick auf das geschriebene Geburtsdatum und die Zeit geworfen hatte. Sie schaute von dem Buch auf und musterte Weston. Ihre Augen leuchteten mit einem Funken von Herausforderung und Neugier. »Das ist eine mächtige Kombination«, sagte sie schließlich. »Die Jungfrau, ein Erdzeichen, steht für Detailorientierung und Pragmatismus. Du bist jemand, der rational denkt und in der Realität verwurzelt ist.« Sie klopfte mit dem Finger auf die Tabelle von Sternzeichen in ihrem Buch. »Und dann der Aszendent im Skorpion, ein Wasserzeichen, tiefgründig, geheimnisvoll, leidenschaftlich. Es ist, als würdest du in deinem Innersten ein Feuer tragen, das die ruhige äußere Oberfläche durchbricht.«

Weston nickte langsam, während er die Worte auf sich wirken ließ. Ich konnte sehen, dass er nicht wusste, was er davon halten sollte, aber er schien es zu akzeptieren. Auch ich hörte angestrengt zu.

»Du hast eine starke Persönlichkeit, Weston«, fuhr Solveigh fort, »aber in deinem Inneren steckt viel mehr als nur der sachliche Wissenschaftler, den du der Welt zeigst. Du hast Tiefe und Leidenschaft. Vielleicht ist es das, was Nova an dir liebt.« Sie spähte zu mir herüber, und ich leckte mir kurz nervös über die trockenen Lippen. Liebe? Wir hatten noch nicht darüber gesprochen, was das zwischen uns war, aber dass Solveigh es so offensichtlich vor allen ansprach, irritierte mich und war gleichzeitig ein gutes Zeichen. Sie mochte ihn.

Meine Grandma schloss ihr Buch und lehnte sich zurück, zufrieden mit ihrer Lesung. Und ich konnte nicht anders, als zu lächeln, fasziniert von der Astrologie und noch faszinierter von Weston, der selbst augenscheinlich in Gedanken hing und ernsthaft über das Gesagte nachzudenken schien.

Das Knistern des Feuers und das Aroma des grünen Tees und des Kuchens schufen eine gemütliche Stimmung. Die Atmosphäre war noch immer erfüllt von Solveighs Worten. Ich schaute Weston an, und seine grünen Augen strahlten eine Mischung aus Erheiterung und Nachdenklichkeit aus. Er sah von Solveigh zu mir, schenkte mir einen warmen Blick.

»Macht das alles einen Unterschied, ob jemand gemocht oder

akzeptiert wird?«, fragte er, und sein Ton war aufrichtig neugierig. »Ich meine, ich habe nicht wirklich viel davon gehalten, Nova hat meinen Blick darauf tatsächlich geändert, aber sind allein Dinge, die in einem alten Buch stehen, aussagekräftig, ob Menschen zusammenpassen?«, wandte er sich an Solveigh. Alle im Raum schienen die Luft anzuhalten. Es war, als warteten alle auf ihr Urteil.

Sie reckte das Kinn, ihre Miene war fest und nachdenklich. Doch plötzlich trat ein Lächeln auf ihr Gesicht, und ich atmete aus, ließ die Anspannung von meinen Schultern weichen. »Ach, das Universum ist ein kompliziertes Ding, Weston. Und obwohl wir versuchen, es durch unsere Sterne und Geburten zu entschlüsseln, geht es doch immer um unsere eigenen Entscheidungen und Handlungen. Was ich dir sage, ist nur ein kleiner Teil von dir«, erklärte sie schmunzelnd. »Aber ich habe dir deine Angst angesehen, dass wir jetzt zuerst ein Aufnahmeritual mit Kerzen und Geisterbeschwörungen abhalten, ehe wir dich in der Familie aufnehmen, oder?«, sagte sie lachend.

Erleichterung ließ meine Schultern nach unten sacken.

»Tatsächlich ein wenig. Aber …« Er drehte sich zu mir, seine Finger hoben sich verschränkt mit meinen an, und er drückte mir einen Kuss auf die Knöchel. »Ich hätte es definitiv mitgemacht. Und habe noch ziemlich viel zu lernen.«

Ich lächelte ihn an, meine Augen wurden weich bei dem Gedanken an all die zukünftigen Abende, die wir damit verbringen könnten, die Sterne zu beobachten und gleichzeitig etwas über sie zu lernen, unseren Horizont in allen Bereichen zu erweitern. Sollte ich nach diesem Tag noch die Chance dazu bekommen. Mein Lächeln verblasste ein wenig, doch Weston sah es nicht, weil er zurück zu Solveigh schaute. »Das haben wir alle, Weston. Das haben wir alle«, sagte sie.

Der Mittag ging über in einen gemütlichen Nachmittag, und irgendwann raffte ich meinen Mut zusammen und wollte Weston bitten, mit mir nach draußen zu gehen, damit wir uns im Schatten der alten Linde ein gemütliches Plätzchen suchen konnten.

Als wir mit zwei Stücken Kuchen und einer Decke unter dem Arm nach draußen gehen wollten, klingelte auf einmal Westons Handy. Er zog es heraus und seufzte. »Ich … muss da drangehen«, sagte er entschuldigend. »Ich habe mich viel zu lange vor allen versteckt, ich beeile mich.«

»Kein Problem, ich warte draußen auf dich«, sagte ich und schenkte ihm ein Lächeln. Hoffentlich erkannte er meine Nervosität dahinter nicht.

»Davie, ja, hi«, sagte er, als er abgenommen hatte und durch den Flur vor das Haus ging. Und die unwohle Vorahnung setzte sich in meinem Bauch fest wie ein verdichteter Klumpen aus Beton.

31

Jungfrau

Für eine Jungfrau gibt es keine größere Zufriedenheit, als zu wissen, dass sie ihr Bestes gegeben hat.

Weston

»Weston«, erwiderte mein alter Freund Davie nur überrascht. Das letzte Mal hatte ich vor fünf Monaten etwas von ihm gehört, als ich ihm sagte, dass ich meine Zelte in London abbrach und nach Canterbury ging. Seitdem hatte ich jeden Kontaktversuch unterbunden, doch es war Zeit, wieder zurück ins Leben zu finden, die Menschen, die mir etwas bedeuteten, wieder hereinzulassen. »Wie geht es dir?«

»Tatsächlich gerade ziemlich gut«, gab ich ungläubig lachend zurück und lief durch den wilden Vorgarten in Richtung Gartentor. Hawking folgte mir, und als ich das Tor öffnete, rannte er nach draußen, um sofort auf die Wiese davor zu stürmen. Ich beobachtete ihn, während ich das Handy fest gegen mein Ohr presste.

»Das freut mich wirklich zu hören«, sagte Davie, und ich erinnerte mich augenblicklich an den Kongress, den er ausgerichtet hatte. Die Veranstaltung, bei der ich Nova zum ersten Mal begegnet war. Wer hätte ahnen können, dass die Zukunft danach so aussehen würde?

»Wie geht es dir denn?«, fragte ich und spürte Davies Zögern. Wir kannten uns lange genug, dass ich merkte, wenn ihn irgendetwas beschäftigte.

»Gut, gut«, meinte er nur knapp.

»Aber du rufst nicht nur an, weil du wissen willst, wie es mir geht, oder?«, stellte ich fest. »Raus damit, Davie.«

Was war passiert? Mein Herz begann zu rasen, und erneut dachte ich an das Schlimmste. Davie kannte auch Ambrose und Cam, war irgendetwas mit ihnen?

»Es ist … erinnerst du dich noch an Anthony Perotti?«

Einen Moment musste ich nachdenken, dann fiel es mir wieder ein. Anthony organisierte ähnliche Events wie Davie, aber hatte sich eher auf Galas und private Veranstaltungen konzentriert. Die Spendengala, auf der Richard und ich gewesen waren, hatte er organisiert. Richards letzter Abend. Sofort kam der brennende Schmerz zurück, wenn ich an unsere letzte Unterhaltung dachte. Unseren Streit. Wie wir auseinandergegangen waren. Aber es war Zeit, dieses Gefühl abzuschütteln. Ich sammelte mich und straffte die Schultern.

»Ja, ich erinnere mich«, erwiderte ich mit einem neuen, unwohlen Bauchgefühl, das alles andere überschattete.

»Wir sehen uns alle paar Wochen zum Mittagessen, wenn wir beide in der Stadt sind, und gestern haben wir uns im *Duck & Waffle* getroffen. Er … er hat mir etwas erzählt, was ich nicht glauben kann. Ich hab lange überlegt, ob ich dich damit überhaupt belästigen sollte … oder ob das alles nichts zu bedeuten hat.«

Wollte ich es wirklich wissen? Nervös kaute ich auf meiner Unterlippe herum und lief aus dem Garten zu Hawking, der eifrig auf der Wiese schnüffelte. »Was, Davie, sag es mir«, murmelte ich.

Immer noch zögerte er, ehe er tief ausatmete. »Er sagte, er hätte mit einer Frau telefoniert, die behauptet, Richards uneheliche Tochter zu sein«, sagte er schnell, als müsse er ein Pflaster von einer noch nicht verheilten Wunde abreißen. Mein gesamter Körper spannte sich an.

»Richard hatte keine Tochter.«

»Nein, nicht dass wir wüssten, aber anscheinend hatte er zu Lebzeiten selbst keine Ahnung. Sie hat wohl erzählt, dass sie es selbst erst vor wenigen Wochen herausgefunden hatte.« Richard hatte eine Tochter? Von der er nichts wusste? Wieso erschien diese jetzt auf einmal auf der Bildfläche? Warum nicht schon früher, als sie es herausgefunden hatte? »Sie hatte Fragen zu dem Event, zu Richards letztem …« Davie schluckte hörbar. »Abend. Du kennst Anthony, er ist manchmal zu weich und lässt sich leicht durch irgendwelche Geschichten um den Finger wickeln, er hat ihr von eurem Streit erzählt.«

Fuck. Konnte es eine Journalistin sein, die mal wieder im Dreck wühlte? Aber wieso an diesem Punkt, nach dieser ganzen Zeit? Langsam, aber sicher musste doch auch für diese Hyänen Gras über die ganze Sache gewachsen sein. »Ohne einen Beweis, dass ihre Behauptung stimmt?«, fragte ich aufgebracht.

»Es tut mir leid, Weston.«

Mein Blick schweifte in die Ferne, über die Felder. In mir gefror alles. Wie sollte ich mit dieser Erkenntnis umgehen? Sie ignorieren, warten, bis der nächste reißerische Artikel über mich erschien? Oder Kontakt zu ihr aufnehmen, weil sie wirklich Richards Tochter sein könnte und ein Recht darauf hatte, zu erfahren, wie ihr Vater gewesen war?

»Du kannst nichts dafür, Davie«, sagte ich und steckte die freie Hand in meine Jeanstasche. »Hast du einen Namen?«

»Moment, ich habe ihn mir aufgeschrieben.« Ich hörte, wie Papier im Hintergrund raschelte. »O verdammt, ich wusste, dass er mir bekannt vorkam, aber kam nicht drauf bis eben«, murmelte Davie kryptisch. »Hätte ich gewusst …«

»Wie heißt sie?«, wollte ich wissen, und die Nervosität nahm Besitz von mir.

»Nova. Nova Staron.«

Fast wäre mir das Handy aus der Hand geglitten. Mein Herz stand für einen Augenblick still, während Davies Worte nur langsam meinen Verstand durchdrangen, als ob sie durch dichten Nebel wanderten. Kälte zog sich von meinen Füßen nach oben durch meinen Körper und verwandelte mein Inneres in splitterndes Eis. »Weston? Bist du noch dran? Ist das nicht die Jour…«

»Ich melde mich wieder«, unterbrach ich ihn knapp und legte auf. Erneut drehte ich mich zum Haus zurück. Ich könnte gehen. Ich könnte einfach Hawking ins Auto packen, von hier verschwinden und müsste kein einziges Wort mehr mit Nova sprechen. Die Wucht des Verrats beförderte mich fast zu Boden.

Hatte mich Nova hereingelegt, oder gab es eine andere Erklärung? Sie wollte mehr über den Abend erfahren und nutzte solche Mittel, anstatt mich einfach zu fragen? Wobei ich ihr, wenn ich ehrlich zu mir selbst war, keine wirkliche Antwort gegeben hätte. Was hätte ich auch sagen sollen, wie alles erklären?

Trotzdem. Ich dachte, die Gefühle, die sich zwischen uns entwickelt hatten, seien echt. Und jetzt erfuhr ich, dass mein anfängliches Bauchgefühl recht gehabt hatte. Dass sie mich benutzt hatte. Verdammt, ich hatte ihre Familie kennengelernt, so egal konnte ich ihr nicht sein, ich hatte mir das alles doch nicht eingebildet! Aber wieso hatte sie nicht mit mir gesprochen? Die Fragen drehten sich wie auf einem bedrohlich schnellen Karussell im Kreis.

Ich brauchte Antworten, und zu flüchten würde mich rein gar nicht weiterbringen.

Also pfiff ich nach Hawking, der an meine Seite trottete, und umrundete das Haus, um in den hinteren Garten zu gelangen. In dem Nova auf mich wartete. Ich erkannte sie von der Ferne, sie saß auf einer ausgebreiteten Decke und hatte das Gesicht in die sanften Sonnenstrahlen gestreckt, die sich durch die dichten Wolken kämpften. Sie war wunderschön. Und der Stachel des Verrates bohrte sich noch tiefer in mein angeknackstes Herz. Tiefer und tiefer, je weniger Schritte mich noch von ihr trennten. Und die Bruchstücke zersplitterten immer weiter.

Sie bemerkte mich, öffnete die Augen und lächelte mich an. Ich versuchte, eine Ähnlichkeit in Nova zu sehen. Diese Augen, ihre Farbe, die Art, wie sie lächelte. Wie konnte mir das entgangen sein? Die Zeit stand für einen Augenblick still. Alle Geräusche schienen gedämpft, als wäre ich in Watte gehüllt. Es musste eine Erklärung für all das geben. Es musste einfach.

Sie bemerkte meinen Stimmungswandel, ihr Lächeln verschwand aus ihrem Gesicht wie die Sonne erneut hinter den Wolken. Dunkelheit hüllte den Garten ein. Kälte meinen Körper.

»Hey, alles in Ordnung?«, fragte sie sanft.

Ich hatte keine Ahnung, was ich darauf antworten sollte. Nein. Ja. Ich nahm auf der Decke Platz und starrte in den Garten. Unter keinen Umständen konnte ich sie jetzt ansehen, denn wenn ich das täte, könnte ich die Frage, deren Antwort alles verändern würde, niemals stellen. Sie rutschte nervös ein Stück zurück.

»Bist du Richards Tochter?« Meine Stimme war leise, kämpfte gegen das Rauschen des Windes an, der das Gewitter immer dichter zu uns brachte.

Ich fühlte den Moment, in dem sich Nova zurückzog, fast körperlich. Ihr dämmerte, wieso ich mich so verhielt. Als sie immer noch nicht antwortete, tat ich es doch. Ich schaute sie an. Was der größte Fehler war. Glänzende Tränen standen in ihren schönen Augen, ihr Mund war fest zusammengepresst, das Bedauern drang aus all ihren Poren. »Bist du Richards Tochter?«, wollte ich erneut wissen und wartete darauf, dass sie es verneinte, mir sagte, dass sie diese Lüge genutzt hatte, um mehr über mich herauszufinden. Einen neuen Artikel zu schreiben, der ihre Karriere sicherte. Fuck, ich hatte keine Ahnung, welche Option besser war. Keine.

»Ja«, flüsterte sie, und etwas zersprang in meinem Innern. Da hatte ich meine Antwort. Diese Erkenntnis war deutlich schlimmer als ein klares Nein. Ich schluckte die neue Welle an Schmerz und dem Gefühl des Verrates hinunter wie bitteres Gift.

»Wie lange weißt du es schon?«

»Kurz vor meiner Ankunft im Camp«, erwiderte sie kraftlos.

Ich wandte den Blick ab, hatte keine Ahnung, wie ich darauf reagieren sollte.

»Und du hast es die ganze Zeit geheim gehalten? Die ganze verdammte Zeit?«, fragte ich verbittert. »Während ich dir all diese Dinge erzählt habe? Mich verdammt noch mal in dich verliebt habe?«

Sie erstarrte, schaute mich mit weit geöffneten Augen an. »Ich wollte einen neuen Artikel schreiben«, gab sie leise zu, und eine erneute Welle packte mich und riss mich mit sich. Wut. Ich fühlte mich unfassbar benutzt. »Aber da kannten wir uns noch nicht richtig! Ich habe dich falsch eingeschätzt«, redete sie sich raus. »Ich wollte mehr über Richard erfahren und …« Sie verstummte.

»Und die Möglichkeit nutzen, deine Karriere nach vorne zu bringen«, stellte ich fest. »Es gibt wohl immer einen Kollateralschaden in eurer Branche, nicht?«

»Sag das nicht! So ist es nicht, ich konnte es nicht, ich habe noch nichts geschrieben.« Ein Schluchzer verließ ihre Kehle, und Nova drückte sich die Hand auf den Mund.

»Aber du wirst. Du musst, oder nicht?«

»Ich wollte es dir heute sagen.« Sie lehnte sich zurück und zog ein schwarzes Notizbuch hervor. Ich erkannte es sofort, es war eines von Richards. »Das wollte ich dir geben, ich habe es von Kristy bekommen.« Sie legte es neben meinen angewinkelten Beinen ab, meine Hände formten sich zu Fäusten. »Darin steht etwas über diese Methode, die du entwickelst. Vielleicht hilft es dir.«

»Das ist alles, was du mir zu sagen hast?«, fragte ich hart. Meine Stimme war eine scharfe Klinge aus Kälte und Eis. »Und Kristy wusste es ebenfalls?« Sie erwiderte nichts, was mir Antwort genug war. »Großartig.«

»Mir tut unendlich leid, dass ich es nicht gesagt habe, aber ich wusste nicht wie. Anfänglich dachte ich, dich ginge dieses Wissen auch gar nichts an, aber als ich dich kennenlernte … Ich habe deinen Schmerz gesehen und wollte ihn nicht verschlimmern. Ich hatte keine Ahnung, was es mit uns gemacht hätte, wenn ich dir alles sage. Ich hatte Angst.« Die letzten Worte flüsterte sie.

»Also dachtest du, du baust alles auf einer Lüge auf?« Ich schaute sie an, und Tränen liefen ihr über die Wangen, tropften unaufhörlich auf die Decke unter uns, versickerten im Stoff. »Dachtest du, das ist besser?«, wisperte ich und konnte meine Gefühle selbst kaum noch kontrollieren. Den Schmerz kaum noch zurückhalten. Sagte man nicht, dass die Menschen, die einem am meisten bedeuteten, einem den schlimmsten Schmerz zufügen konnten? War es nicht so bei Richard gewesen? Und war das nicht der Grund, weshalb ich keine neuen Beziehungen mehr eingehen wollte? Fuck. Hatte ich mich selbst verraten, weil ich einem Gefühl hinterhergejagt war, das nicht real war?

»Alles, was ich zu dir gesagt habe, war ehrlich. Jedes Gefühl, das ich in deiner Nähe hatte, war echt«, flüsterte sie. »Ich habe dir diese Dinge verschwiegen, weil ich Angst hatte, wieder zu verlieren, was du mir gegeben hast. Dich zu verlieren.« Sie atmete zittrig ein. »Ja, ich bin mit einem anderen Ziel in das Camp gefahren, aber das ändert nichts daran, dass mich die Zeit dort mit dir verändert hat.« Sie holte zittrig Luft. »Genauso wie sie dich verändert hat, das kannst du nicht wegwischen.«

Ich wollte ihr glauben, ich wollte ihr so sehr glauben, dass es mir fast körperliche Schmerzen bereitete, das Folgende zu sagen. Aber ich konnte nicht anders. »Ich brauche Zeit, das zu verarbeiten«, erwiderte ich tonlos. Kalt. Die Mauer war neu errichtet worden, die Gefühle abgeschaltet, damit ich mich nicht erneut im Schmerz auflöste. Glück und Schmerz, das eine existierte nicht ohne das andere, also war es an der Zeit, den Schalter wieder umzulegen. Alles auszuschalten.

»Das verstehe ich«, gab sie leise schluchzend zurück.

Ich nickte. Zögerte. Starb ein wenig. Ließ einen Teil von mir hier bei ihr, als ich aufstand, das Notizbuch nahm, mir müde über die brennenden Augen rieb und in Richtung meines Autos lief. Um erneut alleine meine Wunden zu lecken, bis sie nicht mehr bluteten und ich weitermachen konnte. Egal, wie dieses Weiter auch aussehen würde.

32

Krebs

Ein Krebs hat ein gutes Gedächtnis
und ist oft nostalgisch.

Nova

Lieber Weston,

es steht außer Frage, dass ich mich falsch verhalten habe. Außer Frage, dass ich es dir viel früher hätte sagen sollen, und ich kann verstehen, dass du verletzt und enttäuscht bist, und dafür möchte ich mich aufrichtig entschuldigen.

Die Wahrheit ist, dass ich mich vor meinen eigenen Gefühlen versteckt habe, weil ich Angst hatte, dass sie uns auseinanderbringen würden. Mein ganzes Leben war ich die unkomplizierte, unbeschwerte Nova. Wurde es kompliziert oder tiefgründiger, endete es. Ich habe oberflächliche Beziehungen geführt, um keine Angst vor diesem Ende haben zu müssen.

Doch zum ersten Mal hat es sich richtig angefühlt. Das mit dir war kompliziert und gleichzeitig wunderschön. Und als die Angst kam, alles verlieren zu können, habe ich es so gemacht wie immer, die Deckung oben gehalten. In dem Versuch, dir nichts zu offenbaren, habe ich uns beiden und dem, was wir hatten, unrecht getan. Du hast das Recht, die Wahrheit zu kennen und deine eigenen Entscheidungen zu treffen. Ich hätte darauf vertrauen sollen, anstatt mir selbst etwas vorzumachen.

Die Zeit, die wir miteinander verbracht haben, war für mich etwas Besonderes. Du hast in mir Gefühle geweckt, die ich vorher nicht kannte, und auch ich konnte nicht anders, als mich in dich zu verlieben. Ich habe jeden Moment genossen, den ich mit dir verbracht habe.

Ich verstehe, dass du jetzt Zeit und Raum brauchst, um das alles zu verarbeiten, und kann nicht erwarten, dass du mir verzeihst oder dass du unsere Beziehung fortsetzt. Trotzdem hoffe ich, du weißt, dass meine Gefühle für dich echt sind, und ich bereue, dich in diesem Bereich ausgeschlossen zu haben.

Wenn du bereit bist, melde dich, ab sofort wird es keine Geheimnisse mehr geben.

Liebste Grüße
Nova

Meine Augen waren rot geädert, meine Nase schmerzte vom vielen Schnäuzen. Durch die durchgemachten Nächte war ich so müde und kraftlos, als hätte ich zwei ganze Wochen nicht geschlafen. Weston hatte sich nicht bei mir gemeldet, aber das hatte ich auch nicht vermutet, nachdem alles herausgekommen war. Ich ärgerte mich endlos über mich selbst, dass ich nicht vorher den Mut gehabt hatte, ihm alles zu sagen. Wenn ich es ihm selbst erzählt hätte, wäre das Gefühl des Verrates vielleicht nicht so groß gewesen. Doch jetzt … jetzt hatte ich damit alles zerstört.

Heute Morgen war ich früher als alle anderen in die Redaktion gekommen und hatte geschrieben. Ich hatte mir alles von der Seele geschrieben, um etwas in der Hand zu haben, falls mein Plan heute nicht aufgehen würde. William hatte eine Stunde später unser Büro betreten und mich prüfend angesehen. »Was ist denn mit dir los?«, hatte er gefragt, und ich hatte ihm die gesamte Geschichte erzählt. Genauso wie meiner Freundin Laurie, die gestern nach meiner Ankunft in Manchester mit einer Flasche Wein und einer Familienpizza bei mir aufgetaucht war, woraufhin ich nicht anders konnte, als endlich ehrlich zu sein.

»Ach, verdammt, das tut mir leid«, hatte er gesagt und mich in den Arm genommen, was mir eine weitere Welle an Schluchzern verpasst hatte.

Am Nachmittag war ich dann endlich mit gesenktem Kopf über den Flur zu Geraldines Büro getrottet. Ich fühlte mich wie ein Lamm, das zur Schlachtbank ging.

Vorsichtig klopfte ich an die Tür und betrat nach einem »Herein« das Büro. Meine Chefin saß wie immer hinter ihrem riesigen Schreibtisch und deutete auf den Stuhl davor. »Wie schön, dass du wieder mit an Bord bist, Nova. Setz dich doch, ich bin ganz gespannt, was du mir zu erzählen hast!«, sagte Geraldine mit aufgeregter Stimme. Ich nahm zögernd Platz und atmete einige Male tief ein und aus. »Wie waren die letzten Wochen? Wie nah bist du an Weston Jones herangekommen?« Wenn sie wüsste … Aber all das war nicht nur körperlich, mein Herz zog sich erneut schmerzhaft zusammen, als ich an seinen Gesichtsausdruck nach meinem Geständnis dachte. Den Schmerz über den Verrat in seinen Augen.

»Ehe wir über Weston sprechen, muss ich dir noch etwas anderes erzählen.« Ich kramte in der letzten Ecke meinen verlorenen Mut zusammen. »Ich wollte diesen Job nicht nur wegen der Aufstiegsmöglichkeit. Richard Malroy, Westons verstorbener Mentor …« Ich verstummte einen Moment.

»Ja? Ist wer?«

»Mein Vater.«

Es gab selten Augenblicke, in denen man Geraldine überraschen konnte, aber das hier war so einer. Sie lehnte sich tiefer in ihrem Stuhl zurück und verschränkte die Finger auf ihrem Schreibtisch. »Na, das ist ja ein Ding«, erwiderte sie.

»Das bedeutet, ich kann diesen Artikel aufgrund persönlicher Überschneidungen nicht schreiben«, sagte ich leise.

»Und das war dir vorher nicht bewusst, Nova?« Ihre Stimme klang vorwurfsvoll, scharf.

»Ich habe erst bei der Arbeit gemerkt, wie sehr mich das alles mitnimmt.«

»Und hast vier Wochen Zeit dafür gehabt, vier Wochen, in denen ich dir mehr Freiheiten als den anderen Mitarbeitern eingeräumt habe.« Geraldine stand auf und umrundete den Schreibtisch, lief zu der kleinen Bar in der Ecke und schenkte sich einen Whiskey ein. Ihr Blick ruhte auf dem Glas, während sie es hin- und herschwenkte und die bernsteinfarbene Flüssigkeit fixierte. Ihre perfekt gezupften Augenbrauen schnellten in die Höhe, ihr rot geschminkter Mund verzog sich missbilligend.

»Okay«, sagte sie schließlich, und ich richtete mich ein wenig hoffnungsvoll auf. »Dann gibst du deine Notizen William. Er schreibt den Artikel.«

»William?«, fragte ich ungläubig. Er war mein Freund, aber gleichzeitig war auch er ein unerbittlich guter Journalist. Er würde tiefer graben, als ich es mich getraut hatte, weil ich etwas für Weston empfand. Und er würde gar keine andere Möglichkeit haben, weil Geraldine nichts anderes zuließ. Ich könnte mit ihm sprechen, aber er sollte nicht wegen mir seinen Job aufs Spiel setzen, ich hatte schon viel zu viel von anderen verlangt.

»Ja, er stand ohnehin auf meiner Liste für potenzielle Kolumnisten. Wenn du den Job nicht willst, dann …«

»Gut«, unterbrach ich sie, aber nicht, weil sie mich immer noch mit der Option auf diesen Job lockte, sondern weil ich nicht wollte, dass William Weston und seine Geschichte ausschlachten musste. »Ich habe einen Artikel geschrieben. Ich schicke ihn dir gleich.«

»Ich kann es kaum erwarten«, sagte sie sarkastisch.

Zurück an meinem Schreibtisch las ich noch einmal, was ich heute Morgen geschrieben hatte, und schickte den Artikelentwurf an Geraldine.

Es dauerte nicht lange, da rief sie mich erneut in ihr Büro. Ich knetete meine Finger, während ich auf dem Stuhl vor ihrem Schreibtisch saß und sie meinen Artikel ein letztes Mal überflog. Endlich wandte sie den Blick von ihrem Bildschirm ab, und dieser traf mich direkt wie ein Pfeil.

»Ist das dein Ernst?« Ihre scharfe Frage schwebte wie eine gezogene Klinge im Raum. »Wo sind die Enthüllungen? Der Dreck, der an Weston Jones' Schuhsohle klebt? Für mich liest sich das wie der Aufsatz einer verträumten Kleinmädchenphantasie!«, schleuderte sie mir ihre Worte entgegen, und ich schluckte.

»Ich habe den Artikel auf Fakten basieren lassen, nicht auf Skandalen.«

Geraldine lachte verächtlich und lehnte sich erneut zurück.

»Dann bist du hier wohl im falschen Magazin. Skandale sind es, die die Menschen interessieren, die sie lesen wollen! Was denkst du, was sollen sie damit anfangen, dass Weston Jones ein toller Mensch ist?«

»Vielleicht wird es Zeit, den Blick auf die Dinge zu ändern? Den Menschen keine Lügen zu erzählen, sondern die Realität?«

Meine Chefin war sichtlich geschockt über meine Worte, doch mir reichte es. Ich hatte genug davon, es ihr recht zu machen, einem Menschen, dem ich rein gar nichts bedeutete.

»Schätzchen, so funktioniert das Business aber nicht, und ich dachte, das hättest du verstanden«, erwiderte sie, und ich hörte die gesamte Verbitterung aus ihren Worten. War sie einmal anders gewesen? Hatte sie früher einmal die Welt mit ihrer Arbeit verändern wollen und war anschließend in einem Magazin steckengeblieben, das es sich zur Aufgabe gemacht hatte, Lügen und Halbwahrheiten für ein wenig Auflage zu verbreiten? Meine Sicht auf sie änderte sich, ich hatte keine Angst mehr vor ihrer forschen Art. Ich empfand Mitleid. Und in dem Moment begriff ich, dass dies nicht der Weg war, der mich mit Glück erfüllte. Meine Grandma hatte recht gehabt, die gesamte Zeit. Das war nicht die Erfüllung, nach der ich mich sehnte, nicht das Abenteuer, das auf mich wartete. Es würde mich genauso auffressen, alles auflösen, das mich ausmachte. Empathie war eine meiner Eigenschaften, die ich ablegen musste, wenn ich mich in diese Form pressen wollte.

Als ich aufstand, sog Geraldine überrascht die Luft ein. »Was soll das werden?«

»Ich kündige«, antwortete ich locker, und diese Worte auszusprechen wirkte wie ein Befreiungsschlag. Sogar ein leichtes Lächeln lag auf meinen Lippen.

»Wegen dieser Sache? Mach dich nicht lächerlich.«

»Oh, das bin ich nicht, keine Sorge.«

»Du weißt, dass wir deinen Artikel trotzdem veröffentlichen können, weil du ihn im Rahmen deiner Tätigkeit hier geschrieben hast«, gab Geraldine triumphierend zurück.

»Tu das, so wie er jetzt ist, kann er ohne weiteres veröffentlicht werden.« Ich stützte mich mit meinem neugewonnenen Mut auf dem Schreibtisch ab und lehnte mich zu ihr. »Aber ich weiß, dass er dir nicht reißerisch genug sein wird, deshalb wirst du erneut in die Recherche gehen müssen. Was dich Wochen kostet. Lass mich überlegen, bis die nächste Auflage gedruckt wird, in dem er erscheinen kann, werden mindestens drei Monate vergehen.« Ich lächelte ihr zu. »Ich werde also schneller mit dem Veröffentlichen sein, und dann steht Aussage gegen Aussage. Abgesehen davon, dass du erst mal etwas finden musst, was du für deine Zwecke benutzen kannst.«

Sie schien überrascht, startete jedoch einen letzten Versuch und lachte verächtlich. »Wo willst du diesen denn veröffentlichen?«

»Das lass mal meine Sorge sein. Die Kündigung schicke ich dir heute noch.« Damit ging ich aus dem Raum und atmete hinter der geschlossenen Tür einen Moment durch. Ich hatte keine Ahnung, wohin mich das Schicksal nun verschlagen würde, aber es wäre allemal besser, als etwas hinterherzurennen, was mich ohnehin niemals erfüllen könnte.

Ich lag im Garten, zurück in Avebury, unter der Linde und rief jede Erinnerung an Weston auf. Wie unsere Zusammenarbeit im Camp gewesen war, wie er sich mir geöffnet hatte, unser erster Kuss, unser erstes Mal. Und wie sehr ich ihn vermisste.

Wir waren vier Wochen fast jeden Tag umeinander gewesen. Ich hatte seine Ansichten verstanden und er meine, wir hatten uns aufeinander eingelassen und uns kennengelernt, und jetzt sollte all das bereits Geschichte sein? Obwohl es gerade erst begonnen hatte?

Es lagen zwei Wochen hinter mir, in denen ich nichts von ihm gehört hatte, auch nicht, nachdem ich ihm meinen Brief geschickt hatte. Geraldine hatte mich direkt zum Monatsende aus dem Vertrag gelassen, wahrscheinlich weil sie sich selbst die Blöße nicht geben wollte, mich noch länger zu sehen. Auch wenn ich froh darüber war, hatte ich nun keine Ahnung, wie es weitergehen sollte. Wollte ich einen neuen Job in einer anderen Redaktion, mit einem anderen Chef oder einer anderen Chefin, die mir vorschrieben, wie ich zu arbeiten hatte? Wollte ich die Astrologie weiter vertiefen und mich in diesem Bereich selbständig machen? Oder doch mehr mit Kindern arbeiten? Ich hatte keinen blassen Schimmer. Das Einzige, was ich wusste, war, dass ich das Camp, die Kinder und Weston vermisste und es lange dauern würde, bis ich meine Wunden versorgt hatte.

Meine Mum kam vom Haus auf mich zu und setzte sich zu mir auf die Decke. Mein Blick hing weiter an den herzförmigen, dichten Blättern über mir, die leicht im Wind zitterten, während ich im Selbstmitleid zerging. Als ich hergefahren war, hatten wir über alles gesprochen, vor allem auch darüber, dass Richard nie verheiratet gewesen war oder anscheinend eine längere Beziehung zu einer anderen Frau gehabt hatte. Zumindest meine Mum konnte so abschließen. »Hey.« Sanft strich sie mir über die Stirn und das Haar. »Möchtest du etwas essen? Solveigh und Sharon haben Curry gekocht.«

»Nein danke«, wisperte ich. Meine Mum legte sich neben mich, Schulter an Schulter. Wahrscheinlich wusste sie genau, wie ich mich fühlte, wenngleich ihr Schmerz damals, schwanger und allein, noch um einiges schlimmer gewesen sein musste. Es gab keine Worte, die das brennende Gefühl der Trennung gerade besserten, deshalb schwiegen wir, während wir weiter nach oben auf das Blattwerk der Linde und den blauen Himmel schauten, der an manchen Stellen durchschien. Ich hatte Mum alles erzählt, auch davon, dass Richard laut Westons Erzählungen keine andere Frau in seinem Leben gehabt hatte, und von dem Stern, den er nach ihr benannt hatte. Es machte mich unglaublich traurig zu wissen, dass die beiden keine Chance mehr auf einen zweiten Versuch hatten. Niemals könnten sie sich aussprechen, niemals wirklich zusammen sein.

Und ich konnte nicht aufhören, darüber nachzudenken, was Weston und ich hätten werden können. Wenn ich es nicht vermasselt hätte. Doch wahrscheinlich wären wir niemals so weit gekommen, hätte ich ihm direkt am ersten Tag alles erzählt. Ich hätte niemals die Chance bekommen, diesen wunderbaren Mann kennenzulernen, niemals die Chance, seinen Perfektionismus, seine Sturheit und seine leidenschaftliche Art zu lieben.

Auf einmal erschien Solveigh in meinem Sichtfeld. »Ich glaube, das ist für dich«, sagte sie und übergab mir einen grauen Umschlag. Ich setzte mich auf und fuhr mit den Fingern über das raue Papier, die schwarzen, geschwungenen Buchstaben des Absenders. *Weston Jones.*

Aufregung mischte sich mit Hoffnung zu einem intensiven Cocktail in meinem Innern, als ich unter den neugierigen Augen von meiner Mum und Solveigh den Umschlag öffnete. Vorsichtig zog ich einen Brief heraus. Er war auf cremefarbenem Papier handgeschrieben. Keine ausgedruckten Worte. *Worte, die von Herzen kamen,* flüsterte mir meine Hoffnung zu.

Nova,

Richard hat mir einen Fonds hinterlassen. Ich habe das Geld nicht angerührt, und es fühlt sich nun falsch an, es zu behalten. Also habe ich alles veranlasst, damit es dir zukommt. Vielleicht kannst du davon ein paar deiner Träume erfüllen.

Weston

Ich war enttäuscht und gleichzeitig positiv überrascht. Westons Brief beinhaltete keine persönlichen Worte, keinen Hinweis darauf, dass wir uns jemals wiedersehen würden, nichts davon, dass er meinen Brief gelesen hatte. Kein *Vielleicht*, keine Option auf eine gemeinsame Zukunft.

»Was steht drin?«, fragte Solveigh neugierig.

»Richard hatte einen Fonds«, murmelte ich und nahm den Umschlag, um das andere Schreiben herauszuziehen. Es war der Brief eines Nachlassverwalters, der mir einen Termin vorschlug. Ich überflog die Zeilen, bis ich an der Stelle ankam, an der ich kurz schlucken musste.

»Was ist?«, wollte meine Mum wissen. »Alles in Ordnung?«

Ich nickte und zeigte den beiden das Schreiben. Als sie die Summe darauf lasen, vergrößerten sich ihre Augen, und beide schauten mich an.

»Großer Gott«, flüsterte Solveigh, und meine Mum hielt sich die Hand vor den Mund.

Und in dem Moment wurde mir klar, was ich mit meiner Zukunft anfangen wollte.

33

Krebs

Krebse können sich anpassen und
in jeder Situation überleben.

Nova

Drei Wochen später

Mit einem sanften Stoß öffnete ich die schwere Tür des Cafés *The Hive* und trat ein. Sofort umhüllten mich ein Gewirr aus Stimmen, das Klirren von Porzellan und das Zischen der Espressomaschine. Der Duft von frisch gemahlenem Kaffee und süßem Gebäck hing in der Luft, und ich atmete ihn tief ein.

Die hohen, freigelegten Backsteinwände, die mit moderner Kunst dekoriert waren, bildeten eine beeindruckende Kulisse. Farbenfrohe Gemälde, sorgfältig platzierte Skulpturen und gewagte Graffitis gaben dem alten Industriegebäude ein neues, pulsierendes Leben. Große Fenster ließen das Licht der Vormittagssonne herein, das sich in goldenen Strahlen auf dem polierten Betonboden brach und den Raum in eine warme Atmosphäre tauchte.

Ich scannte die Gäste, die sich auf den Vintage-Möbeln verteilt hatten, und suchte nach dem vertrauten Gesicht. Paare, die innige Gespräche führten, Studenten, vertieft in Bücher oder Laptops, Gruppen von Freunden, deren Lachen man im Raum hörte.

Dann entdeckte ich Laurie. Sie saß an einem kleinen runden

Tisch nahe der großen Fensterfront, ihre blonden Locken fielen ihr locker über die Schulter. Sie hob die Hand und winkte mir lächelnd zu, während ich zu ihr ging. Kurz schenkten wir uns eine herzliche Umarmung, anschließend nahm ich ihr gegenüber Platz.

Sie schob mir eine dampfende Tasse grünen Tee zu. »Hab ich schon für dich bestellt«, sagte sie mit einem Zwinkern, und ich bedankte mich bei ihr. »Wie geht es dir denn?«, fragte sie voller aufrichtiger Sorge.

Ich zögerte einen Moment, ließ den Blick durch das Café schweifen, bevor ich antwortete. Mit den Entscheidungen der letzten Tage ging es mir deutlich besser, doch immer noch dachte ich an Weston. So langsam gab ich die Hoffnung auf, dass er mir verzeihen und sich melden würde. Sollte ich ihn anrufen? Mich noch mal bemühen, ihm alles zu erklären? Oder wäre das nur erneut ein verzweifelter Versuch, bei dem ich an seiner Mauer abprallen würde?

»Meistens gut, am Tag besser als in der Nacht«, erwiderte ich ehrlich und scheiterte an einem Lächeln. »Also direkt zur Arbeit«, schob ich auf Lauries mitfühlenden Gesichtsausdruck nach, den ich kaum ertrug. »Wie weit sind wir?«

Nach dem Termin mit dem Nachlassverwalter, der mir Richards Fonds offiziell überschrieben hatte, hatte ich sofort Laurie als Anwältin angerufen und war mit ihr die Möglichkeiten durchgegangen. Denn ich hatte ein ganz besonderes Ziel. Ich wollte mit dem Geld eine Stiftung gründen, in der die Astronomie und die Astrologie vereint waren. Das Ziel der *Richard Malroy Foundation* war es, Kindern und Jugendlichen die Sternkunde näherzubringen. In Zusammenarbeit mit Kristy wollten wir mehrere ganzjährige Camps und Betreuungseinrichtungen im gesamten Land aufbauen, in denen fast alles um diese Themen kreiste. Ich hatte ein großartiges Team aus Laurie, Kristy und Charlotte zusammengestellt, außerdem unterstützten uns meine Mum, Solveigh und Sharon, wo sie nur konnten.

Die Arbeit rund um dieses Projekt lenkte mich am Tag wunderbar von meinen Gedanken ab. Bis die Nacht hereinbrach, in der immer noch alle Erinnerungen hochkamen und mich nicht schlafen ließen. Ich hatte gehofft, der Schmerz der Trennung würde vergehen, besser werden, doch stattdessen wurde er nur immer größer mit den Fragen nach dem *Was-wäre-wenn …*

Um mich abzulenken, nippte ich an meiner Tasse. »Die Webseite ist online, mein Kontakt hat ganze Arbeit geleistet«, zog mich Laurie zurück ins Hier und Jetzt. Sie drehte den Laptop, der neben ihr auf dem Tisch lag, und scrollte durch unsere neue Internetseite. Sie sah unglaublich aus. Außerdem war eines bereits online; mein ausführlicher Artikel, wie die Idee zur Stiftung entstanden war. Wer mich inspiriert hatte. Wie meine Tage im Camp waren. Wie viel Weston zu alldem beitrug, wie großartig er mit den Kindern umgegangen war und mich dazu bewogen hatte, diesen Weg zu gehen. Und vor allem, wie vereinbar die Astronomie und die Astrologie in Wirklichkeit waren, wenn jeder nur ein bisschen aus seiner Komfortzone trat und die Augen für die andere Seite öffnete. Dass eine Akzeptanz beider Ansichten dazu führen konnte, Menschen auf ganz verschiedenen Ebenen zu erreichen.

»Sie ist wunderschön«, flüsterte ich ehrfürchtig und konnte immer noch nicht fassen, dass wir das alles in wenigen Wochen auf die Beine gestellt hatten.

»Jetzt sollte es nicht mehr lange dauern, bis alles registriert ist und wir mit der Suche der Campstandorte beginnen können.«

»Danke, Laurie«, sagte ich und tastete nach ihrer Hand,

drückte sie. »Ohne dich hätte ich das alles nicht umsetzen können.«

»Selbstverständlich, außerdem ist es ein wirklich tolles Projekt!«, erwiderte sie und zögerte einen Moment.

»Was ist los, raus damit«, sagte ich, weil ich Laurie zu gut kannte, als dass sie mir etwas verbergen könnte.

Sie kaute auf ihrer Unterlippe und schenkte mir ein entschuldigendes Grinsen. »Vielleicht hab ich den Link zu deinem Artikel verschickt …«, erwiderte sie kryptisch.

»Verschickt? Wohin?«

»Na ja, es war etwas schwer, Westons Mailadresse zu finden, aber du hast etwas von einem Ambrose erzählt, der eine Buchhandlung in London hat. Ein sehr ungewöhnlicher Name, deshalb … war es nicht so schwer, ihn zu finden.«

Alles in mir zog sich zusammen. »Du hast … meinen Artikel an Westons besten Freund geschickt?«, fragte ich tonlos. Ich hatte keine Ahnung, ob ich Lauries Aktion gut oder schlecht finden sollte.

»Es wird Zeit, dass ihr miteinander sprecht.«

Ich schüttelte den Kopf. »Ich kann verstehen, wenn Weston nie wieder nur ein einziges Wort mit mir sprechen möchte.«

»Aber du hattest deine Gründe, es ihm nicht zu sagen! Und du hast daraus gelernt und etwas Großartiges geschaffen! Das sollte er unbedingt wissen!«

»Das … ich … weiß nicht, was ich sagen soll«, gab ich zurück und drehte die Tasse in meinen Händen.

»Sag einfach nichts und lass das Schicksal entscheiden«, erwiderte sie grinsend.

»In dem Fall hat es nichts mit Schicksal zu tun, das ist dir klar, oder?«, fragte ich augenrollend, doch nicht ohne ein kleines Lächeln. »Schicksal wäre, wenn wir einfach abwarten.«

»Also willst du lieber abwarten? Wochen, vielleicht Monate?«

»Nein«, flüsterte ich. »Nicht mehr.«

»Siehst du. Ich habe dem Schicksal also nur einen kleinen Schubs gegeben.« Sie lehnte sich zufrieden zurück.

»Danke«, sagte ich leise und war insgeheim glücklich, dass sie es getan hatte. Vielleicht bekam Weston noch mal einen neuen Blick auf die Dinge, erinnerte sich an uns, wie wir gewesen waren, malte sich aus, was wir werden könnten, und schaffte es, mir zu verzeihen. Ich hoffte es, so sehr.

34

Jungfrau

Die Liebe einer Jungfrau ist nicht laut,
aber ihre Loyalität spricht Bände.

Weston

Um mich abzulenken, war ich zu Ambrose nach London gefahren. Cameron war irgendwo in der Weltgeschichte unterwegs, und ich ertrug es nicht, alleine zu Hause zu sitzen und ständig über alles nachzudenken. Vor allem nicht, dass ich minütlich mein Smartphone in die Hand nahm und mein Finger wie magnetisch über Novas Namen schwebte. Ich vermisste ihr Lachen, ihr Strahlen, wie sie mich aus der Reserve lockte, ihre Küsse, ihre Aufmerksamkeit, ich vermisste sogar unsere Zusammenarbeit im Camp, auch wenn ich das nie für möglich gehalten hätte.

Reagierte ich über, quälte mich umsonst? Aber sie hatte mich wochenlang an der Nase herumgeführt. Den Punkt Ehrlichkeit, der mir am wichtigsten von allen war, hatte sie mit Füßen getreten und mit meiner Angst gespielt.

Ambrose war gerade auf der Suche nach einer Aushilfe für seinen Buchladen, und ich war mehr als bereit, mit anzupacken. Vielleicht ein paar Tage, eine Woche oder länger, wer wusste das schon? Kistenweise Bücher, von antiquarischen Kostbarkeiten bis zu modernen Romanen, warteten darauf, einsortiert zu werden. Es war mir klar, dass ich mich irgendwann stellen musste, nicht nur der Frage, ob ich Nova anrufen sollte, sondern auch, ob ich Richards Methode weiterentwickelte. Denn gerade heute Morgen hatte ich einen Anruf aus Cambridge vom Direktor des Forschungszentrums der Universität bekommen, der sich sehr dafür interessierte und mit mir gemeinsam daran arbeiten wollte. Was würde das für mich bedeuten? Ich müsste mich entscheiden; ging ich zurück in die Forschung, vielleicht zurück in die Öffentlichkeit, und ließ Canterbury hinter mir, oder blieb ich in der idyllischen Ruhe meines Hauses mit Blick aufs Meer und Hawking, der sich dort zu Hause fühlte.

Der lag gerade bei Ambrose im Büro, der Papierkram machte, während ich den Wagen mit den Büchern durch die Gänge schob. *Whispering Pages* lag im Herzen von Bloomsbury, eingebettet in einen viktorianischen Gebäudekomplex mit einer Fassade aus rotbraunen Backsteinen und gusseisernen Verzierungen. Ambrose hatte wirklich einen ganz besonderen Ort hier geschaffen. Mit seinen alten Holzdielen, den antiken, raumhohen Bücherregalen aus dunklem Holz und der Wendeltreppe aus Mahagoni, die auf die oberste Etage führte, in der es einen prächtigen Kronleuchter zu sehen gab, wirkte der Ort wie aus einer anderen Zeit. Auch ich konnte mich nicht der Atmosphäre des Ladens, dem Geruch nach Papier und Tinte entziehen. Was nicht bedeutete, dass Cam und mir nicht auffiel, wie Ambrose sich immer mehr hinter seinen Büchern versteckte. Irgendwann mussten wir uns etwas einfallen lassen, um ihn aus seinem Schneckenhaus zu locken.

Aber zuerst musste ich daran arbeiten, meine eigene Angst zu besiegen, da rauszugehen. Die Welt wieder mit offenen Augen sehen zu können.

»Entschuldigung«, sagte plötzlich ein Mann neben mir, und ich wandte mich ihm zu.

»Kann ich Ihnen helfen, sind Sie auf der Suche nach etwas?«, fragte ich.

Er wirkte ein wenig nervös, und irgendetwas an ihm kam mir bekannt vor. Ich kramte in meinem Gedächtnis, doch mir fiel es nicht ein. »Nein, also zumindest kein Buch«, gab er zurück und verhielt sich noch seltsamer. Bis es mir auf einmal dämmerte. Es war mittlerweile Monate her, seitdem er mit seinem Lieferwagen vor meiner Tür gestanden und mich beobachtet hatte. Sofort umfasste ich das Buch in meiner Hand fester.

»Es ist nicht so, wie Sie denken.« Schnell hob er die Hände. »Ich bin nicht von der Presse, ich …«, stammelte er, und ich schluckte hart, weil ich ihm kein Wort glaubte. »Ich bin Amelia Suttons Vater.« Der Name war wie ein dumpfer Faustschlag in meiner Magengrube. Jeder neue Atemzug war ein Kampf. »Ich wollte Sie bereits lange aufsuchen, aber hatte nicht den Mut, und dann die Begegnung vor Ihrem Haus …«, verstrickte er sich in Erklärungen, und ich konnte rein gar nichts darauf entgegnen. Nichts hätte besser gemacht, was passiert war. Aber vielleicht war es wirklich Zeit, zumindest mit der Schuld abzuschließen, die so viele Menschen ins Verderben gestürzt hatte. »Keine Entschuldigung macht besser, was passiert ist«, sagte er.

»Da haben Sie recht«, erwiderte ich hart, und er spannte sich an. Auch er sah müde und mitgenommen aus, unter seinen Augen befanden sich tiefe Ringe, als würde die Last ihn nachts nicht schlafen lassen. Wie musste man sich fühlen, wenn die eigene Tochter durch ihr Verhalten verantwortlich für den Tod eines Mannes war? *Grausam* beschrieb es wahrscheinlich nicht im mindesten.

»Meine Tochter würde sich gern selbst entschuldigen, aber …« Er verstummte, und ich wusste, wie der Satz enden würde. Sie saß für einige Jahre im Gefängnis. Ich nickte, weil ich keine Ahnung hatte, was ich darauf entgegnen sollte. Der Mann zog eine Karte aus seiner Manteltasche und hielt sie mir hin. Ich nahm sie entgegen und warf einen Blick auf seine Kontaktdaten. »Falls Sie bereit sind, zu verzeihen, das würde uns viel bedeuten.«

Er wandte sich ab und lief mit eingesunkenen Schultern nach draußen. Die kleine Klingel über der Tür gab ein Geräusch von sich, als sich diese hinter ihm schloss. Und ich fragte mich, ob es nicht Zeit dafür war, ihm diese Last von den Schultern zu nehmen.

»Wer war das denn?«, erkundigte sich Ambrose, als er aus seinem Büro auf mich zukam.

»Amelia Suttons Vater.«

Sofort erkannte ich den fragenden Blick in seinem Gesicht. Ich hatte selbst Cam und Ambrose nicht alles erzählt, was an diesem Abend passiert war.

»Wie sieht es aus heute mit frühem Feierabend und einem Stout im Pub?«, fragte ich.

Ambrose nickte, verstand, dass ich jemanden brauchte, mit dem ich endlich über alles sprechen musste.

Eine Stunde später saßen wir an einem abgewetzten Holztisch in der dunklen Ecke eines nahe gelegenen Pubs mit zwei Bieren vor der Nase. Meines nicht angerührt. Popmusik wechselte sich mit Rockmusik ab, während ich mir alles von der Seele redete und Ambrose einweihte.

»Wieso hast du uns das nicht früher erzählt?«, fragte Ambrose, jedoch nicht vorwurfsvoll. Ich hätte genauso reagiert. Er und Cam wussten von der Gala, sie wussten, dass ich da gewesen war, und von Richards Unfall. Aber sie wussten nicht die genauen Hintergründe dazu, dass Richard in meinem anstatt in seinem Auto gesessen hatte.

Ich zuckte mit den Schultern. »Scham, Schuld … weil ich dachte, ich hätte es verdient, es mit mir selbst auszumachen? Ich hätte die Zeichen früher ernst nehmen müssen, die Briefe, die sie mir geschickt hatte, die Nachrichten, wie oft sie da auftauchte, wo ich war.«

»Du kannst doch nichts für die Entscheidungen dieser Frau!« Ambrose schüttelte den Kopf und strich sich durch die schwarzen Haare, die danach ein wenig zu den Seiten abstanden. »Du hättest nicht so lange alleine mit dieser Last rumlaufen müssen.«

»Ich weiß«, gab ich nur leise zurück. »Ab sofort wird es keine Geheimnisse mehr geben«, versprach ich und erinnerte mich augenblicklich an Novas Brief und den letzten Satz daraus. Keine Geheimnisse mehr. Wäre das wirklich so einfach und könnte ich ihr das glauben, ohne Angst davor, dass sie mich wieder belog? Obwohl ich ihre Beweggründe durchaus verstehen konnte.

»Wenn wir gerade dabei sind …«, sagte Ambrose und drehte sein Smartphone auf dem Tisch, so dass es mir möglich war, einen Blick auf den Bildschirm zu werfen. Ich erkannte eine Webseite, goldene Sternbilder auf dunkelblauem Grund als Banner, darunter ein Name, den ich gleich dreimal lesen musste. *Richard Malroy Foundation.* »Ich glaube, das solltest du dir einmal genauer ansehen.« Ambrose klickte auf einen Artikel und stand auf. »Ich gebe dir ein paar Minuten, bin kurz auf der Toilette und 'ne neue Runde holen.«

Die Überschrift lautete: *Wie ich zu mir selbst fand, etwas*

Wertvolles gewann und etwas noch Wertvolleres verlor … geschrieben von Nova Staron.

Gänsehaut zog sich über meinen Körper, und ich trank zuerst einen Schluck, ehe ich zu lesen begann. Und dabei nicht nur einmal schlucken musste, um bis zum Ende kommen zu können.

Ich sah langsam auf, trommelte nervös mit den Fingern einen wilden Takt auf der Holzplatte. Plötzlich musste ich daran denken, wie Nova von Schicksal gesprochen hatte. Von Vorherbestimmung. Mr. Sutton saß an der Theke, vor ihm ein halbes Bier, den Kopf gesenkt, die Schultern kraftlos. Abschließen. War es das, was ich brauchte?

Kurzerhand stand ich auf und durchquerte den Raum, stellte mich neben ihn an den Tresen. Als er mich bemerkte, schaute er auf, seine Augen wurden einen Moment größer.

»Ich werde nicht vergessen können, was passiert ist, das werde ich niemals«, sagte ich. »Aber es ist an der Zeit, loszulassen und abzuschließen.« Meine Stimme war rau und brüchig.

»Wirklich?«, fragte er hoffnungsvoll.

Ich nickte. »Niemand von uns kann ändern, was passiert ist.«

»Schuld ist etwas, das einen ganz langsam von innen zerfrisst«, erwiderte er, und ich wusste genau, was er damit meinte.

Ich war der Einzige, der ihn befreien konnte. »Sie können nichts für die Entscheidungen Ihrer Tochter«, sagte ich und erkannte das Glitzern der Tränen in seinen Augen, während er mit der Beherrschung kämpfte.

»Sie ebenfalls nicht«, gab er zurück. In der Sekunde kam eine Gruppe von laut grölenden jungen Männern in den Pub und zog meine Aufmerksamkeit kurz auf sich. Als ich zurück zu Mr. Sutton schaute, schenkten wir uns einen einvernehmenden Blick, und ich ging zurück zu Ambrose, der bereits auf mich wartete.

Irgendetwas musste ich tun, die Frage war nur, was war das Richtige?

35

Krebs

Ein Krebs bringt in Beziehungen eine tiefe Empathie mit und ist bereit, seine ganze Liebe zu geben.

Nova

Immer wieder hatte ich die Zeilen gelesen, die Weston mir geschrieben hatte. Das heutige Datum in Kombination mit den Sätzen:

Liebe Nova,

egal, wohin ich geflüchtet bin, die Kompassnadel zeigte immer in deine Richtung. Jeder Sternenhimmel, den ich ohne dich betrachtet habe, hat mich daran erinnert, dass es nur ein Uns für mich geben kann.
Wenn es noch nicht zu spät ist, dann triff mich bei meinem Haus in Whitstable.
Um alle Geheimnisse, alle ungesagten Worte aufzulösen.

In Liebe, Weston

Mir blieb gar keine andere Wahl, als meine Sachen zu packen und loszufahren. Zu Weston. Es war so viel Zeit vergangen, in der wir uns weder gesehen noch auf andere Art Kontakt gehabt hatten. Alles in mir verzehrte sich nach seiner Nähe und hoffte, dass seine Worte genau das bedeuteten, was ich mir wünschte.

Dass wir unsere Beziehung diesmal auf Steinen aufbauen konnten, die nicht brüchig waren.

Die Sonne war bereits untergegangen, als ich die Landstraße entlangfuhr, die zu Westons Anwesen führte. Die ersten Sterne glommen am Himmel, funkelten wie kleine Edelsteine, und ich sog den Anblick in mich auf, der mir in Manchester die letzten Wochen so gut wie verwehrt geblieben war.

Mein Herz schlug mir bis zum Hals, als ich vor dem Tor hielt und den Klingelknopf drückte.

Wie in Zeitlupe öffnete sich das Tor, und ich fuhr auf die Einfahrt, sah gedämpftes Licht hinter den Fenstern des Hauses flackern. Nachdem ich geparkt hatte, strich ich mir die feuchten Handflächen am Stoff meines Kleides ab und stieg aus. Zuerst wollte ich auf die Eingangstür zurennen, doch Hawking kam um die Ecke des Hauses auf mich zugelaufen. Er bellte und sprang freudig von links nach rechts, während ich ihn begrüßte.

»Dich hab ich auch vermisst«, sagte ich, und erst jetzt fiel mir die Spur aus kleinen Laternen auf, die direkt hinter das Haus führte. Für einen Moment schloss ich die Augen und versuchte, Herr meiner Aufregung zu werden, dann lief ich los und folgte mit Hawking an meiner Seite dem Weg aus Lichtern. Der Kies knirschte unter meinen Schuhsohlen, bis ich die große Wiese erreichte, die an das Haus grenzte und sich bis zur Sternwarte und darüber hinaus zog.

Und da sah ich ihn. Weston stand neben einer ausgebreiteten Decke, die Hände in den Taschen seiner Jeans, das weiße Hemd betonte seine große Statur. Und mein Herzschlag nahm noch mal an Geschwindigkeit zu. Das Licht der flackernden Laternen zeichnete seine Umrisse scharf und klar ab, auf der ausgebreiteten Decke stand eine große Kiste, aus der das weiche Glühen von Kerzenlicht austrat und ein Pulsieren durch meinen Brustkorb schickte. Waren das etwa …

»Sternschnuppen-Laternen«, flüsterte ich, als ich die filigranen Papierlaternen erkannte, die auf der Decke verteilt waren. Jede von ihnen hatte kleine Löcher, durch die das Kerzenlicht in Form von winzigen Sternen schien. Es war, als hätte Weston den Himmel auf die Erde gebracht.

Sein Blick traf meinen, und ich konnte die Anspannung in seinen Augen sehen, die jedoch durch Hoffnung und Zärtlichkeit ersetzt wurde, als ich näher trat. Ich hielt inne, hörte meinen Herzschlag in meinen Ohren, während wir uns weiterhin ansahen.

»Nova«, sagte er, seine Stimme war weich und sanft in der stillen Nacht. Er zog eine Hand aus der Tasche und streckte sie aus. Ich nahm sie, ohne zu zögern, sie war warm und vertraut, und ein kleines bisschen Angst verschwand aus meinem Herzen. »Du bist gekommen.«

»Natürlich bin ich das«, wisperte ich und drängte die Emotionen, die in mir hochstiegen, nieder.

»Ich wollte dir sagen …« Er zog mich näher an sich. Sehnsüchtig hoffte ich, dass er seinen anderen Arm auch noch um mich schlingen, mich fest an sich drücken würde, damit ich ihn endlich wieder spüren konnte. »Ich möchte nicht mehr in der Vergangenheit leben. Ich will eine Zukunft. Mit dir.« Es dauerte einen Atemzug, ehe seine Worte bei mir ankamen. »Es ist mir wichtig, dass du weißt, dass mein Herz die ganze Zeit nur an einem Ort war – bei dir. Und ich verstehe es. Ich verstehe, wieso du so gehandelt hast, wahrscheinlich hätte ich es selbst aus Unsicherheit genauso getan.« Er zog mich sanft nach unten, und wir setzten uns nah nebeneinander auf die Decke. »Um mit der Vergangenheit abzuschließen, möchte ich dir alles erzählen.«

Einen Moment sammelte er sich, und ich drückte seine Finger fester, rutschte noch näher an ihn, wollte ihm meine gesamte Anerkennung dafür zeigen, dass er mir erneut sein Vertrauen schenkte und sich öffnete. »An dem Abend, als Richard den Autounfall hatte … Er saß nicht in seinem eigenen Auto, sondern in meinem.« So viele Fragen taten sich auf, doch ich hörte nur zu und ließ ihn in seinem Tempo sprechen. »Durch die Sendung und die Aufmerksamkeit der Presse hatte ich eine Stalkerin. Amelia Sutton. Anfänglich habe ich sie nicht als Bedrohung wahrgenommen und ihr Auftauchen einem Zufall zugeschrieben. Dann hat sie mich wochenlang verfolgt, mir aufgelauert, ich habe sie überall gesehen, wo ich war. An dem Abend der Spendengala war sie ebenfalls da, und ich wollte ihr ein für alle Mal sagen, dass sie mich in Ruhe lassen sollte. Es gab einen Streit. Verdammt, ich hätte früher auf sie zugehen sollen, aber ich war naiv, ich dachte, wenn ich nicht auf sie reagiere, würde sie aufhören.« Da dämmerte es mir. Anthony hatte anscheinend das beobachtet, was Weston mir gerade erzählte. »Doch sie wollte nicht hören, redete sich irgendwelche wirren Dinge ein, dabei hatte ich sie vor ihrem Stalking noch nie irgendwo gesehen oder etwas mit ihr gehabt. Richard hat versucht, mir zu helfen, aber ich konnte das nicht annehmen. Kurzerhand nahm er sich meine Schlüssel und spielte Amelia so vor, ich zu sein. Sie fuhr ihm hinterher und …« Er holte zittrig Luft.

»Es ist okay«, flüsterte ich.

Er schüttelte den Kopf. »Sie drängte ihn von der Straße. Aus Wut, weil ich ihr gesagt hatte, dass ich kein Interesse an ihr hatte.«

»Oh, Weston«, flüsterte ich und umfasste sein Gesicht, zwang ihn, mich anzusehen. »Das ist nicht deine Schuld.«

»Wenn ich in dem Auto gesessen hätte und nicht Richard …«

»Du weißt nicht, was passiert wäre! Bitte gib dir nicht die Schuld für etwas, das du nicht in der Hand hattest! Diese Frau … Gott, ich bin so wütend …«

»Ihr ist außer ein paar Kratzern nicht viel passiert, aber sie wurde zu einer Freiheitsstrafe verurteilt. Das Gericht beschloss, den Prozess aus Sicherheitsgründen diskret unter Ausschluss der Öffentlichkeit zu behandeln, um Richards und meine Privatsphäre zu wahren und nicht noch mehr Bedrohungen anzulocken, was mir mehr als recht war. Sie sitzt ihre Strafe ab, lange Zeit dachte ich nicht, dass das ausreichen würde. Ich war so verbittert …«

»Mit gutem Recht«, sagte ich leise, und er schmiegte sich enger in meine Berührung, drehte den Kopf und küsste meine Handfläche. »Sie hat dir einen wichtigen Menschen genommen, und jeder wäre wütend gewesen, mehr als das.«

»Sie hat dir auch deinen Vater genommen«, sagte er leise. »Das hat die alte Wut wieder aufflammen lassen … Ja, ich war auch sauer, weil du mir nichts erzählt hast, aber irgendwann überschattete der Hass auf diesen sinnlosen Unfall erneut alles. Ich konnte nicht klar denken.«

»Es ist okay«, hauchte ich sanft. »Es ist okay.«

»Ich hatte noch nie so starke Gefühle wie bei dir«, platzte es plötzlich aus ihm heraus, und diesmal waren es Tränen des Glücks, die in meinen Augen brannten. »Jeder Sternenhimmel, den ich ohne dich betrachtet habe, hat mich daran erinnert, dass es nur eins für mich geben kann. Eine Zukunft mit dir.«

In dem Augenblick erschien die erste Sternschnuppe am Himmel, und ein Lächeln legte sich auf meine Lippen. »Mir geht es ganz genauso«, erwiderte ich und schlang die Arme um seinen Nacken. Er zog mich dichter an sich, verharrte knapp vor mir. »Ich konnte die gesamte Zeit nur an dich denken.«

Während die Sterne über uns fielen, versanken wir in einen Kuss, der Vergebung und Zukunft gleichzeitig ausdrückte. Langsam ließen wir uns auf die Decke absinken, fielen miteinander genauso wie die Sternschnuppen vom Himmel.

»Ich liebe dich«, raunte Weston zwischen unseren Küssen.

»Ich liebe dich«, flüsterte ich zwischen unseren Berührungen.

Und in diesem Moment wusste ich, dass dies nur der Anfang von etwas Neuem war, einer Chance, unsere Liebe vollständig zu entdecken, und ich fühlte mich nie bereiter, diesen Weg zu gehen.

Danksagung

Immer wieder sitze ich an dieser Stelle und denke darüber nach, wie ich meinen Dank in Worte fassen kann, während der Cursor auf der weißen Seite blinkt.

Denn auch wenn ich dankbar für alles bin, was mir durch wunderbare Menschen ermöglicht wurde, bleibt die Angst, das alles nicht richtig ausdrücken zu können.

Und deshalb ein paar persönliche Worte zum Anfang. Ich schreibe nun seit 2016 Geschichten und hätte zu diesem Zeitpunkt niemals auch nur geahnt, meine Bücher einmal irgendwo in einem Buchhandel stehen zu sehen.

Ich habe Geschichten geschrieben, weil ich musste. Weil es ein innerer Drang war, sie aufs Papier zu bringen. Eines Tages war dieses Gefühl einfach da. Wie eine Katze, die einem zuläuft, sich auf dein Sofa setzt, von deinem Wurstbrot nascht und sagt: Ich wohne jetzt hier, find dich damit ab, Buddy.

Also schrieb ich. Erst für mich, dann für andere. Ich schrieb und lernte Menschen kennen, die mir halfen, das Beste aus mir herauszuholen. Die mir halfen, mich zu platzieren, meinen Weg zu finden, und mich auch in schwereren Zeiten vorwärtsgeschoben haben. Immer mein Ziel im Blick: Geschichten zu erzählen.

Tja, und hier sind wir nun. Ich durfte bei dem wunderbaren S. Fischer Verlag eine neue Reihe über Sterne und die Liebe beginnen, durfte mit Menschen zusammenarbeiten, die ich schätze, die mir aber wiederum ebenfalls das Gefühl geben, geschätzt zu werden.

Ich lebe meinen Traum, das ist nicht nur eine Phrase, denn ich wüsste tatsächlich nicht, was ich tun würde, könnte ich nicht schreiben.

Also danke ich:

Sarah, garantiert die beste, engagierteste, humorvollste Agentin der Welt, die genau weiß, was man braucht, bevor man es selbst tut! Die nicht müde wird, zwanzig Seiten Exposés auch sieben (oder fünfzehn *räusper*) Mal zu lesen und immer noch voller Eifer bei der Sache ist! Die die schönsten Moodboards der Welt macht. Ich freue mich auf jede weitere Geschichte mit dir!

Danke auch an alle anderen MitarbeiterInnen der Agentur Thomas Schlück, bei denen man zu jeder Zeit das Gefühl hat, sie leben Geschichten genauso wie ihre AutorInnen!

Danke, liebe Mareike, für die erneute Chance, die du mir geschenkt hast, für das Feuer und die Begeisterung, die du in meine Ideen zu dieser Reihe gesetzt hast, und dein Vertrauen und die freie Hand, dass ich das Buch schon irgendwie schaukeln werde! Die Zusammenarbeit mit dir an meinen Geschichten ist einfach immer wieder eine Freude!

Danke auch an den S. Fischer Verlag und den Einsatz aller MitarbeiterInnen, jede Geschichte zu etwas Besonderem zu machen!

Danke an Natalie, die mich jetzt schon so lange bei meinen Geschichten begleitet. Mannomaaaann, was haben wir zusammen für Storys auf diese Welt gelassen! Ich freue mich und bin sehr dankbar, dass du mich auch bei der Reihe begleitest, und hoffe auf eine weitere, lange Zusammenarbeit!

Liebe Juliane, auch du bekommst selbstverständlich einen festen Ehrenplatz in dieser Reihe! Ich danke dir für dein jederzeit offenes Ohr, deine Ehrlichkeit, deinen Waschlappen der Realität, den ich hin und wieder brauche, und deine Hilfe in allen Belangen. Mittlerweile bist du viel mehr als eine Testleserin, Bloggerin oder Plotentwirrerin, danke für deine Freundschaft!

Aus KollegInnen wurden Freunde, und ich bin ebenfalls dankbar, einen kleinen Kreis aus großartigen, talentierten, wunderbaren Autorinnen zu diesen zählen zu dürfen!

Allen voran Emily, Freya und Emma, meine Perfect Matches! Irgendwie hat es von Anfang an gefunkt, und ich bin unendlich froh, euch zu haben, um meine Freude, meine Tränen, gute Erfahrungen wie schlechte mit euch teilen zu dürfen!!

Ebenso die Baumis, mit deren Hilfe ich wahrscheinlich haufenweise Wörter weniger geschrieben hätte! Sarah, Kate, Annika, Emily (auch hier).

Ich danke meinen LeserInnen, die meine Geschichten lesen und sich fleißig mit mir in Social Media austauschen, was mir eine unglaubliche Freude macht.

Denn seien wir mal ehrlich:

Ohne euch wäre das alles irgendwie sinnlos!

DANKE!!